무진기행, 그 후

유 중 원
중편소설

무진기행,
그 후

차 례

자백

자백 自白

자백만큼 뿌리 깊은 편견을 불러일으키는 증거는 없다. 사실관계를 판단하는 사람들이 자백에 너무 큰 비중을 부여하기 때문에 자백이 증거로 제출되면 재판은 더 해볼 것도 없게 되어 버리고 실질적인 의미에서 진짜 재판은 자백을 얻어낼 때 이루어진다.

— 미국 연방대법관 윌리엄 브레넌

……물론 재심 절차는 늘 매우 까다로우며 받아들여지는 일이 드물다. 이처럼 재심이 어려운 이유는 아무도 모른다. 아무래도 오심이 너무 많아 차라리 덮어두려는 게 아닐까. 정말이지 오심은 너무나 많다.……

— 마르크 베네케 · 리디아 베네케

2016년 2월 초순경. 재판이 시작되기 전 수원지방법원 3호 법정에는 (기자들로 보이는) 몇 명의 사람들만 앉아있다. 이들은 1996년 강도살인, 강도강간, 특수감금, 사체유기 등의 혐의로 무기징역을 선고받은 바 있는 **김영남**의 재심재판을 취재하기 위하여 온 것으로 보인다. 재심재판은 오후 2시에 시작될 예정이다.

수원지방법원은 지난달 무기징역을 선고받고 수감 생활을 하고 있는 김영남의 청구를 받아들여 재심 개시를 결정한 것이다. 법원은 그 사건을 다시 재판해 유죄인지 무죄인지를 가리게 된다. 물론 재심청구 당시 검찰은 수사절차상 사소한 하자는 이미 치유되었을 뿐만 아니라 형사소송법이 규정한 재심이유에 해당되지 않는다고 하면서 청구기각의 결정을 내려다 달라는 취지의 의견서를 보내긴 했었다.

대한변협 인권위원회 법률구조단은 그의 탄원서를 접수해서 검토한 다음 지난해 여름 재심청구를 하였다.

재심청구 이유로 피의자를 임의동행이라는 명목으로 연행하여 불법 감금하는 등 수사 절차상 하자가 있었다는 점과 지문이나 손수건, 몽둥이 등 기타 물증이 하나도 없었다는 점, 재심청구인의 진술이 애매모호하고 자꾸 번복된 점, 사건 당시 유일한 목격자 겸 피해자가 진술을 번복하고 있다는 점, DNA 감정 결과를 도저히 믿을 수 없다는 점을 들어 재심을 청구한 것이다.

그 수십 장에 이르는 장문의 탄원서 내용을 요약하자면 다음과 같다.

저는 제 자신이 무죄라고 확신하는 바입니다. 수사기관에서는 DNA가 일치한다고 하나 저는 그 감정 결과를 도저히 받아들일 수 없습니다. 그러므로 DNA 감정에 오류가 있음을 이유로 재심청구를 하고자 합니다.

교화위원이 늘 똑같은 충고를 했습니다. '참회를 하세요. 그러고 나서 돌아가신 분에게 용서를 구해야 하늘나라에 올라갈 수 있습니다.'라고 말했지요. 저는 그때마다 '그 여자의 얼굴도 모르는데 어떻게 용서를 빌 수 있나요'라고 되물었지요.

저는 철조망으로 몇 겹이나 둘러싸인 담장 속 감옥에서 18년 간이나 살았답니다. 18년 동안 누구 하나 면회 오지 않았지요. 딸이 최근에서야 몇 번 보낸 편지가 전부였지요. 그리고 저는 특별한 이유 없이 두 번이나 가석방 심사에서 신청이 기각되었습니다. 그 이유는 계획적인 범죄로 죄질이 너무 나쁘고 성폭행의 재범 가능성이 있다는 것이었습니다. 그러나 감방 사람들이 빽이 없어서 그런다고 그러더라고요. 법무부에서 누가 밀어줘야 한다고 그랬습니다.

그러고 보니 그때도 돈이 있어서 국선변호사가 아니라 전관 예우를 받는 변호사를 샀더라면 어떻게 되었을까 하고 생각하게 됩니다. 저도 알고 있지요. 유전무죄 무전유죄 말입니다.

자유가 그리워요. 벌써 50살이 되었습니다. 이제 남은 인생을 사람답게 살고 싶습니다.

제가 목포에서 어떤 여자와 몇 년간 동거한 적이 있었는데 딸이 하나 있었고 그 여자가 혼자서 잘 키웠지요. 올해 25살인데 목포에서 대학을 졸업하고 취업을 했답니다. 그런데 그 아이도 남자를 만나 사랑을 하고 결혼도 해야 될 것 아닙니까. 상대방이 아이의 아빠가 강도 살인자로서 무기징역수라고 한다면 그래도 그 아이를 선뜻 받아들일까요. 제가 가령 석방이 되더라도 세상은 전과자를 받아들여주지 않을 것입니다. 그리고 그 낙

11

인은 아이들까지, 그 아이의 아이들까지 대대로 찍히게 될 것입니다.

제가 지금까지 18년 동안이나 억울하게 옥살이를 했는데 무죄로 나가게 된다면 정부를 상대로 형사보상 청구소송을 제기해야 될 것입니다. 징역 18년에 해당하는 기간에 대해서 국가로부터 형사보상금을 받아야만 됩니다.

하느님 감사합니다. 아멘.

첫 번째 증인은 이 사건의 피해자인 **정태수** (52세) 였다. 사건의 피해자가 피의자로 지목됐던 사람의 무죄를 입증하기 위해 증인석에 선 것이다. 사건이 발생한 후 20년이라는 시간이 흘렀지만 정태수는 여전히 20년 전 과거에 갇혀있었다. 그는 증인석에서 20년 전의 일을 회상하기 시작했다.

변호인이 증인신문을 시작했다.

「지금부터 증인이라고 부르겠습니다. 증인은 대략 20년 전의 일인데 지금 자세히 기억할 수 있겠습니까?」

「어떻게 해서 그걸 잊어버릴 수 있겠어요? 도저히 말이 안되지요. 그러나 잊어버리려고 노력했기 때문에 잊을 건 잊은 것 같기도 합니다.」

「그때가, 그러니까 사건이 발생한 시점이 기억나십니까?」

「1996년 가을경이었습니다. 그때 벌써 바닷가는 바람이 불면서 많이 추웠거든요.」

「그 장소가 어디였습니까?」

「화성시 서신면 궁평항 근처 바닷가였습니다. 그리고 해안가로 갈대밭이 쭉 이어져 있었지요」

「그때 궁평항에 가게 된 이유를 말씀해 주시겠습니까?」

「저희는 주말에 제부도로 내려갔는데 거기서 점심을 먹고 나서 다시 궁평항까지 간 것이지요」

「그러니까 궁평항에 갈 특별한 이유가 있었나요?」

「그냥 간 거죠. 바닷가가 한적하고 황혼녘이 아름답다고 해서요. 그리고 언젠가 화옹방조제 공사가 시작되면 그쪽 바다는 볼 수 없을 것이란 생각도 들었습니다. 우리는 궁평항에서 하룻밤을 묵을 예정이었습니다」

「그때 희생된 여자 분과는 어떤 관계였나요?」

「연인 사이였지요. 오랫동안…… 근 5년이나 깊게 사귀었지만 결혼 문제로 티격태격하고 있었지요」

「그게, 그러니까 결혼 문제가 어쨌단 말씀인가요? 그 당시 증인의 나이와 그 여자 분의 나이는 얼마였지요?」

「저는 33살이고 여자 쪽은 36살이어서 연상이었습니다. 여자 집에서 결혼을 서두르고 우리 집은 여자가 나이가 많다고 꺼려하는 편이었지요. 그래서 집안을 설득하느라 애를 먹고 있었습니다.

오래된 일이고…… 쓸데없는 이야기…… 여자한테는 미안했지요. 두 번이나 임신중절 수술을 했었거든요」

「기억하기가 괴로운 일이겠지요. 그러나 여기는 엄숙한 법정입니다. 그때 일을 상세히 말씀해 주시겠습니까? 그때 여자와는 무슨 대화를 나누었나요?」

「우리는 자동차 안에서 결혼 문제로 또다시 옥신각신하고 있었지요. 제가 시간을 좀 더 달라고 했어요. 그런데 난데없이 차문이 열리더니 두 사람이 나타난 것입니다.」

「그러고 나서 어떻게 되었나요?」

「나는 끌려 나와서 야구 방망이인지 몽둥이인지 맞아서 정신을 잃었고…… 나중에 정신을 차려보니 제 자동차의 트렁크에 갇혀 있었습니다. 그때 차는 영흥도 십리포 해수욕장의 골목길에 주차되어 있었습니다.

내가 계속 주먹과 발로 두드리고 악을 쓰니까 지나가던 사람이 경찰에 신고해서 구출된 것입니다. 그리고 여자는 차 안에서 성폭행을 당한 뒤 목이 졸려 숨졌다고 하더군요.」

「그러니까 증인이 먼저 얻어맞고 정신을 잃었기 때문에 여자가 당한 장면 등은 보지 못했겠네요.」

「그렇습니다. 불행 중 다행이었다고 해야겠지요.」

「여기 피고인이 보이지요? 그 얼굴이 기억나는가요?」

「아니요. 전혀 모르겠습니다.」

「그날 범인을 목격하지 않았던가요? 어떻습니까?」

「그 당시 겨울의 초저녁이어서 어두웠습니다. 우리는 차 안에 불을 켜지 않고 앉아 있었는데…… 갑자기 닥친 일이라 범인의 얼굴을 자세히 쳐다볼 수 없었습니다.」

「범인들은 두 사람이었거든요. 그들의 목소리는 기억하시겠습니까? 혹시 사투리를 사용하던가요?」

「둘 다 경상도 악센트가 있었습니다. 그러나 한 사람은 목소리가 여자처럼 가늘고 차분했습니다.」

「그때 그들이 했던 말 중에서 기억이 나는 게 있나요?」

「한 남자가 차문을 열면서 '이 자식을 내가…… 여자는 네가 차지……'라고 말했던 게 기억납니다. 그리고 뭐라고 자기들끼리 씨부렁거렸는지, 외쳤는지 도대체 기억할 수가 없지요.」

「그래도 그 당시 수사 과정에서 범인의 인상착의와 그들이 말한 내용을 상세히 진술을 했는데요, 어떤가요?」

「잘 기억나지 않습니다. 다만 그렇지요…… 그때는 사건이 일어난 지 1년이나 지나있었지요. 경찰은 그때까지 범인을 잡지 못한 것입니다.

저는 범인을 하루빨리 잡아야겠다는 생각에 이것저것 상세히 말했겠지요. 범인이 안 잡히자 여자 집에서는 저를 무척 원망하고 있었거든요.」

검사가 반대신문을 했다.

「증인은 경찰조사에서 범인의 얼굴을 똑똑히 기억한다고 하지 않았는가요? 그때, '어두운 밤에 본 얼굴을 어떻게 기억하느냐'는 질문에 '그렇지 않습니다. 얼굴을 기억하는 건 어렵지 않습니다.'라고 대답했지요.」

「처음에는 그렇게 말했습니다. 나중에 생각해 보니 그게 아니어서 '범인의 얼굴은 알아볼 수 없었다'고 진술했는데 그건 조서에 적지 않았습니다.」

「그 사건 이후 증인은 어떻게 되었나요? 증인의 인생이 어떻게 되었냐는 말입니다.」

「전 그 충격으로 다니던 직장을 그만두었고 지금까지 혼자서
……」

「그러면 결혼도 하지 않았단 말인가요?」

「그렇지요. 어떻게 결혼을……」

「그러니까 저 피고인이 증인의 인생을 송두리째 망쳐버렸네
요.」

그 당시 강력계장이었던 **김중권**이 증인으로 나왔지만 기억이
잘 나지 않는다는 태도를 보였다. 그는 '재심 청구인에게 조사
과정에서 강압적으로 대하거나 폭력을 행사한 적은 전혀 없었
다'고 누누이 강조했다.

변호인이 신문했다.

「증인은 당시 화성경찰서의 강력계장이였고 이 사건으로 특
진까지 하셨지요. 그리고 몇 년 전에 정년 퇴직하셨네요.」

「……」

「이 사건 당시 당초 용의자는 물론이고 범행 도구, 지문 등
별다른 증거가 발견되지 않았지요. 초동수사에서 실수한 거 아
닌가요?」

「기억나지 않습니다.」

「왜? 기억나지……」

「오래된 일입니다. 벌써 20년이 지났지 않습니까?」

「그렇다고?」

「그렇지요. 엊그제 일도 까마득한데요」

「나는 수사관 경력이 20년이 넘었어. 쭉 계속해서 이쪽에만 있었단 말이지. 나를 가지고 놀 생각일랑 꿈에도 하지 말어. 나는 네 놈이 범인인지 이미 알고 있다고. 그렇지 않아? 라고 말한 적이 있었지요」

「기억나지 않습니다.」

「피의자의 임시 거처인 빈 농가 주택을 압수 수색했지만 아무 것도 찾을 수 없었지요 압수 수색을 할 때는 다른 경찰관 1명이 입회해야 하지만 증인은 그때 혼자서 한 게 아닙니까?」

「기억나지 않습니다.」

「그리고 말입니다. 피의자는 그 당시 사체유기 장소도 모르는데 억지로 그곳에 데리고 가서 강압적인 분위기 속에서 현장 검증을 했었지요」

「아닙니다.」

변호사는 무력하고 비참한 기분에 휩싸였다. 매서운 눈초리로 전직 형사의 양심을 꿰뚫을 듯 노려보았다.

「아니다, 기억나지 않는다, 그렇게만 말하는 게 아니지요. 왜? 무슨 일로 증인으로 나오셨습니까?」

「증인이란 게 기억나는 범위 내에서 진술하는 거 아닙니까? 왜 진술을 강요하나요?」

「그렇겠지요. 다시 질문을 시작하겠습니다. 그러니까 그 당시 수사의 단서가 되었던 것들이 있었다면 아직 경찰서에 보관되어 있는가요?」

「사건이 종결되면 돌려줄 것은 돌려주고 전부 바로 폐기합니다.」

「폐기한 목록을 기록한 문서는 있는가요?」

「지금은 어쩐지 모르지만 그때는 없었습니다.」

「그러면 DNA자료는 어떻게 되었나요? 손수건도?」

「그런 자료는 국과수에 영구 보관되어 있는 것으로 알고 있습니다.」

「검찰에 송치되기 전까지 3차례에 걸쳐 진술서를 작성했네요. 그러니까 진술서와 4차례에 걸친 피의자신문조서의 내용이 일치하지 않고 뒤죽박죽이란 말이지요.

구체적으로 말씀드려 볼까요?

첫째, 범행 전후 상황과 시간이 일치하지 않습니다. 피해자는 황혼녘이어서 아직 어둡지는 않았다고 하면서 범인의 얼굴을 똑똑히 기억한다고 했는데 나중에는 어두운 밤이었고 순간적으로 일어난 일이라 기억하지 못한다고 했습니다.

둘째, 범행 수법과 사용한 도구가 일치하지 않지요. 피의자가 여자를 죽일 때 처음에는 둔기를 사용했다고 하다가 나중에는 목 졸라 죽인 것으로 되어 있거든요. 이는 국과수에서 뒤늦게 피해자가 목 졸려 죽었다는 회신을 보내온 이후 바뀐 거란 말입니다. 그리고 그 둔기 역시 야구방망이라고 했다가 팔뚝만한 각목이라고 했다가 돌멩이라고 하였지요. 목을 조를 때도 장갑을 끼었다고 했는데 그 장갑을 갈대밭에 던져버렸다고 했는데 그 장갑은 결국 찾지 못했거든요.

셋째, 여자의 사체를 유기한 장소 역시 오락가락했거든요. 결국 사체를 찾아내서 국과수에서 부검을 하긴 했습니다. 그런데 그 사체는 바닷가 갈대밭에 묻혀 있는 것을 예민한 코로 시체의 냄새를 맡도록 훈련받은 수색견의 도움을 받아 6개월 만에 겨우 발견한 것이거든요. 전에 몇 차례 수색을 했을 때 지나친 곳이었지요.」

「죄송합니다. 기억나지 않습니다.」

「수사 당시 각본을 써놓고 그 각본에 따라서…… 다시 말씀드리면 DNA검사 결과에 맞춰 피의자의 진술을 짜 맞춘 것이 아닌가요?」

「그럴 리가…… 어떻게 변호사가 그런 황당한 말을 할 수가……」

「피고인에게 강압적으로 또는 폭압적으로 하여서 조사한 것이 아닌가요?」

「그런 일 없습니다. 절대로 없습니다.」

그 당시 범인의 자백 외에 경찰이 제시한 유일한 증거는 현장에서 발견된 범인의 정액이 묻은 하얀 손수건이었다. 국과수는 손수건에서 나온 DNA와 피고인의 DNA를 비교 분석해서 일치한다고 했다.

그 당시 **유홍준** 경사가 사건 수사를 직접 담당했는데 그가 증인으로 나왔다.

「지금 인천 부평경찰서 수사과장으로 있지요.」

「세월이 무척 빠릅니다. 정년이 3년 남았습니다.」

「증인은 피고인을 기억하고 있지요? 그가 그때 제대로 자백을 했는가요?」

「피고인이 그때 너무 자연스럽게 자백을 했는데 무엇 때문에 지금에 와서 부인을 하는지 모르겠습니다. 그때 유일한 물증은 정액을 닦고 버린 손수건 하나뿐이었는데 국과수 조사 결과 DNA가 일치했습니다. 그래서 피의자가 범인이 틀림없구나 하는 확신을 가지고 수사에 임하게 됐습니다. 피고인은 진범이 틀림없습니다. DNA가 말해주고 있지요.」

「그러니까 이 사건에서는 DNA가 있으니까 증거가 충분했다는 말인가요?」

「그렇지요. DNA 검사 결과 일치한다고 나오지 않았습니까.」

「그렇다면 DNA가 유일한 증거인데 그게 그렇게 움직일 수 없는 증거가 될 수 있습니까?」

「국과수 결과는 믿을 수밖에 없지요.」

「증인은 정의감이 투철한 경찰로서 그 열성적인 태도는 칭찬받아야만 마땅하겠지요. 그러나 증인은 피의자가 범인이 틀림없다는 확신에 사로잡혀서 피의자가 범인이 아닐지도 모른다는 의심을 걷어 차버린 것이 아닌가요?」

「그렇지 않습니다. 진술할 때 피의자의 얼굴과 눈을 살펴보았지요. 안면은 창백했고 눈의 초점이 몇 번씩이나 바뀌어 눈이 마치 헤엄이라도 치는 것처럼 흔들려서 안정되지가 않았습니다. 입술이 마르는지 자꾸 혀를 내밀어 입술을 닦았고 손끝이 가늘게 떨리기도 했습니다. 이런 것은 피의자들이 거짓말을 할 때 나타나는 전형적인 모습입니다. 제 경험에 의하면 그렇습니다.」

「그 반대로 생각할 수는 없을까요? 자신이 한없이 억울하니까 말입니다.」

「아닙니다. 아니지요. 그리고 나서 눈물을 흘렸지요. 아! 남자의 눈물은 진실한 것입니다. 여자의 눈물과는 다르지요.」

「피의자는 당시 진술이 논리정연하지 않고 일관성이 없었지요. 그건 자신이 실제 안 했기 때문에 그런 것 아닌가요?

증인은 어떻게 해서든지 DNA에 맞춘 자백을 받아내려고 한 것이 아닌가요? 그 과정에서 무죄추정이라는 대원칙을 넘어서버린 것 아니겠습니까?」

「그건 이론에 불과한 것입니다. 무죄추정이 아니라 흉악한 범인을 잡는 것이 더 중요한 일입니다. 피해자의 인권은 어떻게 해야지요? 제가 수사했지만 고문 같은 짓은 하지 않았다는 것을 자신 있게 말씀드릴 수 있습니다.」

「증인은 '거짓 자백'을 '슬픈 거짓말'이라고 하는 것을 아시나요? 슬픈 거짓말을 하기로 마음먹은 피의자는 자신이 알게 된 사건의 일부 내용에 상상력을 최대한 발휘해서 범인인 척 연기한다는 것이지요.

그러나 실제 범행을 저지르지 아니하였기 때문에 상상력에는 한계가 있는 것입니다.

그러니까 진술이 자꾸 어긋나는 것이지요. 그때는 수사관이 나서서 힌트를 주고 암시를 주면서 '이렇지 않은가?', '그때 그랬었지' 추임새를 집어넣는 것이 아닌가요?」

「처음 듣는 이야기입니다. 이 사건의 피의자는 그때 상상력까지 발휘하지는 않았습니다. 제가 최대한 인간적 대우를 해주었다고 생각합니다. 저는 형사로서 실체적 진실을 알고 싶은 거지 피의자가 소설을 작문하는 것을 원치는 않았습니다.」

「많은 사람들이 무고한 사람이라면 하지도 않은 사건의 죄를 인정하는 자백을 할 리가 없다고 생각하지요. 더욱이 무고한 사람이 재판에서 유죄가 되는 경우는 도저히 있을 수 없다고 생각한단 말이지요. 증인의 생각은 어떤가요?」

「글쎄 말입니다. 저도 자신 있게 말할 순 없을 것 같습니다. 저는 피의자가 자백을 하고 나서 기뻐했다고 생각합니다. 그는 안도감을 느낀 것이지요.

다시 말씀드리면 자백할 기회를 얻어서 마음의 짐을 내려놓게 된 것에 대하여 마음 편안하게 생각한 것이지요.」

「사람들은 고문이 없는 한 무고한 사람이 거짓자백을 할 리가 없다고 생각하지요. 그리고 고문당하지 않고 자백했다면 당연히 그 사람이 범인일 것이라고 믿어버리는 것입니다.

그런데 인간은 신체적인 위해를 가하는 것보다 심리적으로 고통스러운 상황에 놓였을 때 더 쉽게 거짓자백을 하는 게 아닌가요?」

「그 당시 피의자는 심리적으로 고통스러운 상황에 있었다고는 할 수 없을 것입니다.」

「그건 증인의 생각에 불과하겠지요. 물론 증인은 허위자백에 빠뜨리려는 악의로 가득 찬 형사라고는 할 수 없을 것입니다. 결코 그렇지 않았을 것입니다.

증인은 증거에 충실하려고 했고 어떻게 해서든지 피의자를 정직한 인간으로 갱생시키고 싶다는 열의에 가득 차 있었겠지요」

「저는 형사 생활을 하면서 범인을 검거해서 처벌하는 목적이 무엇인지 종종 되새겨봅니다. 어차피 범인이 그 죄를 깨닫고 반성하고 회개하지 않는 한 피해자도 고이 잠들지 못할 것이고 그렇다면 범인이 갱생한다고 볼 수도 없을 것입니다.

저의 경험에 비추어보면 자백하지 않은 범인이 반성할 리가 없습니다. 자백은 반성과 뉘우침의 출발점입니다. 그래서 자백이 중요한 것입니다. 성경에도 뉘우치거든 용서해주라고 했습니다. 자백하고 반성하고 그러면 피해자가 눈을 감을 수 있겠지요」

「일반적으로 피해자는 범인을 타인과 착각하는 경우가 없다고 생각하기 쉽겠지요. 그러나 원래 인간의 기억은 틀리기 쉽고 바뀌기 쉬운 것입니다.

특히 피해자는 공포 때문에 또는 범인으로부터 도망가고 싶은 기억 때문에 범인을 침착하게 바라보는 경우가 별로 없다고 합니다. 오히려 도망갈 수 있는 길이나 자신의 안전 확보와 관련된 물건에 주의를 두는 경향이 있다고 하지요.

그런데 이 사건의 경우에는 밤이었고 피해자는 순간적으로 뒤통수를 맞고 기절했기 때문에 범인을 기억하기가 곤란하지 않았을까요?」

「그건 그럴 수 있다고 봅니다.」

「1년 만에 시체를 찾았는데 어떻게 목을 졸렸다는 것을 알게 되었나요?」

「국과수는 여자의 목뼈가 압박으로 휘어졌고 질식사한 것으로 추정했습니다.」

「그 과정에서 여자가 소리를 지르니까 실수로 목을 조른 것인가요? 또는 끝나고 나서 조른 것인가요? 아니면 처음부터 목을 졸라서 죽은 후 시간을 한 것인가요?」

「그건 알 수 없었습니다.」

「피고인에게 그 부분 진술을 받지 않았는가요?」

「그 부분은 피고인이 명백히 진술하지 않고 얼버무린 것으로 기억합니다.」

「30년간 수사를 하셨는데 과연 진실이 존재하던가요? 형사소송에서는 흔히 실체적 진실이라고 하지 않습니까.

진실에 이르는 길은 엄정하고 험하겠지요. 하지만 누구는 반쪽의 진실은 허위보다 무섭다고 했습니다.」

「그렇기도 하고 아니기도 합니다.」

「아니기도 하다고요? 그렇다면 이 사건의 온전한 진실은 무엇인가요?」

「그건 변호인이 이미 알고 있잖아요. 나도 그만큼만 알고 있지요. 시험하지 마세요. 자신이 판단하지 않고 남에게 떠넘기는 것은 무책임한 일이지요. 직무유기란 말입니다.」

「변호인으로서 정당한 질문이라고 생각하는데요」

「그렇지요. 때론 진실과 허위의 경계선은 구분하기가 매우 어렵지요. 가끔 절망적인 경우가 있지요. 그건 신의 영역이라고 할 수 있을 것입니다. 그것을 깨닫는 데 30년이 걸린 것 같습니다.」

「그런데 말이지요. 그때 화성에서 일어난 2건의 살인사건에 대해서도 피의자에게 추궁을 한 사실이 있지요?」

「그런 것 같습니다.」

「그때 피고인이 그 2건에 대해서도 자백하지 않았던가요?」

「자백했습니다.」

「그런데 왜 2건은 기소하지 않았는가요?」

「검찰에서 증거가 충분치 않다고 해서…… 그렇게 한 걸로 알고 있습니다. 사실은 다른 사건에서는 알리바이가 있어서 피의자의 범행은 불가능했지요. 저는 당초부터 포기하고 있었습니다. 그러나 이 사건은 그게 없었습니다.」

「증인은 조서에 있는 것 말고 참고가 될 만한 것이 생각나는 게 있습니까?」

「글쎄요…… 없는 것 같습니다…… 세월이 그렇게 흘러 버리지 않았습니까? 제가 20년 만에 저 사람의 얼굴을 다시 보게 되었군요. 죄가 무엇인지? 이미 충분히 처벌을 받은 게 아닐까요.」

이 사건 핵심 증거인 DNA 검사와 관련하여 변호인이 신청한 국립과학수사연구원의 선임 연구원이 증인으로 출석하였다.

「증인은 현재 국립과학수사연구원에서 연구원으로 근무하고 있지요. 그러니까 이 사건 분석을 직접 담당했던 분들은 이미 정년퇴직을 했고, 증인은 현재 보관되어 있는 DNA 관련 자료들을 관리하고 있다는 것이지요.」

「그렇습니다.」

「DNA 감식에 대해 말씀해주시겠습니까?」

「DNA 감식을 1985년 처음 개발되었을 당시에는 유전자 지문 감식이라고 했습니다. 그러니까 그 주인이 누구인지를 확실하게 밝혀주는 것입니다. 하지만 그 이상은 아닙니다. 유전자 감식은 언제나 그 주인이 남자인지 여자인지 성별까지는 구별해 주지만 그 사람의 인격이나 심리 상태 또는 신체적인 특징에 대해서는 아무것도 밝혀주지 않습니다.」

「이 사건의 경우 DNA 감식의 과정을 짧게 설명해 주시겠습니까?」

「남자의 정자는 DNA 보고라고 할 수 있습니다. 말라붙거나 강한 자외선 빛을 쐬어도 정자의 머리 안에 들어 있는 유전형질은 오랫동안 조금도 손상되지 않고 보존됩니다.

근 2년이 지나서 백악관 인턴 모니카 르윈스키의 청색 외투에 묻은 극히 작은 얼룩에 '크리스마스트리'라는 시액을 바르자 바로 그 얼룩은 정액이 틀림없는 것으로 확인되었습니다. 거기서 클린턴 대통령의 DNA가 나왔지요.

이 사건에서는 손수건에 남아있는 정액의 DNA와 용의자의 머리카락에서 나온 DNA를 컴퓨터에 입력해서 일치하는지 여부를 분석한 것입니다.」

「증인은 DNA 감식 과정에서 실수 또는 오류는 있을 수 없다고 보십니까? 다시 말씀드리면 정확하지 않은 수학적 전제에서 출발했거나 실험과 분석에 있어서도 부실한 실수가 있을 수도 있고 더욱이 무슨 선입견이 작용할 수도 있지 않을까요?

검사자가 혐의를 받고 있는 용의자라면 확률이 떨어질지라도 범인일 수밖에 없다는 그릇된 신념을 가지고 있다면 어떻게 될까요? 그렇게 DNA를 맹신해도 상관없는 것인가요? 결국 확률의 문제가 아닐까요?」

「인간들은 누구나 가끔 실수를 하지요. 그러나 검사자에게 그런 편견은 있을 수 없습니다. 검사자는 냉정해야 되고 객관적이어야 합니다.

이론상으로 보면 확률의 문제이긴 하지만 DNA 감식에 있어서는 그 확률은 의미가 없다고 보아야겠지요. 그게 99.99999퍼센트 확률이니까요.」

「2015년 4월의 일인데요. 미국 워싱턴 DC 범죄연구소에서는 DNA 분석이 10개월간 중지된 일이 있었다고 합니다. 그 기간 중에 100여 건의 사건이 재검토되었습니다. 그 이유는 한 검증위원회가 그곳 분석가들의 자질이 매우 떨어지고 절차가 부적절하게 진행되었다고 판단했기 때문이었지요.

그렇다면 우리나라의 경우는 어떻습니까? 그 당시를 기준으로 하면 말입니다.」

「글쎄요…… 그 당시 상황은 잘 모르겠습니다.」

「형사 사건에서 확실한 증거를 찾아야 하는 일은 난제 중의 난제이겠지요. 특히 어려운 살인사건에서는 말입니다. TV 드라마에 나오는 모든 과학수사 기법들을 믿어도 될까요?」

「드라마는 원래 과장이 심하지요. 그렇지 않습니까. 아직도 많은 과제가 남아있습니다. 확실하게 검증이 안 된 과학수사의 증거가 실제 사실보다 더 확실한 증거로 인정되어 버린다면 무고한 사람들이 감방에 가거나 더 심한 형벌을 받는 경우가 있을 수 있겠지요」

「그러니까 요즘 막 개발되기 시작한 DNA 표현형 분석이라는 기술을 이 사건에 적용할 수 있을까요?」

「그건 아직은 불가능합니다. DNA 표현형 분석이라는 것은 유전적 증거를 가지고 복잡한 수학 알고리즘을 거쳐 3D 스캐너를 이용해서 DNA 주인의 얼굴과 신체적 특징을 예측한다는 것인데요…….

그러니까 머리카락이나 눈동자의 색깔, 주근깨 발생 확률, 귓불의 유무, 광대뼈의 각도나 턱선, 코의 모양과 같은 얼굴의 형상을 만들어낸다는 것인데요…… 아직은 아니지요. 여전히 해결해야 할 과제가 많이 남아있지요」

「증인으로 나와 주셔서 감사합니다. 제가 이번 기회에 많이 배웠거든요」

그 당시 수사를 담당했던 검사는 그 사건이 있은 지 몇 년 후 검찰을 떠나 지금은 서울의 대형 법무법인에서 파트너로 일하고 있다. 내가 그에게 수차례 전화를 걸고 문자 메시지를 남겨 놓았지만 연락이 되지 않았다. 그래서 어느 날 사무실로 무작정 찾아간 것이다. 나는 그에게 그 당시 DNA검사가 정말 과학적으로 하나의 오차도 없이 확실한 것인지에 대해 알고 싶었고, 피의자의 자백이 계속 오락가락하였는데 그 과정과 이유를 알고 싶었던 것이고, 혹시나 재심재판에서 참고가 될 만한 사항이 있는지 알아보려고 했던 것이다. 이미 옛날 일이니까. 같은 변호사로서 허심탄회하게 이야기할 수 있지 않을까. 그러나 초면이긴 했지만 그 기대는 여지없이 무너졌다. 내가 30년이나 변호사 생활을 했건만 턱없이 순진했던가. 그가 말했다. '재심 좋아하네. DNA가 말해준다고 다 잊고 있었는데…… 꺼지라고 당장 꺼져.' 그는 계속 버럭 화를 내더니 먼저 사무실을 박차고 나가 버렸다. 그리고 증인 출석 요청에도 해외출장을 이유로 불응하고 끝내 나타나지 않았다.

사건기록에 의하면 피의자 김영남은 그 당시 수원지방검찰청 408호 검사실에서 **이준보** 검사로부터 4회에 걸쳐 피의자 신문을 받았다. 그 젊은 검사는 항상 거만하고 흥분해 있었으며 자주 호통을 치고 가끔 노려보면서 뺨을 때리고 욕설을 내뱉었다. 당연히 반말로 지껄였다.

피의자신문조서 중에서 일부 발췌한 부분과 그 검사가 한 말 중에서 조서에는 기재되어 있지 않지만 김영남이 분명히 기억하고 있는 부분을 문답 형식으로 정리하면 다음과 같다.

문 : 피의자는 경찰에서 자백을 하였는가요?

답 : 그게…… 그러니까……

문 : 국과수에서 한 그 감정에 대해 알고 있지요?

답 : 경찰이…… 그러나 저는 이해가 안 가는데요 무슨 감정이라고 하였지요?

문 : DNA감정 말이야.

답 : 그렇다고 하더군요. 뭐가 뭔지? 전 모르겠습니다.

문 : 다시 한 번 확실하게 알려주지. 네놈의 DNA와 하얀 손수건에 묻은 DNA가 정확하게 일치한 거지. 그러니까 그 날 저녁…… 바보처럼…… 하고 나서 손수건으로 닦고 무심결에 자동차 바닥에 버린 거지. 아! 이런! 그건 멍청한 짓이었어. 그 손수건이 없었더라면 우리는 범인을 잡을 수 없었겠지. 지문은 잘 지웠는데 손수건은 왜 제대로 처리하지 못했느냐 말이야. 그게 시트 밑에서 발견되었거든. 왜 손수건으로 닦았어? 흘러내려서 찜찜했던 거야? (이건 조서에는 기재되어 있지 않았다. 그러나 피고인은 이 말을 지금까지 정확히 기억하고 있다.)

답 : 잘 모르는…… 그럴 리가요 아니지요 절대로……

문 : DNA는 하느님도 어쩔 수 없어. 다 인정하라고 속 시원히 말이야. 날 짜증나게 해봤자 이로울 게 하나도 없어. 너 바보 멍텅구리 아니야? 내가 사형을 구형할 수도 있다고 강도강간에 강도살인, 특수감금, 사체유기까지 했으니…… (이 부분도 조서에는 기재되어 있지 않다.)

솔직히 말해서 반성하고 있는 것처럼 보이지 않거든. 속 시원하게 자백을 하지도 않고 아무것도 스스로 대답하려고 하지 않아. 시종일관 눈을 맞추지도 않는단 말이야. 고개를 숙이고 눈물을 흘리며 사죄를 하는 것처럼 했지만 어쩐지 진지한 태도는 아니라고 느껴진단 말이야.

침묵. 흐느껴 움.

답 : 미안합니다. 죄송합니다.

문 : 지난번에 거짓말한 거지? 그런 것 같지?

답 : 용서해주십시오. 용서를……

문 : 나는 얼마든지 용서해 줄 수 있어. 그러니까 실체적 진실을 사실대로 말하라고. 나는 진실을 듣고 싶다고.

답 : 네. 그렇지요. 제가 모르는 부분이 잔뜩 있으니까요.

문 : 또다시 원점으로 돌아가고 있어. 나하고 지금 동문서답하고 있는 거야.

답 : 그랬습니다. 그렇다면 그렇다고 해야겠지요.

문 : DNA가 있으니까 끝까지 부인해도 아무 소용이 없어. 그렇다니까. 그런데 말이야. 내가 듣고 싶은 것은 사람을 죽였으니 진심으로 반성했으면 하는 거야. 그 여자가 무슨 잘못이 있어. 네가 죽이지 않았다면 지금쯤 결혼하고 애 낳고 행복하게 살 텐데.

답 : 그렇지요. 그 여자가 불쌍하지요. 그건 못된 짓이었어요. 어떻게 인간의 탈을 쓰고……

문 : 그래. 인정한 거야. 다시 부인하지 마. 특히 법정에서 부

인하면 판사한테 찍혀. 판사한테 찍혀서 좋을 게 하나도 없지. 그러니까 순순히 네, 네. 하라고 (이 부분도 조서에는 기재되어 있지 않았다.)

답 : 제가 뭘 알겠습니까? 시키는 대로 하겠습니다.

문 : 공범과는 잘 아는 사이인 건 맞지?

답 : 그렇습니다. 함께 어선에서 일했으니께.

문 : 그날 어떻게 했었지?

답 : 그날 저녁 배에서 내려 함께 술을 마셨습니다.

문 : 술은 가끔 사람을 미치게 하지. 그게 문제인 거야.

하지만 변호사가 이준보 변호사를 증인으로 신청하자 판사는 애매하게 '그럴 필요가 있을까요' 하면서 증인 신청을 기각했다. 변호사는 이의를 제기하면서 이를 공판조서에 기재해 달라고 요청했다.

마지막으로 변호인이 피고인 신문을 하였다.

작은 키에 다소 헐렁한 푸른 수의를 입은 피고인은 단정하게 머리를 깎았고 푸르스름하게 면도를 한 턱이 가끔 씰룩거렸다. 머리는 벌써 완전한 백발이다. 그러나 실제보다 더 나이가 들어 보이는 잔주름이 자글자글한 얼굴은 편안해 보였다.

변호사는 먼저, 피고인에게 묻는 말에 변호사를 보면서 대답하지 말고 재판장을 바라보고 대답하라고 주의를 주었다.

「피고인은 수사 과정에서 계속 '죄송합니다, 미안합니다'라고 말했는데 그게 무슨 뜻이었는가요? 다시 말해서 범행을 시인한 것인가요? 아니면 그냥⋯⋯」

「그냥⋯⋯ 나 때문에 고생고생하는 거 보니까 미안했지요」

「그래도 그렇지?」

「저에겐 알리바인가 뭔가가 없다고 했고, DNA가 있다고 하니까 어쩔 수 없었⋯⋯」

「그런데 왜 울고 하였는가요?」

「제 처지가 한심해서 그냥 눈물이 쏟아지더라구요」

「계속 구속된 상태에서 네가 한 게 맞아, 틀림없다니까, 빼도 박도 못하는 거야, 어서 자백하라고, 그러고 나서 편히 쉬라고 하니까 기분이 어땠어요?」

「정말이지 말입니다. 계속 내가 했다고 하니까, 꼼짝할 수 없는 증거가 있다고 하니까 정말 제가 한 것으로 믿게 되었습니다.」

「그때 수사받으면서 경찰로부터 가혹행위를 당하지는 않았나요? 때리고 발로 짓밟고 말이지요」

「그런 건 없었습니다.」

「수사받을 때마다 얼마나 시간이 걸렸는가요?」

「아침 9시부터 밤늦게까지 받았지요」

「그래도 견딜 만했는가요?」

「계속 머릿속이 뜨거워졌지요. 머리가 멍해지고 새하얗게 되었는데 한 번은 그만 바닥에 쓰러져 버렸습니다.」

「그러니까 자포자기했단 말인가요?」

「그렇지요. 일종의⋯⋯ 지금 생각해 보면 후회되지요 끝까지 버틸 것을 하고 자백하지 않으면 수사가 지겹게 수없이 반복되고 하니까 얼른 끝내고 싶었던 마음도 있었습니다.」

「그날 저녁 배에서 내린 다음 그 친구와 저녁식사를 하면서 술을 마신 것은 사실이지요? 그런데 술을 얼마나 마셨나요?」

「둘이서 소주 3병쯤 마신 것 같습니다.」

「그러고 나서?」

「우린 헤어졌지요. 하루 종일 바다에 있었으니 온몸이 뻐근해서 잠이 쏟아졌지요.」

「피의자신문조서에 의하면 그날 저녁 궁평항에서 술을 마신 다음 매항리가 바라다보이는 남양만 쪽 바다의 해안가로 가서 범행을 한 것으로 되어 있는데요?」

「그날 저녁 거기까지 가지 않았습니다.」

「그런데 왜 그렇게 진술하였는가요?」

「경찰이 그렇다고 했습니다. 거길 갔으니까 DNA가 남아있는 거라고 하면서.」

「공범인 죽은 친구가…… 그러니까 힘이 센 김상만이 남자를 끌어내서 방망이로 뒤통수를 치니까 기절해버렸고 그러고 난 후 피고인이 여자를……」

「저는 모르는 일이지요.」

「피고인이 궁평항으로 온 게 언제였는가요? 그 사건 당시를 기준으로 말입니다.」

「전 원래 전남 신안에서 태어났고 고향에서 중학교를 졸업한 후부터 목포에서 계속 뱃일을 했습니다. 군산과 장항에서 몇 년간 어선을 탔고 가두리 양식장에서도 일했습니다.

궁평항에 온 것은 그 1년 전이었습니다. 솔직히 말씀드려서 궁평항에서 중국 쪽으로 밀항할 수 있다고 해서 그 기회를 엿보려고 온 것이지요.」

「그래서 기회를 잡았나요?」

「기회는 없었습니다. 중국 쪽에서 돈을 엄청나게 부른다고 하더라구요.」

「공범인 그 친구는 누구인가요?」

「그는 화성시 마도면 출신이지요. 저보다 3살 위여서 친구가 아니라 형님 동생하고 지냈지요. 한때는 집에서 김양식장을 크게 했는데 잘못되어서 망했다고 하더라구요. 저하고 그때 석 달째 함께 배를 탔습니다. 해병대 출신이라고 했습니다.」

「그에게 절도와 강도 때문에 소년원에 갔다 온 전과가 있다는 사실을 알고 있었습니까?」

「전혀 몰랐지요. 그걸 제게 자랑할 일이 못 되지요.」

「피고인은 이 사건 이전에 전과가 있었는가요?」

「목포에서 술먹고 패싸움을 하다가 폭력으로 입건된 적이 있었습니다.」

「그 당시 재판받을 때 국선변호인이 있었지요. 그때 국선변호인이 뭐라고 하던가요?」

「국선변호인은 제가 하지 않았다고 하니까 난감한 표정을 짓더라고요. 범행을 인정해야 형이 줄어든다고 하면서 만약 잘못되었다가는 사형이 선고될지도 모른다고 했습니다.

그래서 자백을 할 수밖에 없었지요」

「법정에서 처음에는 시인했다가 나중에는 번복했고 다시 시인했습니다. 왜 그랬나요?」

「나중에 생각해 보니까 번복하면 안 될 것 같았습니다. 법정에 그 형사가 나와서 들으면 어쩌나 하는 생각이 들었습니다.

조사받을 때 형님처럼 대해주었거든요. 그리고 변호사한테 야단맞을지도 모른다는 생각도 들었습니다.

변호사가 재판이 시작되고 나서 두 번째 면회를 왔었는데 그때 시인하라고 했고 그러면 자기가 잘 처리하겠다고 했었습니다.」

「형사들이 검찰에 가서도 범행을 인정하지 않으면 다시 똑같은 수사를 받을 거라고 했나요?」

「그렇긴 합니다.」

「왜……? 18년이나 지나서 갑자기 재심을 신청하게 되었나요?」

「아무리 생각해봐도…… 제가 너무 순진했습니다. 그리고 억울했습니다. 정말로 하지 않았거든요

그때는 어찌 되었든…… 제가 무슨 말을 해도…… 재판장님이 반드시 진실을 밝혀 주리라고 믿었습니다.

인간은 불가능해요. 하느님만이 알고 계십니다. 하느님이 그렇게 하라고 말씀하셨습니다.」

그 사건이 발생한 지 일 년이 지나서 해안가 갈대밭에서 여

자의 사체가 발견되자 수사는 다시 활기를 되찾았다. 그때 화성 경찰서 강력계 형사가 다 쓰러져 가는 농가 빈집이었던 김영남의 집으로 찾아왔다. 할 이야기가 있으니 잠깐만 경찰서에 가자는 것이었다. 이유인즉, 죽은 **김상만**에 관해서 몇 마디 물어볼 것이 있다는 것이다. 강력계 형사들은 사건이 발생하자마자 궁평항의 불량배, 전과자를 중심으로 조사를 벌였다. 그는 절도와 강도로 두 번이나 소년원을 다녀온 적이 있고 폭력전과가 세 번이나 있었는데 한 번 결혼했다가 이혼한 후 어머니와 함께 살고 있었다. 그러나 그는 그 사건이 있은 지 몇 달 지나서 바다에 낚시를 갔다가 사고로 죽었던 것이다. 그런데 강력계 형사들은 그가 죽었기 때문에 용의선상에서 배제했다가 뒤늦게 이 사건의 범인이 두 명이고 김영남이 그와 함께 배를 타는 친구 사이라는 것을 알고 그를 경찰서로 데려간 것이다. 그리고 DNA검사 결과가 나오자마자 정식으로 구속영장이 청구되었다.

원심 재판이 시작되고 나서 1회 공판기일에서 피고인은 기소 사실을 인정했다. 그러나 3회 공판기일에서는 범행을 부인했고 연이은 공판기일에서 부인을 취소했다. 그러니까 피고인의 진술은 자백과 부인과 다시 자백으로 변했던 것이다. 수원지방법원은 그 당시 피고인에게 무기징역의 판결을 선고했는데 DNA 감정에 대해 과학적 증거로서 높은 가치가 있다고 판단했고 피고인의 자백의 경우 전후 사정을 종합해서 판단하면 피고인의 진술 번복은 매우 불합리한 변명으로 볼 수밖에 없고, 특히 피고인의 자백이 사건 발생으로부터 대략 1년이나 지난 후 비로소 이루어진 것이어서 세세한 부분까지 객관적 사실과 일치하지 않는 것은 오히려 자연스러운 것이며 미미한 부분에서 자백이 어긋난다고 해서 자백의 신빙성에 직접적으로 영향을 미치는 것은 아니라고 했다.

피고인은 그 후 일관되게 자신의 무죄를 주장하며 항소, 상고했으나 전부 기각되어 유죄판결이 확정되었다.

재심재판에서도 수원지방법원 제11형사부는 역시 DNA 감정은 신뢰할 수 있고 피고인이 자백과 번복을 반복하긴 했지만 피고인의 자백을 믿을 수밖에 없다고 하면서 DNA 재감정 요구를 받아들이지 않고 기각하였다. 그러자 피고인은 다시 서울고등법원에 항소 하였고 서울고등법원은 제1회 공판기일에서 DNA 재감정을 실시하기로 하면서 그 결과가 나올 때까지 다음 공판기일을 추정하였다. DNA재감정은 대검찰청 과학수사부에서 맡기로 하였다.

객관적·과학적인 증거를 제시한다는 DNA 감정이라는 새로운 수사방법은 1990년대 중반쯤 각광을 받기 시작했다. 그러나 그 당시의 DNA 감정은 타인과 일치할 확률이 불과 약 1000명에 1.2명일 확률로, 다시 말하면 833명에 1명에 해당할 정도로 정밀도가 낮았다. (가령 예를 들자면 그 당시 화성시의 인구가 168,217명이고 남성이 82,839명일 경우 화성시에서 이에 해당할 남성은 약 100명일 확률이었다.) 그러나 2003년에 개발되었고 나아가 2006년에 개량된 새로운 DNA 감정은 DNA형이 일치할 확률은 4조 7000만 명에 1명의 확률일 만큼 그 정밀도가 탁월하게 향상되었다. 다시 말하면 지구상 인구가 약 70억 명으로 추산되고 있으므로 적어도 지구상에서 DNA형이 일치할 확률은 없게 되는 것이다.

항소심은 이러한 항소이유를 받아들여서 재감정을 실시하기로 한 것이다. (나는 일본 판례를 검토했고 도치기현 아시카가 사건을 인용했던 것이다.)

겨울이 성큼 다가오고 있어서 날씨는 추웠다.

바람이 차가워지는 만큼 겨울은 가까이 오네요.

전남 순천시 서면 선평리 430 순천교도소

호남 고속국도 서순천 나들목에서 시내로 접어들면 4차선 도로는 순천지방산업단지까지 이어지고 고물 SUV는 골골거리며 달리다가 교도소 정문 공용주차장에서 멈췄다. 서울에서 여기까지 꼭 4시간이 걸렸다. 내비게이션 덕분에. 요즘 우스갯소리가 있지 않은가. 남자는 세 사람의 여자 말을 잘 들어야 한다고 하는데 어렸을 적에는 엄마의 말을 잘 듣고 결혼해서는 아내의 말을 잘 듣고 운전할 때는 내비게이션에 나오는 여자의 말을 잘 들어야 한다는 것이다.

나는 차에서 바로 내리지 않았다. 뭔가 나를 가로막고 붙잡고 있었던 것이다. 나는 자동차에 망연히 앉은 채로 오락가락하는 이런저런 생각들을 정리할 필요가 있었다.

옛날에, 그러니까 1970년대만 해도 나는 서울에서 밤늦게 보통급행열차를 타면 아침에 순천역에 닿게 되고 다시 터덜거리는 고물 버스를 타고 비포장도로를 따라 몇 시간씩이나 달려 고흥읍에 갈 수 있었다. 버스가 벌교읍 시외버스터미널을 경유해서 보성군과 고흥군의 경계인 깔딱 고개를 힘겹게 돌고 돌아서 겨우 올라가면 '고흥 25km'라는 사각형 시멘트 기둥으로 된 이정표가 서 있다. 그것은 옛날과 똑같은 모습으로 길가의 잡초 속에 먼지를 뒤집어쓴 채 외롭게 서 있다. 나는 한숨을 쉰다. 고흥읍에 내려서도 남쪽 바다 쪽으로 삼십 리를 더 들어가야만 한다. *가도 가도 붉은 황톳길 숨 막히는 더위뿐이더라.* 왜 고향이 남쪽 끝 바닷가란 말인가.

버스는 자갈길에서 몹시 덜컹거렸다. 그때마다 온몸이 무작정 들썩거리며 토할 것 같았다. 그러나 열린 버스 창문으로 벌써부터 바다 내음이 바람에 실려 들어왔다. 나는 억지로 잠을 청했었다.

서울에서 순천을 거쳐 고흥까지의 짧은 여행은 언제나 흥겨운 여행길이 아니었다. 낯선 느낌이 드는 오래된 길과 시골의 풍경, 정다운 고향 사람들의 익숙한 사투리와 질척한 삶의 맛을 음미할 여유는 없었다. 그러므로 좋았던 옛 시절을 회고할 일도 없었다. 내게 그런 시절이 있기는 했겠는가. 삶의 표류. 균열된 자아. (지금쯤 까마득하게 잊어버렸으면 더 좋았을) 우울한 기억들.

이번에는 어쩔 수 없이 업무상 내려왔다. 그것도 도저히 가망이 없게 보이는 재심 사건을 맡게 될 모양이었다. 그래서 순천 교도소에 수감 중인 재심 청구인을 접견하러 온 것이다. 살인범의 기결수가 20년이 지나서 새삼스럽게 재심재판을 하겠다고 그게 도대체 말이 되는가. 세월이 그렇게 흘러 버렸는데. 20년 동안이나 케케묵은 소송기록을 아무리 뒤져봐도 가능성은······ 한 번 만나볼 수밖에. 20년을 갇혀있었던 인간. 얼굴을 보고 몸짓을 보면, 숨결을 느끼고 눈빛을 바라보면 그의 고결한 영혼과 접촉할 수 있을 것인가. 그의 간절한 언어 속에서 한 줌의 진실을 발견할 수 있을 것인가. 그의 말을 듣고 음미하고 느끼고 맛볼 수 있어야 한다. 나는 그가 수줍어하고 겸손한 사람이라는 것을 소송기록을 살펴보고 나서 이미 알고 있다. 그가 품고 있는 끔찍한 기억과 분노에도 불구하고 편안히 앉아서 끝까지 다 말하도록 내버려 두어야 할 것이다. 나는 섣불리 중간에 끼어들어 말을 중단시켜서는 안 된다. 우리 사이에 무거운 정적이 흐르면 안 될 것이다. 그가 말을 계속하도록 격려해야만 한다. 하지만 그가 '내가 하늘을 우러러보고 주님이 아래를 내려다보실 때 머지않은 날 나는 왕관을 쓰리라. 오! 하느님 감사합니다! 아멘!'이라고 말하면······ 내가 그때 무신론자인 것처럼 할 필요는 없을 것이다. '그렇지요. 하느님이 도와주시겠지요.'라고 맞장구를 쳐야만 하리라. 그리고 패배주의적 편견과 몰이해와 오해 같은 것을 내 속에서부터 몰아내야 한다. 그를 의심하면 안 된다. '그 여자의 얼굴도 모르는데 어떻게 용서를 빌 수 있나요.'라고 말했지 않은가. 기록을 잊어버려라. 그를 완전히 믿는다고 말하면서도 마음속으로는 조금도 안 믿는 그런 모순적인 상황이 되어서는 안 될 것이다. 진실이란 무엇인가? 진실이 있다고? 그러니 진실을 알리려고 애쓸 필요는 없을 것이다. 내가 그때 김 변호사에게 불면증과 자기 살해의 충동을 차마 말하지 않은 것은 아무리 생각해 보아도 잘한 일이다. 그걸 어떻게…… 나의 우울과 불안 때문에 비관주의 혹은 패배주의적 시각을 드러내는 것을 경계해야 되리라. 그에게도 나에게도 지금은 절대적으로 낙관주의가 필요하다. 그는 20년을 기다렸는데. 그에게 쓸데없이 냉정할 필요는 없을 것이다. 바깥 사람의 온기가 얼마나 그리웠겠는가. 20년 동안 단 한 번도 면회가 없었다고 하지 않은가. 그렇게 접견을 끝마쳐야 하리라.

열흘 전쯤이었다. 대한변협 인권위원회 위원장으로 있는 **김연수** 변호사가 전화를 했던 것이다. "형! 오랜만이야! 정말이지! 그동안 통 연락을 못해서 죄송하지요 그런데 소설은 잘 돼가고 있나요? 그런데 말이지요, 변호사가 본업에 충실해야지 무슨 소설을 쓴다고 끙끙거리세요 그게 돈 되는 게 아니잖아요", "뭐, 그렇지. 내가 미쳤다고 하면 너무 심하니까 어리석다고 해야겠지. 그런데 용건은……", "무기징역을 받은 인간이 재심청구를 해달라고 탄원서를 보냈어요 뭐, 아무리 생각해 봐도 DNA가 잘못됐다고 하면서 말이에요. 탄원서를 냈으니까 무작정 무시할 수도 없어요 위원회에서 토의 결과 한 번 청구를 해보기로 했지요 이미 여름에 재심청구는 했고 곧 결과가 나올 모양입니다. 법원에 알아봤더니 그러더라고요. 만약 재심 결정이 나오면 검찰에서 항고는 안 할 거라고 봐요.", "그렇지만 DNA가 있다면 그게 되겠나?", "그러게 말입니다. 재심 심리에서 뒤집어엎기가 쉽지 않다고 생각하지만…… 형님이 잘 해보세요. 청구인은 뭘 믿고 있는지……", "그런데, 하필 날…… 법률구조단 소속 변호사가 있을 거 아닌가. 젊은 변호사를 시키지 그래.", "형님, 사건도 없이 놀고 계시잖아요. 다들 바쁘다네요. 소설은 시간 날 때 쓰시면 될 거고…… 그리고 좋은 경험이 될 거예요. 소설의 재료가 될 수도 있겠지요.", "흐흐흐…… 소설의 재료가 된다고…… 말도 안 되는 소리…… 그저 그렇게 있으니까 맡아도 무방하겠지. 그러나 내가 중증 우울증인 건 알고 있겠지?", "갑자기 우울증이 왜 나오죠?", "항우울제 약을 먹고 있거든. 혹시 내 우울증과 불안증이 그 사람에게 전파되기라도 한다면 어떻게 될까. 그 마지막 남은 희망마저 꺼져버릴 것 아닌가. 자포자기할 수도 있다는 말이지.", "20년간을 철창에 갇혀 있었으니 그쪽이 오히려 심한 우울증 아니겠어요? 우울증 환자끼리 잘 해보지 그래요.", "잘해보라고……?", "그런데, 죄송하지만 실비 외에 보수는 없어요. 우리 사정 잘 아시잖아요. 그 대신 관련 사건의 기록 일체는 바로 보내드리겠습니다. 그 사람 돈도 없고 빽도 없다잖아요. 오직 하느님만 믿는 모양이에요.", "엄청나게 선심 쓰시네. 그런데 하느님이……", "죄송해요, 죄송…… 그러나 신경 쓸 건 하나도 없어요. 어차피 잘 안 될 거예요. 청구인에게는 그 점을 이미 못 박아 두었습니다.", "알았다고 그렇게 해보지. 내가 무신론자인 게 후회되네. 이럴 때는 하느님에게 기도하는 수밖에 없는데……"

이제 계절의 여왕인 5월이다.

온갖 꽃이 만발하고 따스한 햇빛은 눈길이 닿는 곳 어디에서나 눈부시게 빛날 것이다. 봄의 희망이 온 사방으로 퍼지고 있지 않은가. 고속도로가 쭉 매끄럽게 뻗어있다. 나는 약간 과속으로 달리면서 콧노래가 저절로 나왔다. 대검 과학수사부는 DNA가 일치하지 않는다는 회신을 보내온 것이다.

어떻게 이런 일이! 오! 기적이! 나는 형사 12부 재판장이 떨리는 목소리로 '피고인은 무죄입니다. 이 사건 당시 DNA 감정은 증거로서 가치가 없습니다. 피고인의 자백은 DNA 감정 결과에 짜 맞추기 위한 허위인 것이 명백합니다. 피고인은 오랫동안 구속되어 있었습니다. 그 말로 형언할 수 없는 고통에 대해서 뭐라고 위로의 말씀을 드릴 수 있을까요. 제가 이런 말을 할 자격이 있는지 모르겠지만 진심으로 사과의 말씀을 드리고 싶습니다.' 라고 말하고 나서 참여 사무관에게 무죄판결을 공시하도록 지시할 거라고, 상상했다.

나는 김영남의 수척한 얼굴이 환하게 펴지면서 활짝 웃는 모습이 떠올랐다. 그리고 하염없이 울겠지. 그래, 그렇지. 실컷 울어야지, 실컷 울라고 20년의 세월이 그렇게 하염없이 흘러갔지 않은가.

나는 자기혐오의 굴레를 벗어났고 그러므로 삶에 대해, 인간의 생명력에 대해 충만한 경외심을 느꼈다. 나는 행복했다. 나는 그제서야 눈물이 내 뺨을 타고 내리는 것을 알았다.

명품시계 수집가

명품시계 수집가

죄는 말하고 살인은 울부짖는다.

한성기업은 안산시 정왕동에 본사와 공장이 있다. 이 회사는 자동차 생산에 들어가는 피스턴, S/P라이너 등 내연기관 부품과 선박의 중속엔진용 실린더라이너를 생산해서 국내 굴지의 대형 자동차 회사와 선박회사에 납품한다. 임 부장은 이 회사에서 선철이나 고철 등 원재료를 구입하는 구매부 부장이다.

구매부는 회사에서 핵심 부서였다. 매년 수백억 원에 달하는 기자재와 원재료를 외부에 발주, 수입, 매매하기 때문이다.

그는 그 자신의 입장에서 보면 원대한 사업을 구상하고 있었다. 그런데 그 사업을 원만히 진행하기 위해서는 딱 한 사람, 협조자가 필요했다. 그녀는 회계 팀에서 구매한 원료의 수량과 가격을 정산해서 컴퓨터에 올리는 여자 직원이었다.

그녀는 스물일곱 살이고 결혼은 했으나 아직 아이는 없고 남편은 무위도식하며 지내는 술주정꾼에다 백수건달이었다. 그녀는 업무수행 평가는 중간 정도였지만 얌전했고 속을 터놓고 지내는 직원은 없는 것으로 파악되었다. 그는 꼼꼼하게 조사했다.

임 부장은 그 무렵 그녀에게 은근히 접근하였다. 그녀는 임시직 여직원의 입장에서 회장님의 육촌 동생으로 막강한 지위에 있는 부장님의 접근이 싫을 리가 없었다.

그가 말했다.

"우리 회사에 온 지가?"

"삼년이 다 되었습니다."

"회사 생활은 할 만한가? 어때?"

"저는 항상 불안하지요. 아직도 임시직이니까요."

"그렇단 말이지. 내가 정규직으로 올려줄 수 있지. 그러면 급여가 배로 올라갈 거야."

그녀의 뺨에는 생기가 돌았으며 약간 벌어진 입에서 깨끗하고 하얀 이빨이 드러났다.

"부장님, 정말 감사합니다. 생활이 빠듯했거든요."

"지금 하고 있는 업무가 회계 장부를 정리하는 거지?"

"예. 열심히 하겠습니다. 전문대에서 회계학을 전공했거든요."

"내가 큰 사업을 구상하고 있는데 당신의 도움이 필요할지도 모르겠어."

"부장님 말씀만 하세요. 제가 할 수 있는 일이라면…… 그런데…… 궁금하거든요."

"아직은 아니야. 구상 단계니까. 그러나 절대적으로 비밀이 필요하지. 우리만 알고 있어야 한다는 거지."

그 후 그들은 퇴근 후 오이도 쪽이나 대부도 바닷가 횟집에서 자주 만났고 결국 깊은 관계가 되었다. 그리고 임 부장은 은근슬쩍 암시를 했다. '나는 혼자야, 혼자라고. 알고 있겠지? 난 몇 년 전에 이혼했거든.'이라고 말했던 것이다. 그리고 육 개월쯤 지나서 충분히 기회가 성숙되자 드디어 사업에 착수했다.

"이제부터 시작하게 될 거야."

"제가 뭘……?"

"간단하다고…… 아주 간단……"

"그러면 어떻게 해야 되는지 말씀해 주셔야지요."

"간단하다니까……"

"……"

그는 교활한 눈으로 재빠르게 여자의 얼굴을 훑어보며 천천히 말했다.

"그냥 장부상 중국 쪽에서 들어오는 수량을…… 또는 국내 거래처에서 들어오는 수량을 실제보다 조금씩 늘려가라고…… 그리고 말이야…… 단가를 실제보다 높이는 거야…… 내가 그때마다 지시를 할 테니까 그대로 하면 되는 거야……"

"괜찮을까요? 전 벌써부터 떨리는데요."

"날 믿으라구. 내가 누구야. 회장님의 동생인 건 알고 있겠지."

"그렇지요."

"그러니까, 이건 회장님이 극비리에 지시한 거야."

"정말요."

"그렇다니까, 그렇고말고. 회사를 운영하자면 비자금이 필요한 거야, 비자금 말이야. 그거 없으면 회사는 망하는 거라고 세무서나 경찰서, 시청에 무슨 돈으로 갖다 바칠 거야? 그런 돈은 공식적으로 회계 처리가 안 되거든.

그래서 회장님이 내게 특별히 지시한 거거든. 우리 회사에서 회장님이 믿고 맡길 사람이 누가 있을까."

구매부는 국내외에 거래처가 많았기 때문에 그만큼 회계조작에 의해 돈을 빼돌리고 싶은 유혹이 없을 수 없었다. 사람은 누구나 욕망이나 눈앞의 이익 때문에 잘못을 저지르고 싶은 유혹을 느끼기 마련이다. 그러므로 유혹은 그 사람을 시험한다.

그는 지난 1994년 2월부터 1999년 2월까지 5년간 무려 2170차례나 허위 서류를 꾸며서 원재료의 구매 수량과 구매액을 실제보다 부풀린 뒤 그 차액을 빼돌리는 수법으로 회사 돈 75억 원가량을 횡령하였다.

* * *

그의 아파트에는 그의 취향에 따라 항상 오디오 명품, 각종 귀금속 및 명품시계, 비상시를 대비한 상당한 현금이 숨겨져 있었다.

세상의 온갖 시름을 잊고 오로지 소리의 향연에만 푹 빠져들 수 있는 이 세상에서 최고의 품질을 자랑하는 울트라 하이엔드 오디오들 ―앰프는 테너 오디오 리넬, 스피커는 네덜란드 브랜드 카르마, 소스는 버메스터 ─직선형 원뿔 스피커로 유명한 오스왈드 밀 오디오 세트, 스타인웨이 링돌프 스피커, 독일제 울트라손 헤드폰.

그는 범죄행각이 발각되지 않기 위해서 날마다 극도로 신경을 곤두세웠으니 그 피로한 신경을 누그러뜨리기 위해서는 최고 품질의 음악을 들어야만 했을 것이다. 그가 어떤 음악을 좋아했는지는 알 수 없지만 말이다.

특이한 것은 그가 명품시계를 좋아해서 가지고 있는 명품시계가 수십 개로 시가로 환산하면 15억여 원 상당이었다.

무형의 시간을 담아내는 작은 물건. 여자가 명품 핸드백으로 과시한다면 남자는 소매 속에서 살짝 드러나는 손목시계로 품격을 드러낸다.

그는 언제부터인지 초정밀기계의 미학이라고 할 수 있는 명품 시계의 아름다움에 매료되어 있었다. 기술과 미학의 만남. 기계식 시계의 은밀한 움직임. 태엽과 휠이 정교하게 맞물려 돌아가는 속이 훤히 들여다보이는 개방형 시계로 건축적 구조가 돋보이는 스켈레톤 무브먼트 워치. 아름다울 뿐만 아니라 최고의 정확성과 기술력을 자랑하는 정교한 메커닉 시계를 마주할 때마다 경이로움을 느꼈다. 감겼던 태엽이 초당 수백 번씩 회전하며 풀리면서 만들어내는, 착착착착 끊어질 듯 끊어지지 않는 규칙적인 미세한 소리에 매료되었다. 그건 멜로디가 침묵 속에 숨겨진 아름다운 음악이었다. 그리고 부드러운 곡선과 심플한 라인은 신비롭기까지 하였다.

그가 가지고 있는 시계 중에서도 시계의 메커니즘을 제대로 구현한 가장 눈에 띄는 몇 개 브랜드를 살펴보면 다음과 같다.

파텍 필립의 칼리버 89

시계 산업의 중심지인 스위스 제네바에서 하이엔드 시계의 최정상으로 군림하고 있는 파텍 필립. 1839년 창립 이래 최상의 기술력과 희소성, 전통과 혁신을 기반으로 시계를 예술로 승화시켜서 시계 이상의 가치를 인정받고 있다. 그들이 1989년 창립 150주년을 기념해서 33개 컴플리케이션이 탑재된 칼리버 89를 출시했다. 진정한 기술력이 집약된 마스터피스로 불리는 이 작품은 1728개 부품으로 구성되어 있는데 시계로서는 현재까지도 세계에서 가장 복잡한 회중시계로 알려져 있다.

바쉐론 콘스탄틴 말테 뚜르비용 엑셀런스 플래틴 컬렉션

260여 년이라는 세계에서 가장 유구한 역사를 자랑하는 바쉐론 콘스탄틴의 시계. 그가 보유한 것 중 가장 값비싼 시계이다. 육각형 시계 케이스가 백금 소재이고 블랙 악어가죽 스트랩을 둘렀다. 더욱이 30개 한정판이다. 시중 가격은 약 3억 원에 달하는 것으로 알려졌다. 그러므로 바쉐론 콘스탄틴은 파텍 필립, 오데마 피게, 브레게, 예거 르쿨트르 등 세계 5대 시계 브랜드 중에서도 단연 최고로 꼽힌다. 그러므로 그 당시 그가 살고 있던 35평 아파트의 시세가 2억 원 가량이었으니 아파트보다 훨씬 비싼 시계였던 것이다.

바쉐론 콘스탄틴 패트리모니 트래디셔널 월드타임

원통형 시계 중앙에는 마치 지구본처럼 지도가 그려져 있고 세계 37개국 시간을 동시에 볼 수 있을 뿐만 아니라 도시들 간 미세한 시차까지도 중력오차 보정 장치에 의해 완벽하게 확인할 수 있다. 보석상들의 말에 의하면 이 제품 역시 보통 최저 가격이 6000만 원대에 거래되고 있는데 국내에서는 일 년에 10개 내외가 팔린다고 한다.

롤렉스 서브마리너 옐로 골드 116618B

세계적 시계 메이커인 스위스 롤렉스가 만든 제품. 서브마리너는 잠수시간을 알 수 있는 눈금이 새겨진 회전 베젤과 300m 방수 기능을 갖춘 다이버 시계이다. 수십 년 동안 발전을 거듭해서 일반 스틸보다 더욱 견고하고 내부식성이 강한 904L 스틸 케이스와 브레이슬릿으로 개선됐다. 롤렉스 서브마리너는 색상이 그린, 블루 다이얼에 금빛 골드 브레이슬릿으로 구성되어 있어서 시계 애호가들 사이에서 청판 금통으로 불리는 옐로 골드가 있는데 이 옐로 골드는 롤렉스 서브마리너 중에서도 최고급 모델이다. 그러므로 시중에서 다른 서브마리너 모델보다 2배가량 비싼 5000만 원대에서 거래되고 있다.

예거 르쿨트르 듀오미터 퀀템 루너

세계 5대 명품 브랜드에 꼽히는 예거르쿨트르의 시계이다. 그 화려한 명성답게 듀오미터 퀀템 루너는 시중에서 5000만 원 정도에 거래되고 있다. 역시 일 년에 10개 내외가 팔리고 있다.

위블로 빅뱅 에어로뱅 골드

고무 스트랩과 골드가 결합해 있어서 실용적이면서 고급스러움을 잃지 않는 럭셔리 스포츠 시계이다. 이러한 럭셔리 스포츠 워치는 위블로의 독특한 영역이다. 위블로 빅뱅 에어로뱅 골드는 현재 시중에서 5000만 원대에 거래되고 있다.

그 이외에 값비싼 시계로는 프랑스 리차드 밀, 스위스 최고급 시계 브랜드인 오데마 피게, IWC, 오메가, 까르티에, 브레게, 보메 메르시에, 에르메스, 론진, 불가리, 피아제, 로저 드뷔, 브라이틀링, 태그호이어, 제니스, 몽블랑 등등 시계들이 있었다.

* * *

그녀가 완전히 바보가 아닌 이상 4년쯤 지나면서부터 그 큰 사업이 회사를 위한 것이 아니라 임 부장의 개인 사업임을 눈치챌 수 있었다. 그러나 발을 빼기에는 너무 늦었다. 그리고 그들은 뗄래야 뗄 수 없는 깊은 관계로 빠져들어 가고 있었다.

그런데 임 부장은 그녀에게도 명품백과 명품시계 등을 시시때때로 선물했고 그녀는 생전 처음으로 명품을 손에 쥐자 들뜬 나머지 과시하고 싶어서 명품백을 들고 값비싼 시계를 차고 다녔다.

그러나 그녀도 눈치는 있어서 친구나 아는 사람들에게는 남대문 시장에서 산 짝퉁이라고 둘러댔던 것이다. 그런데 그녀의 백수건달 남편의 눈을 속일 수는 없었다. 그가 비꼬듯이 추궁하기 시작했고 그녀는 그의 질문을 회피하고 그의 매서운 눈초리와 몸짓에 반응하지 않으려고 노력했다. 그러나 그는 예전에, 그러니까 결혼하기 전 일이지만 절도범으로 감방을 다녀온 전과가 있었고 그 시절 장물아비들과 접촉하면서 가짜인지 진짜인지를 감별하는 안목을 가지고 있었던 것이다. 당연히 남편은 그녀를 다그쳤고 입을 열지 않자 무지막지하게 폭력을 가하기 시작했다.

그래서 그녀는 임 부장과의 관계를 어느 정도 범위에서 실토할 수밖에 없었다.

어느 날 백수건달이 임 부장에게 전화를 했다. 잠깐 만나서 이야기를 하자는 것이다. 그래서 그들은 대부도 바닷가 횟집에서 저녁식사를 마친 다음에 바닷가 갈대밭을 지나며 이야기를 나누게 되었다. 백수건달이 말했다.

"우리가 처음 만나지. 그렇지 않은가?"

"그런 것 같네. 웬 반말? 내가 누구인지나 알고 있어?"

"마누라가 다 이야기했다고. 그 사업이 잘 돼가고 있는 모양이지. 반말한다고! 곧 심한 욕설도 듣게 되겠지."

"무슨 소리야? 오해하지 말라고"

"뭐, 오해라고?"

"오해가 아니면?"

"그게?"

"뭘 알고 있는데?"

"다 알고 있지. 마누라 년이 죄다 털어놨다고. 그년이 공범 아니겠어? 그래서 조만간 회사에 찾아갈 예정이야. 회장도 만나고 알겠어! 회사로 가서 만나야 될 사람들을 만날 거라고"

"뭔가 잘못 짚은 것 같은데……"

"개수작 떨지 말고……"

"다시 말하지만 오해라고…… 오해라고 그건 정상적인 업무 처리였고 돈은 전부 회사 구좌에 입금처리 되었으니까."

"그렇게 자신만만하면 회사에서 보자고. 모든 회계장부를 까발리면 될 거 아냐?"

"그러니까…… 다시 말하자면…… 돈이 몹시 궁하겠지. 그렇다면 술값 정도는 도와줄 수 있지. 어때?"

"그렇지. 이제야 본론이 나오는구면. 그러나 술값 정도로 막을 수는 없지. 나는 지금도 대부도에서 언제든지 술은 공짜로 마실 수 있거든. 큰 게 필요하단 말이야. 큰 게……나는 내 몫을 정당하게 달라는 거야.

그게 공평한 거라구. 그러니까, 혼자 먹지 말라는 거지. 그러다가 배가 터져서 죽는다고"

"그게 공평한 걸까?"

남편이란 작자는 술에 취해서 계속 역겨운 트림을 하였다. 임 부장은 식당에서 처음 만났을 때 은근슬쩍 눈치를 보면서 똑같이 술을 마시는 것을 자제하였다. 술에 취해서 일을 그르치면 안 되기 때문이었다. 그리고 상대방에게는 한껏 비위를 맞춰주며 마구 술을 들이키게 하였던 것이다.

백수건달은 연신 담배를 피워 물었다. 반쯤 피우다 말고 발로 비벼 끄고 다시 새 담배를 입에 물었다.

"당신은 내가 불면 감방에서 10년 넘게 살아야 되겠지. 내가 전과가 좀 있으니까 그쪽 사정은 잘 알고 있지. 그 정도면 말이야, 아무리 전관예우를 받는 변호사를 사도 10년 밑으로 내려올 수는 없다고 감방에서 10년이라…… 견딜 수 있을 것 같애? 어림없지."

"술주정꾼 자식이…… 백수건달 주제에 누굴 협박하는 거야! 씨발새끼!"

"주제파악 하라고 주제를. 똥 묻은 개가 재 묻은 개 나무란다고, 어디서 큰 소리야."

"그래?"

그는 20센티미터의 예리한 칼을 안주머니에 숨기고 있었고 그 남편이 술에 많이 취해 있었기 때문에 쉽게 처리할 수 있었다. 그의 눈빛이 번쩍번쩍 빛나기 시작했다. 그러나 그는 몹시 긴장하고 있었고 온몸이 식은땀으로 흠뻑 젖어있는 것을 깨달았다. 그는 남편의 멱살을 단단히 잡고 몇 번이고 뒤흔들어서 휘청거릴 때 칼의 손잡이로 그의 머리통을 내리쳤다. 그리고 바닥에 쓰러져있는 몸뚱이를 뒤엎어서 조직폭력배처럼 양쪽 허벅지를 그리 큰 힘을 들이지 않고 이십여 차례 찌르고 또 찔렀다. 그것은 마치 꿈속에서의 일 같았다. 남편은 거의 움직이지 않았다. 그는 기진맥진한 상태에서 계속 신음을 하고 살려달라고 애원을 하고 뭐라고 중얼거리면서 3시간 동안 버티다 몸 안에 있는 피를 반쯤 출혈을 한 후에야 실혈사失血死로 사망하였다.

임 부장은 신음하는 남자를 지켜보면서 중얼거렸다.

"개자식! 술에 절어서 힘도 없는 자식이 까불기는. 네 놈이

고통 속에서 서서히 죽어가는 것을 음미하고 싶었지. 카르마 스피커에서 나는 음악소리를 듣는 것처럼. 음악과 리듬은 영혼의 은밀한 장소에 파고들거든.

너는 인생을 무위도식했으니까 죗값을 치른 거라고. 그거야말로 공평한 거지."

별빛이 쏟아지는 밤하늘.

옅은 어둠 속에서 시야에 보이는 사람은 아무도 없었다. 바닷가 마을의 불빛이 아주 저 멀리서 아스라이 깜빡거리고 있다. 제멋대로 자라난 갈대밭은 모래와 흙과 마른 나뭇잎이 엉켜서 어수선했다. 사람들의 인적이 끊긴 샛길은 고르지 않고 해안 쪽으로 경사를 이루며 내려갔다. 파헤쳐진 흙더미에서 축축한 냉기가 올라왔다.

임 부장은 온몸이 땀으로 범벅이 되었다. 그는 무어라고 (?) 자신도 이해하지 못하는, 냉소적이고 섬뜩한 악마의 욕망을 드러내는, 욕설에 가까운 짧은 말을 계속 내뱉고 있다. 그는 온 힘을 다해서 미리 풀 섶에 숨겨두었던 삽과 곡괭이로 깊이깊이 파 들어갔다. 그리고 시체를 묻었다.

"휴, 정말 힘드네. 나쁜 자식! 오랫동안 찾을 수 없을 거야. 아주 깊숙이 묻어버렸으니까."

바닷새들이 어둠 속에서 둥지를 찾아 해안가로 날아들고 있었다.

　　　　　　　* 　* 　*

머리 좋기로 소문난 **임재민** 부장이 누구인가. 그는 남편이 알고 있는 이상 그로부터 끊임없이 협박에 시달릴 것을 잘 알고 있었고 후환을 없애지 않으면 모든 것이 탄로나 결국 파국이 온다는 것을 잘 알고 있었다. 그리고 직감적으로 즉시 삼십육계가 필요하다는 것도 잘 알고 있었다. 그는 곧 이사로 승진할 예정이었다. 그렇게 되면 구매부 업무를 후임자에게 넘겨주어야 하는데 그때는 모든 게 밝혀지게 될 터였다.

문제는 **김미경**을 데리고 가야 하는지 여부였다. 그러나 여자를 남겨 두면 모든 게 즉시 탄로 나기 때문에 시간을 벌기 위해서는 여자를 남겨둘 수 없었다. 그래서 어쩔 수 없이 데리고 가기로 한 것이다. 그녀에게 애정은 없었다. 언젠가는 어떻게 해서든지 처치해버리든가 돈 몇 푼 쥐어주고 내버려야 할 여자였다. 하지만 지금은 아니었다.

임재민은 그 무렵 밤마다 거의 잠을 이루지 못했다. 구토 증세가 있었고 이마에는 식은땀이 배어 나왔다. 머리와 온몸이 욱신욱신 쑤셨다. 그는 진통제를 한 움큼씩 먹고 나서야 새벽쯤 지쳐서 잠들었다.

그들이 해외로 밀항하기 위해서는 치밀한 준비가 필요했다. 밀항은 궁평항에서 낚싯배를 가장한 어선을 타고 서해안 먼 바다로 나가면 중국 칭다오에서 출발한 30톤짜리 어선이 그들을 기다리고 있다가 데리고 가기로 한 것이다. 그때 늙은 낚싯배 주인에게 5천만 원을 건넸다. 200마력의 디젤 엔진을 단 5톤 플라스틱 재질의 어선이었다.

그날 디젤 엔진은 순조롭게 돌아가기 시작했다. 어선은 통통거리며 항구를 서서히 빠져나가면서 속도를 높였다. 배가 앞으로 나아가면서 하얀 물마루가 줄기차게 밀려왔고 파도가 뱃전에 부딪혔다. 곧바로 먼 바다로 나아갔다. 회색 구름 사이로 태양이 찬란하게 빛났다. 여자는 절망감에 사로잡혀 초췌한 얼굴이다. 지난밤에는 뜬눈으로 꼬박 밤을 새웠다. 그녀는 멀어져가는 궁평항을 되돌아보았다. 언제 다시 돌아올 수 있을 것인가. 모든 게 두려웠다. 그녀는 남자 몰래 눈물을 훔쳤다.

그러나 오후 늦게부터 바람이 불면서 파도가 높았고 그들은 심하게 뱃멀미를 해서 뱃속에 들어있는 건 죄다 토해내야 했다. 그런데 중국 배는 예정보다 8시간이나 늦게 도착해서 그들의 애간장을 녹였다. 그 어선은 중국 쪽 거래처가 이미 손을 써 놓은 것이다.

남자와 여자는 다음 날 오후 늦게 칭다오의 한적한 어촌 부두에 내렸다. 오랫동안, 10년이 넘는 동안 거래관계 때문에 알게 되어 임 부장과는 친형제처럼 지내게 된 중국 고철상이 주선해서 중국 남쪽 광저우 근처 베이장 강 유역에 있는 사오관으로 가서 자리를 잡았다. 사오관에는 한국인이 별로 없었다. 그 도시는 그 고철상의 고향이었다. 그가 주택 등을 알선해 주었고 장기 체류에 필요한 정교하게 위조된 여권과 기타 일체의 서류를 만들어주는 등 모든 편의를 돌보아 주었다.

남자는 제일 먼저 대도시인 광저우로 가서 원래의 얼굴을 알아볼 수 없을 정도로 대대적으로 얼굴 성형을 했다. 그들은 몇 년간은 가지고 간 돈으로 부족한 것 없이 풍족하게 살았다.

그는 중국에 수십 번 이상 출장을 갔었고 자주 여행을 하였다. 중국어는 아주 능숙하게 할 수 있어서 일상생활을 하는 데는 아무런 불편이 없었다.

그는 무협소설을 통해 중국어를 배웠을 뿐만 아니라 중국의 전통문화와 생활 관습에 대해서도 많이 알게 되었다.

남파 무협소설가로 유명한 평강 불초생이 쓴 「강호기협전 江湖奇俠傳」과 「근대협의영웅전 近代俠義英雄傳」, 행동이 괴상하고 거짓과 사기를 잘 치며 기지가 넘치는 정말 못 말리는 작중인물들이 펼치는 원한, 복수, 살인, 결투들이 함께 어우러져 복잡하고도 변화무쌍하게 전개되는 신파 무협소설가인 양우생의 「운해옥궁연 云海玉弓緣」, 김용의 「협객행 俠客行」, 「소오강호 笑傲江湖」등을 책장이 너덜너덜해질 정도로 수십 번이나 읽었던 것이다.

그는 치밀하게 여행 계획을 세웠다.

끝없이 펼쳐진 광대한 영토에 5천년의 유서 깊은 문화와 역사가 깃들어 있는 중국 방방곡곡을 여행하기로 한 것이다. 한국과 일본의 문화는 중국과 동종 동류여서 중국의 원형과 거의 식별할 수 없다. 중국은 동아시아 문명의 원류가 아닌가.

그는 그때 중국인과 중국 음식, 중국 문화를 비웃으면서도 큰 관심을 가지고 있었다. 그들의 관습과 관행, 전통, 인습, 사고방식, 삶의 존재 양상 — 과도한 혈연주의, 물질만능주의, 무조건적인 복종의 미덕. 짝퉁 천국인 나라. 루쉰이 「아Q정전」에서 지적했던 철저한 방관자적 기질, 스스로를 높이고 지나치게 과장하는 자고자대 自高自大의 버릇. 목소리가 크고 도박을 좋아하고 질서를 잘 지키지 않는 사람들.

여행은 비행기나 기차, 장거리 버스를 타고 이동하면 되었다. 광저우가 제일 먼저였고 언제나 출발지 역할을 하였다. 광저우는 광동성의 남해 연안에 위치하여 동남아를 마주보면서 중국 남쪽의 관문으로서 수륙교통의 요충지였고 무엇보다도 쇼핑의 천국이라 불리는 매우 매력적인 도시 홍콩과 마카오가 인접해 있었다.

그들은 홍콩과 마카오에 제집 드나들 듯 자주 들렀다. 며칠씩 머물며 쇼핑을 하고 돌아왔던 것이다.

중국 대륙의 이곳저곳을 여행하고 나서 마지막으로 그는 혼자서 머나먼 중국 서쪽의 타클라마칸 사막과 우루무치, 투루판에도 갔고 티베트 고원과 라싸에도 갔다. 그리고 브라마푸트라 강을 따라 장취에서 수취안허까지 도보 여행을 하였고 네팔과 카트만두, 부탄까지 갔다 왔다.

그 넓은 중국을 돌고 돌면서 그 자신을 진정시킬 필요가 있었다. 중국의 구석구석에는 아주 오랜 세월에 걸쳐 아주 많은 사람들이 머물고 살아온 흔적이 뚜렷하니까. 그렇게 여행을 하면서 2여 년의 세월이 지나갔다. 그동안 아무리 주마간산 격으로 돌아다닌다고 해도 광대한 중국 땅 여기저기를 다 돌아볼 수는 없었다.

* * *

하지만 계획된 여행이 모두 끝나자 무료한 시간이 찾아왔다. 평온이 극도에 달하면 권태를 낳고 권태는 다름 아닌 지극한 고통에 이르게 된다. 그가 중국에 와서 하고자 하는 게 있었을까? 원대한 계획이라도? 뭘? 아무리 궁리를 해 봐도 마땅한 할 일이 아무것도 없었다. 하릴없이 시간을 죽여야 한다. 뿌리칠 수 없이 달려드는 불감증과 무기력 증세. 그는 되뇌인다. "할 일이 아무것도 없어! 아무것도! 다시 말하면 지금, 여기서, 할 일이 없다고! 아무것도 없다고! 하긴 뭘 한다고!"

중국에서 뿌리를 내리려고 했지만 불가능했다. 돈은 충분히 있었다. 그러나 그는 여전히 붕 떠 있었으니 내가 있을 곳이 아닌 곳에 와 있는 듯한 기분이었다. 그렇다고 한국과 그가 오랫동안 살았던 그 짜증나는 도시에 무슨 미련이 남아있었던 것은 아니었다. 어차피 되돌아갈 수도 없었고…… 나는 살인자이고 나를 굳게 믿어주던 사람들을 배신한 배신자니까.

우리는 아주 감쪽같이 사라졌었지.

남자는 그 무렵 너무 무료했고 동시에 말할 수 없는 자괴감을 느꼈다. 만성적인 소화불량에 시달렸고 또다시 밤이면 심한 불면증으로 잠을 이룰 수가 없어서 수면제를 복용해야만 했다. 여자와는 티격태격하며 자주 말다툼을 할 수밖에 없었다. 한때는 매일 인사불성이 되도록 독한 술을 너무 많이 마셨고, 순전히 그 무료함을 이기기 위해 마약에 손을 댔다. 다음 순서는 도

박이었다. 그는 뻔질나게 마카오에 드나들기 시작했고 어떤 때
는 며칠씩이나 또는 몇 주일, 몇 달간 머물기도 했다.

* * *

한국의 조폭들이 마카오 등 해외에서 정킷방을 운영하고 그
곳으로 초대받은 고객들이 수백억대의 도박판을 벌였다. 그런
데 조폭의 두목들이 직접 카지노를 운영하는 게 아니었다. 마카
오 쪽에 호텔 카지노 룸을 빌려 VIP들을 초청하는데 그 방들이
바로 정킷방이다.

정킷 junket 이라는 용어는 원래 미국에서 공무원들이 공금으
로 유람 삼아 다니는 시찰을 뜻했다. 그러나 마카오에서는 원정
도박 고객을 알선한다는 의미로 통했다. 정킷방은 개인이나 단
체가 카지노 측에 일정액을 지불하고 VIP룸을 임차해 운영한
다. 국내 조폭들은 일단 1년 단위로 70억~150억 원의 보증금
을 내고 마카오, 홍콩 등지에 카지노 VIP룸을 임차해서 정킷방
을 마련하는데 이곳에서 하루 수십억 원대의 판돈이 오가는 도
박이 벌어지는 것이다. 그런데 마카오 쪽은 범서방파 계열의 광
주 송정리파가 주름잡고 있고 필리핀은 청주 파라다이스파와
광주 학동파가 그렇게 하고 있다.

이들은 조직을 동원해서 국내 모집책에게 항공료, 숙박비, 판
돈 모두 대준다고 하면서 주로 돈 많은 부동산업자, 중소기업의
사장, 주식투자가들, 유명 연예인, 프로야구 스타 선수들을 데

려오도록 지시한다.

정킷방에서는 주로 카지노 게임의 왕이라 불리는 바카라 도박을 벌인다. 고객과 고객, 고객과 딜러가 승부를 겨룬다. 바카라는 뱅커와 플레이어의 어느 한쪽을 택해 9 이하의 높은 점수로 승부하는 카드 게임이다. 불과 30초가 되지 않아 승부가 끝난다. 빠르면 한 판이 단 5초 만에 결판이 나기도 한다. 판이 돌아가면서 무한대의 풀 베팅도 얼마든지 가능하다. 정킷방 안에선 한 번에 3억 원씩 베팅할 수 있기 때문에 순식간에 10억원을 잃을 수도 있는 것은 이 때문이다. 회전율이 빠르고 중독성이 강한 도박이기 때문에 한 번 발을 붙이면 쉽게 빠져나오지 못한다. 거의 불가능한 것이 아닐까.

일확천금이 어른거리는 마법의 세계였다. 인간이 궁극적으로 느낄 수 있는 원초적 불안과 함께 뇌신경을 마비시키는 치명적인 전율이 있었다.

조폭들은 정킷방에서 고객이 쓰는 게임비의 1~5퍼센트를 롤링수익(수수료)으로 받고 여기에 고객들이 잃은 돈의 40~50퍼센트를 루징 수익으로 챙긴다. 또한 해외 원정 정킷방 도박은 환치기가 되지 않으면 도박 자체가 불가능하기 때문에 조폭들은 환치기 수수료까지 챙기게 된다.

임재민은 정킷방에서 도박에 빠졌다. 그에게 최면을 걸어서 가장 황홀하게 하는 곳. 가슴을 죄어오는 긴장감과 순간적인 결단이 뒤따르는 곳. 매 순간 눈앞에 환희와 환멸의 숫자들이 펼쳐지면서 이익과 손실, 행운과 불행, 천국과 지옥이 엇갈린다.

그러나 그는 안산시 선부동 한 오피스텔에 있는 사설 환전소에서 환전해서 가지고 간 돈과 중국 거래처에 미리 송금해 놓았던 돈 등 대부분을 탕진하였다. 순식간의 일이었다. 이제 별 볼 일 없는 그는 정킷방에서 쫓겨났다. 그는 남은 몇 푼의 돈으로 슬롯머신의 버튼을 눌렀다. 그는 며칠째 뜬눈으로 밤을 지새웠다. 그의 얼굴은 무표정하였고 눈은 흐릿해서 초점이 없었다. 그는 어깨에 가벼운 리넨 천을 두르고 반쯤 누운 자세로 손에 쥔 지폐를 악마의 입에 수시로 집어넣는다.

그는 집도 팔았고 결국 그렇게 목숨처럼 아끼던 명품시계와 귀금속까지 헐값에 팔아넘겼다. 결국 알거지가 되기 직전까지 몰린 것이다. 그래서 가짜 여권을 만들어서 필리핀으로 건너간 것이다.

* * *

그들은 필리핀으로 왔지만 생활이 막막했다. 한국인 관광객이 몰려드는 마닐라 북쪽 앙헬레스에서 남자는 한국인이 하는 주유소에서, 여자는 유흥업소가 즐비한 워킹스트리트의 옷 수선 가게에서 일했지만 도대체 벌이가 시원치 않았다. 남자와 여자는 이제 틈이 벌어져 있었고 그들 사이는 원만치 못했다. 어쨌든 출발부터 모든 것이 어긋나 있었던 것이다. 그들의 대화가 오래 계속되는 일은 좀처럼 없었다.

임재민은 한국 남자 관광객들이 골프와 도박, 성매매를 위해서 그곳으로 몰려들기 때문에 몇 년 동안 관광 가이드로 일했다. 그러면서 돈 많은 관광객을 유인해서 광주 학동파가 운영하는 카지노의 정킷방으로 데리고 갔고 그쪽으로부터 뽀찌를 받아 챙겼다. 사실 이 뽀찌 수입이야말로 짭짤해서 그는 상당한 돈을 모을 수가 있었던 것이다. 거기서 경험을 쌓은 후 세부로 옮겨서 직접 조그마한 관광회사를 차렸고 그러면서 생활은 더욱 안정되어 갔다.

요즘 들어 그의 몸은 살이 찌고 머리는 숱이 빠지기 시작했다.

사건은 어느 해 12월에 발생했다. 술에 취한 남자는 새벽 5시쯤 귀가했다. 집에는 여자와 어린 아들과 민다나오 섬 출신의 가정부가 있었다. 남자는 곤히 자고 있던 여자를 억지로 깨워서 거친 대화를 나눴다.

"네년이 죽도록 밉지…… 참고 살았지만……"

"갑자기……"

"찔리는 게 있는 모양이구만."

"무슨 말을……"

"더러운 년 같으니라고…… 실토하지 않으니까……"

"……"

"내가……"

"……"

그는 점점 분노를 노골적으로 드러내면서 말했다. 그의 눈은 격렬한 분노와 질투 때문에 이글거리고 있다.

"나는 어떤 이유로 불가능하지. 그 때문에 이혼했던 거고. 저 아들놈은 누구 자식이지? 대략 짐작은 가지만……"

"이제 와서…… 우리 그렇게 알고 동의한 것이 아닌가요? 나는 자식이 필요했다구요. 자식마저 없으면 어떻게 이 지겨운 생활을 견뎌낼 수 있었겠어요."

"이제 와서라고…… 이제는 참을 수 없지. 갈수록 참을 수가 …… 동의는 무슨……"

"당신은 참으로 뻔뻔하지요. 그런 주제에…… 그걸 말 안 했구면, 참고 참았지. 살인마야, 살인마라고 나야말로 여태까지 참는 데까지 참았다고."

"이제 본심이 나오는군. 널 위해서 한 거라고…… 그게 너 때문이었다고…… 무슨 할 말이 있어? 네가 살인을 사주한 거지, 아니면 암시를 했거나."

"나하고는 상관없는 일이었지요. 그 남자는 자주 집을 비우기 때문에 그런 줄로만 알았다구요. 나는 나중에서야 어렴풋이 알았다구요…… 당신이 힌트를 주었으니까."

"막 나가고 있구만. 내가 중국으로 건너갈 때 널 데리고 가는 게 아니었어. 참 많이 망설였다고. 그땐 상황이 어쩔 수 없었지.

네가 예뻐서가 아니라 어쩔 수 없었다니까. 필리핀으로 올 때도 버리고 오는 건데. 중국에서 굶어죽건 말건……"

"거꾸로 이야기하고 있군요, 나야말로 어쩔 수 없었지요. 적반하장도 유분수지. 마약과 술에 절어 죽게 된 걸 구해주었더니

…… 당신은 정말 잔인한 인간이지요. 절 육체적으로 정신적으로 그렇게 괴롭혔으니…… 오래전부터 신경쇠약으로…… 어쩔 수 없다고요…… 이제는 갈라서자고요. 막판에 왔으니까."

"이혼하자는 말이지? 그런데 너무 늦었어. 이제는 없어지라고 내 인생에 방해만 되니까. 난 귀국해서 인간답게 살고 싶다고. 도망 다니는 것도 지겹지, 지겨워……"

임재민은 냉정해지기 시작했고 술기운은 완전히 달아났다. 그의 눈빛이 번쩍번쩍 빛나기 시작했다. 결단의 시기가 온 거였다. 타오르는 분노와 증오를 참을 수 없었기 때문에 더 이상 미룰 수는 없었다. 그의 내면 심연에는 지금 헤아릴 수 없는 기괴한 악이 들끓고 있었다.

이혼! 이혼 좋아하네! 그래! 이게 이혼이야! 내가 끝내주지! 시간이 없다고! 정말 아쉽군! 바로 처단하는 거야! 거침없이 찔러야 하는 거지! 여유 있게 단말마의 고통과 경련을 느끼게 해줄 시간은 없으니까……!

도시의 북쪽을 가로지르는 연산燕山과 연산에서 기원한 연燕 나라가 있었던 까닭에 연경燕京이라 하고, 또는 유주幽州, 원나라 때는 대도大都, 경성京城, 경사京師라고 했던 베이징北京.

베이징의 창안제 거리의 서쪽 끝 구역에 중국 공산당 최고 지도부가 사는 '중난하이'가 있고 그 부근에 지도부 사람들을 주로 상대하는 최고급 시계점이 있었다. 나는 그때 (내가 오래전에 중국에 출장 갔을 때를 말한다.) 최고급 시계점에 진열된 명품시계들을 넋을 잃고 뚫어지게 바라보면서 내 인생의 비극적 운명은 결정되어 버렸다. 그것들에 완전히 매혹된 그 순간에 이미 결정되었다. 그것들을 갖고 싶다는 강렬한 욕망을 어쩔 수 없었다.

아주 멀리 떠나야 한다. 필리핀은 수천 개의 섬들과 바다로 둘러싸인 넓고 넓은 나라 아닌가. 만약 여의치 않으면 그 후에는 동남아로 갈 것이다. 나는 어디로 정처없이 떠도는 것인가? 아니면 도망가는 것인가? 삼십육계 주위상책三十六計 走爲上策이라고 할 것이다.

그는 마음속에서 예정했던 대로 진행했다. 부엌에 있던 예리한 칼을 들고 나와 휘두르며 여기저기 수십 차례 마구 찔렀다. 김미경은 쓰러졌다. 찌르는 듯한 날카로운 통증이 가슴을 덮쳤고 피가 흥건히 고이기 시작했다. 그 순간 지난 밤 더 길고 더욱 고통스러웠던 악몽이 되살아났다. 그러나 통증이 잦아들면서 그녀는 편안한 기분을 느꼈다. 여자와 아이는 현장에서 숨졌고 그는 안방 비밀 금고에 보관 중이던 몇 개의 명품시계와 귀금속, 현금을 챙겨서 서둘러 집을 떠났다.

벌써 날이 밝아왔다. 붉은색과 황금색으로 물든 눈부시게 빛나는 태양이 떠올랐다.

가정부가 남자를 경찰에 신고했다. 그는 집에서 한참 떨어진 한 허름한 모텔에 잠시 몸을 숨겼으나 출동한 필리핀 경찰에 체포됐다.

* * *

그는 세부 라푸라푸교도소에 수감됐고 살인 혐의로 재판을 받게 되었다. 교도소는 낡은 건물과 시설들로 인해 지저분하고 음습했다. 녹이 슨 격자무늬 쇠창살은 흔들면 떨어져 나갔고 칠이 벗겨진 시멘트벽은 갈라져서 외부에 노출된 배관은 썩어서 그 기능을 하지 못 했다. 그래도 죄수들을 감시하는 몇 개의 망루와 교도소 외곽을 둘러싼 낮은 콘크리트 담장과 담장 위 녹슨 철조망은 그곳이 교도소임을 알 수 있게 해준다.

그는 필리핀 교도소에서 그럭저럭 잘 지낼 수 있었다. 교도소 안에서 술판이 벌어지고 마약을 하는 일은 보통이었다.

헤드는 키가 작고 마른 체구이기는 하지만 구릿빛 얼굴에 균형 잡힌 몸매를 가지고 있다. 양쪽 팔뚝에는 용이 혀를 날름거리는 타투가, 가슴팍에는 암수 호랑이 두 마리가 뒤엉켜서 으르렁거리는 타투가, 등에는 독사들이 머리를 쳐들고 우글거리는 타투가 예술적으로 새겨져 있다.

그의 진짜 이름은 아무도 몰랐고 그냥 두목이라는 뜻에서 헤드 head라고 불렸다. 마약 밀매 조직의 중간 두목이었으니 제동 장치가 있는 정교한 접는 칼을 공공연히 몸에 지니고 있었고 필요하면 언제든지 권총까지 반입할 수 있었다. 그리고 매일처럼 그의 부하 두세 명이 감옥 밖에서 그의 지시를 기다리고 있었다. 그러므로 그의 권위는 절대적이었다.

그는 그 두목의 비호를 받았다. 그리고 그가 수시로 건네주는 초록색 코카 잎을 씹을 수 있었다. 그걸 오래 씹으면 혀와 입술, 목구멍이 얼얼해진다. 온몸이 나른하게 풀리면서 가벼워지고 조금도 피로를 느끼지 않게 된다.

그는 심지어 두목으로부터 젊은 필리핀 여성을 소개받아 교도소에서 정기적으로 관계를 맺을 수 있었다. 여성이 면회 오면 같은 방에 있는 다른 동료들이 30분간 자리를 비켜줘 둘만의 공간을 마련해주었던 것이다. 그리고 가끔 토요일에 교도소 밖으로 외박 나갔다가 월요일에 돌아올 수도 있었다.

교도관들은 자주 몽둥이를 휘둘렀지만 뇌물이 난무했다. 그들은 온통 부패할 대로 부패해 있어서 뇌물을 주면 안 되는 일이 없었다. 필리핀 사람들은 "경찰이 돈을 안 받으면 검찰이 받고, 검찰이 안 받으면 판사가 돈을 받고 풀어 준다. 안 받으면 결국 나만 손해 아니냐"라고 말했다. 그래서 어디에서든지 돈을 듬뿍 쥐어주기만 하면 안 되는 일이 없었던 것이다.

그런데 필리핀 사법제도는 한국과는 달라도 너무 많이 달랐다. 필리핀에서는 긴급체포해서 48시간 조사토록 하는 제도가 없고 현행범으로 체포하거나 명확한 물적 증거를 갖고 구속영장을 신청하지 않으면 유력한 용의자라도 신병 확보가 어렵다. 판사 수가 부족하고 구속 요건도 까다로워 구속영장 발부까지 1년 이상 걸리는 경우도 흔하다. 또한 재판 기간이 법률에 따라 정해진 게 없어 사건이 발생하고 나서 몇 년 만에 첫 재판이 열리는 경우도 부지기수이다.

그러나 법원은 경찰과 검찰의 수사기록을 모두 무시하고 오직 법정에서만 진실을 가리는 철저한 공판중심주의에 의해 재판을 진행한다.

임재민의 1심 재판은 3년이 넘게 걸렸다. 그는 여자와 아이를 살해한 사실을 부인했고 세부 법원은 공소기각으로 그를 석방했다. 필리핀 형사소송법에 의하면 재판에 필요한 형식적인 조건을 갖추지 못할 경우 공소기각 처분이 나오는데, 이 사건 핵심 증인이자 목격자였던 가정부가 민다나오에 있는 고향으로 돌아가 법원과 연락이 두절됐기 때문이었다.

민다나오 섬은 필리핀 남부의 큰 섬이고 이슬람 반군의 거점이기 때문에 반군이 시도 때도 없이 이곳저곳에서 출몰하여 여러 지역에 정부의 손길이 제대로 미치지 못한다.

* * *

(자신의 말에 의하면) 명문대 법대 출신의 자칭 법률전문가는 임재민이 세부에서 같은 관광업자로 알게 된 남자였다.

그는 법대를 졸업하고 10여 년간 고시공부를 했고 계속 떨어지자 결국 포기하고 무위도식하는 백수건달 생활에 지칠 대로 지치고 생활이 곤궁하자 무슨 탈출구가 있을까 해서 필리핀으로 건너왔던 것이다.

그는 술만 마시면 맨날 자신의 억울한 심정을 주절주절 이야기했다. 자신은 재수가 옴 붙어서 떨어진 거라고 실력도 형편없는 동창들이 그저 운이 좋아서 합격해가지고 판 검사가 되었다고. 다시 말하지만 고시는 채점에 너무 문제점이 많은 거야. 모두들 시치미를 떼고 있다고. 합격자들은 이미 합격이라는 기 득권을 얻었기 때문에 그들의 영광에 먹칠을 하고 고시의 권위에 금이 갈세라 쉬쉬하고 있어. 그런데 채점위원인 교수들이 강의시간에 솔직히 고백하는 거야. 우리가 몇 년을 고생해서 그 결과가 표출된 답안지를 채점하는데 글쎄 몇 분도 걸리지 않는다는 거지. 제대로 읽지도 않고 그저 한 번 쫙 훑을 뿐이라는 거지. 몇천 장이나 되는 답안지를 어떻게 꼼꼼히 읽을 수 있겠냐는 거지. 그래서 재수 좋은 놈의 답안지는 어쩌다 채점위원의 눈에 쏙 들어가서 합격점을 받고 운이 없는 놈은 아무리 잘 까 발려봐도 소용없어. 재수가 진짜 더럽게 없는 놈은 영락없이 과 락이라고. 채점위원이 사모님하고 언짢은 일로 사소한 말다툼이라도 한 날이면 그날 채점을 당한 답안지는 영락없이 몇 점을 손해 본다는 거지. 내 말이 틀린 게 아니야. 내가 떨어졌다는 게 그걸 증명하는 거야.

그는 정말 국내 법률에 무지 해박했다. 그는 한국 형사소송법상 살인죄의 공소시효는 15년이고, 또한 헌법상 일사부재리의 원칙이 적용되기 때문에 필리핀에서 이미 재판을 받은 사람은 다시 처벌받을 수 없다고 누누이 강조했다. 그래서 임재민은 그의 조언을 받아들여 이미 공소시효가 만료됐다고 생각했고 한편 그가 가르쳐 준 일사부재리라는 지고지순한 위대한 원칙을 굳게 믿었다.

임재민은 1999년 3월 초순경, 아직 바닷가 날씨는 추웠는데 여자의 남편을 대부도 해안가 갈대밭에 묻었다. 그러나 시신은 2년 뒤에 발견되었고, 경찰 수사도 비로소 시작됐다. 원래 그 자리는 개펄이었던 곳을 막아 생긴 땅인데 오랫동안 방치하고 있었다. 그런데 그곳을 개발하기 위해 불도저로 갈대밭을 밀어내던 과정에 불도저 기사가 땅속에서 하얀 물체를 발견하였는데 그게 사람의 뼈였다.

국립과학수사연구원은 일단 뼈의 크기와 모양을 보고 희생자를 20대 후반에서 30대 중반의 남성으로 추정했고 키는 165센티미터에서 175센티미터 정도로 추정했다. 사망시점은 대략 2년 전 전후였다. 그리고 희생자의 DNA를 추출해서 통보했다. 그래서 강력계 형사들은 그 DNA를 근거로 2년 전 실종신고를 한 가족들을 수소문하기 시작했고 그 가족들의 DNA와 일치 여부를 확인했다. 그 결과 죽은 남자의 신원이 밝혀진 것이다.

안산경찰서의 강력계 형사들은 희생자의 신원이 밝혀짐에 따라 그와 결혼했던 여자의 행방을 좇았고 그 무렵 행방불명이 된 여자와 남자를 유력한 용의자로 지목했지만 이들의 흔적을 발견할 수 없었다.

그러나 16년이 이미 흘렀으므로 이 사건 살인죄의 공소시효는 만료됐다. 이젠 범인이 붙잡혀도 살인과 사체유기 혐의로 처벌할 수 없게 된 것이다. 2007년에 살인죄의 공소시효가 25년으로 연장되었고 다시 2015년 8월 공소시효 자체가 폐지됐으나 이 사건 당시에는 살인죄 시효가 15년이었기 때문이고 그 기간이 만료된 것이다.

* * *

임재민은 정확히 16년 1개월 만에 모습을 드러낸 것이었다. 2015년 4월이었다. 한국 총영사관을 찾아온 그는 한국에서 밀항해 온 불법체류자이니 고국으로 보내달라고 당당히 요구했다. 총영사관 담당자는 일단 그를 필리핀 공안 당국에 넘겼다. 필리핀 공안은 간단한 조사를 통해서 남자를 단순 불법체류자로 인정했고 강제추방을 위해 구류처분을 내렸다. 물론 그 당시 공안 조사에서 그는 두 건의 살인사건과 관련한 내용은 일절 말하지 않았다.

인간의 본능인 귀소성 때문이 아니었다. 떳떳하고 당당한 귀향이 아니었다. 그는 이제 너무너무 지쳐있었다. 그는 오직 안전한 귀국을 원했다. 그러나 죽어도 다시 감옥에 들어가고 싶지는 않았다.

인천지방경찰청 국제범죄수사대는 인천 공항에서 밀항단속법 위반 혐의로 임재민을 체포해서 구속했다. 그 법은 '밀항이란 관계기관에서 발행한 여권, 선원수첩, 그밖에 출국에 필요한 유효한 증명 없이 대한민국 외의 지역으로 도항하거나 국경을 넘는 것을 말한다'고 규정하고 있고 또한 밀항을 하면 3년 이하의 징역 또는 2천만 원 이하의 벌금에 처하도록 규정하고 있다.

그러나 경찰은 그의 과거 행적을 면밀하게 조사하는 과정에서 그가 16년 전 행방불명이 될 당시 같은 회사에 다녔던 여자도 함께 행방불명된 사실과 여자의 남편이 피살된 사실을 알게 되었다.

이를 단서로 담당 형사는 16년 전 사건을 담당했던 경찰관과 피해자 가족, 국립과학수사연구원, 그가 다녔던 안산시 정왕동에 있는 회사 관계자를 찾아다니며 정밀하게 재조사를 시작했다.

그 회사에서 30년째 근무하고 있는 **김정행** 전무이사는 말했다.

그게 1999년 3월이었습니다. 제가 그때 그 일 때문에 고생깨나 했었지요. 회사에 난리가 난 것입니다. 그때 여자는 남자보다 일주일 전쯤에 임신했다고 하면서 회사에 사표를 냈습니다. 우리는 전혀 의심하지 않았지요. 의심할 여지가 없었거든요.

그러고 나서 임부장이 회사에 나오지 않은 채 우편으로 사직서를 제출했습니다. 우리는 너무나 깜짝 놀랐지요. 회장님의 육촌 동생이고 회장님의 신임이 대단했거든요. 회장님은 모든 중요한 업무를 주로 그와 상의해서 결정했지요. 그런데 사직서에서 지금 건강이 좋지 않아서 당분간 쉬고 싶다고 했습니다. 그래서 시골로 내려간다고 했습니다.

임재민이 누구입니까. 시골 읍내에 있는 상고를 나와서 상대에 들어간 수재였지요. 상대를 졸업하고 한국은행에 들어갔는데 회장님이 회사에 꼭 필요한 인물이라고 해서 간신히 설득하여 데리고 왔지요. 그때 회사가 막 클 때라서 유능한 인물이 필요했던 것이지요. 만약 그 사건이 없었다면 회사에서 승승장구해서 진즉 대표이사가 되었을 것입니다.

그때 임재민은 40세 초반에 불과했는데 이사로 승진할 예정이었습니다. 지금 우리 회사는 연 매출이 1조 원이 넘습니다.

그 후 후임 구매부 부장이 관련 서류와 회계 장부를 점검하였는데 서류가 감쪽같이 전부 폐기되어 있었습니다. 컴퓨터를 복원하려고 했지만 전문가들도 불가능하다고 했습니다. 한 달여에 걸쳐 일일이 수작업을 해서 처음부터 끝까지 대조해 보았더니 장부를 조작해서 거액의 돈을 가지고 사라진 것이지요. 그리고 그 여자는 임 부장의 공범이었는데 우리는 그걸 까맣게 모르고 있었던 겁니다.

그런 일이 있었고 금융위기의 후유증까지 겹치면서 우리 회사는 거의 망할 뻔했습니다. 겨우 다시 살아난 것이죠.

한 달쯤 지나서 모든 사실이 백일하에 드러났을 때 회사 전 직원을 동원해서 임 부장을 찾아 나섰지요. 그가 살던 아파트는 은행에 근저당이 최고 금액으로 설정되어 있었고 방들은 지저분하게 널려 있었습니다. 원목가구 옷장에는 양복과 등산복, 속옷, 넥타이들이 무질서하게 잔뜩 쌓여있고 아파트 입구에는 구두가 산더미처럼 쌓여 있었습니다. 도대체 구두가…… 도망갈 때 그 많은 구두가 필요했던 것일까요. 그리고 예금구좌는 폐쇄되어 있었습니다.

그런데 거실과 방에는 천 권도 넘을 책들이 어지럽게 널려 있었지요. 급히 도망가면서 정신이 없었던 것이지요. 주로 시집과 소설책이었고 역사나 철학, 여행 관련 책들도 많이 있었습니다. 저는 그가 책을 너무 많이 읽고 나서 머리가 약간 이상하게 돌아가지 않았나 생각했지요. 그리고 클래식과 팝송, 재즈, 남미음악, 샹송 등 LP판과 CD가 수백 장이 널려 있었습니다. 그가 그렇게 음악을 좋아했는지 그때 처음 알았지요. 회사에서는 음악 관련 이야기를 하는 것을 들어보지 못했거든요.

그런데 음악은 뒤틀린 인간의 정신을 치료해주는 약이라고 했는데요, 그에게는 그렇지 못한 것 같습니다.

사람은 겉모습만 보고 판단할 일이 아니었지요. 그 속에 무엇이 들어 있는지를 알 수 없으니까요. 그래서 열 길 물속은 알 수 있어도 한 길 사람 속은 알 수 없는 것이지요. 그는 외모나 언행을 보면 진짜 지성인처럼 보였습니다. 돌이켜보면…… 그에 대해서는 어떤 선입견도 있을 수 없었지요.

그러나 사건이 일어난 후 보니까 아주 교활한 인간이었습니다. 아주 교묘한 방법으로 악랄하게 해먹었지요. 그렇다고 그가 사람을 죽인 악마까지는 아니라고 믿고 싶습니다. 어떻게…… 그때 경찰이 와서 여자의 남편이 죽었다고 말했지만…… 설마……

제가 그때 그의 시골집과 연고지는 전부 찾아다녔습니다. 심지어 단골 술집까지 뒤지고 다녔지요. 그러나 오리무중이었습니다. 감쪽같이 사라진 것이지요. 그러나 여태껏 해외로 밀항한 줄은 꿈에도 몰랐습니다. 어디 깊은 산속으로 들어갔거나 무인도에 있는 줄로만 생각했지요. 여전히 수수께끼투성이였지요.

여자의 집은 안산시 대부동에 있었습니다. 초라한 13평짜리 연립주택이었는데 그나마 전세였습니다. 도망갈 무렵 집주인에게 사정사정해서 전세보증금을 돌려받은 후 사라졌습니다. 물론 집주인은 여자가 사정이 딱하다고 사정하니까 기간이 남았지만 보증금을 돌려주었다고 하더군요. 그리고 여자가 어디로 갔는지는 자신은 알 수 없다고 했습니다.

* * *

임재민을 재조사하는 과정에서 관련 사실을 알아낸 경찰은 그를 추궁했고 그는 순순히 살인 관련 일체를 자백하였다.

그는 1999년 3월에 있었던 사건에서 당당하게 살인혐의를 인정하였다. 그러나 여자와는 필리핀에 가서 헤어졌기 때문에 자신도 그 후 그녀의 행방을 모른다고 했고 밀항 시점에 대해서도 모른다고 시치미를 뗐다.

그러니까 공소기간 내에 사업 관계상 필리핀에 왔다 갔다 한 것은 사실이지만 국내에 근거지가 있었고 따라서 공소시효가 완료되었다고 주장한 것이다. 그러므로 살인죄로 처벌할 수 없다고 당당하게 주장했다.

형사소송법에 의하면 범인이 출국하면 공소시효가 정지되지만, 이 남자처럼 밀항을 했다면 출국 여부가 정확히 확인되지 않아 공소시효가 그대로 흘러갈 수 있다.

그러므로 그가 언제 어디에서 무엇을 했는지를 입증할 책임은 검찰에 있다. 그러나 검찰은 무슨 근거에서인지 아직 공소시효가 살아있는 것으로 판단하였다. 검찰은 16년 동안 그가 국내에 머무른 흔적이 없고 마지막 발견 장소가 필리핀이었던 점 등 입증 자료를 통해 피의자가 형사처분을 면할 목적으로 국외에 있는 경우 그 기간 동안 공소시효는 정지된다는 형사소송법 제253조 3항을 충분히 충족시킬 수 있다고 보았다.

경찰 조사 결과 그는 1999년 3월 살인사건이 발생한 이후 국내에 거주한 사실이 없고 국내에서 금융거래를 한 적도 단 한 차례 없었다. 그가 옛날에 알고 지내던 몇몇 지인들, 친인척 등 아무리 수소문해봐도 국내에서 그를 봤다는 사람이 나타나지 않은 상태이고, 전기, 가스, 상수도 요금이나 신문대금을 납부한 사실도 없었다. 경찰은 만약 그가 1999년부터 2015년까지 국내에 거주했다면 단 한 사람의 목격자나 증거물이라도 제시할 수 있을 텐데 그는 그런 자료를 전혀 내놓지 못했다.

본국 경찰의 지시를 받고 불법체류 경위를 조사하던 필리핀 현지의 코리안 데스크 경찰들은 그가 필리핀에서 자신의 부인과 아들을 살해한 살인사건 피의자라는 사실을 뒤늦게 확인하고 검찰청으로 직접 그 사실을 통보했다. 코리안 데스크는 현지에서 조사한 결과 그는 필리핀 법원에서 이미 무죄를 받았다고 생각하고 이 경우 일사부재리의 원칙에 의해서 두 번 처벌할 수 없는 데다가 만약 한국에서 재수사를 받는다 해도 증거가 부족해 그냥 넘어갈 수 있을 것이라고 판단했다고, 보고하였다.

세부 주재 한국 경찰은 민다나오 섬 남쪽 끝에 있는 헤네랄 산토스까지 조사차 갔다 왔고 필리핀 당국에 관련 각종 수사기록을 요청했다. 임재민의 혐의를 입증할 증거 자료는 모두 세부 경찰서가 보관하고 있었기 때문에 필리핀 당국의 협조가 절실했던 것이다. 그런데 필리핀 당국은 과거 수사기록과 관련 증거물을 일부만 보관하고 있었다. 임재민이 우리말로 쓴 범행을 부인하는 진술서와 가정부의 경찰 진술서는 있었지만 부검의 소견서와 범행에 이용됐던 흉기는 세부 법원 증거물 창고에서 찾을 수가 없었다.

* * *

검사는 지난밤을 꼬박 새운 것처럼 매우 피곤해 보였다. 하지만 임재민은 구치소가 제공한 푸른 수의를 입고 있었지만 너무 긴장하지도 않고 매우 신중해 보였다.

그는 생각했다. 필리핀에서 이미 충분히 경험한 바가 있거든. 필리핀이나 여기나 그게 그거라고 틀림없다고. 그리고 충분히 준비했으니까, 준비를.

검사가 심문을 하였다.

검사 : "왜? 그렇게 순순히 자백하시는 거죠? 너무 솔직해서 놀랄 일인데…… 뭘 믿는 구석이 있는 겁니까? 너무 순진한 건가? 스스로 자백했기 때문에 그걸 근거로 경찰은 몇 가지 증거까지 확보했지요.

아니면 반성하고 회개했기 때문인가요? 오랜만에 고국에 온

소감이······ 많이 변했지요."

피의자 : "반성은 무슨······ 전 반성이니 회개 같은 것은 모릅니다. 그럴려면 왜 저질러요 빨리 끝냅시다. 어차피······ 되지도 않을 걸 가지고······"

검사 : "빨리 끝내자고? 그렇단 말이지요 그런데······?"

피의자 : "전, 이미 끝난 일을 가지고 귀찮게 구는 것을 이해하지······"

검사 : "이미 끝났다고······?"

그는 상황을 파악하기 위해 검사의 얼굴을 힐끗 쳐다보았다. 그래서 자신의 절박함을 숨긴 채 검사의 속내를 떠본다는 생각으로 자신 있게 말했다.

피의자 : "그렇지요 제가 왜 서둘러 귀국했겠습니까? 저도 웬만큼 알아보고서 귀국했단 말입니다. 그것도 아주 해박한 법률 지식을 가진 법률전문가한테······ 밀항단속법은 인정해야겠지요. 그것뿐이지요."

검사 : "법률전문가라고? 선무당 사람 잡는 거 몰라요?"

피의자 : "그 사람 진짜라구요 명문대 법대를 졸업했다니까요 고시는 떨어졌지만 말입니다."

검사 : "그럼, 그렇다고 치자고요 그런데······"

피의자 : "1999년 3월 일은 제가 솔직히 자백했어요. 그러나 작년에······ 그러니까 2014년 3월에 공소시효가 끝난 것 아닙니까."

검사가 아주 희미하게 웃었다.

검사 : "그렇다니까요. 그러나 헛물켜지 마시라고요. 16년 전 사건이란 말이지요. 용케도 시효가 완성되기는 했지요. 지금 국회에서 '태완이법'이라고 해서 살인범의 공소시효를 완전히 폐지하는 법안이 한창 논의 중인데 아직 통과가 안 되었거든요.

그러나 피의자는 빠져나올 수 없어요. 형사소송법 제254조 제3항은 '범인이 형사처분을 면할 목적으로 국외에 있는 경우 그 기간 동안 공소시효는 정지된다.'고 규정하고 있거든요. 그 전문가 양반이 이 규정을 깜빡한 모양이네요."

피의자 : "아니지요, 아니란 말입니다. 그 친구는 해박해요, 해박하단 말입니다. 제가 필리핀에 간 것은 도피하려고…… 그러니까 형사처분을 면할 목적으로 간 것이 아니라는 것이지요. 잠시 동안 먹고 살기 위해서 사업차 간 것이지요. 그래서 세부에서 여행사를 한 것이지요. 더 빨리 귀국할 수 없었던 것은 어떤 말 못할 사정이 있었습니다. 그런데 필리핀에 살면서도 한국에 자주 왔다 갔다 하였습니다. 저의 생활 근거지가 여기니까요."

검사 : "그렇다면 그 자세한 경위를 말할 수 있나요."

피의자 : "말씀드릴 수가……"

검사의 목소리가 부글거리는 게 지금 속이 끓고 있다. 검사는 날카로운 눈빛으로 그를 응시했다. 그러고 나서 필리핀에서 보내온 기록 중에서 노란 포스트잇이 붙은 쪽을 새삼스럽게 들춰보았다.

검사 : "뭐가? 묵비권을 행사하겠다는 건가요? 그건 피의자의

자유이니까 맘대로 하세요. 여기 보라고! 꽤…… 쓸 만한 게 있
지. 물론 충분하지는……"

　피의자 : "…… 충분할 리가 없겠지요"

　검사 : "충분하지 않다고?"

　피의자 : "그렇지요 그건 법정에 가서 판사에게만 말할 수
있지요 지금 말씀드릴 수 있는 것은 필리핀이 좋다는 것이지
요 저는 필리핀의 사법제도를 말하는 것입니다."

　검사 : "그런데…… 필리핀의 사법제도라고? 그럼 할 수 없군
요 그렇게 해 보시지요 그런데 이건 알고 계셔야 할 겁니다.
우리가 구체적인 밀항 시점을 제시하지는 못하더라도…… 물론
1999년 3월경에 밀항했겠지만 그 늙은 어부는 이미 죽고 없더
라고요…… 그러나 다른 기록은 일부가 남아 있어요

　그런데 1999년부터 피의자가 한국에 없었다는 점을 충분히
입증하면 그걸로 우리 임무는 끝나는 것이지요 출입국 기록이
아무것도 없다고

　그 다음부터는 피의자가 구체적으로 한국에 있었다는 사실을
입증해야 하는데, 그게 가능하겠어요?"

　임재민은 다소 동요한 듯 보였다.

　피의자 : "그건 변호사가 해야 할 일이지요"

　검사 : "변호사인들…… 변호사가 신도 아닌데……"

　피의자 : "변호사가 많은 돈을 받았다면 그것쯤 알아서 처리
해야 하는 것 아닌가요?"

　검사 : "함께 도망간 여자는? 어떻게 되었지? 김미경 말이야?

경찰에서는 필리핀에서 헤어졌다고 했는데······"

피의자 : "그렇지요, 그렇습니다. 그 후론 전혀 모르지요."

검사 : "그럴까?"

피의자 : "아무튼 저와는 상관없는 사람입니다."

검사 : "뻔뻔하긴······ 유분수가 있어야지······ 아주 교활하다고 해야겠네요. 자기도취······ 자기기만······ 세상이 그렇게 쉽게 속아 넘어갈 만큼 어수룩하지는 않지. 지금이라도 속 시원히 자백하면 얼마나 좋을까. 짜증나게 하지 말고······

그나저나 배심원들이 이 사실을 알면 얼마나 경악을 할까요? 필리핀에서 여자와 어린 자식을 죽였더구만. 그렇단 말이지. 그래도 말이지, 인간이라면 아들까지 죽인 것은 좀······?"

피의자 : "무슨 말씀을 하고 계신가요? 제가 교활하다고요?"

검사 : "그렇지요······ 검사를 끝까지 농락할 셈인가요?"

피의자 : "아니지요. 믿어주세요······"

검사 : "아들까지······"

피의자 : "어쨌거나 그 아들은 제 자식이 아니지요. 그 여자가 어느 남자와의 사이에서······"

검사 : "그래도 그렇지······ 악마가 따로 없지?"

피의자 : "아니에요, 아니······. 귀찮았어요. 그 앨 데리고 오는 것 말입니다. 저도 고국에 돌아와서 모든 걸 다 훌훌 털어버리고 가뿐하게 새 출발을 하고 싶었거든요······"

검사 : "가뿐하게······?"

피의자 : "그렇지요. 가뿐하게 새 출발을 해야지요."

검사 : "그렇게 쉽게 새 출발이 될까?"

피의자 : "뭐가 문제인가요. 다 끝났다고 보는데…… 필리핀에서 이미 재판을 받았고 그 재판은 확정된 것 아닙니까? 그리고 살인을 입증할 증거도 마땅치 않을 텐데요."

검사 : "하나는 알고 둘은 모르는 거지. 우선 일사부재리의 원칙은 피의자한테는 소용이 없어…… 알겠어…… 이미 대법원 판례에 나와 있단 말이지. 1983년 판례의 취지는 이런 거야. 피고인이 외국에서 이미 형사처벌을 받았다고 하더라도 이 경우에는 일사부재리의 원칙은 적용할 수 없다는 거야."

피의자 : "그렇단 말이죠? 그렇게 오래된 판례가 지금도 타당할까요? 지구촌 시대에도 말입니다. 어디에서든지 이미 처벌을 받았으면 되는 것 아닌가요? 그리고 말입니다. 판례는 언제든지 변경이 가능한 것 아니겠습니까? 저는 그렇게 알고 있습니다."

검사 : "…… 충분히 일리가 있는 겁니다. 왜, 아니겠어요. 정말 해박하십니다. 판례는 언제든지 변경이 가능하지요. 그러나 함부로 변경되는 게 아니지요."

피의자 : "저는 필리핀에서 이미 3년 넘게 살았단 말입니다. 그걸로 충분한 것 아닌가요? 정말 억울합니다."

검사 : "지금 억울하다고 하셨나? 어련하시겠어."

피의자 : "그러나 증거가 만만치 않을 것입니다. 저는 모두 부인할 것이니까요."

검사 : "그것도…… 그렇지요. 정말 큰일이군요. 그런데 사람을 둘씩이나 죽였다면 무슨 동기가? 또는 어떤 분노의 감정이?"

피의자 : "동기 같은 것은 모르는 일입니다…… 그러나 제가 장담할 수 있습니다. 필리핀 쪽은 모든 게 허술하니까요. 증거가 제대로 보관되어 있을 리가 없다는 것입니다. 다시 말씀드리면 아무리 뒤져도 증거가 나타날 수가 없지요"

검사 : "그런데 그 가정부 말입니다. 피의자는 가정부 이름이라고 할까, 얼굴은 기억하고 있겠지요?"

피의자 : "그야 물론입니다. 티앙카 말이군요. 약 2년간이나 함께 살았는데요…… 그러나 민다나오에 돌아가서 살았는지 죽었는지 아무도 모르지요. 필리핀 법원이 몇 번씩이나 소환장을 보냈지만 감감무소식이었습니다."

검사 : "그런데요…… 필리핀에 있는 코리안 데스크가 이번 사건으로 아주 수고를 많이 했어요…… 그녀의 고향인 헤네랄 산토스 교외 밀림 속에 있는 마을까지 찾아가서 조사를 했으니…… 알고 봤더니 그 티앙카는 국제결혼을 해가지고 우리나라에 살고 있었어요. 며칠 전에 조사를 했지요. 아주 잘 기억하고 있었습니다.

정말 잔인했다고 하더군요. 자신은 그걸 목격하고 나서 정신적 후유증 때문에 오랫동안 졸피뎀이라는 수면제를 먹어야만 잠이 들었다고 하더군요. 그 날 새벽에 가정부는 피의자가 눈에 핏발이 선 채 악마가 되어 마구 칼을 휘두를 때 자신도 죽는다는 것을 직감했다고 하더라구요. 그래서 허겁지겁 도망을 쳤답니다. 큰 실수를 한 거예요. 그때 가정부까지…… 지금 몹시 후회되겠네요……"

피의자 : "국제결혼을 했다고요……? 그럴 리가? 지금 농담하시는 거죠?"

검사 : "그렇습니다. 능청 그만 떠시지요. 제가 그렇게 한가하지 않거든요. 다시 말씀드리지만 지금 화성에서 잘 살고 있어요. 임신 중이지요. 남편과 함께 왔었는데…… 남편이 나이는 들었지만 아주 좋은 사람이더라고. 법정에서 오랜만에 해후하시겠네요."

피의자 : "……"

임재민은 2건의 살인사건에 관해 조사를 받았고 검찰은 살인죄와 사체유기, 밀항단속법 위반으로 그를 구속 기소하였다.

연쇄살인범?!

연쇄살인범?!

분노나 공포의 감정에 몰리지 않고
단지 절명하는 순간의 형상을 보려고
인간이 인간을 살해하다니……:
– 세네카

1. 301번 지방도는 경기도 화성시 우정읍 화산리에서 시작해서 매향리를 지나고 화옹 방조제를 지나고 서신면 궁평리를 지나고 탄도 방조제를 지나고 대부도를 지나고 시화 방조제를 거쳐 시흥시 정왕동 오이도 관광단지까지 이르는 63킬로미터 남짓의 경기도 지방 도로이다.

우정읍은 화옹호와 화옹지구 간척지를 품고 있다. 우정읍 선창포구는 한때는 도시인들이 많이 찾는 바닷가 횟집 마을이었지만 지금은 간척지에 묻혀서 바닷물도 들어오지 않고 그러니 고깃배도 들어오지 않는다. 선창에서는 아직도 갯내가 물씬 풍기지만 말이다.

매향리에는 6·25전쟁 당시부터 미군의 쿠니 사격장이 있어

주민들이 오랫동안 고통을 받았고 배상을 받기 위해 투쟁했던 지역이다. 우정읍내에서 남서쪽으로 내려가면 미군부대가 없었다면 아주 평범했을 시골 바닷가 마을인 고온이 포구가 보였고 포구의 마을 건물 벽에는 분노에 찬 농부가 쇠스랑으로 철조망과 성조기, 포탄을 찢어발기는 벽화가 그려져 있었는데 그 포구에서는 폭격연습에 항의하는 플래카드가 걸린 철조망이 쳐진 미군부대를 바라볼 수 있었다. 그리고 바다 쪽으로는 폭탄의 과녁이 되어 하얗게 패어버린 작은 섬인 농섬도 보인다. 그러나 이제는 옛일이 되었다. 2005년 미군은 철수했고 그 사격장 시설들은 '한옥 등 건축자산의 진흥에 관한 법률'에 의거해서 경기도 제1호 우수 건축자산으로 등록되었다. 그리고 화성시는 사격장 일대를 평화생태공원으로 조성했다.

궁평리는 단편소설 '밀항'의 작중인물로서 희대의 사기꾼이었던 김희걸 회장이 중국으로 밀항을 시도했던 궁평항이 있는 곳이다.

어섬은 화성시 송산면 고포리의 작은 섬이었다. 시화호 물막이 공사가 끝나면서 바다를 잃고 육지가 되었다. 마을은 온데간데없고 갈대만 무성한 개활지가 넓게 펼쳐져 있을 뿐이다. 그러나 황혼녘이면 여전히 시화호 갯벌에서 먹이활동을 하는 저어새와 민물도요, 알락꼬리마도요가 떼를 지어 군무를 하며 비상하는 모습을 볼 수 있다.

서신면 제부도는 조류의 흐름에 따라 하루 바닷길이 두 번 열리는 섬으로 주말이면 차량 행렬이 줄을 잇는 관광 명소이다.

매바위와 삼형제바위 등 갯바위가 아름답고 산책로가 더없이 편안한 곳이다. 그러나 좀 더 먼 바다로 나가려면 (모습이 낙지 같다고 하여 낙지섬이라 불렸던) 대부도와 선재도를 거쳐 인천시 옹진군 소속인 영흥도까지 들어가야 하는데 대부도는 안산시 땅으로 시화 방조제를 거쳐 안산시와 연결되어 있다.

시화 방조제는 배수갑문과 방아머리 여객선 터미널에서부터 시작해서 시화조력발전소, 큰가리기섬과 작은가리기섬을 거쳐 시흥시 정왕동에 이른다. 정왕동에는 시화 멀티 테크노밸리 공사가 한창 진행 중이다. 그런데 오이도는 조선조 초기에는 까마귀의 귀를 닮은 섬이라고 해서 오질애라고 불렀으나 정조 때 지금의 이름인 오이도가 되었고 일제 강점기 때 갯벌을 염전으로 개발하면서 육지가 되었다. 그러나 삼전벽해. 지금 그 염전은 오이도 관광단지가 되었고 바로 인근에 배곧신도시가 들어서면서 서울대 시흥캠퍼스가 2018년 3월 개교할 예정이다.

301번 지방도로가 4차선에서 2차선으로 좁아지는 궁평리에서부터 해안 도로는 나무와 잡초가 우거졌고 야생동물 보호 표지판이 설치되어 있다. 그러나 도로에서 불과 10여 미터 들어간 으슥한 공터에는 공사 중에 발생한 폐아스콘, 폐콘크리트, 일반 폐기물 등 폐기물을 그대로 방치해서 바람이라도 불라치면 비산 먼지가 공중으로 흩날린다. 그리고 광대한 간척지에는 인적이 끊긴 채 갈대만이 무성하다. 만약 살인범이 시체를 외진 곳에 버리려고 한다면 딱 적합한 장소라고 할 수 있다. 간혹가다 주유소와 모텔, 횟집 등이 있어 오가는 관광객들을 유인하지만 가로등이 없어서 밤에는 캄캄했고 폐쇄회로 TV도 설치되어 있지 않아서 타인의 시선을 피하기 쉬운 곳이다.

안산시에서 방범용 CCTV를 설치 및 관리하는 안산 U정보센터에 의하면 301번 지방도에 설치된 CCTV는 8대에 불과했다. 그러니 63킬로미터 도로에 고작 8대이니까 대략 8킬로미터 간격을 두고 하나씩 CCTV가 있는 셈이다.

토막 살인범 송○○이 그의 아내 박○○의 시신을 유기한 장소는 301번 지방 도로 내 시화 방조제의 오이 선착장 입구였고, 지난 2005년 안양 초등학생을 유기하여 살해한 김○○도 시화 방조제 부근인 오이도에 시신을 유기했으며, 2008년 8월 대형 유흥업소 영업사장이었던 강○○은 동거녀를 목 졸라 살해한 후 시화호 갈대밭에 시신을 암매장했다. 안산시 대부도에서 하반신 토막시신이 발견된 지 며칠이 지나서 방아머리 여객선 터미널에서 불과 3킬로미터 떨어진 시화호 물가에서 시신의 나머지 부분인 상반신이 발견됐다. 경찰은 상반신과 하반신의 DNA를 분석한 결과 같은 사람의 것으로 확인됐다고 하였으며, 지문 인식을 통해 김○○의 사체인 것으로 밝혀졌는데 그 시체의 상반신과 하반신이 각각 발견된 장소는 모두 301번 지방도로였다. 12명의 목숨을 앗아간 희대의 연쇄살인범 남○○은 두 번은 화성시청 뒷골목 노래방에서 피해자를 데리고 나와 차에 태워서 성관계 후 살해하여 사체를 시화호 어섬 근처 갈대밭에 묻어 버렸고 두 번은 우정읍 버스정류장에서 피해자를 차에 태워 강간을 시도했으나 피해자가 격렬히 반항하자 목 졸라 살해한 다음 사체를 토막 내 선창포구 근처 간척지 갈대밭에 묻었다.

2002년에는 서신면 백미리 바닷가에서 이ㅇㅇ의 시체가 발견됐다. 인근을 지나던 주민이 파도에 떠밀려온 구멍 난 마대자루에서 신체의 일부를 발견하고 경찰에 신고한 것이다. 발견 당시 이ㅇㅇ은 검은색 비닐봉투에 겹겹이 싸여 마대자루에 들어 있었는데 옷은 그대로 입고 있었고 성폭행 흔적은 보이지 않았다. 다만 약 40여 곳에서 흉기로 찔린 흔적이 발견됐다. 2004년에는 대소변을 가리지 못한다는 이유로 6살 난 아들을 살해한 어머니 김ㅇㅇ와 시신을 암매장해버리자는 아내의 부탁에 따라 계부 박ㅇㅇ은 우정읍 화수리 멱우저수지 인근의 야산에 유기했다. 그러나 경찰은 형사기동대, 감식반 등 100여 명과 함께 굴착기 등을 동원해 시신이 유기된 멱우저수지 인근의 야산을 샅샅이 찾아 수색작업을 벌였지만 아직까지 시체를 찾지 못하였다. 그리고 2010년 9월 술집 여종업원을 잔혹하게 살해하고 토막 내 유기한 남성이 평택경찰서에 검거됐는데, 이 남성은 평택시 안중리의 주유소 인근 도로변 차 안에서 술집 종업원 한ㅇㅇ을 상대로 범행을 저지른 뒤 자신의 고향인 우정읍 석천리 습지 풀숲에 사체를 매장했다.

그러므로 301번 지방도 인근에서 사는 사람들은 밤이면 귀신이 출몰해서 곡성을 하는 소리를 들으면서 공포에 떨어야 했다. 어떻게 하면 억울하게 죽은 사자들의 원혼을 달랠 수 있을 것

인가. 그 원혼을 위로하기 위해서 무슨 제사라도 지내거나 푸닥
거리라도 해야 될 것 같다. 주민들은 이구동성으로 그렇게 말했
던 것이다.

2. 그 순간은 물론이고 이후에도 무슨 격한 감정 따위는 없
었다. 다만 자신이 강력하다는, 승리에 도취된 감정은 있었다.
그는 그때 자신이 분노나 공포의 감정에 휩싸이지 않고 매우
침착했으며 여자가 숨이 끊어지는 순간 너무 아름다웠다고 생
각했다. 그리고 그녀의 부드러운 목을 누르면서 졸랐을 때 손에
느껴지는 그 따뜻한 감촉을 잊을 수가 없다. 그러나 시체가 곧
썩기 시작할 텐데 이를 어떻게 처리해야 할까 하는 걱정이 먼
저 들었다.

그는 예전에 오이도 수산물 직판장에서 점심 식사를 하고 시
화 방조제를 지나고 화옹 방조제를 거쳐 아산까지 내려갔을 때
길가에 나무와 잡초가 우거져 있던 해안 도로를 떠올렸다. 그런
곳이어야 할 것이다. 딱 알맞은 장소 아닌가. 이른 새벽이나 늦
은 밤에는 차량 통행이나 인적이 끊길 것이다. 차가 달리고 있
는 주변이 한적해 보이면 곧바로 도로를 벗어나면 될 것이다.
너무 멀리 벗어나서는 안 된다. 여차하면 바로 도로로 돌아올
수 있어야 한다.

밤의 어둠이 찾아오자 사방을 둘러봐도 사람의 흔적이라고는
찾을 수 없는 아주 외진 곳이었다. 왼쪽으로 검은 바다가 보였

다. 적당한 장소를 찾기 위해 다시 천천히 얼마큼 달렸다. 계속 차를 달리다가 도로에서 빠져나가는 길이 하나 보였다. 그 길은 일반적인 도로가 아니었다. 백미러로 보니 뒤를 따라오는 차량이 한 대도 없었다. 그래서 그 길로 방향을 틀었다. 작은 도로와 들길을 몇 군데 지나 마침내 알맞은 곳을 찾아냈다. 몇 미터 가지 않아 배수로와 연결된 지하도가 나타났다. 그곳은 가장 가까이 있는 도로 쪽을 몇 그루의 동백나무들이 가려줬다. 시체를 파묻어 버리기에 적당한 장소로 보여 정차했다. 주변에서는 아무 소리도 들리지 않았으며 누구도 보이지 않았다.

3. 2월의 춥고 바람 부는 초저녁, 또는 으슥한 밤.

20대 중반 또는 30대 남자가 신촌 이화여대 뒤쪽 추계예술대학에서 이화금란고를 올라가는 골목에서 짙은 안경과 챙이 긴 모자를 쓴 채 괜스레 왔다 갔다 했다. 그러나 폐쇄회로 TV에 포착된 그의 인상착의는 가늠하기가 쉽지 않았다. 그는 며칠째 2호선 지하철 신촌역 입구 CCTV에도 같은 차림새로 몇 번 등장했다. 얼핏 보면 불안한 듯 보였지만 여유로운 걸음걸이였다. 그런데 딱 한 번 모자를 벗고 머리를 긁적거렸다. 그 모습이 잡힌 것이다.

서대문경찰서 강력계의 의뢰에 따라 국립과학수사연구원의 디지털 분석과는 생체 인식 프로그램을 가동해서 그 남자의 신상 분석에 착수했다. 먼저 CCTV에 나온 주변 공간을 3차원 그래픽으로 재현했고 얼굴의 윤곽과 머리의 크기와 모양새, 걸음을 걸을 때 발을 내딛는 지점, 그때 무릎과 허리를 구부린 각도와 고개를 건들거리며 숙이는 횟수 등을 입력해서 가상적으로 인체의 골격을 컴퓨터 화면에 배치했다. 담당 연구관은 그의 발목과 무릎, 골반과 허리, 손을 흔드는 자세 등을 몇십 번에 걸쳐 조정하여 용의자와 똑같은 신체와 자세로 설정한 뒤 똑같은 길을 걷게 했다. 몸을 바로 했을 때의 키와 보폭, 신체의 특징을 계산하기 위해서였다.

디지털 분석과는 강력계에 보고서를 보냈다. '용의자는 키 172.5cm, 평균 보폭은 71.4cm, 나이 28세에서 32세 사이로 추정되는 남성, 친구가 없고 외롭게 지내는 외톨이며, 미혼, 덥수룩하게 수염이 자랐으며 짙은 검은 머리카락.' 그리고 몽타주보다 훨씬 정확하게 보이는 전체 얼굴 사진을 3차원 그래픽으로 구현해서 첨부하였다.

며칠 전 서대문경찰서에 실종신고가 접수됐었다. 이름은 신은명, 34세, 사립대 경영학과를 졸업하고 금융기관에 근무하고 있었는데 고향에 있는 어머니가 전화를 해도 받지 않고 회사에는 이틀째 아무런 연락 없이 결근하고 있었던 것이다. 회사 직원 3명과 신촌의 카페에서 저녁식사 겸 몇 잔의 술을 마신 후 헤어진 게 밤 10시 무렵이었다. 실종자는 그 골목에 있는 여성 전용 빌라 1층에서 몇 년째 살고 있었다. 그러나 집에 침입한 흔적은 없었다. 그리고 CCTV에는 사각지대가 여러 군데 있기는 하였지만 그 골목에서 납치한 흔적이나 남자와 여자가 몸싸움을 하는 모습 역시 보이지 않았다.

집안은 그녀의 평소 성격대로 깔끔하게 정돈되어 있어서 어떠한 흐트러짐도 없었다. 면식범의 소행은 아닌 것으로 판단되었지만 아무리 탐문을 해 봐도 실종을 전후에서 목격자는 없었다.

강력계에서는 가족들의 진술이나 회사 동료들의 진술 등 모든 상황을 종합해서 판단한 결과 단순 실종이 아니라 중대한 범죄에 의한, 즉 강도 살인이나 강간 살인 혹은 단순 살인에 의한 실종으로 판단하였다. 혹은 연쇄살인범의 소행이 아닌지 의심했고 그를 체포하면 서울 서부지역에서 발생한 몇 건의 장기 미제 사건을 해결할지도 모른다는 기대를 갖게 했다.

그녀는 지극히 온순한 성격이어서 원한을 살만한 일을 한 적이 없었고 회사에서도 모범적인 직원이라서 순조롭게 승진해서 일 년 전에 과장이 되었기 때문이다.

지리학적 프로파일링 기법을 활용해 분석한 결과 범인은 자신이 친숙하게 여기는 공간에서 범죄를 저지른다는 속성을 토대로 해서 범행 장소와 범인의 주거지는 인접해있다고 판단하였다. 그러니까 범인과 피해자가 최초로 접촉한 지점과 구체적으로 범행을 저지른 장소, 만약 살인이라면 시체를 유기한 장소는 어떤 경우에도 범인의 주거지와 밀접한 관련성이 있기 마련이기 때문에 북아현동과 대신동, 대현동 일대를 중심으로 수사를 펴기 시작한 것이다.

추계예술대학교 부속 추계초등학교 정문에서 500미터 정도 오르막길을 걸어 올라가면 오른쪽으로 주택가가 나왔다. 올라가는 동안 길가에는 가로등은 두 개뿐이고 CCTV는 설치되어 있지 않으며 주차된 차가 많아 누군가 불쑥 튀어나올 것 같은 불안감이 엄습했다. 평소 골목이 어두웠으니 밤길이 무서운 골목이었다. 그곳에 정원 원룸이 있었다.

압수 수색을 위해 문을 열고 들어가니 왼쪽이 보일러 및 세탁실이고 오른쪽이 화장실이었으며 비좁은 거실과 부엌, 방안은 발 디딜 틈이 없이 어질러져 있었다. 지독하게 퀴퀴한 냄새와 그림물감 냄새가 뒤섞여 코를 찌른다. 방주인이 정상이 아니라는 사실과 외롭고 비천한 삶을 살고 있다는 뚜렷한 인상을 준다.

방 안 여기저기에는 온통 낙서투성이였다.

운명은 개척해 나가는 자의 몫이다. 세상을 강하게 살자. 나는 왕이다. 집착이 강하면 못할 것이 없다. 뛰는 놈 위에 나는 놈 있다. 나는 뛰는 놈이고 나는 놈이다. 정직한 노력은 배신하지 않는다. 오직 강한 자만이 살아남는다. 자신에게 달려있다. 나는 강하다. 나는 신이다. 나는 왕이다. 실패란 다시. 새 출발. 시작할 수 있다. 내 말이 곧 법이다. 악으로 시작한 것은 악의 힘으로 악으로 깡으로 검은 바다. 호수. 갈대밭.

매직펜으로 굵게 쓴 것도 있다. **악마가 나를 공격한다. 나를 죽이려고 한다네. 악마여 나를 놓아주라. 제발 좀.**

화장실 변기 위에는 다음과 같은 경고문도 붙어 있다.

변기에 절대 이물질 버리지 말 것. 하수구에 버려야 한다. 막히면 답이 안 나온다. 절대 주의할 것.

그리고 다른 벽면에는 또 다른 낙서들이 있다.

현재 형성된 습관이 부자와 가난한 자를 가르게 된다는 것을 명심하자. 난 특별한 존재이고 소중한 존재이다. 웃음 헤픈 여자는 버러지이다. 버러지를 밟아 죽이자. 무슨 일을 하든 간에 사랑받는 건 자기 자신이 어떻게 하기 나름이다. 담배 필 때 문을 활짝 열어놓고 환기시켜라. 볼펜 사용하고 난 후 세톱박스 위에 올려놓을 것. 작은 것을 얻어도 소중하게 여기며 큰 것을 가지고도 아끼지 아니하고 좋은 것이 있을 때 서로가 양보하고 허물이 보일 때는 덮어주게 하소서. 어려울 때 곁에서 힘이 되게 하시고 벅찰 때는 서로가 나눠지게 하시며 용기를 잃었을 땐 두 손 잡게 하소서. 여자는 남자의 소유물이고 종이고 노예이다. 날 무시하지 마라. 나는 왕이다. 나는 장군이다. 흥분하고 소리 지르지 말라. 참는 자가 이긴다. 불황일수록 절약만이 살길이다. 인생의 정답은 없다. 오직 노력만 있을 뿐이다. 내 운명은 내가 만들어 간다. 나 자신을 아끼고 나 자신을 사랑하라. 여자를 사랑하는 것은 쓸데없는 짓이다. 사랑이 필요하다. 삶의 에너지. 강박관념. 일하지 않는 자여 먹지도 말라. 인생의 동반자는 없다. 오로지 혼자서 스스로 인생을 개척하고 고독을 이겨내는 자만이 인생의 승리자가 된다.

동백꽃이 핀다. 천재는 중대한 망상증. 환각에 시달리게 하는

라임병. **선한 것은 악한 것, 악한 것은 선한 것. 지금 머릿속에서 방울소리가 음악소리가 아버지의 고함소리가 그 메아리가 들린다.**

그리고 또 다른 벽면에는 생생하게 살아있는 수백 마리의 뱀들이 우글거리는 그림이 정교하게 그려져 있다.

그리고 거실과 방 안의 유리창에는 한 쪽은 흰색, 다른 쪽은 검정색 페인트칠을 하고 정교하고 복잡한 콜라주 기법으로 작업을 해 놓았다.

동백꽃이 피어있는 동산과 파도가 넘실대는 바다를 희미하게 그린 밑그림을 바탕으로 벌거벗은 어린 소녀들의 사진, 어린아이 시체, 게이 역병에 걸려 악성 피부암이 온몸을 뒤덮고 있는 비쩍 마른 남자, 독사가 틀림없는 뱀과 다리가 부러져 덜렁거리는 흰색 말 등 동식물 사진, 검정색의 헝겊 조각, 포르노 잡지에서 뜯어낸 장면들, 초현실주의 미술책에서 잘라 낸 그림, 날카로운 쇠붙이 조각, 드로잉용 연필, 몇 방울의 핏자국, 스프레이 페인트로 그린 그림, 스텐실 그림, 이미지가 변형된 스케치 등을 한데 모아 풀로 붙여서 복잡하고 상징적인 그림인지 조각인지를 만들어 놓았다. 그것들은 파괴와 절망이 환상적으로 어우러져 형태적 완벽성을 보여준다.

현관문은 열쇠공이 도착하자 5분 만에 철컥 소리를 내면서 열렸다. 서울지방경찰청 과학수사센터의 감식요원이 출동해서 집안 곳곳을 샅샅이 확인했다. 그러나 다른 사람의 지문이나 혈

액은 발견되지 않았다.

서울경찰청의 디지털 포렌식 센터는 컴퓨터, 스마트폰, 태블 릿PC, 블랙박스, CCTV, 내비게이션 등 디지털 기기 대부분을 분석하고 복원할 수 있다. 다시 말하면 설치한 후 지워버린 프로그램이나 이용자가 방문한 사이트 기록, 통화 내역, 문자 내역, 인터넷 채팅 내역, 스마트폰을 켠 횟수, 가장 많이 사용한 앱 등을 분석해 이용자의 디지털 활동 흔적을 분석하는 것이다. 그러나 이 사건 용의자의 컴퓨터나 스마트폰을 분석한 결과 아무것도 나오지 않았다.

욕조는 깨끗했다. 하지만 형사들이 이틀째 샅샅이 뒤진 끝에 욕조 배수구의 좁은 틈에서 피의자의 것으로 보이는 몇 올의 몸털을 찾아내서 국과수에 분석을 의뢰했다. 그리고 2차선 큰 길에서 실제 상황처럼 가정해서 측정해보았다. 용의자의 차량과 동일한 차종으로 타이어나 차체의 가라앉음 정도를 실험했던 것이다. 기아 자동차의 구형 스포티즈였다. 용의자의 차량의 상태가 시신의 무게인 52kg을 적재하고 이동했을 때와 동일하다는 게 밝혀졌다.

4. 용의자는 살인혐의를 받아 구속까지 됐지만, 당사자는 계속 혐의를 완강히 부인하고 있다. 아직 직접적인 증거가 나오지 않았기 때문이다. 그래서 거짓말 탐지기 검사를 하기로 했고, 본인은 자신 있게 동의를 하였다. 검사는 국과수 심리분석실이

맡았다. 심리분석관들은 우선 용의자에게 검사 과정을 설명한 뒤 용의자의 몸에 호흡, 맥박, 혈압, 손끝 전극 등 네 가지 요소를 체크할 수 있는 장치를 부착했다. 그리고 나서 용의자의 혐의와 관련된 핵심 질문 3가지를 반복적으로 묻고, 용의자가 대답할 때 몸에서 나타나는 반응 수치를 분석하였다. 그런데 용의자의 검사 결과는 '진실'과 '거짓'을 확증하기 힘든 '판단 불능' 수치가 나왔다. 용의자가 일관되게 이번 사건과 자신은 무관하다는 답변을 반복했는데 진실이나 거짓을 가릴 만한 유의미한 수치가 나오지 않은 것이다.

이번에는 두 사람의 프로파일러가 프로파일링 기법으로 용의자의 범죄행동을 분석하기로 했다. 서울지방경찰청 지하에 있는 심리분석실에서 진행되었다. 그 방에는 아무런 장식이 없다. 다만 사각형 테이블 하나와 의자 세 개만 놓여있을 뿐이고 천장에 녹음 또는 영상 녹화 장치가 설치되어 있을 뿐이다. 그들은 미리 준비한 살인 피의자용 설문지를 들여다보았다. 그들은 피의자의 반응을 면밀히 검토하게 될 것이다. 늙은 남자 형사가 주로 질문하면 젊은 여자 형사가 부족한 부분을 보충적으로 담당할 것이다.

그는 경감 계급인데 56살이고 정년이 4년 남았다. 1년 전에 아내가 암으로 죽어서 지금은 처량한 홀아비 신세이다. 그는 젊은 부하 형사들 앞에서 선배로서 체면을 지키기 위해 늘 조심스러워했다. 그래서 곱씹어 가며 아주 느릿느릿 말을 한다.

그녀는 30살이고 경사 계급이다. 대학에서 심리학과 범죄수사학을 전공했고 경찰이 되었다. 현재 임신 3개월째여서 배가 그렇게 불러 보이지는 않는다.

심리학적 평가는 우선 사건의 객관적 정보를 수집하고, 피의자와 면담을 가지게 된다. 먼저 소개 단계로 시작하여 피의자의 성장 발달 과정과 사회문화적 이력에 관한 진술을 청취하는 단계, 현재의 정신상태를 평가하는 단계, 피의자의 범행 당시 행위와 느낌을 묻는 단계, 마지막에는 논리적으로 모순되거나 일관되지 못한 답변에 대해 다시 묻거나 답변을 꺼려했던 중요한 문제를 다시 거론하는 것이다. 그리고 피의자가 없는 상황에서 분석관들이 각자의 의견을 교환하거나 분석을 비교하는 단계를 거친다. 이때 어떤 분석가는 지나치게 조심할 것이고, 또 다른 분석가는 무모할 정도로 대담할 수 있다. 그러나 분석 과정에서 분석가들 역시 상상력과 창의력 그리고 마지막으로 시적 도약이 필요하다.

그는 173센티미터 키에 몸무게는 65킬로그램이었다. 구속된 후 경찰이 강제로 데리고 가서 목욕을 시키고 이발을 하여 말끔하게 면도를 한 얼굴은 단정해보였고 자주 수줍은 미소를 띠었다. 회사에 출근하는 옆집 총각처럼 보인 것이다. 도저히 살인범으로 보이지 않는다. 그리고 성격 평가와 반사회적 인격 장애 검사에서는 사이코패스 성향은 나타나지 않았다. 그러나 정신병적 상태와 정상인의 정신상태 등이 복합적으로 나타났다.

범죄 수사에 있어서 프로파일링 기법은 범죄 현장의 증거를 분석해서 용의자의 신원을 추적하고 흉악 범죄자의 심리 상담을 통해 반복되는 범죄 유형을 분석하고 분류해서 유사 범죄 수사에 활용하는 것이다. 그러므로 프로파일링은 범죄자를 미치광이로 낙인찍기 위한 수단이 아니다. 범죄 심리 분석을 통해 범죄자의 패턴을 밝혀내서 미래의 범죄 예방에 도움을 주기 위한 수단인 것이다. 그래서 인간이란 누구든지 천성이 범죄자라고 예단하는 것이 아니라 무죄라고 생각하고 분석을 시작해야만 정확한 분석에 도달할 수 있다.

프로파일러는 경찰에서 프로파일링 기법을 담당하는 범죄 심리 분석관을 말한다. 프로파일러는 범죄자의 머릿속을 들락날락하면서 범죄자처럼 생각하고 살아야 한다. 주로 연쇄살인범, 시신을 잔혹하게 살해한 흉악범, 금품, 성욕, 원한 같은 뚜렷한 동기 없이 아무런 관련이 없는 대상을 노리는 이상 범죄자들의 이야기를 몇 시간씩 또는 하루 종일 한결같은 표정으로 들어주어야 하므로 이것은 진이 빠질 정도로 극심한 감정노동이라고 할 수 있다.

그들이 만난 살인범들은 죄책감을 느끼지 않기 때문에 눈물을 흘릴 줄 모른다. 쾌락을 위해 살인을 자행하는 진짜 괴물을 상대해야 한다.

우리 시대는 이상 범죄의 시대다. 평범한 이웃의 얼굴을 한 범인에게 애꿎게도 선량한 시민이 피해를 입고 있다. 도시의 곳곳에 설치되어 있는 폐쇄회로 TV 덕분에 범죄자를 빨리 잡을 수 있을지 모르지만 범행동기를 규명하는 것은 갈수록 어려워지고 있다. 정확한 범행동기는 여전히 미궁에 빠져 있는 것이다.

그들은 억울한 범죄 피해자가 아니라 악인인 범죄자의 목소리에 귀를 기울여야 하는 것이다. 범죄의 패러다임이 바뀌면서 따라서 수사의 그것도 바뀌어야 했다. 이제는 피해자 주변을 조사해도 범인을 잡을 수 없게 된 것이다. 묻지마형 범죄, 분노 또는 충동 조절 실패형 범죄의 경우에는 전혀 알지 못하는 제3자를 범죄의 대상으로 노리기 때문이다. 그러므로 범인의 내면의 이야기를 끄집어내야 한다.

프로파일러가 말했다.

"그저 하고 싶은 이야기가 있으면 마음껏 하라고…… 우리는 이야기를 들어주러 왔으니까. 우리가 심령술사도 아니고…… 마법사도 아니니까 안심하라고 마음을 진정하라니까…… 진정."

"……"

"그리고 말이야, 정말 억울한 점이 많을 거야. 우린 억울한 걸 다 들어줄 수 있다구. 경찰들은 괜히 윽박지르기만 할 거야."

그는 묻고 대답하는 동안 내내 차분했을까. 처음에는 뭔가 숨기려고 머리를 굴리지도 않았고 꼬박꼬박 대답을 할 것처럼 보였다. 그러나 논리적으로 말하는 듯했지만 이내 장황했고 중언부언하였다. 한마디로 횡설수설이었다. 계속 듣다보면 정신이 멍해져서 노련한 형사마저 머리가 돌아버릴 지경이었다. 그러니 정신병자가 아닌가 하는 의심이 부쩍 들었다. 그는 살인에 대해 되물으면 아주 자연스럽게 화제를 돌려 버리거나 낯빛을 바꾸며 격분하였고 겨우 비위를 맞추어주면 다시 이야기를 시작했지만 그러나 자신만의 세계에 빠져서 헤어나지를 못했다.

두 사람의 프로파일러는 8시간 동안 피의자를 상대로 범죄심리분석을 진행했는데 그는 8시간 내내 감정의 기복이 심하게 나타났다. 보통 프로파일링을 진행하다 보면 답변을 안 하거나 속이려고 해서 힘든 경우가 많았는데 이번의 경우에는 그 경우와는 차원이 달랐다. 그는 상대를 경멸함으로써 자신의 존재가치를 확인하고자 했기 때문이다.

그가 무슨 일인지 마지막 30분 동안에 의미 있는 이야기를 털어놓아서 겨우 기록할 수 있었다. 늙은 형사가 무슨 말을 해서 그를 부추기고 자극했던 것인가.

"넌 천재야! 천재라고! 우리가 천재를 만나 이런 대화를 나누는 것은 처음이야, 처음이라구. 10년 만에. 영광이라고 해야겠지."

"정말…… 그렇게…… 생각하세요?"

"왜, 아니겠나. 그렇다니까."

그는 정수리까지 벗겨진 짧은 머리를 쓸었다. 그의 목소리는 한없이 부드럽고 상냥했다. 그렇게 말하고 나서 형사는 안경을 벗고 눈 밑 부풀어 오른 살덩이를 가볍게 문질렀다. 안경에 가려져 있던 눈은 흐리멍텅했고 몹시 피곤해 보였다. 한동안 침묵이 이어졌다. 피조사자의 탁한 음성에서 새로운 분위기가 느껴졌다.

"벽에 그린 뱀 그림 말이야, 전문가가 보너니만 천경자 화백이 아주 옛날에 그린 그림을 모방한 거라고 하더구만. 그 화백은 그 뱀 그림 때문에 유명하게 되었단 거야.

그런데…… 네 그림은 원작만큼 정교하게 잘 그린 그림이라고 하더라고. 살아서 막 꿈틀거리지. 난 그림에 조예가 없지만…… 내가 보기엔 원본보다 더 살아있게 보이더라고. 네 재능이 아깝다는 거야. 천재 화가가 됐을 텐데 말이야."

"미술 시간에 그 그림을 본 기억이 나서 그대로 그려 본 거예요. 그뿐이에요."

"그런데 말이야, 왜, 하필 그런 징그러운 뱀에게 필이 꽂혔을까?"

"뱀은 지혜롭지요. 여자를 유혹해서 성공했습니다. 그래서 어리석은 신은 뱀을 질투했겠지요. '나는 너를 여자의 원수가 되게 하리라. 네 후손을 여자의 후손과 원수가 되게 하리라. 너는 그 발꿈치를 물려고 하다가 도리어 여자의 후손에게 머리를 밟히리라.'라고 신이 말했어요. 성경에 나오는 이야기이지요."

"성경이라고……"

"그래도 소용없어요. 저는 절대로 안 했다구요. 믿어 주세요. 경찰은 자꾸 같은 말을 되풀이하게 하네요. 그때 다 말했거든요."

헛소리 좀 작작하라고 빨리 불란 말이야, 이 개새끼야. 끝까지 안 불려면 오늘 저녁에라도 차라리 죽어버리라고 유치장 안에서 혀를 깨물고 아니면 목을 매서 죽어버리면 얼마나 좋을까. 내가 편안히 쉴 수 있을 거야. 네가 그렇게 말해도 소용없어. 완전히 미친놈이니까. 아무에게도 도움이 안 된다고 우린 사체가 묻힌 곳만 알면 된다고

"우리도 믿고 싶지. 우리가 조사해보니까 말이야. 너는 중학교 때까지 공부도 너무 잘했어. 전교 1등이었으니까. 그렇게 시궁창같은 환경에서도 말이야. 머리가 너무 뛰어난 거야. 그때 가출하지 않고 계속 나아갔더라면 의사가 되거나 고시에 합격해서 판검사가 됐을 거야."

"쓸데없는 소리 집어치우시죠. 절 놀리려고……"

"우린 진심으로 정말 걱정하는 거라고 안타깝다고……. 형사가 할 소리는 아닌데 말이야, 오해는 하지 말라구. 그렇게 머리가 좋은데, 생활기록부를 보니까 아이큐가 150이 넘더라고

그렇다면…… 쩨쩨하게 이따위 살인을 할 게 아니라 큰 걸 한탕 해 먹었어야지. 일확천금을 노려야 한단 말이야. 금융투자 사기나 대출 사기, 다단계 사기 같은 거를 해먹고 해외로 튀는 거야.

몇백 억을 해먹어도 잡혀봤자 6년이나 8년쯤 살면 되거든. 무전유죄, 유전무죄라고 전관예우 잘 받는 거물 변호사를 사면 더 짧게 살다가 나올 수도 있거든……"

"진즉 형사님을 만났다면 좋을 뻔 했습니다. 평생 술집 종업원만 했단 말입니다."

"고집을 피워 봐도 소용없어. 국과수에서 네 방에서 나온 털

을 가지고 DNA검사를 했는데 피해자의 것과 일치했어. 빼도 박도 못할걸. 그리고 네 차에 사체를 실었을 때 무게를 측정해 봤더니 시체의 무게가 52킬로그램이 나가더라고 그 여자 키가 161센티미터이고 몸무게가 52킬로그램이야."

"어떻게 그걸 측정했단 말인가요?"

"범죄도 첨단이고 수사기법도 첨단인 시대인 거지."

"……"

"왜 그랬어?"

"여자들이 거리에서 어깨를 부딪치고 지나가지요. 또는 온몸을 위아래로 훑으면서 째려보기도 하지요. 어떨 때는…… 술집에서 여자가 담배꽁초를 제 얼굴에 던집니다. 그러한 사소한 일은 제가 끝까지 참아냈지요. 속으로는 죽이고 싶었지만 말입니다."

"그게 실제로 일어난 일인가?"

"그렇고말고요. 여성들이 나를 견제하려고 괴롭힌단 말입니다. 저는 선릉역 뒤쪽 룸살롱에서 종업원으로 열심히 일을 했는데 괜히 몸에서 썩은 냄새가 난다는 등, 위생이 불결하다는 등 하면서 저를 쫓아냈어요.

이건 전부 여자들의 음해 때문인 것이죠. 그곳에는 100명이 넘게 근무했거든요. 대부분이 2차를 나갔어요."

"구속되기 전에 목욕은 언제 했는가?"

"기억이 잘 안 나네요. 몇 년은 된 것 같기도 하구요. 신이 제게 목욕을 하면 안 된다고 지시를 했거든요."

"그 피해 여성과는 알고 지내는 사이인가?"

"전혀 모르는 사이입니다."

"그날 밤 그 여자와 어떻게 만나게 되었지?"

"골목을 왔다 갔다 하다가 그 여자와 마주친 것입니다. 그래서 마취제가 묻은 손수건으로 여자의 입을 가려서 마치 술에 취한 것처럼 해가지고 어깨동무를 하고 저의 집으로 데리고 왔지요."

"일반적으로 여자들에게 반감이 있는 여성혐오자가 아닌가?"

"저는 여성혐오자가 아닙니다. 여성들에게 인기가 많았거든요. 그러나 결국 여성들에게 막대한 피해를 당했기 때문에 범행을 할 수 밖에 없었습니다. 더 이상 당하고만 있다가는 내가 죽을 것 같아 먼저 죽여야겠다고 생각했습니다."

"정신과 치료를 받은 적이 있었나? 안 그런가?"

"잘 모르겠어요."

"그래. 치료는 잘 되었나?"

"약을 먹었지요. 안 먹은 때가 더 많았지요. 의사가 막 야단을 쳤지만 속으로 코웃음을 쳤지요. 전 멀쩡했거든요."

"그 이전에도 어떤 종류의 범죄를 저지른 사실이 있었던가? 우리가 조사해 보니까 폭력으로 소년원에 갔다 온 적이 있던데. 또 다른 살인 같은 거 있으면 다 털어놓으라고 우리가 다 들어줄 테니까."

"그것밖엔 없습니다. 다른 건 없어요."

"그러면 어떻게 피해자들을 선택하게 되었지?"

"제가 그쪽 골목을 잘 알지요. 가끔 지나다녔습니다. 그리고 그쪽에 여자들만 사는 빌라가 있다는 것도 알고 있었어요."

"그 여자에게 성적으로 끌리는 이유가 있었나? 성추행이나 성폭력을 한 일은?"

"저는 성추행범도 아니고 성폭력범도 아닙니다. 그냥 하느님이 그 여자를 찍어서 시켰기 때문에 그대로 한 것뿐입니다."

"넌! 지금! 우릴 핫바지 취급하고 있어. 여자가 어떻게 집에까지 갈 수 있었겠어. CCTV에 그런 장면은 없었어. 소설 쓰지 말고, 솔직히 좀 말하라고. 우리도 가정이 있으니까 빨리 끝내고 퇴근해야 할 거 아냐. 거기 카페에서 10시 경에 일행이 헤어졌거든. 그 후 어떻게 했느냐 말이야?"

"솔직히 말씀드릴게요. 저는 한때 신촌의 으슥한 뒷골목에 있는 여성 전용 호스트바에서 종업원으로 있었어요. 저는 종업원이 직업이거든요. 아무튼 그 술집에는 레즈비언들이 단골이었어요.

자기들끼리 술 마시고 가끔 껴안고 입 맞추고 했지요. 그리고 함께 나갔어요. 그런데 혼자서 오는 여자들도 있었거든요.

그 여자들이 술에 취하고 몹시 외로우면 종업원들에게 집적거렸어요. 그래서 알게 된 거예요."

"계속해 봐."

"그날 신촌역에서 우연히 발견하고 뒤에서 가만히 따라갔어요. 회사 사람들하고 카페에 들어갔지요. 저는 밖에서 3시간이나 기다렸고요."

"그러고 나서 집으로 함께 갔단 말이지."

"반가워 하더라구요. 술기운도 있었구요. 술을 무지하게 잘 마시거든요."

"그런데 왜 죽였어? 이유가 있을 거 아닌가?"

"잘 모르겠어요. 여자가 보채니까 갑자기 싫더라구요."

"그게 말이 되는가? 왜? 왜?"

"전 여자를 좋아하지 않으니까요. 커피 한 잔 하자며 억지로 따라왔다니까요. 여자가 '병신같은 게……'라고 말했지요. 여자가 절 죽이려고 하니까 내가 살려면 여자를 죽여야만 했지요."

"다시 말해봐. 어떻게? 여자가 어떻게? 어떻게 했냐구?"

"여자의 눈빛을 보면 알 수 있어요…… 절 죽이려고 작정했다니까요…… 그 순간 악마로 변한 거예요…… 처음부터 악마였을지도…… 제가 살기 위해서는 어쩔 수 없었…… 그때 신이 명령을 내렸습니다…… 그 여잘 죽이라고 명령…… 어떻게 신의 명령을 거역할 수……? 그렇지요…… 그랬다니까요……"

"화제를 한 번 바꿔보자고. 어머니는 어디에 있지? 어딘가에 살고 계시지 않겠어? 부모님과 관계는 어땠어?"

"저는 중학교 졸업하고 나서 가출하였습니다. 아버지를 증오합니다. 악마 중에 악마이기 때문입니다. 그러나 어머니를 너무 좋아했지만 어머니는 나를 버리고 떠났어요. 그래서 그 후 저도 가출했습니다. 아무리 죽도록 맞아도 어머니가 곁에 있었으면 안 아팠거든요. 여수를 떠나면서 그쪽으로는 고개도 돌리지 않았지요. 그래서 아무것도 모릅니다."

"그 술집이 어디야?"

"진즉 없어졌지요. 워낙 뒷골목이라서 장사가 안 됐거든요. 그리고 사장님은 필리핀으로 갔다고 나중에 들었어요."

"강남의 룸살롱에서는 뭘 했었나?"

"요즈음 아가씨들은 다루기가 힘들어요. 옛날에는 업소가 시키는 대로 모든 일을 다 했지만 지금은 아가씨가 왕이란 말입니다. 아가씨가 없으면 영업을 못하니까요. 그리고 그것들이 조금만 눈에 띄면 조건이 좋은 대로 튀어버려요. 그래서 수익 배분도 업소와 아가씨가 6대 4였는데 5대 5로 가더니 지금은 거꾸로 4대 6이 되어 버렸어요. 걔들이 밤에는 일하고 낮에는 외제차 타고 다닌다니까요.

그래서 아가씨들을 잘 관리해야 해요. 온갖 심부름과 비위를 다 맞춰주지요. 정말 싫어요, 싫다고요. 지독한 암컷들."

처음으로 여자 형사가 말문을 열었다. 그녀는 군인처럼 머리를 짧게 커트했다. 그녀의 목소리는 위압적이지 않고 기어들어가는 것처럼 가늘었다.

"우리 사회를 증오하고 있겠지요. 그렇지 않은가? 자신은 버림받고 학대받았으니까. 그런 거지 뭐. 그렇지 않아요? 피의자는 사람들에게 적의를 품고 사람들은 그러니까 피의자에게 적의를 품고 있다고 생각하는 거지요."

"와! 예쁜 여자가 처음 입을 열었네. 커피나 한 잔 타주지 그래요? 거기에 독은 타지 말고."

"……"

"그런데요. 그럴 리가요. 전 성실하게 살았습니다. 그래 봤자 종업원…… 종업원이 평생 제 직업이지요."

"벽면에 가득 찬 낙서 말입니다. 그게 무의식적으로 마음의 상태를 나타낸 것 아니겠습니까? 심리학적으로 분석한다면 정상적이라고 판단할 수 있겠는데요."

"그렇겠지요. 제가 뭘 알겠습니까."

"그 그림을 보면 천재성과 함께 예민한 감수성을 가진 것으로 보인단 말입니다."

"괴물이거나 완전한 정신병자로 보지 않아서 다행이라고 해야 할까요."

"고등학교 1학년 때 학교를 그만두었지요? 왜 그랬어요?"

"제가 학교에 있는 쓰레기통은 죄다 불을 질러버렸어요. 그러니까 답답한 기분이 풀리면서 상쾌해지더라구요. 그랬더니 1등을 하고 있는 저에게 무기정학을 내렸습니다. 학교가 저를 버린 것이지요. 학교가 그런 가혹한 처사를 한 것이란 말입니다."

"한때는 담배를 태웠던 것 같습니다. 코카인 같은 마약을 한 일이 있었던가요?"

"마약은 안 했습니다. 제 정신을 좀먹는 일은 하지 않습니다."

"친한 친구나 연락할 지인이 있는가요?"

"저는 평생 외톨이였습니다. 친구 같은 건 없습니다."

다시 남자형사가 무겁게 가라앉아 낮게 속삭이는 목소리로 말했다.

"시체는?"

그가 오랫동안 침묵을 지키다가 갑자기 킬킬거리며 웃는다.

"아삭아삭 씹어 먹어 버렸어요. 뼈는 잘게 부숴서 봉투에 담아 쓰레기통에 버렸고요."

"인체는 아삭아삭하지 않지. 기름에 튀기지 않았다면 말이야. 생으로 먹으면 질기고 짜지. 그래서 호랑이가 사람을 잡아먹고 나서 하루 종일 냇가에서 물을 마신다고 하지 않는가. 어때?"

"형사가 그걸 직접 먹어 봤나요?"

"그렇지. 진짜 형사가 되려면……"

"그렇다면 삶아 먹었겠지요."

"그만하라고. 차에 실었잖아. 그러니까 어디로 갔어?"

"기억이 안 나요."

"잘 생각해 보라고. 금세 기억이 돌아올 거야. 기억이란 그런 거야."

"……"

"이제 기억이 나나?"

"바닷가에 있는 도로예요."

"좀 더 구체적으로……"

"그러니까 말이에요. 긴 방조제를 달렸어요. 오른쪽으로 바다가 보이고 왼쪽으로는 호수가 보였지요. 저 멀리 광활한 갈대밭이 펼쳐져 있었어요. 저는 갈대를 좋아하거든요."

"그리고……?"

"한참 계속 달렸어요. '301번 지방도'라고 팻말이 서 있는 도로를……"

"더 말해 보라고 그 도로는 60킬로미터가 넘어."

"모르겠어요. 더 이상은 기억나지 않습니다."

"그럴까? 넌 여수에서 살았으니까 동백섬도 기억나고 동백나무도 기억날 것 아닌가?"

"네. 물론입니다. 동백꽃은 너무 아름답지요. 이른 봄에……지금쯤 피니까요."

"그래, 이만하자고 피곤하구먼. 더 자세히 하고 싶은 말이 있으면 진술서를 써서 내도 좋아. 우리가 열심히 읽어줄게. 담배를 끊었는데……"

"어떻게 분석하고 평가해야 할까?"

"글쎄요. 지독한 정신분열인지 약간 정상인지 판단하기가……혼란스럽지요. 전 아직 경험이 많이 부족한 것 같아요."

"그 낙서들과 그림을 보아도 그렇지. 7시간 30분 동안 미친놈처럼 횡설수설하다가 마지막 30분 동안만 약간 정상이었지."

"인성검사(PI)에서도 사이코패스는 안 나왔어요."

"쓸모 있는 그럴듯한 진술은 잠깐이었어. 그 인간이 설마 우리를 가지고 논 것은 아니겠지? 그림을 보면 진짜 천재처럼 보이거든. 주정뱅이에다가 폭력적인 아버지가 문제였어. 어쨌거나 가장 중요한 물증인 사체는 찾을 수 있게 되었어. 그게 성과이지. 우리는 성공한 거야."

"아직 사체가 매장된 장소는 말 안 했거든요?"

"화성 부녀자 연쇄살인 사건의 수사본부에서 2년간 파견 근무를 했었지. 죽도록 고생만 하고 아무런 성과도 없었지만 말이야. 단서 한 조각 찾아내지 못했다고 영구 미제 사건이 되어버렸고 공소시효마저 끝나버렸지.

우리 경찰의 수치인 거지. 그러나 범인은 죽었다고 보아야겠지. 자살할 놈은 아니고…… 살아 있다면 절대로 범행을 멈추지 않았을 거고 그놈은 살인을 통해 자신의 나약함에서 벗어나고 시체 앞에서 자신을 과시하려는 자기도취증이 있는 사이코가 틀림없을 거야.

그런데 2004년에 또다시 화성 여대생 피살사건이 있었단 말이지. 그거 역시 장기 미제 사건이라고. 그렇지만 '태완이법'으로 살인죄의 공소시효가 폐지되었기 때문에 시효문제는 해결이 된 셈이야. 공소시효가 폐지되면 범죄자는 끝까지 쫓겨야 한다는 부담감을 느낄 수밖에 없겠지. 그리고 경찰이 끝까지 수사한다는 것만으로도 억울한 피해자 가족들에겐 큰 위안이 될 거야.

어쨌거나 그곳 사정과 도로, 지리를 너무나 잘 알고 있지. 2년간 쥐 잡듯이 뒤지고 다녔으니까. 최근에 화성경찰서에 연락을 해 봤는데 CCTV가 8킬로미터 간격으로 띄엄띄엄 설치되어 있다고 하더라고 그래도 스포티지가 통과한 도로를 찾을 수 있을 것이고 특히 도로가에 동백나무 몇 그루가 서 있는 곳은 몇 군데가 되지 않을 거야.

그 자식의 낙서에 보면 서로 다른 벽면에 검은 바다, 호수, 갈대밭, 동백꽃이라고 휘갈겨 놓았어. 거기에 단서가 있는 거지. 아무리 용의주도한 범인이라도 무의식중에 단서를 남기는 법이니까."

"그렇군요. 언젠가? 정신분석에 대해 말씀하신 적이 있었는데요. 정신분석적 관점에서 본다면 오늘은 어땠나요?"

"내가 그쪽에 관심이 있어서 정신과 교수한테 특강을 받은 적이 있었거든."

"어떻게요?"

"그냥 찾아가서 들은 거야."

"그게 수사에 도움이 되었나요?"

"큰 도움이 된 건 아냐. 그래도 많이 알게 되었지. 무어냐 하면 말이야…… 정신분석에서 대화는 환자가 실제 체험했던 것이거나 정말로 생각했던 것을 찾아내는 게 목적이 아니더라고

다시 말하면 정신분석은 진상을 규명하는 게 아니란 말이지. 피분석자가 거짓 기억을 생각해내서 진술하는 경우도 자주 있다는 거야. 그러니까 줄거리가 있는 이야기를 스스로 만들어 내는데 그게 바로 헛소리라는 거지.

거기에서는 대화 자체가 중요한 거고 그게 치료 방법이야. 그냥 대화를 통해서 정신분열증의 증상이 소멸되게 하는 거라고 그런데 우리는 그 자식의 헛소리 중에서 수사의 실마리를 찾아내는 게 중요했어. 치료는 무슨…… 그건 정신과 의사가 해야할 일이거든.

그걸 찾아내기 위해서는 길고 긴 이야기가 있어야 하는 거야. 그러니까 말을 건네서 말이 많이 나오도록 하는 거란 말이지. 그가 되는 대로 지껄이는 말이 무엇을 의미하는지, 상징하는지

를 알아내야 하니까. 분석가는 끈질기게 들어주는 게 중요해. 예전 형사 시절 못된 버릇이 남아 있어서…… 인내심이 부족해. 윽박지르고 싶거든."

"잘 참으셨는데요 뭘……"

"내가 참았다고?"

"오늘은 힘들었겠지만…… 좋은 경험이 되었겠군요."

"그렇다면 천만다행이군. 결론을 내리자면…… 결국 우발적인 거였어. 피해자에게도 조금 책임이 있고 연쇄는 아닌 거지. 현장검증은 강력계에서 하겠지. 그렇게 보고서를 작성하는 거야."

"잘 알겠습니다. 보고서는 내일 오전까지 올리겠습니다."

"그래, 길고 긴 하루였어. 퇴근하자고…… 담배가……"

"저녁 식사나 하시죠. 술 좋아하시잖아요?"

"좋지, 좋아. 그런데 식사하다 보면 약간 이야기가 길어질 텐데. 정년이 몇 년 남았지만 명예퇴직하기로 결정하였다네……"

"어떻게 그럴 수가?"

"어쩔 수 없었다네. 어려운 결정이었지. 악마의 목소리에 귀를 기울이며 산 게 너무 오래되었어. 그들을 보면서 인간의 잔혹함이 어디까지인지 짐작조차 할 수 없었다네.

내가 우리나라 범죄사에 남을 만한 연쇄살인범들과 흉악범들을 모두 조사했지 않았나. 큰 상도 많이 받고 특진도 하고 그랬지. 그런데 큰 상을 받으며 가장 먼저 머릿속에 떠오른 얼굴은 가족이나 동료가 아니었어. 담당했던 사건의 피해자 가족들이었지. 타인에게 매우 불행한 일인 범죄로 좋은 평가를 받는 것이 계속 찜찜했었다네. 어쩐지 미안했거든……

이만하면 됐다는 생각이 들었지. 이제는 오랫동안 소홀히 했던 가족들과 시간을 보내고 싶구만……"

"그렇게 가시면…… 전 어떡하라구요."

"좋은 분이 올 거야…… 그렇지…… 그렇지 않겠나."

강력계 형사들은 피의자의 심각한 환각 증상이 혹시 마약 복용의 부작용인지 판단하기 위해 그의 머리카락 300여 개를 채취하여 마약 투약 여부를 조사하기로 하였다. 피의자의 머리카락을 넘겨받은 국과수는 머리카락의 무게를 잰 뒤 화장품이나 염색약 등 이물질을 제거하기 위해 물과 알코올로 세척하여 분말에 가까울 정도로 잘게 분쇄했고, 마약 성분이 용매에서 우러나오는지를 확인하기 위해 화학분석 작업을 진행하였던 것이다. 만약 그가 마약을 투약했다면 그 마약의 종류가 필로폰, 코카인, 엑스터시, 스파이스, 대마인지를 확인하기 위해서 300개의 머리카락이 필요했던 것이다. 그러나 마약 성분은 검출되지 아니하였다. 다시 말하면 최근 1년 동안 마약을 투약한 사실은 없었던 것이다.

5. 배심원은 시민인 피고인을 재판하는 동료 시민이다. 배심원은 원칙적으로 만 20세 이상의 대한민국 국민이면 누구나 될

수 있고 특별한 제한은 없다. 다만 원한다고 누구나 될 수 있는 것은 아니다. 배심원이 될 수 없는 사람들이 있다. 재판은 국가 업무이므로 외국인은 배심원이 될 수 없다. 배심원의 임무는 국가업무인 재판업무이므로 배심원은 일시적으로 공무원이라고 할 수 있다. 따라서 공무원이 될 수 없는 사람은 배심원이 될 수 없다. 법원은 미리 작성된 배심원 후보 예정자 명부 중에서 필요한 수의 배심원 후보자를 무작위 추출방식으로 정해 배심원과 예비 배심원 선정기일을 통지한다. 배심원 후보자는 선정기일에 출석해야 한다. 배심원 후보자들이 출석하면 배심원 선정 절차가 시작된다.

배심원은 출석한 배심원 후보자 중에서 추첨으로 결정한다. 추첨으로 선정된 사람은 우선 배심원 후보자가 되고 이들에게 검사와 변호인이 질문을 한다. 질문과 답변을 바탕으로 검사, 변호인은 배심원 후보자를 기피할 수 있다.

무이유부 기피는 검사와 변호인이 배심원 후보자에 대해 이유를 제시하지 아니하고 기피 신청을 하는 것을 말한다. 무이유부 기피는 이유부 기피와는 달리 사실적, 법률적 이유가 없음에도 배심원 선정을 기피할 수 있는 경우다. 검사와 변호인은 질문을 통해 법률적 이유까지는 아니지만 편견이 있다고 느낀 경우 배심원 후보자를 배제할 수 있다.

배심원 선정 절차는 오전 10시부터 진행되었다. 이 절차는 비공개가 원칙이지만 법정 경위가 일일이 신분증 검사를 하는 것은 아니었다. 모두 40여명의 배심원 후보가 방청석에서 대기했고 법대 앞쪽에 놓인 백색 추첨함 안에 참여관이 팔을 넣어서 휘휘 저었다. 번호가 뽑힌 후보자는 배심원석에 1번부터 차례대로 착석했다. 배심원단은 예비 배심원 1명을 포함하여 10명으로 구성되었는데 남자가 4명, 여자가 6명으로 구성되었다.

배심원 후보자들은 모두가 똑같이 '열 명의 범죄자를 풀어주더라도 한 명의 억울한 사람을 처벌해선 안 된다고 생각하는지, 아니면 한 명의 억울한 사람이 나오더라도 열 명의 범죄자를 처벌해야 한다고 보는지?'를 질문받았고, 또한 '가족이나 지인 가운데 폭행 혹은 살인사건의 가해자나 피해자가 있는가'라는 질문을 받았다.

검찰 측에서 4명을 배제 요청했고 변호사는 신문이나 TV를 통해 사건 내용을 자세히 알고 있어서 유죄의 심증을 굳혔다고 의심되는 5명을 제외하였다. 그러나 변호사는 의식적으로 여자 배심원을 고르는 것 같았다.

그런데 배심원이 된 당사자들의 기분은 어떨까? 국민의 의무이니까 하게 되었지요. 바빠서 하고 싶지 않았지만 선출되었으니까 하게 되었어요. 전부터 꼭 한 번 해보고 싶었어요, 판사가 된 기분이 어떤지 알아보려고요.

정면 법대에서 아래를 내려다보면 오른쪽으로 2열로 된 배심원석이 있고 배심원석 옆에 검사석이 붙어있고 건너편에 증인석과 변호인석, 피고인석이 있다. 그 가운데에 속기석이 있고 참여사무관의 책상이 있다. 그리고 스크린은 배심원들이 정면으로 바라볼 수 있는 벽에 설치되어 있다.

재판장이 말했다.

"지난 공판기일에 증거 조사가 일단 끝났지요. 원래 국민참여재판은 집중심리를 하여 하루 만에 끝내는 것이 원칙이지요. 그러니까 재판을 종결하고 평결에서 판결까지 한꺼번에 이루어진다는 말입니다. 그런데 변호인 측에서 증인신문을 요청했기 때문에 공판 기일을 두 번 열게 된 것입니다. 배심원들께서는 이 점 양지해 주십시오. 증인들은 출석했는가요?"

증인 선서가 끝나자 변호인이 증인신문을 시작했다.

"아들인데 알아볼 수 있겠어요? 헤어진 지가 20년이 넘었는데 말입니다."

"물론······늘 생각하고······"

"정확히 언제쯤인가요? 헤어진 게 말입니다."

"글쎄요······1995년쯤 되겠네요. 그때 서울로 올라왔응께······"

"아들과 헤어진 경위를 말씀해 주시겠습니까?"

어머니는 그때 하염없이 울기 시작했고 배심원들은 깜짝 놀라서 시선을 집중한다.

"진정하시고. 천천히 말씀하시기 바랍니다."

"그 남자와 만나서 동거를 시작했을 때 아들은 막 돌이 지났응께······ 지 엄마가 남자의 행패를 못 이겨 도망가고 나서 몇 달 지나서 들어갔··· 여수 동백섬 입구에 있는 쬐끄만 식당에서 일했는데 그 남자가 같이 살자고 꼬드겼는데······ 넘어간 것······. 아무것도 모르고······ 그저 힘들 때라서······."

"그때가 몇 살이었지요?"

129

"마흔이 넘었응께……"

"그러면 그 남자와는 얼마나 함께 살았는가요?"

"꼬박 12년을 살았…… 참고 참았는디…….."

"그 남자는 무슨 일을 했었지요?"

"어판장에서 잡일을…… 그리고 매일 술마시고……"

"범죄행동분석관들이 심리검사를 한 결과 어머니는 좋아했으나 아버지를 몹시 증오했습니다. 어떤가요?"

"그 사람은 평소에는 참 착했는데 술만 마시면 획 가버렸응께…… 사람이 갑자기 변해서 물불 안 가리고 행패를 부렸당께. 닥치는 대로…… 정말 죽도록 때렸어요. 나는 물론이고 쟤까지를…… 지가 그랬어요. 나만 때리라고…… 어린 것까지…… 그 남잔 도망간 쟤 엄마가 밉다면서……"

"증인은 그 남자와 사이에서 자식을 안 낳았는가요?"

"지가 돌팔이한테 임신중절 수술을 받은 적이 있었는데 그때 뭐가 잘못돼서 임신이 안 된다고…… 쟤를 친자식 이상으로 아끼고 키웠는디…… 아버지가 그렇게 때리니 애가 주눅이 들어가지고 말을 더듬고 밤마다 오줌을 쌌어요. 그러면 병원에 데려갈 생각은 않고 더 날뛰고 때렸응께……"

"한마디로 아들은 너무 불행했군요. 불행했습니다. 어린 시절이 말입니다. 그랬으니 그 불행이 지금까지 이어지고 있다고 볼 수 있겠습니다. 그런데 아들이 친엄마가 아니란 사실을 알고 있었나요?"

"그렇지요. 끝내 몰랐을…… 맞는 말…… 지 애비가 그렇게 만든 거구만요. 지는 끝까지 버틸 수 없어…… 참다못해 도망쳤는디. 아들한텐 한없이 미안하구먼…… 미안하다. 미안…… 내가 나쁜 년이여……"

"서울에 올라온 후에도 그 남자와 아들 소식을 들은 적이 있었는가요?"

"그 남잔 여자를 잘 후려쳤…… 여자들은 실컷 두들겨 맞고 다 도망을…… 그 남잔 맨날 그렇게 술을 쳐마셨으니…… 위암인가 대장암으로 죽었…… 그 인생이 불쌍…… 쟤는 여수에서 중학교까지 마치고 어디로 간 것만 알았…… 그림 잘 그리고 공부 잘 하는 천재로 소문났…… 인생이 그렇게…… 오늘 처음으로…… 서울에 올라와서는 평생을 식당일을 벗어나지 못했으니께 찾을 염두를……"

그녀는 다시 한없이 슬프게 울었다. 배심원 중에서 중년 부인이 그만 참지 못하고 훌쩍거렸다.

재판장이 말했다.

"검사께서 반대신문을 하시겠습니까?"

"없습니다."

40대 중반으로 보이는 판사는 감정을 드러내지 않고 냉정하게 재판을 진행하려고 노력하고 있다.

재판장이 지극히 사무적으로 말했다.

"다음 증인 나오시지요."

변호사가 신문을 하기 시작했다.

"증인은 연세세브란스병원 정신과에서 과장으로 오랫동안 근무하셨네요. 바쁘실텐데 나오시게 해서 죄송합니다. 저 피고인을 알고 있지요? 치료를 담당한 일이 있었지요?"

"그렇지요. 제가 오랫동안 담당했습니다."

"일반적으로 정신분열증에 관해 말씀해 주시겠습니까? 언제부터인가 이 병을 조현병이라고 하더군요."

"현악기의 현은 악기에서 소리를 내는 줄인데요…… 정기적으로 조율해주어야 합니다. 조현이란 것이 현악기의 줄을 고른다는 의미이지요. 줄이 고르지 않으면 이상한 소리가 나게 되는 것입니다. 뇌의 신경세포는 현악기의 줄이라고 할 수 있는데요…… 이 병에 걸리면 신경세포의 연결에 이상 징후가 보인다는 것이지요.

그런데 정신분열증은 편집증적 정신분열증이라고 해서 자신이 다른 사람에게 괴롭힘을 당하고 있다는 피해망상이나 자신이 굉장한 사람이라고 착각을 하는 과대망상을 하는 병이 있구요, 또 긴장성 정신분열증과 분열성 또는 미분화성 정신분열증이 있는데 편집증적 정신분열증이 가장 문제가 됩니다."

"정신분열증의 증상에 대해서 말씀해 주십시오."

"이 병은 15세에서 25세 사이에 초기 증상이 나타납니다. 그때는 부모들이 청소년기의 반항이나 약물사용에 의한 증상으로 착각을 하기 쉬운데 그렇지 않습니다. 원인은 매우 다양하겠지만 알려져 있지 않습니다. 유전적 성향이 있는 것 같습니다.

2월이나 3월에 태어난 아이들에게서 이 병에 걸릴 확률이 높게 나타난다고 통계 수치가 있습니다. 그러나 조현병은 100명 중 1명이 걸리는 아주 흔하디흔한 병이라고 할 수 있습니다.

현대 의학에서 이 병은 신경 전달 물질인 도파민이 분비되는 과정에서 균형이 깨져 발병하는 것으로 밝혀냈습니다. 그래서 가장 성공적인 치료제는 도파민의 생성을 조절하는 약입니다."

"이 피고인의 초기 증상은 어땠습니까?"

"다른 사람과 전혀 어울리지 못했습니다. 목욕을 너무 오랫동안 하지 않거나 씻지 않아서 지저분한 모습으로 병원에 나타났습니다. 진단하는 과정에서 자신이 신과 다름없는 초인적인 능력이 있다고 자랑을 했습니다. 그러면서 조만간 자신이 유명한 영웅이 될 것이라 했습니다. 환청을 듣는데 환청에서 자신을 모욕하는 말을 듣거나 신이 자신으로 하여금 무슨 위대한 일을 하라고 명령을 내린다는 것입니다. 이 병은 망상과 환청이 특징입니다.

그러나 망상 속에서 자신을 해치려는 사람들로부터 자기를 보호하기 위해 타인을 공격하는 일이 벌어질 수 있습니다. 그러니까…… 다시 말씀드리자면…… 이성적인 판단을 하거나 충동을 조절하는 게 사실상 어려워집니다. 이렇다 보니 사회적으로 고립되고 불특정 다수에 대한 분노가 쌓이는 것입니다."

"증인께서 이 화면을 봐 주시겠습니까? 피고인의 방이지요 이 낙서들을 주목해 주십시오."

화면 가득히 쓰레기 하차장처럼 지저분하게 널려있는 방안의 모습과 벽면에 가득 차 있는 낙서들이 보였다.

"그렇지요. 방 안에 널려있는 것들, 낙서와 그림을 보면 정신분열증의 증상이 더욱 뚜렷이 보입니다.

환자는 쓰레기같은 사물들을 인격화해서 그것들에 대해 충성심을 품고 신에 대한 것처럼 경건한 대화를 하는 것입니다.

그런데 사소한 물건들을 좁은 집안에 비축하는 사람들은 사회적 은둔자인 경우가 대부분입니다. 다시 말하면, 정신적으로 문제가 있는 것이지요. 콜라주 그림은 정상적인 것과는 거리가 먼…… 정신과적으로 문제가 있는…… 비정상적인 상태의 산물이라고 할 수 있습니다. 가끔은 정상일 때도 있지만 말입니다."

"그래서 어떻게 치료를 했는가요?"

"증상이 심했기 때문에 안정을 위해서 입원이 필요했습니다만 그럴 형편이 못 되었던 것 같습니다. 그런데 우리나라에서는 입원 시설도 마땅치 않습니다. 아주 열악하지요.

그곳에서는 치료제를 제대로 먹었는지 검사하거나 운동을 시킬 때를 제외하고는 환자를 방치하다시피 합니다. 그러니까 환자가 얌전히 곯아떨어지도록 격렬한 운동만 시키는 겁니다. 이게 제대로 된 치료라곤 할 수 없겠지요"

"그러면…… 제대로 하려면 어떻게 해야 되는가요?"

"글쎄요…… 요원한 일이기는 합니다만, 정신과 전문의와 직업재활 훈련가, 사회복지사, 교육 전문가 등으로 이루어진 전담팀이 환자의 증상과 성격, 가족관계 등을 면밀히 조사해서 맞춤형 집중치료를 하는 것이 필요하지요"

"정말…… 우리나라에서는 언감생심이군요. 그렇다면 주로 약물치료를 했다는 이야기인데 어떤 약물을 투여하였는가요?"

"……초기에는 약물치료를 했는데 할로페리돌이나 클로르프로마진 같은 항정신성 약물을 투여했습니다. 이 약들은 정신분열증의 예후를 훨씬 좋게 치료하는 약으로 알려져 있거든요. 그러나 항상 성공적이진 않았습니다. 환각과 망상을 줄이기는 했습니다만. 시간이 걸리고 지속적으로 약물에 의존해야 하는 부작용이 있었습니다.

그 부작용 중에도 심한 것은 입이 마르고 눈이 잘 보이지 않고 소변을 보기 어려운 증상이 나타납니다. 또 장기 복용할 경우 운동장애 증상이 나타납니다."

"그러면 피고인은 약을 제대로 잘 복용하였는가요? 치료 경과는 어떠했습니까?"

"피고인은 제 말을 잘 듣지 않았습니다. 약도 제대로 먹지 않고 병원에 잘 나타나지도 않았습니다. 정기적으로 나와서 진단을 받고 약을 처방받아야 하는데 말입니다.

아주 심할 때만 제 발로 걸어서 왔었습니다. 가족관계를 물어봐도 고개를 흔들었습니다. 일절 대답을 하지 않았지요. 가족들의 협조가 중요한데 말입니다."

"가장 최근에 온 게 언제입니까?"

"한 일 년인지…… 이 년인지 된 것 같습니다. 이때는 새로나온 클로자핀을 처방하였지요. 그러나 지금 보니까 약을 제대로 먹은 것 같지는 않습니다."

"그런데…… 헌팅턴병에 의한 중증 치매는 조현병 같은 정신

질환과 유사한 증상이 있다고 하던데요? 시간을 제대로 기억하지 못한다는 점에서요. 그렇다면 혹시 치매라고 할 수 있을까요?"

"그렇긴 합니다. 그러나 치매는 아닙니다. 그건 확실하게 말씀드릴 수 있습니다."

"이왕 말이 나왔으니까…… 다시 물어보겠습니다. 치매와 조현병의 차이는 무엇인가요?"

"그건 간단합니다. 조현병은 치료제가 많이 나왔고 그래서 충분히 치료가 가능합니다. 그러나 치매는 '나를 잃어버리는 병'입니다. 아직까지 특별한 치료가 없지요. 그러니 증상이 계속 악화된다는 점에서 다르다고 할 수 있습니다."

"조현병을 치료하는 좋은 약이 나왔다고 했는데요 이 병을 치료할 수 있는 길이 있는가요? 완치가 가능한가요?"

"완치가 가능한지는 경우에 따라 다르겠지요. 그러나 엄격한 스케줄에 맞추어 약물을 투입하는 복합치료를 하면 어느 정도 가능하겠지요. 치료약을 먹기 시작하면 균형이 깨져있는 뇌의 상태를 원래 상태로 되돌릴 수 있다는 것입니다. 요즘에는 좋은 약들이 많이 나오고 있습니다."

"조현병 환자가 특별히 폭력성이 있다거나 위험하다고 할 수 있습니까?"

"이 병의 경우 특별히 위험하다고 할 수 없습니다. 인간들의 쓸데없는 편견이라고 할 수 있지요 이 병과 폭력과의 인과관계는 증명된 바가 없습니다. 오히려 일부 연구에 의하면 조현병 환자들의 범죄율은 일반인에 비해 더 낮거나 비슷하다고 나와 있습니다."

"증인의 말에 의하면 피고인은 중증 환자라고 할 수 있습니다. 지속적인 치료도 필요한 것으로 보입니다. 피고인에게 지금 필요한 것은 무엇일까요? 다시 말씀드리면 처벌을 해야 옳겠습니까, 치료를 해야 합니까?"

"피고인은 세상 사람들이 말하는…… 미쳐버린 것입니다. 제 정신이 아닌 것입니다. 도덕관념도 없고 살인이 무슨 의미인지도 깨닫지 못하고 있습니다. 악마가 자신을 죽이려고 한다고 믿는 사람이니까요. 이 사건에서도 환각에 의해 여자가 악마로 보였던 겁니다. 그러니 어떻게 피고인을 처벌할 수 있겠습니까. 누가 그에게 무슨 책임을 물을 수 있겠습니까. 치료가 우선이지요. 치료하면 됩니다."

검사가 보충 신문을 했다.

"제가 몇 가지 묻겠습니다. 물론, 외국의 경우입니다만, 연구에 따르면 조현병 환자에게서 폭력성을 보이는 경우가 일반인보다 더 많다는 보고가 최근 많이 나오고 있습니다."

"제 경험으로는 그렇지는 않다고 생각합니다만……"

"조현병 환자가 왜 범죄를 저지르는지 그 이유에 대한 연구서를 보면…… 첫째는, 보호자에게 폭력을 행사하거나 살인을 저지르는 경우가 있다는 것입니다. 그것은 환자를 관리해주는 가족을 구속하는 사람이거나 자신에 대한 방해물로 여기고 이를 참지 못해 범죄를 저지른다는 것입니다.

둘째는, 조현병의 증상인 망상이나 환청 때문에 범죄를 일으키는 경우입니다. 조현병 환자의 일반적인 경우인데요…… 저 사람을 해치우지 않으면 내가 다친다는 환청을 듣거나 또는 저 사람이 나를 해치려 한다는 피해망상 때문에 살인 등 범죄를 저지른다고 합니다.

세 번째는, 조현병과는 별개로 사이코패스나 소시오패스처럼 반사회적 성격을 가지고 있기 때문에 범죄를 일으키는 경우입니다. 이 경우에는 일면식도 없는 사람에게 범죄를 저지르는 사례가 많다고 합니다.

넷째는, 조현병 환자 중에서도 약을 제대로 안 먹거나, 반사회적 성격장애가 동반되거나 알코올에 중독된 환자들이 주로 범죄를 저지를 가능성이 크다는 것입니다. 조현병의 경우에는 다른 정신질환에 비해 알코올 중독, 우울증, 공황장애 같은 다른 종류의 질병을 동반하는 경우가 많다는 연구 결과도 있습니다.

이에 대해 어떻게 생각하십니까?"

"어느 나라인지 모르겠습니다만…… 외국과 우리나라는 생활환경이 다르기 때문에 우리나라에서도 그렇다고는 인정하기 곤란할 것입니다. 이 사건의 경우 환자는 약을 제대로 안 먹은 것은 사실입니다만……"

"이 사건의 경우 범행 수법이 교묘하면서 잔인했고 지능적이었습니다. 검찰 조사에서도 섬망과 언어장애로 인해 진술을 못하는 경우도 있었지만…… 가끔은 조리있게 대화를 할 수 있었습니다.

그렇다면 심신미약은 몰라도…… 심신상실의 상태였다고 할
수는 없지 않겠습니까? 다시 말씀드리면 재판 전략상 중증 환
자인 것처럼……"

"정신과 의사의 견해로서는…… 그의 뇌는 이상하게 망가져
서 도덕적 기초가 없는 상태라고 할 수 있습니다. 그의 의식 상
태로는 현실을 논리적으로 해석하는 것이 불가능하기 때문에
재판 전략을 세울 수 없을 것입니다."

재판장이 말했다.

"마지막으로…… 변호인께서 피고인 신문 하시겠습니까?"

변호사가 피고를 향해 말했다.

"피고인은 증인으로 나온 어머니를 알아보았는가요?"

피고인은 여전히 멍하니 천장만 쳐다보고 있다. 피고인의 눈
에서 한 줄기 눈물이 떨어진다. 그러므로 대답을 할 수 있는 상
황이 아니었다. 방청석에 앉아있던 어머니는 다시 울기 시작했
고 그것이 전염되었는지 그 중년의 여자 배심원이 다시 훌쩍거
렸다. 그 우울한 감정은 다른 배심원들에게도 이심전심으로 전
달된 것처럼 보였다.

첫날 공판 기일에서 공판검사가 공소사실과 죄명(당연히 살
인죄, 사체손괴죄, 사체은닉죄였다), 적용 법조문을 낭독하자 피
고인석에 앉아있던 피고인은 얼굴을 숙인 채 고개를 들지 못했
다. 그는 수척한 모습으로 열은 하늘색 수의를 입고 흰 고무신

을 신고 있다. 판사는 물론이고 배심원 등 누구와도 눈을 마주치지 않는다. 그저 퀭 하니 초점 없는 눈으로 가끔 법정의 둥근 천장을 쳐다볼 뿐이다. 재판 도중에는 지루한 표정이었고 입술 사이로 침을 흘리기도 했다.

검사가 사건 현장의 사진과 방수포에 펼쳐진 동강난 사체의 사진을 증거로 화면에 제시하자 배심원들과 방청객들은 일제히 신음인지, 탄식인지를 내뱉었고 고개를 돌렸다.

그러나 검사는 최후 의견에서 피고인의 범행 수법이 잔인하기는 하지만 범행에 이르게 된 경위를 살펴보면 피해자에게도 일말의 책임이 있고 우발적인 범행인 점, 초범인 점, 피고인이 어린 시절 불우한 환경에서 성장했고 지금 스스로 자책하면서 깊이 반성하고 있는 점, 그러나 현재 중증의 정신병으로 치료가 되지 않은 점 등을 참작할 필요가 있기는 하나 살인이라는 중대한 범죄를 저질렀으므로 처벌을 면할 수 없다는 점, 재범의 위험성도 전혀 배제할 수 없으므로 이를 감안해야 한다고 하면서 징역 5년을 구형하였고 동시에 치료감호법에 의거해서 치료감호를 청구하였다.

이에 국선 변호사는 마지막 변론을 하였다.

"검사님께서도 잘 아시겠습니다만…… 그리고 피해자에게는 죄송하긴 합니다만…… 피해자는 스스로 범행을 자초한 측면이 있습니다. 그러므로 이 사건은 극히 우발적으로 일어난 것입니다. 시체에서는 아무것도 안 나왔어요. 깨끗하단 말입니다. 그러니까 피고인은 성폭행범은 아닌 것이지요. 그렇다면 우리는 피고인을 절대적으로 믿을 수 있는 것입니다. 피고인은 불우한 환경에서 불행하게 자랐지만 참으로 착한 사람이었습니다. 지금까지 사회의 밑바닥에서 종업원으로 성실하게 일했습니다.

모든 범죄에는 반드시 그 밑바탕에 동기가 깔려 있지요. 특히 살인죄는 그렇습니다. 하지만 이 사건에서는 아무리 찾아봐도 마땅한 살인의 동기를 찾아볼 수 없습니다.

그러나 피고인은 항상 다른 사람들이 자기를 차별대우를 하고 있고 자기를 이해하지 못한다고 느끼고 있습니다. 타인과 정서적으로나 감정적으로 밀접하게 관계를 가질 수가 없는 것입니다. 그래서 늘 내면적으로 참을 수 없는 분노를 느꼈습니다. 그 분노가 자기 자신을 향할 때는 자살 충동을 느끼기도 했지요. 과거의 무의식적인 정신적 외상 때문에 망상과 환각이 수반되었습니다. 꿈속에서처럼 토막토막 연결되지 않은 환각 상태에 빠져있었단 말입니다.

법원에서 실시한 공주치료감호소의 정신감정 결과를 살펴보십시오. 이 감정에는 검사님도 전적으로 동의하셨고 권위 있는 감정기관에서 정밀한 감정을 위해 감정기간이 4주일이나 소요되었습니다.

피고인은 감정 과정에서 '피해자가 무서운 뱀으로 보였다. 나를 잡아먹으려고 덤벼들었다. 그래서 살기 위해서 싸웠다.'고 말했습니다. 요약하자면 피고인은 사물변별력이 전혀 없는 심신상실의 상태라는 것입니다.

그리고 즉시 필요한 치료를 받지 않으면 불행한 결과가 있을 거라고 했습니다. 자신이 어찌할 수 없는 불가항력적인 환경에 맞닥뜨리게 되면 무서운 감정폭발이 일어난다는 것입니다.

다시 말씀드리자면, 자살하든가 아니면 지금 심각한 강박증이나 공포심 때문에 정신적, 신체적 발작을 일으키게 된다고 하였습니다. 그러면서도 피고인에게 반사회적 특징은 발견할 수 없다고 하였습니다. 이 법정에 증인으로 나온 권위 있는 정신과 교수님의 증언과도 일치하는 내용이지요

그러니까 불가항력적으로 범행이 일어난 것입니다. 피고인의 정신 상태에서는 불가항력이란 말입니다. 어쩔 수 없는 망상에 의한 피해의식 때문이었습니다.

하늘에 계신 지엄하신 신께서 직접 명령을 내린 겁니다. 피해자가 죽이려고 하니까 목숨을 지키기 위하여 그렇게 했습니다.

그러니까…… 다시 말씀드리면…… 피고인의 관점에서 보면 그게 정당방위였습니다. 그는 그 순간 윤리의식도 없었고 자기 행위의 의미도 알지 못했습니다. 심신상실입니다. 어떻게 피고인을 처벌할 수 있겠습니까? 다만 적절한 치료가 필요하지요

이 사람은 천재임에도 불구하고 인생에서 어떤 기회가 단 한 번도 없었습니다. 그렇게 불쌍한 인생을 살았던 것입니다. 좋은 환경에서 자랐다면 틀림없이 그의 천재성이 발휘되어 유명한 화가가 될 수도 있었습니다.

피고인을 감옥에 넣는다면 아주 불행한 결과를 초래할 것입니다. 불행한 결과 말입니다.

여러분 이제 어떻게 하시겠습니까? 마지막 기회를 주십시오

배심원 여러분들의 현명하신 판단이 있어야 할 것입니다. 그리고 판사님께서도 선처해 주시기 바랍니다."

6. 김일융(호적등본에 의하면 본래는 김이수였으나 언제부터인가 스스로 김일융이라고 불렀다.)에 대해 배심원들이 한 시간여 동안 토의한 결과 심신상실을 이유로 8대 1로 무죄 평결을 내렸고 판사들은 이를 받아들여서 무죄를 선고하면서 동시에 검사가 청구한 치료감호청구를 받아들여 치료감호 처분을 선고하였던 것이다.

이 재판 과정에서 김일융이 성폭행범이 아니었다는 사실이 그의 진실을, 정신감정 결과를, 모든 증언들을, 변호사의 최후변론을 신뢰하게 만들었으니 재판에 참여한 그들 모두에게 커다란 영향을 미친 것이다.

어느덧 계절의 여왕인 5월이었다. 오후의 춘곤증이 공기 중에 떠돌고 있었지만 법정 안은 터질 듯이 긴장되어 있어서 누구도 졸린 눈을 하고 입을 벌리고 있지는 않았다.

판사는 수갑을 찬 채 교도관 두 사람이 양쪽에 붙어있는 피고인을 넌지시 내려다보았다. 피고인은 아무것도 느끼지 못하는 것처럼 무심한 얼굴로 마주 쳐다보다가 이내 고개를 숙였다. 재판장은 공허한 목소리로 판결문을 읽었다.

김일융은 공주에 있는 국립법무병원 치료감호소에 3년 동안 수감되어 정신과적 치료를 받았고, 즉 정신요법과 약물요법, 환

경요법 등의 치료를 받았고 치료 경과가 너무 좋아서 피치료감
호자가 스스로 치료감호의 필요가 없을 정도로 치유되었음을
이유로, 담당 주치의가 정신의학적 면담, 뇌기능 검사, 임상심
리 및 정신적, 신체적 검사 등을 실시하여 그 결과를 토대로 작
성한 치료가 완전히 또는 거의 완료 되었다는 의견서를 첨부하
여 치료감호의 종료 여부를 심사, 결정하여 줄 것을 신청했고
'치료감호심의위원회'는 치료감호 종료를 결정한 것이다.

이제 그는 석방되어 자유의 몸이 되었다.

7. '이혜순 정신과 의원'은 인천시 연수구 연수동 남동국가산
업 1단지 건너편 연수고등학교 정문 근처 5층 건물의 3층에 자
리 잡고 있었다. 그녀는 전문의 자격을 딴 직후 공주 치료감호
소의 일반정신과 소속 의사로 오랫동안 근무한 후 퇴직하여 이
곳에다 병원을 개업한 지가 3년이 지났다.

어느 날 김일융이 병원으로 찾아온 것이다. 그날은 오후가 되
면서 음산한 가을비가 추적추적 내리기 시작했다.

그는 악수를 하려고 손을 내밀었다가 그대로 거두어들였다.
그녀가 그를 위아래로 훑어보았고 표정이 뜨악했던 것이다.

김일융이 말했다.

"그동안 안녕하셨어요? 오랜만입니다. 저를 기억하시겠지요"

"그렇지요. 오래된 일도 아닌데요. 감정서를 작성했고 그 후
에는 주치의 아니었습니까. 어떻게……"

"그저, 지나가다가 들렀다고 해야겠지요. 여전히 옛날 그 향수를 쓰고 있네요. 장미꽃 향수 말이에요."

"그래요?"

"여기에다 개업을 했단 말이지요."

"무슨 뜻인데……"

"도대체 어울리지가 않지요. 치료감호소에서 지독한 알코올 중독자나 약물 중독자, 살인을 저지르는 정신병자, 인육을 먹은 범인, 소아성애자, 여자의 속옷 절도범인 페티시스트, 스스로 해리성 정체장애라고 주장하는 놈, 지킬앤하이드증후군 환자, 사이코패스만 상대하다가 시시한 환자를 치료하는 건 재미없지 않겠어요?

그러면 나는 어디에 해당되는 걸까요?

그리고 '연쇄살인범과 실질적 동기가 결여된 살인 행위' 또는 '살인에 대한 무의식적 동기 가설'을 열심히 연구한 전도한 유망한 정신과 의사가 아니었나요?"

"그런 미친놈들이 지겨웠다고 해야겠지. 그런 지독한 놈들하고만 상대하다보니 내가 미쳐버릴 지경이었지."

"대학에서 교수가 되었어야……."

"대학은 얽히고설킨 인맥이야. 내가 무슨 인맥이 있겠어."

"아직까지도 결혼을 하지 않고 마흔이 넘었는데. 혹시?"

"그렇게 터무니없는 말은 하는 게 아니지요."

"대략 짐작했을 텐데요. 그렇게 생각하거든요. 제가 누님이라고 부르지 않는 이유를 알 수 있을 텐데요."

"무슨 말씀인가요?"

"정신과 의사가 상상력을 발휘해 보지 그래요.

정신분석 요법이라는 게 곧 의사와 환자의 긴 대화에 불과한 것이지요. 그 대화가 치료의 시작이고 끝이었던 거죠. 쓸데없는 약은 필요 없었던 거지요. 이건 의사 선생님이 가르쳐 준 거예요. 그때 그렇게 말했었지요. 그래서 우리는 이미 너무 많은 대화를 나눈 사이가 아닌가요? 대화가 끊임없이 이어지도록 계속 '그래서' 했었잖습니까. 우리의 대화는 온몸의 신경에 전류가 흐르는 것처럼 공감이 넘쳐흘렀지요"

"할 말이 있으면 빨리……. 우리는 의사와 환자 사이였던 거지. 주제넘게스리…… 그렇다고……"

"그럴 필요가 있을까? 차분하게…… 어차피 환자도 별로 없는데 말이야. 오랫동안 지켜봤는데 병원이 어렵겠더라고"

"쓸데없는 소리 하지 마세요. 그건 내 사정이에요. 그런데 돈이 필요한 건가? 아님 돈을 털려고…… 그런 찌질한 인간은 아니었는데. 이건 인간의 품위 문제이거든."

"맞습니다. 지당한 말씀입니다. 인간은 품위가 있어야지요. 살인범이 되어서 사람을 죽일 수는 있어도 돈을 훔치고 빼앗을 만큼 야비한 인간은 아니지요.

그러니까…… 내가 치료감호의 종료를 신청했을 때 치료가 완료되었다는 의견서를 상세히 써 주었단 말이지요. 그게 어떻게 그렇게 작성된 것인가요? 제 말은…… 물론 그 덕분에 내가 자유의 몸이 되어 빠져나오기는 했지만요.

정신과 의사는 분석가 입장에서 피분석자의 정신 상태를 분석해본 결과 정말 정상이라고 판단했던 것인가요? 뭘, 근거로? 인간의 무의식 세계를 그렇게 쉽게 분석할 수 있을까요? 어두운 파괴 본능을…… ㅎㅎㅎ…… 세상이 우스운 거야. 정말 가소로워…….

그런데 정신분석은 말이 분석이지 사실은 해석이라고 하더군요. 그렇다면 당신의 해석 모델에 심각한 문제점이 있는 거겠지. 아니면 날 불쌍히 여겨서 동정했기 때문에 분석인지 해석인지가 소용이 없었던가? 그렇다고? 그렇지 않나?"

"그렇게도 나가고 싶어서 안달을 하더니만…… 간절하게 소망했었지. 배은망덕한 것 같으니라구. 내가 보증을 서준 셈이라고"

"날 도와주었다고 내가 그 은혜를 몰라본단 말이지요. 내가 지금 당신한테 단단히 얽혀 있다는 뜻인가요?"

공주시 반포면에 있는 국립 법무병원인 공주치료감호소

그를 태운 차는 구불구불한 산길을 한참이나 달린 끝에 적막하게 서 있는 회색 건물 앞에 멈춰 섰었다.

공주에서 3년 동안 일어났던 일 들이 주마등처럼 스치면서 지나갔다. 빠르게 또는 천천히 지나가는 그때의 영상들은 참으로 다양한 색깔을 띠고 있었다. 칠흑같이 짙은 어둠의 색깔이거나 아니면 5월의 찬란한 햇빛 같은 밝은 색깔. 흰색 검은색 회색 파란색 노란색 빨강색 등이 뒤섞여 눈앞에서 어른거리며 춤을 추었다.

그 감호소에는 1,000여 명이 넘는 정신 질환자가 수용되어 있고 그중에서 약 절반이 김일융처럼 조현병 환자였다. 그러나 그는 처음부터 감호소에 너무나 잘 적응하였다. 모든 규칙을 철저히 준수했으니 가히 모범적이라고 할 만했다. 그리고 치료 경과 역시 좋았다. 놀랄 만큼 빠르게 좋아졌던 것이다. 그는 다른 환자들에게 헌신적이었고 천주교에 귀의하였으며 직업 교육으로 목공일을 열심히 배웠다.

"뭐가 잘못된 것인가요……?

나는 임상 경험이 아주 풍부했다고 자부할 수 있지. 500명 이상을 치료하고 감정도 했으니까. 특히 정신분열증 환자는…… 그러니까 계획 살인과 망상에 의한 살인을 분별하지 못할 만큼은 아니란 말이지.

그리고 모든 검사 결과가 완벽하게 정상으로 나왔단 말입니다. 정신과 의사와의 면담 결과, 피의자신문조서에 나타난 범행 전후의 행동 분석, MRI 측정, 진단 검사, 심리 전문가의 표준 심리 검사 등 10단계를 모두 통과했단 말이지.

그러니까 당신은 완벽하게 정상이었다구요. 정상이란 말입니다. 책은 얼마나 많이 읽었고 좋은 책들을 그렇게 많이 읽었으니 마음의 양식이 되었을 거라구. 아무리 봐도 범죄자로 되돌아갈 수 없는 사람이었지.

그리고 그림을 열심히 그렸지. 여자들의 초상화를 주로 그렸었지. 내게 선물한 그 초상화는 지금도 간직하고 있어. 특히 어려운 수감자들에게 헌신적이었어요. 자신이 지급받은 새 팬티와 런닝셔츠 등을 오줌을 심하게 지려서 지저분한 노인 수감자에게 입혀 주기도 했단 말이지…… 그래서 감동을 먹은 거라구.

그런데 하느님에게 귀의하지 않았던가요. 수녀님이 '그 사람은 지극히 정상이에요. 제가 보증할 수 있지요. 하느님이 정상으로 인도하신 겁니다. 그는 매일 기도하고 명상을 한답니다. 오! 하느님! 감사합니다! 감사!'라고 말했거든."

"천주교 수녀님이 나를 인도하려고 무던히도 애를 썼지요. 그건 인정할 수밖에. 그래서 정말 신실한 신자처럼 행세했던 거지요. 그러나 하느님이라는 존재가 있고, 진정으로 반성하면 구원받을 수는 있으나 구원을 받아도 죗값은 치러야 한다는 가톨릭의 교리를 도저히 인정할 수가 없었지요"

"어떻게 그럴 수가? 하느님까지 속이다니."

"하느님 좋아하시네. 그런 건 없다니까 그러네요. 당신도 철저한 무신론자 아니었던가요? 웬 하느님 타령. 그만두자고요, 그만."

"내가……?"

"감방에 있는 재소자들은 전부 자신이 독실한 신앙인이라고 주장하는 거 몰라요? 그게 '감방증후군'이라고 하는 거죠. 거짓으로 선한 사람처럼 보여서 조기 석방을 노리는 수작이란 말입니다.

그들의 논리에도 무슨 근거는 있어요.

'너희들 중에서 누구든지 죄 없는 자가 있으면 이 여자를 돌로 쳐라'라고 예수님이 말했다는 거 아닙니까. 이 말 때문에 죄수들은 독실한 기독교도가 아니면서도 예수님에게 열광하는 거죠. 그때나 지금이나 죄지은 자를 향해서 돌을 던질 수 있는 인간들이 얼마나 되겠어요. 우리 모두 죄인이라는 거죠.

그래서 죄수들은 이구동성으로 변명 아닌 변명을 하지요. '난 어쩔 수 없었다고', '그런 상황에서 나야말로 피해자였다고', '재수가 더럽게 없어서' 혹은 '그 순간 욱하는 성질을 참지 못해서' 감방에 오게 되었다고 생각해요.

그러나 나는 그렇게 치사하고 자기 기만적인 그런 인간은 아니거든요. 그건 확실해요."

"그럴 수가 있단 말인가?"

"인간들은 도대체 알 수 없다고…… 인간의 내면 세계는 겉으로 드러나는 것보다 훨씬 더 복잡하다니까. 그래서 어떤 인간의 정체성 역시 복잡하고 복합적이라고.

그런데 그것들은 인간에 대해 몰이해하니까…… 모두가 돌대가리고 엉터리인 거지. 어리석은 자들이 세상을 지배하고 있으니 큰일이란 말이지요. 뭔가 잘못되었어. 그렇지 않습니까?

지금부터 자세히 말씀드리지요.

뭐라고 하더라, 그렇지, 프로파일러 말이에요. 그것들이 심리학을 전공했고 경험이 무척 많다고 했지만 정말 엉터리였지요. 그것들이 나를 실토하도록 유도했지만 내가 역으로 이용했어요. 그건 어차피 치열한 두뇌 게임이었거든. 어리석은 자들은 유도 신문을 하면 마침내 이것저것 털어놓는데 나는 어떤 경우에도 그 덫에 넘어간 적이 없었던 거야. 그러니까 수사기관에서도, 정신병원이나 법원에서도 그렇단 말입니다.

그들과 두뇌싸움에서 제가 완벽하게 승리를 거둔 거라고

마지막 관문은 당신이었는데 그걸 무사히 넘긴 거지…… 지금이야 말할 수 있지만 너무나 힘든 과정이었다고 고백해야 하겠군.

그래서 억울한가? 아님 자신이 한심한가? 자멸, 자폭, 자괴할 필요는 없겠지요. 어차피 늦었으니까."

"지금…… 무슨……?"

"그 여자와 일면식도 없었어. 그냥 여자가 싫고 죽이고 싶어서 그 골목을 왔다 갔다 하다가 우연히 만난 여자였어. 경찰은 내가 사실을 말해도 자기들의 인식오류와 편견 때문에 믿지를 않는 거지. 그러니까 난 성폭행범은 아닌 거야.

나는 그런 개새끼들을 증오한다고 그건 아니거든. 섹스는 약물 중독과 다름없어. 그저 약하고 못난 여자들이 죽도록 싫은 것뿐이야. 여성 전용 호스트바니 레즈비언 운운한 것은 새빨간 거짓말이었단 말이지……"

그날 저녁 어스름한 골목길에서 주차된 차들 사이를 킁킁 냄새를 맡으며 어슬렁거리던 꼬리가 짧은 검은 큰 개가 으르렁거렸다. 그 순간 아버지를 떠올렸기 때문에 공포심을 느꼈고 그걸 잡아 죽이고 싶은 충동이 일어났던 것이 기억난다.

아버지의 모습을 기억한다는 것은 언제나 괴로운 일이다. 머리가 지근지근 아팠고 가슴이 마구 두근거렸으며 무릎이 저렸다.

그 여자는 그때 마취에서 깨어나긴 했지만 위협을 가하자 순순히 옷을 벗었던 거지. 하지만 '여자의 벗은 몸은 참 따뜻하구나' 정도의 느낌이 들었을 뿐이야. 여자의 목을 어루만지다 조를 때서야 쾌감을 느꼈던 거야. 강한 남성이 약한 여성을 살해하는 전형적인 쾌락 살인이었다고.

나는 평생 딱 한 번 성관계를 가진 적이 있었다. 첫사랑이라고 할 수 있는 그 여자와 정서적 만족감을 느끼기 위해서 말이다. 섹스는 슬픈 것이다. 그뿐이다.

그때 이후 슬픈 일을 당했을 때도 위로를 받은 일이 없었고 기쁜 일이란 도대체 없었지만 기쁜 일이 있어도 나를 찾아와서 함께 기뻐할 사람은 없었다. 나는 이 세상에서 어울리는 사람이 없었으니 무리에 끼지 못했다. 나는 갈 곳이 없었다.

그러나 그녀와는 헤어진 지가 너무 오래되어서 모든 기억이 가물가물하다. 기억이란 과거로부터 불현듯 튀어나온다. 나에겐 어린 시절도, 청소년 시절도, 청년기도 없었다. 나의 인생은 영원히 멈춰있었을 뿐이다. 그래서 인생은 비현실적이거나 초현실적으로 느껴진다. 나에게는 희망과 기쁨과 행복과 사랑과 질투와 슬픔과 불행과 쓰라림과 가슴 아픈 감정이 일어나지 않는다.

나는 지금 불면증과 악몽, 공포 때문에…… 아버지가 꿈속에 계속 나타난다. 나는 굉장히 자기파괴적이다. 그걸 인정해야 한다. 나는 다시 시작할 때가 되었다고 생각한다.

그러나 완벽을 기하려고 했는데 내가 여자의 털을 몇 올 남긴 것은 정말 큰 실수였어. 완전 범죄를 꿈꾸었거든. 그때 시체를 집 밖으로 옮기는 일은 정말 난감한 일이었다. 그걸 미리 검토했어야 했다. 방수포에서 두 조각으로 자를 때도 얼마나 애를 먹었는지. 아무리 조심해도 피가 튈 수밖에 없었다니까. 운반하기 위해서는 그렇게 할 수밖에 없었다니까. 나는 시체를 훼손할 만큼 잔인한 사람이 아니야. 아! 한 인생의 종말이!

"……그나저나 아마추어에 불과한 배심원들을 속이는 것은 식은 죽 먹기였어요. 그게 말이지요, 법률지식도 없고 정신병에 대한 전문 지식도 없는 무지랭이들을 배심원으로 시켜놓고 검사와 변호사, 판사들이 요란 뻑쩍지근한 쇼를 벌이는 것에 불과해요.

잔뜩 목에 힘주고 거들먹거리는 판검사들…… 그들도 별수 없어. 도저히 감당할 수 없는 거의 불가능한 과제가 주어지거든. 독심술사가 되거나 거짓말탐지기가 되어야 한단 말이지.

내가 정신병자 행사를 하고 어머니란 여자가 마구 울고 하니까 다 넘어간 거지. 배심원 중에 중년의 여자들이 있었던 게 큰 도움이 되었지요. 여자들은 눈물에 한없이 약하거든. 그래서 나는 연기를 하기 위해서 억지로 눈물을 한 줄기 흘렸던 거고

그러나 어머니란 여자를 증오했어요. 어머니는 무슨, 피도 한 방울 안 섞였는데. 나를 내팽개치고 도망을 간 거거든. 아버지

란 자가 그 여자가 가버리고 나서 그제서야 친어머니가 아니라고 실토했기 때문에 그때부터 알고 있었던 거지.

증인으로 나온 정신과 의사는 얼빠진 인간이야. 내가 정신분열증에 관해 연구를 한 다음 교묘하게 연기를 한 거지. 상대방을 속이기 위해 가짜 보디랭귀지도 사용했지. 요즈음 보디랭귀지를 주제로 한 책들이 넘쳐나거든. 어떻게 의사가 연기와 실제를 구분하지 못 하는 거야? 그건 당신도 마찬가지지만……."

"그렇겠지. 나야말로 얼빠진 인간이니까."

"우리 음악 얘기를 다시 해보는 게 어때요. 역시 명품 오디오 세트가 있군요."

"음악은 불멸의 예술이라고 말했었던가. 음악은 지구가 멸망할 때까지 언제까지나 남을 것이다. 인간에게는 언제나 음악이 필요하다. 음악이야말로 인간이 말로써 말할 수 없는 것까지 뭐든지 말할 수 있다. 음악이란 그런 것이다. 음악은 절대적으로 순수하다. 음악에서 위안을 얻으라고."

"셰익스피어가, 음악을 좋아하지 않는 사람이라면 도저히 믿을 수 없다고, 그런 사람은 살인이나 반역과 같은 비열한 행동조차 서슴없이 할 수 있는 자라고 말했다고 하지 않았습니까.

그걸 아시라고. 어떤 경우에도 음악은 별로라고 마음에 와 닿지를 않는다고. 그러니까 억지로 음악을 열심히 듣고 좋아하는 척 연기할 수밖에."

"지금 보니까…… 연기에는 천재적이었구만…… 차라리 배우가 되지 그랬어."

"ㅎㅎㅎ…… 내가 정신병 연기를 한 이유가 있었지. 가출한 후 부랑자로 떠돌면서 젊고 약한 여자만 보면 마구 때리고 싶은 거예요. 그러다 피해자가 신고를 해서 경찰에 붙잡혔는데 내가 막 횡설수설을 했더니만 간이 정신감정을 하더라고. 근데 내가 누구야. 식은 죽 먹기였어. 그 후부터는 정신과 치료가 크게 도움이 된다는 것을 깨달았고 나중에 빠져나오기 위해서 정신과에 들락날락한 거지.

또 한 가지 목적은 일류 병원 의사와 지적 두뇌 게임을 하고 싶었던 거였는데 내가 완전히 승리한 거지. 그 얼빠진 의사가 법원에서 증언한 것을 들어 보라고 나는 방도 정신병자의 방처럼 꾸며 놓았거든. 그리고 말이야. 검사나 판사, 변호사들도 얼빠진 인간들인 것은 의사와 마찬가지야. 모두 넘어갔거든. 그런 자식들이 그렇게 잘난 체 거들먹거리니……

이건 내가 상대하는 인간들과 벌이는 치열한 대결이라고 할 수 있는데 내가 모두 승리한 거야. 승리자에게 영광을! 패배자들에게 죽음을!"

"승리 좋아하네. 사이코 주제에……"

"무슨 소릴 하는 거야. 자신도 그렇지 않나? 괴물과 싸우는 자는 자신 역시 괴물이 되지 않도록 경계해야 한다고 했는데……"

"그렇지. 모두 괴물들이었지. 프랑켄슈타인은 괴물이면서도 언변이 매우 뛰어났지."

"그렇게 이죽거릴 것까지는…… 자기 환자를 연민의 감정으로 대해야…… 어떻게 연쇄살인범인 프랑켄슈타인과 비교를……
……

우리는 아마 꽤 많이 농담을 했었지. 지독하게 술을 좋아했고 술에 취하면 엉엉 울고 토하고 유혹……"

"엉뚱한 소린 그만하라구. 그러니까…… 멀쩡한 사람을 죽였으니까 사형을 받아야 할 흉악범이 겨우 3년 만에 석방되었네. 그것도 병원에서 편히 지내다가. 무엇이 잘못된 것인가? 괴물들에게도 양심의 가책이라든가 죄의식이 있어야 하는 거 아냐?"

"한심하구먼. 여자는 별수 없어. 그런 게 있으면 현대의 괴물이 될 수 없는 거지."

"착한 괴물이 없다고? 내가 여자라고?"

"왜, 그런 허튼소릴 지껄이지? 무슨 딜레마에 빠진 거겠지. 그걸 해결하려면 자기 살해를 생각해 볼 수 있을 거야.

그러니까 「정신의학과 임상」이라는 정신의학 학회지에 내 경우를 모범적인 치료 사례로 발표까지 하지 않았던가? 지금 생각해보니까 그 훌륭한 논문과 나의 석방이 교환된 거라고

그러나 날 다시 잡아갈 수는 없어. 지금 경찰을 불러보시지그래. 소용없다구. 뭐더라, 일사부재리 때문에…… 하여간에 두 번 처벌하지 못하도록 헌법이 보장하고 있다고 하더라고. 그런데 당신도 공범이 아닌가? 빨리 석방되도록 결정적으로 도와주었으니까."

"그만하세요, 그만…… 빨리 돌아가 주세요. 그 논문 때문에 치욕적인 결과가……?"

"ㅎㅎㅎ…… 내가 악인 또는 악이라고 할 수 있을까? 그까짓 여자 하나 죽였다고 어떤 게 선인가? 이 세상에 선이 있기라도 하는 거야? 성경에 의하면 신이야말로 정말 잔인했거든. 신은 스스로 잔인한 폭력을 인정했던 거야."

"악마도 성서를 인용한다고 하더니만…… 그러면 얼마나 더 죽여야 되는데…… 진짜 연쇄살인범이라도 되고 싶은 거야? 그래야만 악마가 되는 거야?"

"그래요, 진짜 용건은 아직 말하지 않았어요."

"뭘 말인가?"

"당신은 주치의면서 제대로 파악하지 못했단 말이야. 육체와 정신은 분리되어 있다고 할 수 있을까? 아니면 모든 정신 활동은 뇌의 신경세포의 작용에 불과한 것인가? 나 같은 게 어떻게 알겠어. 그러나 내가 내 자신을 잘 알고 내 마음을 분석할 수 있지.

내 안에서 의식과 무의식은 분리되어 있고 분열되어 있는 건 확실하다고. 그것쯤은 스스로 알 수 있지. 거기에 나약한 선과 함께 어두운 악과 악마가 숨어 있는 거라고 보아야겠지. 그것들은 물과 기름처럼 서로 융합될 수 없는 거야."

"엄청나게 연구를 많이 했네. 정신과 의사를 해도 되겠어. 그러니까 이중인격이나 다중인격 장애인 해리성 정체장애를 말하는 거야? 인간의 내면에 숨어있는 동물적인 야수성이 그 순간 폭발한 건가? 그렇다는 거야? 자신은 가해자이면서 한편 억울한 피해자라고 생각하는 거야?"

"이건 이쪽에 조금만 관심이 있어도 누구나 알 수 있는 상식이지. 「지킬 박사와 하이드의 기묘한 증상사례」에서 이미 나온 이야기이거든. 그러니까 흥분할 필요가 없는 거야.

본론으로 돌아가면…… 당신은 정신과 의사이면서도 나의 무의식 속에 숨어 있는 악의 근원을 찾아내지 못한 거라고. 당신은 나한테 속삭였지. 내게 비밀을 모두 털어놓으라고. 그러면 홀가분해지고 해방감을 느낀다고 했지……

그리고 자신의 그런 과거에 대해 얼핏 암시를 주었거든. 이복동생과의 관계를 이야기했던 거 기억나요? 왜 그랬을까? 지금도 악몽 속에서 동생의 울음소리를 듣는 거야."

"그렇다면…… 부끄러운 일이기는 하지만 내가 형편없는 의사란 걸 인정해야겠지. 그렇다고 치자고. 잔인한 인간의 그 사악하고 심오한 무의식의 세계를 어떻게 탐지할 수 있었겠어……

내 동생은 열다섯 살밖에 되지 않았는데 백혈병으로 죽었어. 그때 동생은 자신이 죽어가는 걸 알고 있었지만…… 마지막 몇 달 동안 나는 동생에게 무슨 말을 해줘야 할지 몰랐었지…… 계모는 날 지독히 미워했었지만. 그러나 나는 하나밖에 없는 그 동생을 무척 사랑했었거든……"

"그래서인가…… 누님인 것처럼 또는 수호천사인 것처럼 행세한 거야. 하느님인가 신부님인가 행세를 했지. 고해성사를 하라고 다그쳤다고. 그리고 나는 속아준 거고.

당신은 편견과 편향에 사로잡혀 자기도 모르는 새 속아 넘어

간 거란 말이지. 자신의 어리석음과 무능을 인정하라고 인정
을…… 냉철하게 판단하지 못한 거야.

그 사건과 나를 객관화시켜 분석하지 못하고 사디스트인지
사이코패스인지 지독한 여성 혐오자인지…… 나에게 동화되어
버렸거든. 대화요법을 통해서 감정적 교류가 있었단 말이지. '양
들의 침묵'에서 FBI의 임시요원이었던 스탈링이 전직 정신과 의
사였던 연쇄살인범 렉터 박사의 심리전에 말려든 것처럼 말이
야.

가령 당신이 그렇게 원해도 당신과 사랑할 수는 없어. 요즈음
유행하는 뇌섹남이거나 요섹남은 아니거든. 솔직히 고백하자면
스스로 판단해 보건대 무성애자이거나 동성애자인지 모르겠어.

나는 가끔 당신의 목을 조르는 상상을 한다고 내가 만약 연
쇄살인범이 되기라도…… 그러면 그게 누구 탓일까. 당신은 어
리석게도 나를 석방시켰어. 언젠가 후회할 날이 올까?

그곳이 한없이 그립다고 감옥의 창살에 비치는 밤하늘의 별,
금강의 강물이 떠내려가는 소리, 국사봉의 흙냄새가 그립단 말
이지. 난 그곳에서 육중한 철문이 여닫는 소리를 들으며 오랫동
안 갇혀있어야만 했어. 결국 그곳에서 스스로 죽어야 했는데 말
이야."

"……………"

비가 억수같이 쏟아지면서 주위는 어둑어둑해지고 있었다.
김일웅은 떠났다.

삼각관계

삼각관계

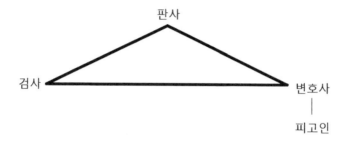

재판관에게 네 가지가 필요하다.
친절하게 듣고, 빠진 것 없이 대답하고,
냉정히 판단하고, 공평하게 재판하는 것이다.
– 소크라테스

기하학에서 삼각형은 일직선상에 있지 않은 세 개의 점을 이
으면 만들어진다. 각기 두 개의 점이 하나의 선에 의해 서로 연
결되어 있으며, 이렇게 이어진 세 개의 선이 삼각형의 변을 형

성한다. 삼각형에는 정삼각형, 직각삼각형, 두 변과 두 각의 크기가 같은 이등변삼각형이 있고, 이등변삼각형은 다시 예각삼각형, 둔각삼각형이 있다. 그러나 정삼각형은 같은 크기의 세 각과 같은 길이의 세 변을 갖추고 있으므로 조화를 상징하는 가장 단순한 도형으로 모든 평면도형의 원형이라고 할 수 있다.

그런데 사람은 혼자 또는 하나가 아니다. 반드시 둘이 있고 그건 틀림없이 남자와 여자를 말한다. 사람 '人' 자를 보라. 남자와 여자가 서로 기대고 있지 않은가. 그리고 에덴동산의 아담과 하와를 상기해보라. 하지만 둘이 있으면 반드시 셋이 있을 수밖에 없다. 남녀가 결합하면 몇 사람이 존재하는가. 세 사람이 존재한다. 남자와 여자, 그리고 자식이 존재하지 않는가. 유대인들은 아버지, 어머니, 자식으로 구성된 가족의 형태에서 영감을 얻어 삼위일체론을 만들어낸 것이다.

그래서 삼각형인 것이다. 셋은 신이 선택한 수이기 때문에 행운의 수이다. 그러나 셋은 무한히 증식한다. 신이 최초의 인간들에게 번성하라고 명령한 대로 그 수가 헤아릴 수 없을 만큼 불어났으니, 지금 지구상 인구는 70억 명에 이르렀다. 우리는 그 말씀이 있었던 태초로부터 얼마나 멀리 왔는지 모르지만 말이다.

형사소송이란 역사적 공간에서 일어난 사건의 실체적 진실과 한 인간의 지난한 삶의 단면을 정교한 언어로 서술한다는 의미에서 서사시이고 또한 소송 주체들의 내면에서는 종잡을 수 없는 인간의 감정이 끊임없이 극적으로 폭발하는 시적 특성이 나타나므로 서정시이기도 하다.

다시 말하면, 형사 법정은 변증법적으로 진행되는 그러한 논리의 세계라고 하기보다는 죄와 벌의 긴장관계를 팽팽하게 연결하는 신비한 힘이 작용하는 세계라고 할 수 있다. 죄와 벌은 어두컴컴한 밤의 세계이기 때문에 절망적이면서 신비한 것이고, 시는 인간의 사고와 분출하는 감정의 핵심을 포착할 수 있으므로 형사 법정은 시적 창조의 세계인 것이다.

그렇다면 법정에서 이들 시를 휘갈겨 쓰게 만들면서 조종하는 보이지 않는 존재가 있다면 그는 누구일 것인가? 누가 알겠는가? 전지전능한 신인지, 신의 섭리인지, 아니면 (어떤 운명이건 운명은 운명이므로) 운명인지, 아니면 단지 법률, 제도, 관습인지.

그러므로 그들 모두는 시적 주체라고 할 수 있다. 검사는 최초의 기소자이므로 시적 발화자이고 피해자의 수호신이고 그러므로 복수의 청부업자이다. 변호사는 죄인의 대리인이고 인권의 수호자로 자처하지만 실은 돈의 노예이다. 그렇다면 판사는 누구인가? 사법 권력의 화신으로 법정의 주재자이지만 지극히 냉엄한 비평가이고 잔인한 사디스트이다.

그렇기 때문에 견제와 균형 속에서 힘의 역학관계가 작동하는 공판정에서 삼각관계는 실체적 진실의 발견과 양형을 둘러싸고, 둘은 웃고 하나는 울어야 하는, 또는 하나는 웃고 둘은 울어야 하는, 아니면 셋 모두 울어야 하는 긴장된 관계일 뿐이다. 그러므로 공판정에서 그들 모두가 웃을 수 있는 일은 있을

수 없다. 비이성적인 인간사회의 현실에서, 그 축소판인 공판정
에서 결코 동등한 삼각관계, 즉 정삼각형은 존재할 수 없는 것
이다.

* * *

서울지방법원 형사법정.

법정의 뒷문이 열리자 재판장을 선두로 우배석, 좌배석, 법원
서기 순서로 입장했다. 모두 권위의 상징인 거추장스러운 가운
을 걸치고 있다. 재판장이 법대 가운데 의자 앞에 멈춰 섰고 배
석 판사들이 그의 좌우에 자리를 잡았다. 법정은 그 엄숙한 순
간에 쥐 죽은 듯 조용했다. 판사들이 자리에 앉자 법정 정리가
'모두 자리에 앉으세요.'라고 말했고, 그제서야 방청객은 띄엄띄
엄 자리에 앉았다.

법정은 고요하고 적막했다.

재판장이 아무런 감정도 내비치지 않으면서 지극히 사무적인
얼굴로 방청석을 내려다본다. 벽면에 걸린 원형 시계의 분침은
10시 10분을 지나고 있다. 그는 컴퓨터 화면을 훑어보며 오늘
진행해야 할 사건들을 점검한다. 그러고 나서 목소리를 가다듬
는다.

재판장 : 이제는 증거조사가 마무리된 것 같습니다. 지난 기일
에 예고한 대로 오늘은 반드시 결심을 하겠습니다. 구속만기가

다 돼 갑니다. 검사께서 구형을 해주시기 바랍니다.

형사 재판은 지겨워, 정말 지겨워. 민사부로 옮기려면 아직 6
개월이나 남았으니.

요즘 마누라는 실체를 알 수 없는 불만으로 가득 차있지. 혹
시 이혼을? 도대체 뭣 땜에? 걔는 자폐적이야, 온통 컴퓨터 게
임에 빠져있으니까. 어쩌려고? 무언가 잘 못 돼가고 있는 게 아
닐까? 내가 뭘 할 수 있단 말인가?

나는 지금 이혼의 악몽에 시달리고 있다. 가끔 심장이 쿵쾅거
리고 속이 메스껍다.

세상 사람들은 착하게 살지 못하고…… 범죄가 넘쳐나고 있
지. 인간의 본성이 선하다고 믿을 수 있을까. 그 때문에 재판을
해야 할 사건은 캐비닛에 차곡차곡 쌓여 있는 거야. 요즈음은
재판을 끝내는 사건보다 신 건이 더 많이 들어온다. 저절로 한
숨이 새 나올 수밖에 없다. 재판을 빨리 끝내야지.

마음이 뒤숭숭해서 도대체 기록이 읽어지지 않아. 내 손아귀
에서 기록이 빠져나가고 있다고 판사가 기록을 읽을 수 없다
면…… 직업적 타성인지 매너리즘인지. 그 불투명한 순간에 대
충 띄엄띄엄 넘긴다면…… 장님 코끼리 만지기가 되겠지.

검사 : 벌써 6개월이 지났다고? 재판이 끝난다고 하니 내 마
음 속에서 수많은 생각들이 두서없이 교차한다. 만약 사는 게
느끼는 거고 생각하는 거라면 말이다. 그리고 다시 두렵고 불안

한 마음이 나를 감싼다.

지금, 저 판사는 텅 빈 눈으로 멍하게 법정을 응시하고 있을 뿐이다.

지난번 사건은 공판 검사가 무능하고 불성실해서……? 재판을 대충대충 하더니만 무죄가 나오고 말았다고 해야 하나? 아니면 너무 진술에만 의존했는데 법정에서 이를 번복하니까 어쩔 수 없었던 것인가?

그 사건은 법리 오해도 수사 미진도 아니었어. 그냥 증거의 평가에서 법원과 검찰 간 견해 차이라고 볼 수 있겠지. 그 자식이 무죄라고 해서 양심까지 무죄인 건 아닌 거야. 판사 역시 심증은 가지만 물증이 부족하다고 느꼈겠지.

그런데 그 판사는 자기가 뭐 인권 판사라도 되는 양 설치는 작자였지. 위에다는 유죄를 장담했는데 체면도 안 서고 금융조사 전문 검사라는 이름에 먹칠을 하고 만 거야. 그리고 평가점수에서 3점이나 깎였지.

그래서 도저히 그 인간에게 맡겨 놓을 수가 없어서 이번에는 내가 직접 나올 수밖에 없었지.

나를 믿고 이 사건을 배당한 거였어. 수사가 지지부진할 때는 부장검사가 도와준 거야. 윗선에서 돌려서 이야기하거나 은근히 눈치를 채게 하거나 하면서 수사에 간섭하지도 않았어. 그러니까 더욱 마음이 무거운 거지.

이 사건은 내가 직접 공판을 담당할 수밖에 없는 거야. 증인 신문이 아주 중요하거든.

이 사건은 그래서는 안 되는 거지. 3개월 동안 고생고생하면서 수사를 했는데. 얼마나 많은 야근을 했던가. 대포통장과 해외로 이체한 자금은 추적이 불가능했던 거야. 그래서 수사기술이 필요한 사건이었다고.

그 투자 자문사의 상무를 어르고 달랜 거지. 그 친구 겁을 주니까 사시나무 떨듯 지독하게 떨더구먼. 빼주는 조건으로 결정적인 제보를 받아냈지. 압수 수색에서 도저히 찾을 수 없었던 서류까지 받아냈던 거야.

그 친구를 보호해주면 나한테도 불리할 것은 없으니까 해외로 장기여행을 보내주었거든. 그럴 수밖에 없었지.

그녀는 너무 우아했고 아름다웠다. 그렇게 아름다운 여자가 어떻게 피해자가 될 수 있었단 말인가. 그녀는 편두통과 불면증과 폐쇄공포증을 앓고 있었다. 그녀는 상처를 입었고 분노가 딱딱하게 굳어있었다. 내가 그녀에게 선심을 쓰는 척 믹스커피를 타 주었지만 그녀는 마시는 시늉만 했다.

옛날엔 48시간 동안 조사했단 말이야. 그 시절이 좋았어, 그 시절이 그립구만. 그때는 밤새 조사하면서 심하게 윽박질렀지. 그랬으니 불지 않고 어떻게 배겨내겠어. 희한한 일이지만 대개 새벽 두 시쯤이면 어김없이 자백을 했다.

그런데 대화 시간이 중간에 끊기면…… 피의자를 설득시켜 자백하게 만드는데 시간이 부족하단 말이야. 그래서는 안 되는데…… 다음 날엔 마음이 쉽게 변하는 거야. 그러면 짜증이 나지. 마구 화가 나는 거야. 죽이고 싶도록 화가 난단 말이지. 왜

욕지거리가 안 나오겠어. 왜 때리지 않을 수 있겠어.

검사도 인간이니까······. 어쩔 수 없다고······.

누군가는 인격 수사 운운했는데 정말 현실을 모르는 한심한 소리라고 그렇게 해서 수사가 되느냐 말이지.

우리나라는 고소, 고발 공화국이란 말이지. 고소 건수가 너무 많은 거야. 무조건 고소를 하니까. 그래서 모든 사적 분쟁에 수사기관이 개입하게 되는 거지. 그러면 언제든지 수사기관이 국민들의 삶에 개입하게 되고 따라서 수사기관의 힘이 세지는 거야. 그렇다고 할 수 있다. 검사는 막강한 힘을 갖고 있으니 오만하다. 거만한 검사는 항상 오버액션을 하는데 어떻게 인격 수사를 할 수 있겠는가.

제발 좀 그만하라고 제발······. 지겹다고······. 정말······.

그것들은 아주 치밀했단 말이지. 계좌 추적이 안 되니까 참고인 진술에 매달릴 수밖에 없었어. 그 역시 진술이 여러 차례 오락가락했지만······ 원래 그런 과정을 거쳐서 진실에 다가가는 거지. 검사에게는 유리한 것만 취사선택할 수 있는 권리가 있다고.

저쪽에서 부인하든 말든 무슨 상관인가. 나는 수사검사로서 할 수 있는 건 다 했어. 언제나 검사로서 직업정신에 충실했다고 자부할 수 있지. 수사 의지가 중요한 거야. 수사는 생물처럼 살아서 꿈틀거리니까 말이야. 그러나 수사라는 게 100프로 완벽하게 할 수는 없는 거니까.

계좌 추적에 실패한 것이 찜찜하고 증인들의 증언도 약간 엇

갈렸지만 큰 문제점은 없다고 봐야겠지. 법정에서 하는 증언은 늘 그 모양이거든. 증인들의 증언은 언제나 그렇다. 끊임없이 같은 말을 반복하고, 앞에서 한 말을 번복하고 그러니 정확성이 결여되어 있다.

…… 인간의 기억이란 게 원래 그런 거다.

또 하나 저쪽에서 빼도 박도 못할 증거가 있지. 그 계약서를 말하는 거야. 늙은 사무장 양반은 완전히 브로커이지. 변호사하고 50대 50으로 나눈다고 했는데 그 여우같은 양반 똑똑하기가 변호사 뺨을 치지. 그 양반 변호사법 위반으로 나한테 코가 꿰었으니까 계약서 사본을 넘겨줄 수밖에 없었어. 그게 아주 중요한 보강증거가 되었거든.

나는 검사와 변호사가 천적 관계라고는 생각하지 않는다. 법의 지배라는 더 큰 목적을 실현하기 위해서 서로 다른 역할을 수행하고 있을 뿐이다.

저 변호사는 대학의 서클 후배이니까 아주 막역한 사이라고 할 건 아니지만 잘 아는 사이인 것은 맞는 말이야. 술 마시고 광란의 밤을 보내는 서클의 후배. 그땐, 우린 철없이 젊었었다. 쟤도 술만 마시면…… 무엇을 증오하는지 알 수는 없었지만 분에 받쳐서 악을 고래고래 지르고 반쯤 미치지만 그래도 귀여운 친구였거든. 그때는 정의감도 살아있었고 낭만적이었지.

그러나 많이 변했어. 난폭한 세월이 해치지 않는 것이 무엇인들 남아 있겠는가.

뭐라고……?! 판사는 심판하는 인간이고 검사는 심판 받는 인간이라고? 그건 판사들이 입에 달고 하는 말이지. 꽁생원 주제에…… 검사나 판사나 법적 자격요건이 똑같은데 우리가 꿀릴 게 뭐람.

판사도 훌륭한 직업이라고 할 수 있겠지만 수동적이고 방어적이어서 매우 답답할 거라는 생각 때문에 검사를 선택했거든. 하지만 검사를 선택한 인간들의 마음속을 들여다보면 한구석에는 권력에 대한 욕구나 집착이 도사리고 있다고 봐야 할 것이다. 그걸 어찌 부인할 수 있겠는가.

어차피 법원에서는 공익의 대표자인 검찰을 우리가 힘껏 지원해주어야지 방해하면 안 되지 라고 생각하고 있어.

검사가 판사의 기질과 성향까지 파악해야만 할까.

저 재판장은 믿을 만한 거야. 검사들 사이에서 아주 평판이 좋은 거야. 정말이지, 믿을 만하지. 대부분 유죄이고 형이 무척 세니까. 그의 머릿속에 무죄는 없을 거야. 그는 인간혐오증에 걸려 있다고 봐야겠지. 교회에 다닌다고 하지만 가톨릭 냉담자가 아닐까? 맙소사, 할렐루야. 그렇다면 무신론자이고 회의론자가 아닐까? 그러니 내가 중형을 구형하면 내심 아주 좋아할 거라고. 그럴 거라고.

피고인, 이 자식 도저히 못 빠져나갈 거야. 내 손아귀에서 미꾸라지처럼 빠져나갈 수 있다고 생각한다면 그건 큰 착각이 될 거야. 그렇다니까.

내가, 검사가 정의의 칼 맛을 보여주는 거야. 네놈이 당뇨에 심장병이 있다고 하였는데 안에서 골골하다가 죽어야만 하지.

저런 개자식! 악마 자식!

승부는 진즉 끝났다고. 너무 싱겁게 끝났단 말이야. 변호사가 돼가지고 저렇게 눈치가 없어서야. 반대심문에서 핵심을 놓친 거라고.

증인의 얼굴을 유심히 쳐다보면서 얼굴에 순간적으로 스쳐지나가는 흔적을 놓쳐서는 안 되는데…… 변호사는 고개를 처박고 단조롭게 대본을 읽고 있었던 거야. 그래서 증인은 변호사의 질문을 마음 놓고 무시할 수 있었던 거지.

변호사는 무능해. 네 놈은 쓸데없는 방어태세를 취했단 말이지.

또다시, 지방으로 내려가야 하나. 출퇴근이 가능한 서울 근교로 갈 수는 없을까. 호남선은 싫어. 누구처럼 나를 끌어줄 든든한 빽줄이 있어야 하는데……. 족보 있는 검사가 부러워.

검찰은 권력의 주구이거나 권력의 시녀인 거야. 정권의 충성스러운 파수꾼. 양심까지 마비된 자들이 거물 행세를 하는 거야. 마치 정의의 사도인 양 까부는 거지.

그럼 나는 누구란 말인가? 파수꾼의 파수꾼, 파수꾼의 들러리.

검사들은 인사에 굉장히 민감할 수밖에 없다. '말기 암 판정을 받고 나서도 다음 인사를 걱정하는 게 검사다.'라는 이야기가 공공연히 돌고 돈다. 그런데 파수꾼을 자처하는 높은 분들이 내 평가자료를 쥐고 있으니 이를 어떡한담.

어느새 내일 모레면 검사 10년차! 나이는 어떻고!

지금쯤 훌훌 털어버리고 개업을 하는 게 낫지 않을까? 마누라는 요즘 성화가 심하지. 애를 데리고 캐나다에 가겠다고…… 그래서 나더러 기러기 아빠가 되란 말이지. 이제는 생각할 때가 되었지 않은가? 이제는? 부장은 하고 나서…… 꾹 참고 기다려야 할까?

그때, 술자리이긴 했지만…… 높은 분이 말씀하셨지. 내가 높은 자리에 와보니까 알겠더라고 승진을 해서 올라가면 그럴수록 넓게 보이더라고. 예전에는 법조문만 가지고 사건을 따졌는데 위로 올라가보니까 이것저것 고려해야 할 것이 참 많아지더라고.

지금은 그런 시대야…… 시대가 변했으니까. 권력은 총에서 나오는 게 아니란 말이지. 법치주의 시대가 도래하니까 권력은 검사의 칼끝에서 나오는 거지. 나는 지금 검사의 권위를 맘껏 즐기고 있는가? 캐비닛에 쌓여 있는 미제 사건의 중압감에서 벗어날 수 있다면……

이참에…… 전관예우를 받으면서 그냥…… 저 녀석처럼 말이야.

벌써 12월이다. 금년 한해도 저물었다. 아침부터 구름이 낮게 드리운 찌푸린 날씨에 스산한 바람이 불었고 비가 내리거나 첫눈이라도 내릴 기세다. 막상 눈이 내리다가 비로 바뀔지도 모르겠다. 습한 공기는 텁텁했다.

검사는 집을 나서면서 '나를 이토록 짓누르는 것은 무엇일까?'라고 곰곰이 생각했다. 전혀 정체를 알 수 없는 것들이 머릿속에서 웅성거리고 있었다.

재판이 끝나는 날.

나는 왜 홀가분하지 않은가? 지금 뭘 두려워하고 있는가? 구형량은? 결심을 했단 말인가? 무기징역?! 20년?! 10년?! 오늘 재판에서 검사의 차례가 되었을 때 그 마지막 순간을 고뇌하고 있는가? 피고인의 초췌한 얼굴에서 동요하는 감정의 흔적을 찾을 수 있을 것인가. 그러나 실제 그렇게 심각하게 고뇌하고 있는 건 아니지 않는가? 늘 했던 대로 하면 되는데 뭣 때문에?

그때 내 생활은 엉망이었다.

법대 친구들이 모두 도서관에 틀어박혀 고시공부를 할 때 나는 끝없이 방황했다. 매일 혼자서 줄담배를 피우고 술만 마시고 잘 먹지도 않았고 운동도 하지 않았다. 그래서 생활은 엉망이 되었고 몸은 점점 빼빼 말라갔다. 심한 대인기피증과 광장공포증에 걸려서 자학적이었고 자폐적이 되었다. 나는 그때 죽을 결심을 하였지만 결코 실행하지는 못했다.

지금 돌이켜봐도, 나에게 섬광과 같은 깨달음의 순간은 없었다. 그냥 내 친구들이 고시에 합격하여 환호작약할 때 어쩔 수 없이 뒤늦게 공부를 시작했을 뿐이다.

그때 큰맘 먹고 신림동 고시촌으로 들어갔지만 고시합격에 대한 엄청난 불안감과 함께 끝내 합격하지 못할 거라는 본능적 두려움 때문에 몹시 시달렸다.

그러나 연수원을 수료할 때 변호사를 할 자신이 없었고 판사가 될 성적도 아니었다. 초급 검사 시절 역시 순탄치는 않았다. 형사부에서 그럭저럭 중간쯤은 갔지만 말이다. 그런 내가 어떻게 해서 조사부로 오게 되었는지 모르지만 이번 사건만은 정말 열심히 했다.

내가 인간과 세상일을 티끌만큼이라도 알고 있을까? 내가 내 능력의 한계를 알고 있을까?

나는 연민과 두려움이 뒤섞인 감정으로 그의 여위고 창백한 얼굴을 바라보아야만 하는가? 아니면 피해자를 대신해서 복수의 감정으로 그를 노려보아야 하는가? 사무적인 무표정한 얼굴로 그저 멀거니 바라보아야 할까?

아무것도 놓쳐서는 안 된다. 단조롭고 차가운 목소리로 냉정하게 말해야 한다.

검사는 상대방을 조롱하듯이 몸을 한껏 뒤로 젖혔다가 바닥에 발을 굳게 딛고서 일어섰다. 자신이 수사의 주체이고 공소권자이고 공익의 대변자인 검사임을 자각한 것이다.

나는 검사다.

검사는 딱딱하고 굳은 얼굴로 잠시 건너편에 나란히 앉아있는 변호사와 푸른 줄무늬 수의를 입은 초췌한 얼굴의 피고인을 바라보았다. 하지만 피고인의 애매모호한 눈빛과 마주치자 살짝 고개를 돌렸다. 다시 법정의 궁형 낮은 천장을 힐끗 쳐다보고 나서 알듯 모를 듯 미소를 지었다.

검사가 말했다.

이제는 그 철면피한의 가면을 벗길 때가 된 것 같습니다. 판사님이 그걸 벗겨서 엄중하게 단죄를 해주시기 바랍니다.

피고인 **정의경**은 이 신성한 법정에서도, 수사 과정에서도 처음부터 끝까지 자신에게 불리한…… 결정적인 대목에서는 지그재그로 애매하게 진술하고 자신의 허구적 논리가 막다른 골목에 다다르면 묵묵부답으로 일관하고 있습니다.

그가 쓴 모순투성이 진술서를 보십시오. 그게 무얼 의미하겠습니까. 자기 죄를 인정하겠다는 말 없는 긍정이겠지요.

한 인간을 정신적으로나 경제적으로 완전히 몰락시키고 파탄으로 몰아넣었으니, 이는 정신적 살인 행위입니다. 그러니 입이 열 개라도 무슨 구차한 변명을 할 수 있겠습니까.

누구였던가……? 무조건 사랑을 하면 배신을 당할 것이라고 했습니다만…… 불쌍한 피해자는 사랑의 배신 때문에 죽음보다 더한 정신적 충격을 받았다고 합니다. 미친 듯이 절박하게 사랑하니까 이를 철저히 이용해 먹은 것이죠. 지금 극도의 신경쇠약 때문에 정신과적 치료를 받고 있습니다.

그러니까 일말의 양심은 있어서 피해자의 진술조서를 성립 인정하였을 것입니다. 그리고 막대한 재산을 은닉해 놓고는 피해액을 변상할 생각이 추호도 없을 뿐만 아니라 눈곱 티끌만큼도 반성의 기미가 없습니다. 피해자는 그 막대한 재산을 전부 잃어버렸습니다. 경제적으로 완전히 파산한 것입니다.

변호인의 의견서를 보면, 그건 모두 사실에 근거하지 않은 상당히 작위적이고 실질적으로는 창작에 불과한 소설처럼 보입니다. 그렇습니다. 그건 삼류 소설이지요.

그래서 중형 구형이 불가피합니다. 특정경제범죄가중처벌등에관한법률 제3조를 적용해서 20년 형에 처해 주시고, 추가적으로 범죄수익은닉규제및처벌등에관한법률 제8조를 적용해서 황금에 눈이 어두운 자로부터 범죄 수익을 완전히 몰수해주기 바랍니다.

재판장 : 검사가 지금 살기가 등등하지. 검사로서 입증책임을 다했다고 자신하고 있는 거야. 저 검사는 제멋대로 20년을 구형하고 있는 거야.

피고인이 계속 검사의 질문에 묵묵부답했으니까 괘씸하게 생각했을까? 그런 사적 감정 때문일까? 피고인이 가담한 정도를 고려하면 검사는 오버하고 있다고 볼 수 있지 않을까? 아니면 재판부를 깜짝 놀라게 하려고……

수사가 끝나고 나서 그 결론으로 아니면 지금 즉석에서 임기응변으로 구형량을 결정한 것인가? 정말 제멋대로야. 이 사건에서 검사의 구형은 너무 심한 것 같은데 증거는 충분하다고 확신하는 모양이지. 그런데 대법원의 양형조건을 고려는 한 것인지.

그런 걸 믿고 있겠지. 판사의 선고 형량은 구형량의 절반이라는 속설…… 우리는 검사의 구형이 얼마이면 대충 그에 때려 맞춰 정했다. 그러니까 실제 선고는 판사가 하지만 검사가 선고의 가이드라인을 제시하는 것이다. 그래서 변호사는 검사에게 부탁해서 구형량을 줄이려고 하고……

누가 뭐래도 내가 이 법정을 지배하고 있는 거야. 법정 모욕과 저항에 대해선 단호하게 대처해야만 하지. 어쨌거나 형은 내가 결정하는 것이고 검사가 하는 것은 아니지. 이건 검사보다 판사가 더 높으냐, 또는 검사도 판사와 똑같이 높으냐의 문제란 말이지. 그러나…… 왜 법대는 높고, 그래서 판사가 검사를 내려다보느냐고, 그걸 검사는 깨달아야 할 것 아닌가.

다시 말하면…… 나는 판사이거든. 판사란 말이야, 판사. 그건 아주 초보적인 상식인 거야.

과연 법이란 무엇인가? 누구를 위한 것인가? 그게 가진 자를 위한…… 그러니까, 유전무죄 무전유죄가 아닐까? 어떻게 부인할 수 있겠어. 만인은 법 앞에 평등하다고? 그건 헛소리야, 개소리야.

그러면, 검사와 판사의 형량에 엄청난 차이가 나는 이유는 무엇일까? 법률 전문가가 똑같은 법조문을 적용하는데 말이야. 그것도 관행이라고? 사법 불신의 원인이 아닐까?

그런데, 부끄러운 일이지만 얼마 전까지만 해도 소위 말하는 시국사건에서는 법원은 검사가 구형하는 대로 선고하지 않았던가. 오직 판결을 기계적으로 찍어내는 영혼이 없는 법 기술자에 불과했던 거지. 만약 내가 그 시절 판사를 했다면…… 나는 겁쟁이인데 어쩔 수 없었을 거야.

검사는 잔인하고 판사는 인간적이라 할 수 있을까? 말도 안되는 소리. 오히려 판사는 비겁한 작자들이겠지. 어설프고……

꾀죄죄하고…… 겁쟁이들.

우리는 재판이 끝나는 이 시점에서 심증 형성을 끝마쳤는가? 합리적 의심 없이 말이다. 6개월간이나 재판을 했으면서…… 정말 인내심이 필요한 지루한 재판이었다.

실체적 진실은 알 수 없어, 실체가 도대체 뭔데? 진실은 무엇이고 어디에 꽁꽁 숨어있는가? 신이 아닌데…… 인간은 신이 아니지 않은가. 죄와 벌의 형평성을 어떻게 결정할 수 있단 말인가? 우리들은 그저 기계적으로, 관습적으로, 자의적으로 처리하고 있는 거야.

나는 항상 불안하고 초조했다. 나는 정황 증거 이외 확실한 증거가 없음에도 무죄를 때릴 용기는 없었다. 대부분 피고인들은 유죄로 밝혀지니까. 옛날에는 가끔 자비의 충동을 느끼기도 했지만…… 나는 유죄 판결을 수없이 선고한다. 유죄 판결을 선고할 때의 스릴에 중독되어 있는 것이다.

배석들은 뭐하는 거야? 배석들은 지금 무슨 생각을 하고 있는 거야? 주심이 무슨 할 말이라고 있을까? 그렇지. 눈치를 보니까 재판이 어서 빨리 끝나기만을 기다리고 있군. 지루하겠지. 나는 그들과 함께 심의하고 서로 의견을 교환하며 타협해야 한다.

그러나 암담한 현실은……? 배석은 판결에 있어서 각자 3분의 1 지분을 가지고 있지만…… 그걸 법률이 보장하고 있다. 그런데 그 지분 전부를 스스로 부장한테 반납한다. 그래서 부장이 전부 결정하는 거나 다름없다. 그들은 굴종한다. '부장님, 결정

하신 쪽으로 따르겠습니다.' 라고 말한다. 나도 그 시절 그랬던
가?

변호인은 할 말씀 있으시면 마지막으로 하시지요. 짧을수록
좋겠지요. 시간이 없습니다. 다음 재판이 줄줄이 기다리고 있다
는 것을 아셔야 할 것입니다.

변호사는 검사의 20년 구형에 일순간 얼어붙었다. 법정의 숨
막히는 분위기에 압도되어 압박감을 느낀다. 어떻게 20년씩이
나…… 검사가 죽을 때까지 감옥에서 살아 보라지……

그는 불안한 표정으로 기록을 뒤적이고 있는 법대의 판사를,
당당하게 앉아 위세를 떨고 있는 건너편 검사를, 법정 서기를,
딱딱한 나무 방청석에서 몸을 뒤척이는 몇몇 방청객들을 얼핏
바라보았다. 그는 옆에 앉아있는 피고인을 애써 외면한다. 다행
스럽게도 피고인의 가족들은 재판 내내 오지 않았다.

변호사 : 형사소송에서 당사자주의는 헛된 이론일 뿐이다. 검
사의 무자비한 공격 앞에 피고인의 방어권 행사는 바람 앞의
촛불처럼 무력할 뿐이다. 저쪽의 막강한 힘에 이쪽은 항상 굴복
한다.

변호사는 무력하다. 법정은 언제나 낯선 곳이다. 나는 법정에
들어올 때마다 온몸이 얼어붙고 긴장된다.

저 검사는 서클 선배이어서 전화까지 해서 부탁했는데 어떻

게 20년을 구형할 수 있단 말인가. 요즈음 분위기에서 찾아가는 건 피차간에 부담이 될 수 있었다. 그렇게 구형하면 내 체면이 뭐가 되느냐 말이야. 정말이지 못해먹겠어.

그 서클은 이름도 없었고 뚜렷한 목적도 없었다. 그저 공부하기 싫으니까 모여서 노닥거리는 것이다. 우리는 거시기 클럽이라고 했다. 우리는 어느 날 어김없이 술을 마셨는데 동이 틀 때까지 남은 사람은 우리 둘뿐이었다.

아버지는 지독한 알코올 의존증이었다. 치아의 절반은 이미 썩어서 빠져버렸고 나머지 절반도 누렇고 들쭉날쭉했다. 그 때문에 알코올성 신경장애로 일찍 죽었다.

나는 거시기 시절 술에 집착했다. 나는 아버지를 괴롭힌 술을 끝까지 마셔보고 싶었던 것이다.

지금 이 순간 변론에 집중해야 하는데. 쓸데없는 잡념을 집어 치워야 한다.

그런데 말이야, 그 상무 놈은 해외로 빼돌리고…… 죽일 놈. 그러나 미꾸라지 같은 공범이 해외로 도망가버린 것은 차라리 잘된 일이지. 오랫동안 나타나지 않고 꼭꼭 숨어있어야만……

피고인은 나한테도 말하지 못하는 무언가를 숨기고 있는 거야. 그건 자기 자신을 속이고 있기 때문일 수도 있고, 그와 나 사이에 깊은 불신의 벽이 가로 놓여 있기 때문일 수도 있겠지.

그런데 그 뛰어난 미모의 여자와 피고인의 관계는? 이경순? 혹시 불륜관계? 그의 말마따나 주식투자를 조언하는 과정에서 알게 된 단순한 고객이었지만…… 점점 깊은 관계로? 검찰도

이 부분에 대해서는 아는 게 없거든. 그 여자도 그걸 부인했다고 하니까. 어쨌거나 그 많은 돈을 날렸으니까 피해자인 거지.

내가 변호인인데 이 사건의 실체를 처음부터 끝까지 제대로 파악하지 못하고 있는 거야. 그건 검사도 판사도 마찬가지겠지만. 우리들은 애꾸눈이나 다름없어. 검사는 피의자에게 유리한 점은 무시하고 불리한 점만 찾고 변호사는 유리하거나 정상 참작이 되는 쪽만 찾으니까. 하지만 판사야말로 기록에만 나타난 껍데기만 알고 있는 거지. 그게 판사의 한계란 말이지.

우리는 지금 무얼 하고 있는 거지?

그런데 귀신 곡할 노릇이네. 그 중요한 계약서가 사무실에 있었는데 그 사본이 어떻게 해서 검찰에 넘어간 거야? 모두가 글러먹었어. 저런 검사에 저런 판사라면. 사디스트들.

그렇다면 피고인의 형은 어떻게 되는 거야? 진짜 중형을? 뭘 기대할 수 있을까? 변론이 무슨 소용이야……. 내가 알 게 뭐야. 돈은 받았으니까 해야 하는 거지 뭐. 그러나 그럴듯하게, 아주 그럴듯하게 해야겠지.

이왕지사, 돈을 벌어야만 하니까, 큰돈을. 얼마나 벌어야 될까? 전관예우가 벌써 끝나가고 있어. 그러려면 날고뛰는 유능한 브로커가 필요하지. 크고 작은 사건을 물고 와야 하니까.

판사와 변호사는 전혀 다른 직업이야. 난 변호사란 말이지. 개뿔이나 무슨 정의감? 그게 밥 먹여주나.

우리는 견해 차이를 넘어서 정의의 관점이 다르다고 할 수 있거든. 다시 말하면 검사의 정의, 판사의 정의, 변호사의 정의

183

가 다르다고…… 그럴 수밖에 없다고

골프가 점점 안 맞고 있어, 계절 탓일까. 그리고 그녀는? 그녀의 마음을 당분간 붙잡아 둬야…….

지난 6개월 동안 재판을 하시면서 정말 수고 많으셨습니다. 금융계좌 추적을 위해서 신청한 그 많은 사실조회신청을 전부 받아주신 배려에 대해서 깊이 감사드립니다.

그러나 아쉽게도 그 추적이란 게 끝내 막다른 골목에서 막혀버렸기 때문에 피고인에게는 아무런 도움이 되지 못했습니다.

감히 말씀드리자면…… 피고인은 무죄라고 할 수 있습니다. 형사재판에 있어서 엄격한 증거의 법칙에 의하면 그렇다는 것입니다.

다시 말씀드리자면…… 의심의 여지가 없습니다. 왜 그런가 하면 고객을 소개하고 또는 자금을 유치해주고 그 수고비를 받는 것은 너무나 당연한 것이기 때문입니다.

검찰은 뒤가 켕기는 게 있는 모양입니다. 이 사건의 주범이고 핵심인물은 중국인지, 동남아인지, 아프리카인지 이미 해외로 도피했는데 검찰이 무능해서 출국금지를 뒤늦게 했기 때문입니다. 그래서 자기 잘못을 감추기 위해 희생양이 필요했겠죠. 모든 책임을 덮어씌우고 있습니다.

그리고 검찰은 금융계좌의 추적에도 실패했습니다. 방대한 수사기록 속에 결정적인 내용은 없습니다. 이 사건 공판에서도 계좌 추적을 하기 위해서 여러 금융기관에 수개월에 걸쳐 사실조회를 하였지만 나온 게 아무것도 없습니다.

그러니까 그 돈은 전부 그 무늬만 화려한 벤처기업으로 입금되었고 피고인이 받은 돈은 자금 유치에 대한 수고비조로 받았기 때문에 얼마 되지도 않습니다.

다른 증인들은 직접적으로 아는 게 아무것도 없습니다. 그들의 증언은 역시 도저히 믿을 게 못 됩니다. 그들이 증언할 때 왜 저기 있는 검사를 정면으로 쳐다보지 못했을까요? 그들의 숨소리에서 왜 비린내가 풍겼을까요? 그들의 입에서는 왜 악취가 났을까요?

검사의 달콤한 회유, 너무나 달콤한 사탕발림에 끌려 이 법정에서 한 증언을 믿을 수 있겠습니까? 그들은 검사 앞에서 충분히 예행연습을 했다는 말입니다.

죄 많은 인간들이 과연 증언할 자격이 있을까요? 판사님은 인간의 희미한 기억을 믿을 수 있겠습니까?

뚜렷한 기억일수록 비현실적이고, 공상적이어서 결국 소설에 불과합니다. 더 나아가면 멜로드라마가 되겠지요. 그렇지요. 기억은 망각일 뿐입니다. 망각이란 말입니다. 이 모든 사건은 잊히기 위해서 존재하는 것입니다. 그것들은 잊히는 것 말고는 달리 써먹을 데가 없는 것이지요.

왜? 검사는 이 법정에서 끝내 원본을 제시하지 못하고 사본만을 흔들고 있을까요? 어떻게 원본이 없는 사본을 증거로 인정할 수 있겠습니까? 증거로 제출한 서류나 계약서 등은 이 사건과 관련해서 그렇게 중요한 것도 아니고 피고인과는 무관한 것입니다. 서류는 그자가 작성한 것이지 피고인이 작성한 것이 아니기 때문입니다. 또한, 그 계약서 말입니다만, 피고인은 그 계약서에서 당사자도 아니고 단지 입회인에 불과하였습니다.

피고인이 범죄수익을 은닉했다고 하는데 수사과정에서 수사관들이 샅샅이 찾아봤지만 숨겨 논 재산은 없었습니다. 몰수형 구형은 도저히 인정할 수 없습니다.

가령 유죄라고 심증을 굳히신 경우에는 어떻게 하시겠습니까? 제가 말씀드리고 싶은 것은 이 사건의 모든 정황을 살펴보면 피고인이 역시 피해자인 점을 감안하시고, 피고인이 어쩔 수 없이 이 사건에 연루되었으나 초범이고, 내심으로는, 그의 영혼만은 많이 반성하고 있다는 점을 참작해서 집행유예를 선고하여 주시기를 바라는 것입니다.

재판장 : 돈을 많이 받아먹은 변호사의 면피용 그럴듯한 변론이군. 피고인과 그 가족들이 들으라는 겉만 번지르르한 궤변에 불과한 거야. 나중에 변명을 하겠지. 변호사는 최선을 다하여 할 만큼 했는데 판사가 그 모양이었다고

왜? 토마스 모어의 유토피아에는 변호사가 없어야 하는가? 그 곳 주민들은 변호사란 진실을 왜곡하는 것을 직업으로 삼는 인간들이라고 여기기 때문이었다.

저 피고인은 그 흔해 빠진 탄원서도 쓰지 않았어. 차라리 잘됐지, 읽기 지겨운데. 그런데 저 변호사는 그 내용이 뻔하디뻔한 변호인 의견서라는 것을 써냈지. 내가 거기에 속아 넘어갈

만큼 호락호락하지는 않을걸. 뭐 억울하다고? 뭐가? 가사……
뭐가 어쨌다고?

이 세상에 지금 정직이란 게 있기는 한 것인가. 가령 정직이
있다고 해도 그게 최선의 방책일 수 있을까. 그러니까 거짓과
기만은 어쩔 수 없는 인간의 본성인 거지. 인간의 어두운 본성
이란?

나는 거짓과 진실을 가려내기 위해서 오랫동안 판사 노릇을
했지만 언제나 어려운 일이었다. 내가 저지른 오판이란 죄를 어
떻게 감당한담…….

무죄추정주의는 아주 오래전에…… 아마 탄생한 순간부터 진
즉 죽어버렸다. 그렇지 않은가. 그건 범죄자 인권을 외치는 위
선자들의 요란한 구호에 불과한 거지. 우리들은 모두 유죄추정
주의에 꼼짝없이 사로잡혀 있다. 기소된 작자들은 다 인생에 실
패한 죄인이 틀림이 없으니까, 설령 이번 죄가 무죄라고 하더라
도 그동안 저질렀지만 들키지 않았던 죄 때문에 어쨌거나 처벌
을 받아야 하는 거야.

유죄이건 무죄이건 그따위 논리쯤이야 얼마든지 만들면 된다
고. 그에 걸맞은 법률해석은 나중에 갖다 붙이는 거야. 그게 그
거라고 판사가 양심을 저버리면 그런 건 식은 죽 먹기야.

그런데 저 변호사는 또 무죄 타령이군. 저자는 언제나 무죄
주장이야. 연쇄살인범에게도 무죄 주장을 할 거니까. 그리고 이
신성한 법정에서 선서한 증인이 한 증언을 합리적인 이유도 없
이 깡그리 부정한다는 게 말이 되는 거야. 그건 형사소송법을

능멸하는 짓이지. 증언의 신빙성은 내가 판단하는 거야, 바로 내가. 나는 판사란 말이지.

변호사들은 집행유예를 어김없이 상투적으로 들먹이고 있는 거야. 나를 지금 잘 설득하고 있는 거냐? 그게 옳은 변론이라고 할 수 있겠어. 나 역시 변호사가 되면 그럴 수밖에 없겠지만……

저 변호사, 단독판사를 그만두고 개업하면서, 그때부터 이미 브로커 쓴다고 소문이 났던데. 유능한 브로커를 몇 명씩이나 두고 있다고 하니까 그렇게 돈을 벌어서……

승진은 무슨, 누가 승진시켜 준대? 고등법원 부장판사가 뭐 대수인가? 법원 행정처를 축으로 한 법원의 관료주의란…… 나는 그 쪽을 거치지 않았으니까. 나는 언제쯤 단독 개업을 해야 하나? 요즘은 전관예우가 예전만큼 못하니 차라리 대형 로펌으로? 오라고 하는 데가 있긴 있을까?

단독 재판을 처음 하던 날이 생각나는군. 나는 그때 얼떨떨하다가 그대로 얼어버렸지. 방청객들의 시선이 쏟아지는 순간, 머리가 빙빙 돌고 법정도 함께 돌아버렸지. 벽들은 뒤틀리고 천장은 바닥이 되고 바닥이 천장이 되고 말이지. 그러니까 목소리가 잠겨서 잠시 동안 말이 나오지 않았었지. 어렸을 적 일이지만 사람들 앞에만 서면 덜덜 떨며 말문이 막혀버렸거든.

그런데 벌써 20년이나……

판사가 되려는 자는 가장 먼저 알아야 할 것은 자기 자신이다. 그는 자신에 대해 모든 것을 알아야 한다. 자신의 육체를,

마음과 정신, 감정, 지성, 영혼을 점검하고 이해해야 한다.

내가 자기 직업을 언제 부끄러워한 적이 있었던가? 어떤 종류의 죄책감을 느꼈던 일은? 나는 형을 선고하면서 쾌감을 느꼈던가? 아니면 고통을 느꼈던가? 언제 자신에게 의혹을 품어본 일이 있었던가? 한번쯤 법대에 앉아서 정체를 알 수 없는 불안과 긴장감 때문에 셔츠가 땀으로 후줄근하게 젖은 경험이 있었던가? 나는 가끔 악몽을 꾸는 일이 있었던가? 그 악몽 때문에 불면하는 밤은?

나는 국가의 대리인인가? 나는 법복을 입고 높은 법대에 앉아있다. 그러나 법복의 무게가 느껴지지 않는다. 나는 무대 위에서 지그재그 춤을 추는 광대이다. 판사라는 직업은 나를 정신적으로 풍요롭게 만들어주기는커녕 오히려 피폐하게 만든다. 누굴 위한 재판이란 말인가? 피고인을 위한, 국가를 위한 재판? 아니다. 나를 위한 재판이다.

피고인, 당신이 무죄랍니다. 만약 아니라면, 당신의 영혼을 들먹이며 집행유예를 선고해달라고 무릎을 꿇고 엎드려서 빌고 있군요. 마지막으로 진술하시지요. 할 말이 있다면 말입니다.

* * *

피고인 : 이쪽 사람들은 제멋대로 침묵을 묵묵부답이라고 하더구먼. 너희들이 침묵의 진정한 의미를 알기는 하는 거야……

그런데 저 검사가 어떻게 저럴 수가? 다 자백하면 잘 봐주겠다고 끈질기게 회유하더니만, 그거 별것도 아니야, 사람을 죽인 것도 아니고, 그래봤자 경제사범이고 너는 하수인으로 이용되고 푼돈이나 받은 종범에 불과하니까, 피해자도 돈에 눈이 어두워 몰빵했으니까, 대충 집행유예가 나올 거라고 했지 않았느냐 말이야.

그런데 20년을 구형하고 막대한 재산을 숨겨놨다고 하지 않나? 내가 주식 투자를 하고 도박을 하면서 다 날렸다고 구체적으로 상세하게 진술했었다고 그런데……? 정말 이 세상에 믿을 사람은 단 한 사람도 없네…….

나는 그때 구치소에서 별을 보고 검찰청으로 나갔다가 별을 보면서 돌아왔다. 고문이나 구타를 당하지는 않았지만 수갑을 채운 채 몇 시간씩이나 벽을 보고 서 있게 하는 등 심한 모멸감을 주었다. 그러므로 굉장히 불안한 심리 상태에 있었고 집중력과 체력이 현저히 고갈되었다.

어느 날 부장 검사가 자기 방으로 불렀다.

잘 불라고…… 수사라는 게 코에 걸면 코걸이이고 귀에 걸면 귀걸이야. 우리가 얼마든지 조종할 수 있다고…… 다시 말하면 얼마든지 봐줄 수 있다고…… 그러니까 당신 와이프를 소환할 수도 있어. 아무 상관도 없지만…… 그렇게 불러서 하루 종일 이것저것 다 물어볼 수 있어. 그러면 와이프 심정이 어떻겠어?

그리고 말이야…… 당신 집을 다시 한번 압수수색할 수 있거든. 집안을 홀랑 뒤집어서…… 애들 앞에서 진짜 개망신을 주는 거지.

이랬다저랬다 하면…… 검사를 노리개로 아는 거니까 대가를 치르게 해주지.

그게 알고 보니 나를 옭아매서 교묘하게 사람을 잡는 반은 치사한 공갈이고 반은 협박이었다.

변호사는 말했다.

검사한테 미운털 박혀서 어쩌려고 무조건 빌어라. 별수 없지 않느냐.

그래서 나는 검사가 지켜보는 가운데 조서에 꾹꾹 눌러서 지문을 찍었다.

검사가 말했다.

법정에 가거든 무조건 증거에 동의하란 말이야. 변호사는 허깨비야. 무슨 말인지 알겠어. 부동의하면 사내답지 못하는 거야. 재판장이 노골적으로 짜증을 내겠지.

재판장은 '죄를 지은 주제에…… 무슨 할 말이 있다고' 라고 생각하겠지. 그러고 나서 "재판을 끌자는 거냐" 라고 힐난할 거야. 그러니까 너에게 아무런 도움이 안 된다는 거지.

어떻게 하면 저 비열한 인간에게 통쾌한 복수를 할 수 있을 것인가? 나는 복수의 화신이야. 이번 사건도 복수 때문에 일어난 거지. 내가 언젠가 나가게 되면…… 그때는 변호사를 하고 있겠지. 찾아가서…… 다짜고짜 이 새끼야! 날 알아볼 수 있겠어! 내가 누구지! 그러고 나서 어떻게 처리한담……?

나는 마지막 재판이 진행되는 동안 줄곧 생각을 정리하려고 무척 애를 썼다.

이 사건은 문제가 본격적으로 불거지자 공범들이 도망가면서 자기들은 전혀 모르는 일이라고, 돈은 내가 전부 가졌다고 떠넘기며 그 여자를, 엉덩이가 탱탱한 그 자존심 강한 여자를 부추겨서 고소를 하면서 시작됐으니, 그 일당을 잘못 관리한 내 잘못이기는 하다.

그들은 당초에 맺었던 철석같은 약속을 어긴 것이다. 자신들은 열심히 연구와 실험을 계속했고 모든 투자금은 마지막 실험을 위해서 해외 구좌로 송금하였는데 나는 단지 투자자를 소개해주고 소액의 수수료를 받은 것으로 했지 않은가 말이다. 그러고 나서 미국 연구소에 의뢰하여 막대한 자금을 투입한 마지막 단계의 실험이 지체되고 있다고 변명하기로 했었다. 그래서 실험 지체를 핑계로 차일피일 시간을 끌기로 했었다.

그러나 그 연구소장이 말했다는 것이다.

이건 순전히 그 인간 때문입니다. 자금이 전혀 들어오지 않았어요. 자금관리를 그가 했거든요. 배달 사고라고 할 수 있습니다. 그랬으니 마지막 결정적 단계에서 마무리가 안 되는 거죠. 그게 끝나야 특허출원을 하는데 출원을 할 수 없었단 말입니다.

저를 원망하지 마세요. 저는 잘못이 없습니다. 정의경이가 모든 걸 망쳐놓은 것이죠.

나쁜 자식! 개자식!

그러나 그들이 당초 약속을 어기고 욕심을 부렸지만 내가 많이 양보해서 공평하게 나눴으니 분배 과정에서 잘못된 것은 없는 거였다. 하지만 그들이 배반했다. 예정되어있던 모든 시나리오가 어긋나버렸다.

나는 긴급 체포되었고 바로 구속영장이 청구되었다. 나는 그때 이러한 사태를 어느 정도는 예감하고 있었을까?

그걸 이해할 수는 있다. 그 사기 전과범은 동물적 감각으로 무슨 낌새를 눈치챘던 것일까? 만약 수사가 시작되면 자신들 역시 꼼짝없이 엮이게 되니까 나에게 모든 걸 뒤집어씌우고 일찌감치 해외로 삼십육계를 한 것이다. 애시당초 그들을 믿은 내가 바보라고 할 수 있다.

뛰는 놈 위에 나는 놈 있다고

그리고 어떻게 철석같이 믿었던…… 믿는 근거는 깜짝 놀랄만큼 꽤 많은 돈을 주었으니까…… 그 상무가 유리하게 진술을 해주기로 한 철석같은 약속을 어기고 해외로 내빼다니. 더러운 세상에 믿을 인간은 하나도 없다. 그렇다고 할 수 있다. 하지만 그가 알고 있는 것은 별게 아니지. 중요한 사항은 나 혼자 결정했으니까 말이야.

일반적으로 보자면 피해자라고 자처하는 자들의 실체는 무엇이던가? 그자들은 황금을 좇던 자가 아니던가. 자업자득이라고 할 수 있는 거야. 누굴 탓할 수 있겠어. 법이 인간의 탐욕까지, 더러운 욕망까지 보호해야만 하는 거야?

저게 내 변호사 맞아. 있는 돈 없는 돈 다 털어서 줬는데…… 무슨 마지막 변론이 이래. 너무 뻔한 소리 아닌가. 검사가 무기를 구형했는데…… 판사는 콧방귀도 안 뀔 거야.

그 늙은 사무장이 자기 변호사는 판사 출신이고 무죄를 잘 받아낸다고 해서…… 무죄 전문 변호사라고 해서. 아직도 전관 예우를 듬뿍 받고 있다면서 무죄를 장담했는데…….

내가 어이가 없어서 반신반의하자 두고 보라고, 그러면 알게 될 것이다. 집행유예보다는 무죄가 훨씬 쉽다. 판사가 무죄라는데…… 누가 토를 달 수 있겠어.

그런데 압수수색을 피하기 위해 변호사 사무실에서 잘 보관 하라고 건네 준 계약서가 어떻게 검찰에 넘어갔느냐 말이야. 그 계약서에 뭐가 들어있었던가. 그걸 도장 찍으라고 들이민 것은 그 여자 쪽인데…….

그날 투자 협상은 잘 마무리되었기 때문에 계약서는 그 결과 물이었다. 그녀는 계약서를 내게 맡기면서 말했었지.

애정도 없는 돈 많은 늙은 회장을 내가 먼저 차버린 거야. 정신은 천박하고 육체는 빈약했지. 내가 그랬다고. 그래서 이혼을 한 거고 나에게는 평생 처음인 사랑인 거지. 모든 게 그 신파조의 사랑 때문이야. 나의 사랑만큼은 의심해서는 안 될 거야. 진정으로 사랑하지 않았다면 그런 포악한 짓을 할 수는 없었겠지. 하지만 잘 알아둬야 할 것이 나는 칼립소가 될 수는 없지. 그녀는 불사의 여신이지만 나는 인간에 불과하니까. 널 놓아줄 수는 없어. 절대로…….

나는 변호사의 제지를 무릅쓰고 그녀의 검찰 진술을 모두 인정할 수밖에 없었다. 그녀가 증인으로 나와 법정에서 마주치는 일만은 피해야만 했다. 이 법정에서, 사람들이 보는 앞에서 그녀와 변호사가 말싸움을 벌이는 것을 바라보는 일은 인간의 자존심을 구기는 일이고 더할 나위 없이 비참한 일이 될 것이기 때문이다.

우린 서로 쳐다볼 수 있을 것인가? 아니면 외면해야? 한때는 맨살을 비벼대며 그토록 사랑했으면서 말이다.

나는 지금쯤 그녀에게서 들어서 알게 된 리차드 반필드의 명언을 인용해야 할 것이다.

사랑은 악마이며, 불이며, 천국이며, 지옥이다. 쾌락과 고통, 슬픔과 후회가 거기에 함께 살고 있다.

지금 재판이 끝난다고 하니까 돌이켜보자고. 우선 나 자신에게 결론을 내려야 할 것이 아닌가. 내가 무죄라고 할 수는 없지. 죄가 있다고 분명히 인정할 수밖에…… 그러므로 내가 억울하다고 할 수는 없겠지…… 나에게도 일말의 양심은 있어야 하지.

재판이 끝나가면서 며칠 동안 밤이면 좀처럼 잠이 오지 않고 뒤숭숭하였다. 잠이 쉽게 들면 한 시간도 지나지 않아서 바로 잠이 깨어버린다. 잠이 깊이 들지 않으면 그 몹쓸 꿈을, 악몽을 꿀 수 없으니까 그건 좋은 일이다. 어둠 속에서 멀뚱멀뚱 천장을 바라보면 문득문득 무수히 떠오른 생각들이 뒤엉켜서 떠올랐다.

내 지나간 인생이 마치 드라마의 장면처럼 빠르게 또는 느릿느릿 스쳐 지나갔다. 순서도 없이 제멋대로. 그리고 명징한 의식의 흐름에 따라 사건의 자초지종이 선명하게 떠올랐다. 일련의 사건을 복기했다. 어찌해서 기억이 생생하지 않겠는가.

나는 그런대로 중소 도시의 좋은 가정에서 자랐지 않은가. 공부를 잘했기 때문에 재수를 했지만 소위 사립 명문대 경영학과를 나왔다. 어린 시절 우리 집 마당에는 몇 그루의 오래된 사과나무가 서 있었고 가을이면 빨간 사과들이 담장 밖까지 주렁주렁 매달렸다. 그 달콤한 향기란……

남한강과 그 지류인 달천강. 새벽이면 밤새 강에서 피어올라 온 짙은 안개가 자욱하다가 아침 햇빛에 쫓겨 흩어진다. 여름이면 그 강가에서 남동생과 함께 멱을 감고 물놀이하던 기억도…… 초등학교 시절 맨날 소풍을 갔던 탄금대…… 생생하다.

나는 증권 회사를 다닐 때 압구정동 지점과 서초동 지점에서만 순환 근무를 했다. 그 시절은 좋은 기억만 있는 것도 아니지만 그렇다고 특별히 기분 나쁜 기억도 없다. 그럭저럭 잘 지냈다고 할 수 있을 것이다.

그날, 나는 신앙에는 거의 관심이 없었지만 — 내가 성모송과 주기도문을 외우던 시절이 언제였던가? — 신부님을 만나보기로 했다. 고백성사를 할 예정이었다. 그 어둡고 좁은 사각형 고해소에 앉아있으면서 제대로 숨을 쉴 수가 없었다.

몸을 숨기고 앉아있는 늙은 신부님이 목이 약간 쉰 듯한 걸걸한 목소리로 말했다.

그래서 어쨌다고? 하느님 앞에 고백을 해 보라고 고백을 하고 참회를 해야겠지. 하느님 앞에서 뭘 망설이는 거야.

내가 말했다.

굵은 밧줄이 목에 감기게 될 것입니다. 중형을 선고받고 감옥으로…… 거기서 평생 나오지 못하고 골골하다 죽을지도 모르지요.

신부님이 말했다.

그렇게도 무서운 죄를 지었단 말인가? 그건 살인죄가 틀림없겠지? 도끼로 내려친 거냐? 그렇지 않느냐?

내가 말했다.

그렇다고 할 수 있습니다. 정신적 살인죄라고 할 수 있습니다.

신부님이 트림을 하자 역한 마늘 냄새와 도수 높은 술 냄새가 확 풍겼다.

더 구체적으로 말할 수는 없느냐…… 어서 말해보라니까. 궁금하구나. 내가 꼭 알아야 할 것 아니냐. 그래야만 용서를 해줄 수도 있고 내가 하느님이라니까.

……그렇지만

하늘로부터 큰 음성이 들리고 있느니라. 진리를 알지니 진리가 너희를 자유케 하리라. 네가 지금 억울하다고…… 결백을 믿어달라고 여길 온 것은 아니겠지?

그건 아니지요. 아니란 말씀입니다.

뱀들아! 독사의 새끼들아! 너희가 어떻게 지옥의 판결을 피할 수 있겠느냐!

…… 죄송합니다. 죄송.

나는 속이 메스꺼워서 토할 것만 같았다. 뭔가 말하려고 했지만 도저히 목소리가 나오지 않았다. 갑자기 목구멍이 바싹 말라버린 것이다. 나는 더 이상 아무런 할 말이 없었다. 도저히 내 죄를 자세히 설명할 수 없었던 것이다. 불안하고 초조한 마음에 오긴 했지만 괜히 왔다고 후회했다. 이제 와서 참회라니.

그때는 내 말을 끝까지 들어주고 이해해주고 위로해줄 사람이 필요했던 것이다. 나는 그때 어떤 종류의 질문에는 결코 대답할 수 없다는 사실을 깨달았다.

신부님이 말했다.

…… 우리가 겪은 모든 시련은 하찮은 인간이 능히 감당해낼 수 있는 것들이라네. 하나님께서는 결코 우리에게 힘에 겨운 시련을 겪게 하지는 않으시거든. 어떤 시련을 주시더라도 그것을 견디고 벗어날 수 있는 길을 반드시 마련해주실 거야. 그러니 열심히 기도하라고…… 신께서 형제의 영혼에 자비를 베푸시기를……

나는 내 사건의 판사와 검사, 변호사 등 소위 잘 나가는 법조인들의 얼굴을 떠올리려고 노력했지만 어쩐 일인지 아주 희미한 윤곽밖에는 떠오르지 않았다. 평생을 과거급제했다는 망상에 사로잡혀 있는 인간들. 어려운 법률용어를 쓰면서 법률 전문가인 척 으스대는 인간들. 그들의 뻔뻔한 얼굴들이…… 그들의 오만한 몸짓과 행위와 무수하게 지껄인 말들이……

* * *

그때는 성공에 대한 한없는 두려움 때문에 마지막 순간 그 계획을 포기하고 싶었다. 자신이 너무 부끄러워서 어딘가로 도망가고 싶었다. 나는 그녀가 무섭고 두려웠다. 그러나 엄청난 에너지를 쏟아부어서 일이 예정대로 착착 진행되면 말할 수 없이 커다란 만족감을 느꼈고 그리고 난 후 에너지가 모두 소진되면 착잡한 심정에서 절망감이 찾아왔다.

그 무렵 나는 매일 밤 여의도에 있는 단골 술집에서 혼자 독한 술을 많이 마셨고 끝내 엉망으로 취해서는 집으로 돌아왔다. 아내는 여전히 눈을 내리깔고 아무 말도 하지 않았다. 우리는 오랫동안 말을 섞지도 눈을 마주치지도 않았다. 그때 우리는 각방을 쓰면서 별거하는 부부처럼 살았으니까.

그때는 심한 불면증 때문에 만취했음에도 불구하고 전혀 잠을 잘 수가 없었다.

마침내 성공이 확실해지자 통쾌하게 복수하였다는 짜릿한 흥분 때문에 실컷 웃다가 그만 오줌을 지렸다.

지금은 구치소에 몇 달째 갇혀있으면서 수사 과정에서 끝내 대질신문을 거부했던 그녀의 인간적 자존심과 엄숙함을 떠올렸다. 그때 그녀를 쳐다볼 수조차 없었으니 그녀와의 만남을 꺼려했고 두려워했었다. 나는 안도했다. 그리고 그녀에게 감동했다.

그 여자는 육체뿐만 아니라 초감각적인 영혼까지 나를 사랑했던 것인지도 모른다. 그녀를 처음 만나는 순간 그 아름다움에 숨이 막힐 만큼 놀랐고 두려움마저 느끼지 않았던가. 그녀의 몸에서는 언제나 재즈의 즉흥 연주처럼 비틀고 과장된 야생적인 리듬이 넘쳐나지 않았던가. 지금 곰곰이 생각해보면 말이다.

그녀가 말했다.

육체는 아름답고 신비로운 거야. 육체는 지고지순한 사랑의 징표인 거지. 사랑은 아름다워. 나는 그 육체를 사랑하고 숭상했던 거야.

그러니까 단순한 향락이 아니란 말이지. 나는 섹스를 내 삶에서 일어나고 있는 절대적 고통을 느끼지 않으려고 진정제로 사용한 게 아니란 말이지. 내 순수성을 확인하는 거룩한 행위라고 할 수 있겠지. 나는 끊임없이 아름다움을 목말라 했고 그걸 찾아 나섰던 거야.

그러나 나의 경우 육체적 향락이라는 베일이 걷히는 순간 벗겨진 베일은 더 이상 아름답지 않았다. 그리고 그 순간 사랑의 존재 이유가 사라졌다. 비열한 인간은 표면적인 것과 숨겨진 의미를 구별할 줄 모를 만큼 단순했으니 밀교적 사랑의 숨겨진 의미를 이해하지 못했고 그 여자의 사랑을 더 이상 감당할 수 없었던 것이다.

내가 나와 동갑이지만 나이보다 훨씬 어리게 보이는 그 여자를 속속들이 잘 안다고 할 수 있을까? 그녀는 솔직했고 곧이곧대로 자신이 느끼는 감정을 정확하게 말했다. 그녀에게는 숨길 만한 비밀이 없었다. 그러나 결별의 순간이 왔을 때 내가 계속 전화를 했고 그녀는 계속 받지 않았다. 반대로 그녀가 계속 전화를 했을 때는 내가 받지 않았다.

그러나 그녀는 성미가 급하거나 당돌한 여자는 아니었다. 그녀는 내가 성적 쾌감을 한껏 고조시키기 위해 함께 마리화나를 피우려고 설득했을 때 이를 완강하게 거절했다.

그녀와 나누었던 마지막 밤이 언제였던가? 그날 밤 넓은 창문을 통해 은은한 달빛이 침입했었다. 그때는 그게 마지막이 될 줄은 몰랐었다.

나는 어쩔 수 없다. 그런 인간에 불과하다. 아이라이너를 연하게 그리고 립스틱을 아주 연하게 칠하는 여자. 그녀의 젖은 입술이 내 가슴을 핥고 나서 그녀의 혀가 깊숙이 들어와 축축한 키스를 한다. 입안에 과일 향과 함께 독한 포도주의 술맛이 퍼진다. 그리고 내가 원하는 대로 몸을 활짝 열어준다. 나의 몸 여기저기에 손톱자국을 냈다. 그녀는 매번 다른 향수를 썼고 끝나고 나서는 울었다.

주책없이 그 격렬한 밤들을 계속 떠올리자 사타구니가 끈적끈적해지면서 꼴리기 시작했다. 그렇게 뒤죽박죽이었으니……

이경순은 돈을 주체하지 못하는 돈 많은 이혼녀이고 동시에 육체적 욕망 때문에 몸부림치는 섹스의 화신이었다. 그때는 단순하게 그렇게 생각했던 것이다.

그날 저녁 여의도 일식집 방에서 일어난 너무나 갑작스러운 상황이었다. 그 여자는 얼큰히 취하자 본색을 드러내고 내 얼굴에 자기 얼굴을 밀착시켰다. 몸을 격렬하게 비틀고 덤비는 바람에 그 자리에서, 바로 그 자리에서 단번에 삽입을 할 수밖에 없었다. 그때는 나도 어쩔 수 없이 다급했으니까. 그녀는 쉰 목소리로 계속적으로 즐거운 비명인지 신음소리를 내뱉는다. 그리고 또다시 요구를 하고 또 요구하였다.

그녀는 너무 감동해서 내 가슴에 안겨 한동안 눈물을 쏟았다.

그녀가 말했다.

내 살갗에는 어느새 당신의 체취가 깊숙이 배어있지. 당신과 나는 하나가 된 거라고 당신은 내 마음속 영혼의 가장 깊숙한 곳까지 파고들었다고. 나는 그것으로 충분하다고 생각하지.

그렇게 사건이 시작되었다. 사무실에서 주식 투자와 관련해서 이런저런 이야기가 오간 뒤 저녁식사를 하기 위해서 근처 단골 일식집으로 자리를 옮긴 지 불과 몇 시간쯤 지나서였다.

그 이후 우리는 매일처럼 만나 먼저 이태리 식당에서 부드럽고 육즙이 많은 로스트비프로 가볍게 식사를 하며 치즈를 안주로 알코올 함량이 20퍼센트에 달하는 붉고 진하고 독한 와인을 마시고 약간 얼큰히 취했었다.

그리고 밤의 열기 속에서 굶주린 동물처럼 몇 번씩이나 격렬하게 서로를 탐하였다. 마치 서로를 물어뜯어 삼켜버리는 성난 맹수처럼 말이다. 내가 굴곡진 육체의 곡선을 쓰다듬을 때마다 엄청난 욕망이 분출하였다. 나는 노련하게 여자의 리듬과 템포에 맞춰서 강하게 또는 부드럽게 번갈아가며 압박을 가하였다.

내 얼굴이 흥분 때문에 시뻘겋게 물들어서 변하고 이마에는 땀방울이 맺혀지는 게 느껴졌다.

그럴 때마다 그녀의 육체가 요동치며 꿈틀거렸다. 심장이 격렬하게 펄떡이고 척추뼈는 뿌드득 소리를 냈다. 그때마다 그녀는 어딘가 깊은 곳에서 터져 나오는 아우성을 쳤다. 너무나도 완벽한 순간이었다.

나는 그녀에게 속삭였다.

당신은 정말 특별한 여자야. 신이 내린 선물이라고……

그러나 그 순간 회색 머리카락들이 힘없이 이마로 흩어져 내렸다. 아내의 초췌한 얼굴이 갑자기 떠올랐다. 나는 눈길을 돌렸고 몸이 오그라들었다. 온몸에서 마지막 남아있던 기운까지 모조리 빠져나가는 기분이 들었다.

그녀가 피곤한 듯 하품을 하고 눈을 껌벅거리다 돌아누웠다.

우리의 경제적 형편은 눈에 띌 만큼 전환기를 맞고 있었다. 그때 이후로 우리 사무실은 한결 여유가 생겼다. 그 동안 계속 사무실 운영비도 빠듯해서 근근이 버티고 있었던 것이다.

우리는 근 일 년여 동안 만나면서 서로의 육체에 익숙해지고 무한정 섹스에 탐닉하였다. 언제부터인가 익숙해진 심미주의자가 나를 이끌고 리드했다. 그 대담한 행위와 체위를 수시로 바꿔가며 즐기고 즐겼다. 그래도 우리는 항상 성적 쾌감에 목말라 했다. 나는 그녀에게 배꼽 부분과 등짝, 엉덩이, 사타구니 사이에 피멍이 들 만큼 그 이상으로 심한 짓은 하지 않았다.

그러나 그 무렵부터 그녀는 자신의 재력을 은근히 또는 노골적으로 과시해가며 처음에는 은근슬쩍 이혼을 요구하기 시작했다. 나는 그때 그녀를 놓치기 싫었으므로 그렇다고 내 가정을 송두리째 버릴 생각도 없었으므로 갈팡질팡했고 대충 어물쩍 넘기곤 하였다.

마침내 그녀는 나 몰래 아내에게 전화를 하고, 또다시 아내를 만나서 냉정한 얼굴로 수표가 든 봉투를 내밀며 이혼 애기를 꺼내고 다시 음험하게 웃으며 당신이 원한다면 돈은 얼마든지 내놓겠다고, 나는 절대로 포기할 수 없다고 말하고 애들은 당신이 원할 테니까 당신이 키우라고, 나는 애들은 질색이라고 하면서 나는 세상에 둘도 없는 사랑이 필요하니까 둘만의 생활에 틀림없이 방해만 될 거라고 말하고

그녀는 돈의 화신이고 황금만능주의자이니까 백 번, 천 번 그렇게 말했을 것이다. 나는 의심하지 않는다. 그녀는 이 세상에서 돈이면 안 되는 일이 없다고 생각하는, 항상 '돈이면 안 되는 게 없는 거야. 자금도 동원하고 사람도 동원할 수 있지.'라고 말했으니까.

착한 아내는 처음에는 아무 말도 못 하고 눈물만 떨구었을 것이다. 그건 적반하장이었고 누가 봐도 옳지 않은 일이었다. 아내는 희생자이면서도 그녀를 똑바로 노려보지 못했을 것이다. 그러나 마침내는 그 돈 많은 여자에게로 가라고, 더러운 돈은 필요 없고 애들은 내가 잘 키우겠다고 말했다.

나의 첫사랑이었던 아내는 나에게 절대로 화를 내지 않았다. 가슴 속에서 치미는 주체할 수 없는 분노를 왜 진즉에 터뜨리지 않는가. 나는 아내가 나에게 화를 내지 않은 것에 더 화가 났다.

그러나 나는 그때 칼날 위에 선 것처럼 위태위태한 삶을 살고 있었다. 어떤 결정도 내리지 못해서 이러지도 저러지도 못했다. 그녀를 떠날 수도 없었고 아내와 헤어질 수도 없었다.

그런데 극단적인 질투심이 지배하는 비이성적인 남녀관계에서 삼각관계는 둘은 웃고 하나는 울어야 하는, 또는 하나는 웃고 둘은 울어야 하는, 아니면 셋 모두 울어야 하는 자기 파괴적이고 위험한 관계일 뿐이다. 이건 역사적으로 셀 수도 없이 많은 사례가 있다. 그러므로 명확히 증명된 진실이라고 할 수 있다.

그러므로 셋 모두가 정상적으로 인간다운 남자이고 여자이어서 진짜 미치지 않았다면 그들 모두가 웃을 수 있는 경우는 있을 수 없다. 비이성적인 인간사회의 현실에서 결코 동등한 삼각관계, 즉 정삼각형은 존재할 수 없는 것이다. 그러니까 신들의 세계라면 모를까.

이제부터 그녀가 점점 짜증을 내더니 화를 내기 시작했다. 그녀가 말했다. 사랑은 악마이고 불이고 천국이고 지옥인 거야. 너네 가정은 돈도 없는 허수아비들의 아지트에 불과한 거지. 내가 다른 투자자들과 함께 돈을 빼내면 너의 투자 자문사는 당장 문을 닫게 될 테지. 그러면 너는 알거지가 되는 거야. 지금 당장 이혼하고 내게로 오라고. 그렇지 않으면 가정이건 회사이건 풍비박산이 될 거니까. 선택을 하라고, 선택을. 하지만 오해는 하지 말라고. 네가 이혼한다고 해서 결혼할 거는 아니니까. 남녀가 사랑을 할 때는 두 사람은 동등한 거야. 그래서 상호 관계가 형성되거든. 나는 사람들과 어울리는 것을 좋아하는 타입이 아냐. 오직 당신만 있으면 된다고. 당신과 섹스를 하고 나서 드디어 당신 속에서 내가 찾고 있던 남자를 찾았으니까 말이야.
그래서 당신이 꼭 필요한 거야.

나는 머리를 숙이고 항복한 것처럼 했던 거지. 그럴 수밖에.
시간이 필요했으니까. 나는 그녀를 몸으로 달래면서 차일피일
시간을 벌었다.

내가 그녀에게 말했다.

조금만 기다리라구. 참는 자에게 복이 있나니…… 아주 좋은
소식이 있을 거야.

현대의 연금술사들이 현자의 돌을 발견한 거야. 그중에서도
연구소장은 천재 중에서도 천재라고 할 수 있지. 그들이 극비리
에 연구소를 차려서 몇 년 동안 머리를 싸매더니 바로 얼마 전
에 획기적인 매연 저감 화학물질인 촉매제를 발명한 거였어.

그것만 있으면 자동차와 공장에서 뿜어져 나오는 유해물질을
90프로 이상 없앨 수 있으니까 얼마나 대단한 발명인 거야. 지
금 중국을 보라고. 해마다 기하급수적으로 증가하는 매연 때문
에 나라 전체가 몸살을 앓고 있는데 시진핑 정권의 명운이 걸
린 문제인 거지.

그게 해결된다면 어떻게 될 거 같아? 대박 중에 대박, 아니지
대박 같은 거로는 설명이 부족하지. 그 촉매제를 특허 등록하면
서 바로 세상에 공개할 거거든.

그 신기술을 발표하는 발표회 장면을 상상해 보라고. 국내외
수백 명의 기자들이 몰려들어 북새통을 이루며 사진을 찍어대
고…… 미래창조과학부 장관과 국회 상임위원장이 연이어 축사

를 낭독하고 우레 같은 박수가 터지고 샴페인을 터뜨리는 광경을 상상해 보란 말이야. 어때…… 짜릿하지.

그들이 세운 벤처기업의 비상장 주식은 바로 그 순간 암암리에 10배, 20배 폭등하고 일 년 후쯤 상장되면 다시 수십 배 폭등할 것이거든. 그런데 그 벤처는 초기여서 자금 부족에 시달리고 있어. 연구와 개발에 너무 많은 자금이 필요한 거지. 내가 자금조달을 책임지기로 했지. 액면가 5,000원의 주식을 20프로 할인한 가격으로 500만 주만 취득하라고…….

이경순은 반신반의하면서도 관심을 보였다. 그래서 나는 상무와 함께 그 회사의 조직도와 현황, 재무제표, 연구소와 실험 장면을 찍은 동영상과 연금술사들의 화려한 프로필과 사진을, 촉매제의 화학적 원리와 시제품을 회의실에서 프리젠테이션하였다.

그녀는 의심이 약간 풀렸으나 그래도 여전히 반신반의하면서 그 천재를 만나기를 원했다. 최종적으로 그의 의견을 듣고 결정하겠다는 것이다.

그녀가 말했다.

그걸 어떻게 믿을 수 있냐고? 안 그래? 당신은 전문가이지만. 당신을 의심하는 건 아니야. 내가 직접 만나봐야겠어. 그러니까 빨리 날짜를 잡으라고…….

우리는 판교 신도시 벤처기업들이 밀집해있는 거리에 있는 15층 건물의 전망 좋은 사무실을 1년 단기로 얻었다. 작업 기간은 1년이면 충분하다고 계산했던 것이다.

늦은 가을 스산한 날씨였다. 금요일 오후 거리는 혼잡했다. 바람이 가볍게 일었고 하늘엔 먹구름이 낮게 드리워있다.

벤처기업의 사무실답게 꾸민 그 사무실에서 MIT 공학박사로 NASA의 우주특수물질 탐색반의 팀장 출신인 연구소장과의 면담이 이루어졌다. 그때 사무실에는 요란하지도 착 가라앉지도 않은 편안한 느낌을 주는 음악이 들릴 듯 말 듯 흐르고 있었다.

40대 초반으로 보이는 그 벤처기업의 대표이사 겸 연구소장은 창백한 낯빛에 냉담한 듯한 표정을 짓고 있다. 눈 밑에는 다크서클이 짙었다. 영락없이 사색형의 지식인 타입이다. 그는 실리콘밸리의 창업자처럼 몸에 꽉 끼는 청바지와 티셔츠에 운동화를 신고 있다.

그가 켜 놓은 노트북 컴퓨터의 화면에 실험실 건물과 실험실의 복잡다단한 기구와 설비, 정교한 실험 장면 등이 연속해서 나왔다.

그는 열정적으로 촉매제의 원리와 액체나 분말 가루처럼 만들 수 있는 제조공정에 관한 복잡한 과정을 상세하게 설명하였다. 매연의 원인 물질에 이 촉매제를 혼합시키면 유해성분 자체를 근원적으로 분해해 버린다는 것이다. 그러면서 일련의 기호와 라틴어 단어, 숫자, 무슨 화학 방정식을 낙서하듯이 종이에 끄적거렸다.

그가 말했다.

한국에는 실험시설이 턱없이 부족해요. 그래서 저희와 조인트한 미국 연구소에 의뢰하였지요. 그게 완성 단계에 있다는 것

이지요

물론, 특허출원은 준비 중에 있습니다. 다만…… 그렇지요 너무 빨리 세상에 이 기술이 공개되면 안 되겠지요. 그래서 그 시기를 신중하게 저울질하겠습니다.

그러고 나서 코스닥에 먼저 상장할 예정이지요. 주가가 폭등할 것입니다. 대박 중의 대박이란 말입니다.

그가 담배를 한 대 물었다. 그러자 그녀가 말했다. 그렇다면 담배의 유해물질도 완전히 제거할 수 있는 거 아닌가요. 연구소장이 대답했다. 그건 식은 죽 먹기지만 유해물질을 없애버리면 누가 맛없는 담배를 피우겠어요. 그러면 담배회사가 망하겠지요.

뮌히하우젠 증후군 증상이 있는 것처럼 보이는 연구소장은 진지하였고 열변을 토하기 시작했다. 그는 예상을 훨씬 뛰어넘었다. 능수능란했다. 기대 이상으로 완벽한 연기를 해낸 것이다. 그녀는 넋을 잃고 빠져들었다.

그가 컴퓨터를 끄고 나서 말했다.

사모님! 아니 지금부터 회장님이라고 부르겠습니다. 회장님! 우리 회장님! 이건 단지 시작에 불과한 것입니다. 그렇다니까요.

단지 시작일 뿐입니다. 잘 들어보세요. 상당히 어려운 물리학 이론이 나오지만 별거 아니에요. 회장님은 명민하시니까 얼마든지 이해하실 수 있습니다. 그럼요, 그렇고말고요.

슈만은 피아니스트가 되고 싶었지만 손가락 부상 때문에 그게 불가능했지요. 그래서 작곡에 전념했습니다. 슈만의 환상곡

악보 맨 앞에는 '은밀하게 엿듣는 사람'이라는 문장이 나오지요. 메시지를 알아듣는 사람을 의미하는 게 아니겠습니까.

우리 제품이 계속 개량되어 나오게 되면 이 지구상의 모든 유해물질을 모조리 제거할 수 있을 것입니다.

제가 MIT 예비 창업자들의 요람이라고 할 수 있는 '마틴 트러스트 창업가 정신 센터'에서 확실하게 배웠지요. 제품을 판매하기 위해서는 우선 집중 공략할 거점시장이 중요한데 그건 하나도 걱정할 것이 없는 것이지요. 바로 우리 곁에 거대한 중국 시장이 기다리고 있기 때문이지요. 계속 생산량을 늘려서 중국 다음으로 인도, 러시아, 유럽, 미국 등으로 해서 전 세계를 장악하는 것이지요.

그러니까 10년 전에 나사에서 쏘아올린 우주탐사선이 우주에 퍼져있는 암흑물질 중에서 어떤 신비한 물질의 단서를 전송해 온 일이 있습니다. 그게 실체를 도저히 규명할 수 없으니까 그냥 암흑물질이라고 한 것이지요.

그래서 나사 당국은 이것에 주목하지 않았지요. 그들은 생명체 형성에 필수적인 탄소가 함유된 유기분자 발견에만 온통 정신이 팔려있었거든요. 오직 저만이 그걸 알 수 있었던 것입니다. 저는 그 후 캘리포니아 공대 케크우주과학연구소로 옮겨서 연구를 계속하였지요. 그리고 이 암흑물질을 분석하고 촉매제를 개발하기 위해서 한국항공우주연구원의 원장직도 사양하였습니다.

이 우주는 인간의 상상을 초월하는 것이지요. 다중우주의 법척이 적용된다는 말이지요. 이 지구가 속해있는 태양계는 46억 년 전에 생성되었습니다. 아시겠습니까? 이 우주에만 1,000억 개가 넘는 행성이 있는데 이 우주에는 소위 말하는 암흑물질이 꽉 들어차 있지요. 우리 인간은 그중에서 단지 4퍼센트만 그 성질을 규명할 수 있는 것입니다.

이 신비한 물질은 아인슈타인이 인생 말년에 찾고 있던 궁극의 이론을 풀 수 있는 해법이 될 수도 있을 것인데 그건 원자물리학자들의 꿈이었지요…….

다시 말씀드리면 연금술에서 찾고 있던 '현자의 돌'을 제가 찾아냈다고 생각하시면 이해하기 쉬울 것입니다.

이제부터 인류의 진정한 평화가 찾아온다고 믿습니다. 노벨 화학상과 노벨 물리학상은 당연한 것이고 동시에 노벨 평화상도 받게 될 것이지요…….

저는 모든 인류의 진정한 구원자, 21세기에 와서야, 이제서야 예수님이 재림한 것이지요. 완고한 유대인들은 예수님을 메시아로 인정하지 않았지요. 그들도 이제는 진정한 메시아가 왔음을 인정할 수밖에 없겠지요.

그런데 회장님이 알아둘 게 있지요. 이 아이템에 대해서는 재벌기업들이 수천억씩 투자하려고 줄을 설 것이고 벤처캐피탈에서도 사정은 마찬가지입니다. 그러나 그래서는 그들이 회사를 집어삼키게 될 것이지요. 그러면 저는 닭 쫓던 개 지붕 쳐다보는 격이 되겠지요. 저는 새가슴이지요. 그것도 참새가슴…… 그걸 생각만 해도 온몸이 떨리고 오싹해지지요.

그래서 말입니다. 공존공영할 정직한 파트너가 필요한 것이지요. 너무 아름다우신 회장님께서 투자하신다면 대주주로서 상당한 권한을 갖게 될 이사회 의장쯤은 양보해야겠지요.

지금까지 대충 말씀드렸습니다만 회장님께서 만족하셨는지 모르겠습니다. 추가적으로 질문이 계신다면 얼마든지 설명드릴 수 있습니다.

강동욱은 암흑물질이라는 용어를 거듭 강조했다. 그는 정해진 각본과 미리 몇 번 연습한 리허설에 따라 훌륭한 연기를 하고 있었던 것이다. 나는 그때 나도 모르게 웃음이 마구 터져 나오려는 것을 겨우겨우 참았다.

어느덧 가늘고 차가운 빗줄기가 창문을 때린다.

그가 다시 담배를 꺼내 물었다. 무엇에 쫓기듯 라이터로 불을 붙이고 부드럽게 물결처럼 흐르는 연기를 길게 내뿜었다.

그녀가 말했다.

내가 다 이해하지는 못했어요. 마술을 부린다는 이야기 같기도 하고…… 그런데 너무 낙관적인 것이 아닌가요? 장밋빛 환상……

그녀는 그 순간 넓은 사무실 안을 꽉 채우는 존재감을 과시하고 있었다.

그가 말했다.

자아도취가 심했지요. 저도 알고 있습니다. 속이 뒤집히고 메스꺼렸겠지요. 그걸 아셔야 합니다. 강한 사람이 되어 성공하기 위해서는 불가피한 일입니다. 실패하는 사람은 대개 자기 자신을 사랑하기보다는 열등의식에 사로잡혀 자신을 비판하는 데 익숙합니다. 그래서는 성공할 수 없지요.

저는 목숨을 걸고 저만의 해석과 관점에 따라 실험에 몰두했어요. 그러면 심장마비가 올 수도 있다고 생각했지요. 살아남으려면 필요하다고 생각하는 것보다 몇 배 더 노력해야 합니다.

그는 목이 메어 눈물을 줄줄 흘렸다. 그때 정의경의 표정은 신중했다. 전혀 입을 열지 않았고 고개만 끄덕거렸다.

그가 말했다.

성공이 눈앞에 와 있지요. 고대 그리스의 여류 시인 샤포가 이런 시를 썼지요.

나의 두 손으로
하늘을 만질 수 있다니
미처 생각지도 못했네.

그러면 기대 이상으로 훨씬 과장된 찬사가 쏟아질 겁니다. 그게 매스컴의 속성이지요. 제가 감당하기 벅찰 것입니다. 저는 성공이 한없이 두렵기도 합니다.

그런데 슬픈 일이지만 어떤 사람들에게는 갑작스러운 성공이 축복이 아니라 저주가 되기도 합니다. 예를 한 번 들어볼까요? 거액의 복권에 당첨된 자가 마누라와 이혼하고 돈을 도박을 하면서 탕진하고 다시 가난한 인간으로 돌아가는 경우가 가끔 있지 않습니까? 그러면서 파국이 오는 거지요.

저는 이번 사업을 진행하면서 하느님의 도움이 필요하다고 절실하게 느꼈습니다. 우리는 허약한 인간에 불과합니다. 저는 아주 어렸을 때 어머니의 손에 이끌려서 교회에 다니긴 했지만 그 후로는 안 나갔거든요.

지금 돌이켜보니 인간의 보잘것없는 능력으로는 성취되는 일이 있을 수 없으니 하느님께서 도와주셔야 가능하다고 생각합니다.

그녀가 상기된 표정으로 대표이사의 얼굴을 똑바로 쳐다봤다.

짧은 순간 긴장감이 흘렀다.

나는 연민과 두려움이 뒤섞인 감정에 휩싸인 채 가만히 그녀의 반응을 주시했다. 그 노련한 사기꾼은 안경 속에서 교활한 눈웃음을 치며 그녀의 표정 변화를 포착했다. 그녀는 황홀함에 들뜨기 시작했다. 그의 달콤한 유혹이 그녀의 욕망에 환한 불을 지핀 것이다. 그녀가 착용하고 있던 장신구들은 더 이상 설명이 필요 없을 만큼 값비싼 최고급 제품들이었다. 그녀의 하얀 목덜미에서 미세하게 흔들리는 다이아몬드는 더욱 광채를 발했다.

그녀가 말했다.

옛날 재즈가 흐르고 있었군요. 이야기에 열중하다 보니까 그걸 미처 깨닫지 못했네요. 비밥 모던 재즈가 아니라 1920년대 재즈 시대의 재즈가……

대표이사가 말했다.

시카고 재즈의 대부인 빅스 바이더백의 곡이지요. 그는 재즈도 낭만적이고 나른한 음악임을 보여줬지요. 그래서인지 루이

암스트롱이 빅스의 연주를 회상하면서 '정말이지, 그 아름다운 음들이 내 마음을 관통했다.'고 말했다는 거 아닙니까.

그녀가 말했다.

우린 옛날 재즈를 좋아한다는 공통점이 있군요. 갑작스런 하느님 이야기는…… 전 믿지 않으니까요. 다시 본론으로 돌아가 보죠. 그 암흑물질을 규명해서 촉매제를 만들었고…… 곧 특허 출원까지 한다는 말씀이지요.

그가 상대에게 틈을 허용하고 싶지 않은 듯 즉각 말했다.

그렇습니다. 시간이 별로 없습니다. 서둘러야 하지요. 세계적인 IT기업 쪽에서 냄새를 맡고 달려들지 모르거든요.

그녀가 정의경을 힐끗 쳐다보았다. 그녀는 얼굴이 상기되고 마침내 함박웃음을 터뜨렸다. 그리고 요란하게 몸짓을 하며 박수를 쳤다.

그녀가 말했다.

됐어요, 됐어. 위대한 과학자께서 오죽했으면 눈물까지 흘리고…… 눈물은 정직한 거예요. 저도 그런 순간에는 자주 눈물을 흘리거든요. 그 진심에 감동 먹었습니다.

세계적으로 성장하게 될 환경기업의 대주주 겸 이사회 의장이 된다면야. 필요한 자금은 전부 내가 조달하겠습니다. 자금 걱정 말고 신속하게 진행해주세요.

우리는 헤어지면서 문간에서 잠시 서성거렸다. 그는 아주 정중한 태도로 감사를 표했고 그녀는 얼굴에 가벼운 미소를 지으며 고개를 끄덕였다.

그가 말했다.

감사합니다. 감사…… 이제 한 줄기 빛이 보입니다. 열심히 하겠습니다. 꼭 성공하겠습니다.

그녀는 전 재산을 쏟아붓기 시작했다. 은행 예금을 찾고 상장 주식을 팔고 강남역 부근과 삼성동 건물을 매각했으며 심지어 자기가 살고 있는 100평의 고급 빌라를 저당 잡혀 은행 돈은 물론이고 사채까지 빌리기 시작하였다. 그리고 그때마다 차례 차례 그 회사의 가상 계좌로 입금하였고 우리는 나중에 다시 대포통장으로 옮긴 다음 반반씩 분배하였고 일부는 해외계좌로 이체했다.

그녀가 투자금 명목으로 자금을 송금할 때마다 회사는 그녀를 안심시키기 위해 주식을 발행해서 교부했고 동시에 그녀의 요구에 따라 회사 명의의 차입금 증서를 발급해주었다.

그녀는 일생일대의 절호의 기회를 놓칠세라 대박 중의 대박을 위해 올인한 것이다.

나는 그 돈 대부분을 무모하리만치 대담하게 주식투자와 선물투자를 하면서 일 년여 만에 다 날려버렸다. 가끔 마카오로 날아가서 거액의 카지노 도박을 하며 물 쓰듯 돈을 썼다. 그 돈은 부정한 범죄수익이었기 때문에 그런 식으로 몽땅 날려버려야 마땅했다. 그래야만 속죄를 하는 기분이 들면서 속이 시원했던 것이다. 그랬으니 내가 구속되었을 때는 변호사 비용 마련도 빠듯했다.

*   *   *

나는 오래 전에 읽었던 그리스 신화를 떠올렸다.

오디세우스는 이타케로 돌아오는 여정에서 천신만고 끝에 티탄 아틀라스의 딸인 님프 칼립소가 살고 있는 오기기아 섬에 표류하여 어쩔 수 없이 정착하였다. 그리고 7년 동안이나 요정 칼립소에게 사랑의 볼모로 잡혀 있게 된다.

그는 그 요정과 사랑에 빠져버렸다. 그는 천국과 같은 그 섬에서 칼립소와 함께 쾌락에 빠져 너무나 행복한 삶, 기쁨과 보람으로 충만한 삶을 살았다. 그는 한동안 쾌락에 탐닉하여 고향 이타카도, 페넬로페도, 삶의 목적도, 자기 자신마저 잊어버렸다.

칼립소는 현명하고 지혜롭고 참을성 많고 임기응변과 언변에 능한 탁월한 인물인 오디세우스를 연인으로 삼으면서 그를 불멸의 존재로 만들어주겠다고 끊임없이 유혹하였다.

더욱이 키는 작으나 몸이 다부지고 정력까지 센 오디세우스에게 흠뻑 반한 칼립소는 그를 달래서 결혼까지 하고 그 섬에 주저앉히기 위해 한껏 애교와 위엄, 협박을 섞어서 말한다.

그대는 진심으로 지금 당장 사랑하는 고향 땅으로 돌아가기를 원하시나요? 진실로 나는 얼굴과 몸매, 신체적 아름다움에서 그녀 못지않다고 자부하지요. 그녀는 인간, 지금쯤 많이 늙어버렸지 않았겠어요. 필멸의 인간 여인들이 몸매와 생김새에서 불사의 여신들과 겨룬다는 것은 당치도 않은 일이지요.

오디세우스는 역시 정중한 어조로 칼립소에게 말한다.

존경스런 여신이여, 그 때문이라면 조금도 화내지 마시오 페넬로페가 비록 정숙하기는 하지만 그대와 비교하면 위대하지도 아름답지도 않다는 것을 나도 잘 알고 있소 더욱이 그녀는 필멸하는데 그대는 늙지도 죽지도 않으니까요 하지만 내가 매일 비는 유일한 소원은 집으로 되돌아가서 귀향의 날을 맞이하는 것이오

칼립소는 어쩔 도리가 없었다. 그의 고집을 꺾을 수가 없었던 것이다. 어쨌거나 그녀는 오디세우스를 보내줄 궁리를 하고 출발을 위해 모든 것을 준비했다. 칼립소는 오디세우스를 목욕시키고 향기로운 옷을 입혀준 다음 섬에서 떠나게 해주었다.

오디세우스와 그의 아내 페넬로페, 그의 연인 칼립소 간에는 삼각관계가 성립하였지만 어쨌거나 신들의 삼각관계는 해피엔딩으로 끝났다. 칼립소가 대범하게 양보하였기 때문이다. 그러나 그녀는 여신이 아니었던가. 그들 셋은 모두 웃을 수 있었다.

* * *

나는 중과부적인 그녀를 뿌리쳐야 했다. 나는 그 신물나는 사랑놀음에 진저리를 쳤다. 이제는 그녀의 체취가 낯설게 느껴지며 점점 역겨워졌다. 그녀의 얼굴에 보랏빛 피멍이 들게 한다면……

그래서 염치없는 일이지만 믿음에 대한 배신 때문에 깊은 상처를 입고 반쯤 넋이 나가 있는 아내와 애들 곁으로, 만신창이

가 된 가정으로 돌아가야 했다. 그런다고 아내와 애들이 날 쉽게 용서해줄 리는 없었지만…… 하지만 그 이전에 어쨌거나 그녀가 가진 권력의 원천인 돈을 모두 빼앗아야만 했다. 그건 필리스티아인들이 들릴라를 이용해서 삼손의 초인적 힘의 원천인 머리카락을 잘라버리는 것과 같은 것이다.

통쾌한 복수.

황금만능주의자에게 그 황금을 모조리 빼앗아 버리면 어떻게 될까. 그녀를 지탱했던 황금이 빠져나가버리면 말이다.

다시 정리하자면…… 우리들의 삼각관계, 나와 그 능수능란한 사기꾼 강동욱, 이경순의 관계는 지금 어떻게 결말이 지어졌는가. 나의 동업자는 나를 배반하고 안전하게 해외로 빠져나갔다. 그 여자는 재산을, 사랑을, 인생을 모두 잃고 완전히 파산하였다. 그리고 나는 구속 기소되었다. 한 사람은 통쾌하게 승리했고 둘은 완벽하게 패배했다. 이것이 결론 아닌 결론이다.

검은 법복을 걸친 저 판사의 뒤틀린 입을 보라고 결국 저 입속의 검은 입술이 나를 죽이려고 독사의 혀처럼 날름거리며 무시무시한 말을 내뱉겠지. 저 판사는 구치소에 있는 모든 피고인들의 공공의 적인 거야. 지금 저 상기된 얼굴 좀 보라고 내심 쾌감을 느끼고 있는 거야. 모든 게 개뿔이야…….

설마, 20년을…… 아니면 15년…… 10년……

사기 절도 9범이고 15년 넘게 감옥살이를 한 늙은 방장은 한 개비에 7만 원이나 하는 비싼 담배를 입에 꼬나물고 말했다.

요즈음은 말이야, 전관예우가 옛날 같지 않다고 괜히 비싼 돈만 처바르고…… 그거 믿을 거 아니야. 브로커들은 맨날 전관 예우를 팔고 다니지만…… 그럴 바에 차라리 국선 변호사가…… 공짜 아니냔 말이야.

본론을 말하지. 내가 판사 머릿속을 들여다볼 수 있거든. 넌 그대로 놔두면 10년 이상이야. 그러니까 달아난 공범한테 떠넘기라고. 그러면 5년 아니면 6년쯤일 거야. 그리고 여자가 합의를 해주면 아주 좋아. 경제사범은 뭐니뭐니해도 합의가 최고야.

그건 그렇고…… 5년 정도면 그게 금방 가버린다고. 범털이 가는 의정부 교도소에 가면 편하게 지낼 수 있어. 재벌 회장이나 유명한 정치인들은 다 거기에 있어. 내가 법무부에 손을 써서 그리로 보내줄 수 있다니까. 그러려면 돈이 좀 들어가야 하는데……

벼룩의 간을 빼 먹지…… 지금 사기를 치고 있는 거야.

저 판사에게 더 이상 뭘 기대한단 말인가. 내가 무슨 염치로 그 여자에게 합의를 요구할 수 있을 것인가. 항소할 필요가 있을까? 항소심 판사인들…… 항소 이유가 있기는 할 것인가? 누가 내 구구한 변명을 믿어줄 것인가? 그건 자신을 속이고 신까지도 속이는 거짓말일 텐데.

벌써 새벽이다. 오늘은 6개월의 구속만기 때문에 서둘러 재판을 끝내는 날이다. 나는 밤새 한숨도 잠을 잘 수가 없었다. 사동 소지가 수용방 밖 복도를 청소하는 소리가 들렸다. 아침잠이 없는 우리 방장은 똥통에 앉아 맛있게 담배를 피우고 있다. 오! 향기로운 담배 냄새여! 똥 냄새여!

법정은 언제나 우중충하다. 터무니없고 기괴하고 역겹다. 사막처럼 황량하다. 그러므로 생명의 맥박은 멈춰있다.

정의경의 안색은 창백했다. 입이 바싹 마르고 뱃속이 뒤틀렸다. 그러나 움푹 꺼진 눈은 어느새 광채를 빛냈다. 그는 법정 천장을 쳐다보았다. 형광등 불빛이 너무 초라하다.

검사의 말투에는 나를 죄인으로 몰아세우며 인간적으로 멸시하고 불안하게 하는 무언가가 있었다. 맞는 말이다. 내가 무슨 염치로 거기에 항변할 수 있단 말인가. 나는 인간쓰레기다. 이건 재판이 아니라 고백성사 같은 종교적 의식이라 할 수 있다. 하지만 끝까지 버텨야 한다.

나는 지금 가느다란 줄에 매달려 막막한 허공에 떠 있다. 어떤 운명이 그 줄을 끊어 버린다면 곧 나락으로 떨어지리라.

판사님은, 네 죄는 네가 알고 있지 않느냐고 묻고 있지 않습니까? 그러니까 지금 저에게 고백성사 혹은 자아비판을 하라는 거 아닙니까? 최후 진술이란 게 그거 아닌가요?

물론입니다. 저는 피해자를 한때 사랑했습니다. 지금 돌이켜보면 그녀의 아름다움을 추구하는 집념에 감탄했고 그녀의 자존심과 위엄을 존경합니다. 그녀는 강하므로 결코 파멸하지 않을 것입니다.

제가 이성적이었다면 차라리 그녀의 심장을 칼로 찌르는 게 나았을 것입니다. 죽음의 순간은 인간이 경험하는 일 중에서 가장 심오한 것이기 때문입니다.

저는 그녀에 비하면 너무나 천박하고 비굴한 인간이지요. 저는 항변을 하고 싶습니다.

제가 무슨 나쁜 짓을 저질렀는지 전혀 알 수가 없습니다. 원인은 깊이 숨겨져 있으면서 그 결과만 드러나기 때문입니다. 가정은 신성한 것이지요. 성소이지요. 작은 새들의 둥지이고 보금자리이니까요. 그걸 송두리째 파괴하려고 한다면 목숨을 걸고 반항해야 하는 것 아닙니까?

복수는 원인에 대한 결과일 뿐입니다. 원인이 없이는 아무것도 일어날 수 없기 때문입니다. 원인 또는 동기를 제공한 자를 법이 왜 처벌하지 않는지 의문이 드는군요. 그녀가 희생자이고 피해자라고 자신 있게 말할 수 있을까요? 그녀 자신이 저지른 죗값을 달게 받는 것이 아니겠어요.

그렇지요. 그리스 시인은 '복수는 꿀보다 감미롭다'라고 하였지요. 그래서 구약성서와 함무라비 법전은 '눈에는 눈으로, 이에는 이로, 손에는 손으로, 발에는 발로, 화상에는 화상으로, 상처에는 상처로, 멍에는 멍으로 갚아야 한다.'라고 하지 않았던가요.

지엄하신 검사께서 왜 무기를 구형했을까요?

검사는 피해자의 대리인 아니겠습니까? 그것 역시 복수의 감정 때문일 것입니다. 그러므로 형사 재판이란 게 복수를 정의로 둔갑시키는 형식적 과정에 불과하다는 생각이 드는군요.

과연 이 험한 세상에 진실이 있는지, 없는지 누가 알겠습니까? 하찮은 인간들이 말입니다. 신이 계시다면 신만이 알 수 있겠지요. 그런데 문제가 있습니다. 그 신이 죽었는지 어떻게 되었는지 신이 더 이상 존재하지 않는다는 것입니다.

그러니 무슨 반성을 할 수 있겠습니까? 선처를 바라지도 않습니다. 그걸 바라서 무슨 소용 있겠습니까? 마음대로 하라지요.

재판장 : 판사란 무엇인가? 또는 판사란 누구인가? 우리들은 쓸데없이 자존심만 강하고 지적 우월감에 도취되어 있다. 그건 거의 병적이다. 그러므로 인생의 경험과 삶의 깊이가 턱없이 부족해서 인간으로서 인격 형성에 문제가 있을 수밖에 없다. 그러나 우리는 자기 스스로에게마저 그걸 애써 부인한다. 그래도 법대에서 근엄하게 폼을 잡고 앉아있으니 자기기만이고 위선일 뿐이다.

우리는 유죄를 선고할 수 있다. 아니면 무죄를 선고할 수도 있다. 우리 성인 인간들 중에 누가 무죄일 수 있을까? 유죄인 경우 양형은 어떻게 결정할 것인가? 현재로서는 아무것도 분명치 않다.

심증 형성이 합리적 의심 없이 확실한가? 더 검토하고 고민을 해야 한다.

미리부터 자포자기를 할 필요가 있을까요. 예단은 금물입니다. 예단은 이 신성한 법정에 대한 정신적 모욕이라고 할 수 있겠지요. 그나저나 피고인이 단단히 화가 난 모양이군요. 맞는

223

말입니다. 판사들도 하찮은 인간에 불과하지요. 왜 아니겠습니까.

더욱이 산헤드린의 재판관들처럼 지혜롭지도 않으면서, 사회 경험도 풍부하지 않고, 전문지식도 없고, 인간에 대한 애정도 없고, 인간의 본성에 대해 이해도 부족하니, 제가 판사로서 재판을 한다는 게 참으로 어불성설이죠.

이 자리에서 반성이니 회개니 하는 것은 쓸데없는 일이지요. 다른 사람에게 저질러진 죄악을 대신해서 용서해줄 수 있는 사람은 아무도 없습니다.

인간이 어떻게 진실을 알 수 있겠습니까. 진실이 있는지도 의문이군요. 우리가 진실을 너무 오랫동안 찾으면 진실은 도망가 버리고 나서 오히려 우리를 뒤돌아보는 것이 아닐까요.

하여간에 그건 신의 영역입니다. 그래서 우리는 장님 코끼리 만지기 식으로 지금 겉만 핥고 있는 것이지요. 그러니까 인간이 어찌 인간을 심판할 수 있는지 참으로 곤혹스러운 일입니다.

이 세상을 주관하시는 전지전능한 신만이 선과 악을, 옳고 그름을 판단할 수 있을 것인데 그 신이 죽어버렸다고 하니 안타깝군요. 무엇 때문에 이 지경이 되었는지는 알 수 없지만 오늘날 우리는 신의 이름으로는 아무것도 할 수 없습니다.

그렇다면 신을 대신해서 운명이…… 그렇지요. 운명이.

우리는 우리가 발을 딛고 서 있는 현실의 토대에서 판단할 수밖에 없습니다. 현실은 바로 법률이고 제도이고 관습을 의미하지요. 그런데 법은 절대적으로 만능이 아니고 엄연히 한계가 있는 것이지요. 아시겠습니까? 법이건, 인간이건 어쩔 수 없다는 말입니다. 인과관계에서 원인은 무한정 확대되면서 과거로 계속 거슬러 올라갑니다. 그래서 법은 현명하게도 결과만 가지고 따지기로 결정한 것이지요. 바쁜 세상에 불가피한 것입니다.

그나저나 개를 죽인다고 해서 물린 자리가 낫는 게 아니지요. 피고인은 섣부른 복수는 자신의 파멸을 초래한다는 것을 몰랐던 모양이군요.

그리고 구약성서와 함무라비 법전은 2,000년도 넘은 아주 옛날, 옛날 일이지요. 그 후 세상은 골백번 바뀌고, 바뀌고, 법도 골백번 바뀌고, 바뀌었지요.

마지막으로 말씀드립니다.

저는 법률가이지 성직자는 아닙니다. 그걸 아셔야 합니다. 성직자들은 '죄가 넘치는 곳에 은혜도 넘치는 도다'라고 말하지만 법률가는 죄와 벌의 균형을 강조합니다. 당연히 죗값을 치러야 한다는 것이지요.

그러니까 악마가 혹은 우주의 신성한 힘이 피고인에게 그 짓을 하게 시킨 것이 아니란 말입니다. 자기 스스로 범한 것이지요.

만약 최후의 심판이 있다면 어떻게 될까요? 이 세상 재판관들 모두가 그들이 살아있거나 이미 죽었거나 상관없이 불려 나와서 피고석에 앉아 신의 재판을 받아야만 할 것입니다.

이 재판을 내내 취재하며 공판정 중간쯤에 앉아있던 주간지

225

기자는 지루한 표정으로 자기도 모르는 새 긴 하품을 하였다. 그는 법정에서 오간 무수한 말들을 대충대충 메모했다. 어차피 빠진 게 있다면 먼저 기사가 나올 일간 신문의 주말판을 보고 보충하면 될 것이다. 그래도 부족하면 상상력을 발휘해서 소설을 쓰면 된다.

그는 메모 수첩을 양복 주머니에 넣고 일어섰다. 어서 법정 밖으로 빠져나가 담배가 피우고 싶었다.

그가 웅얼거린다.

이 재판은 클리셰는 아니야. 보통 재판에서 나오는 상투적인 말보다는 훨씬 심오했거든.

재판을 마칩니다.
선고는 3주 후에 하겠습니다.

성고문 고발장
보도지침

성고문 고발장
보도지침

5공화국

12.12 군사 쿠데타 세력은 1980년 서울의 봄을 짓밟고 비극적인 5.18 광주항쟁을 거쳐 제멋대로 5공화국을 세웠다. 그러나 5공화국은 군사독재 국가였다.

이름만 공화국인 경우 국가가 얼마나 추락할 수 있는지, 악의 원천이 될 수 있는지를 적나라하게 보여준다. 그들은 국민을 짓밟고 억압하고 착취한다. 그러므로 국민에게 자행되는 폭력과 고문은 개인적인 것이 아니라 제도화된 국가의 폭력이었던 것이다.

그 시절은, 최루탄 가스와 전투경찰, 언론기관을 통제하기 위한 보도지침, 안기부가 주도하는 관계기관 대책회의, 군대 내 막강한 사조직인 하나회, 국가보안법 그리고 물고문과 전기고문, 고춧가루물 먹이기, 소금물 먹이기, 성고문의 전성시대였다.

5공화국의 자기 살해 행위인 극악무도한 고문은 안기부 남산 지하실, 치안본부 남영동 대공분실, 보안사 성남 분실, 경찰서 조사실에서 주로 자행되었다.

1985년 여름 남영동 대공분실에서 김근태 전기고문 사건이 있었고, 1986년 여름에는 부천경찰서 조사실에서 권인숙 양 성고문 사건이 있었으며, 1987년 1월에는 박종철 군이 남영동 대공분실에서 물고문 끝에 죽었던 것이다.

그래서 5공화국은 조만간 필연적으로 종말을 맞이하게 되었다.

* * *

보도지침

군사독재 정권은 안기부의 지휘 아래 문화공보부 홍보정책실이 언론사에 대하여 이런 내용은 실어라, 이런 내용은 싣지 말라는 지시사항을 직접 전화 또는 문서로 전달하고 심지어 이 기사는 이런 제목으로 몇 단으로 실어라는 주문까지 했다.

이러한 주문을 그 당시에 보도지침이라고 불렀고 언론은 이 보도지침에 순응했기 때문에 제도 언론이라 불렀다.

그 당시 문화공보부 홍보정책실에서는 신문사로 매일 한두 건씩 보도지침이 내려왔으니 1년 동안 모으면 오백 몇십 건이 되었다.

1985년 동아일보 편집국장과 사회부장, 담당 기자가 보도지침을 위반했다는 단순한 이유로 안기부의 그 유명한 남산 지하실로 끌려갔다.

안기부 국장급 간부가 말했다.

"*동아일보 편집국장의 인신 처리는 우리 마음대로 할 수 있다. 각하도 양해한 사실이다. 당신을 비행기에 태워 제주도에 가다가 바다에 떨어뜨려 버릴 수도 있고, 자동차로 대관령 깊은 골짜기에 데려가 아무도 모르게 땅에 묻어버릴 수도 있다.*"

안기부 대공수사단 요원들은 기자를 청색 군복으로 갈아입히고 무차별 폭력을 퍼부었다. 주먹세례에 몸을 웅크리자 발길질을 하고 몽둥이를 휘둘렀다. 급소를 제외하고 온몸을 동네 북치듯 두들겨 팬 뒤 발가벗기고 심문했다. 고문자들은 "*취재원의 이름을 대면 지금이라도 내보내겠다*"라며 때렸으나 기자는 끝까지 이름을 입에 올리지 않았다.

안기부장은 직접 고문받는 현장에 나타나서 "*이 새끼들 죽여버려*"라며 채근하고 돌아갔다.

1986년 6월 권인숙 양 성고문 사건 보도와 관련하여 군사독재 정권이 보도지침을 통해 어떻게 언론을 철저히 통제했는지를 잘 보여주고 있다.

• 부천서의 '성폭행 사건'

현재 운동권 측의 사주로 인해 피해 여성이 계속 허위 진술.

검찰서 엄중 조사 중이므로 내주 초 사건 전모를 발표할 때까지 보도를 자제해 줄 것.

기사 제목에서 '성폭행 사건'이란 표현 대신 '부천 사건'이라

고 표현하기 바람. (7월 10일)

　• 부천서 성폭행 사건, 검찰 발표 때까지 관련된 모든 기사를 일체 보도하지 말 것. 부천 사건의 검찰 발표 시기에 관한 것이나 부천 사건의 항의 시위, 김대중의 부천 사건 언급 등 이와 관련된 일체를 보도하지 말 것. (7월 11일)

　• 부천 성고문 관계는 발표 때까지 일제 보도 자제 요망. 모든 보도를 자제할 것. (7월 12일)

　• 부천 성고문 사건은 계속 보도를 자제할 것. 오늘 기독교교회협의회(NCC) 등 6개 단체에서 엄정수사와 관련자 처벌을 촉구했는데 이 사실은 보도하지 말 것. (7월 15일)

　• 부천 성폭행 사건, 계속 발표 때까지 보도를 자제할 것. 성고문 고소장은 일체 보도하지 말 것. (7월 16일)

　• 오늘 오후 4시 검찰이 발표한 조사결과 내용만 보도할 것. 사회면에서 취급할 것 (크기는 재량에 맡김). 검찰 발표 전문은 꼭 실어줄 것. 자료 중 '사건의 성격'에서 제목을 뽑아줄 것. 이 사건의 명칭을 '성추행'이라고 하지 말고 '성모욕 행위'로 할 것. 발표 외에 독자적인 취재보도 내용 불가. 시중에 나도는 반체제 측의 고소장 내용이나 NCC, 여성단체 등의 사건관계 성명은 일체 보도하지 말 것. (7월 17일)

　• 18일 오전 8시부터 서울 기독교회관에서 NCC 인권위원회, 여성위, 구속자 가족 등이 공동으로 부천 사건 폭로 대회를 가질 예정. 이 내용은 보도하지 말 것.

부천 사건 변호인단 회견은 회견했다는 사실만 보도할 것.

신민당의 확대간부회의 결과와 의원 4명의 노 총리 방문, 항의한 사실은 조그맣게 실어줄 것. (7월 19일)

• 범야권의 '부천 성폭행 사건'규탄 대회는 경찰 저지로 무산된 사실은 2단 이하로 조그맣게 싣고 사진 쓰지 말 것.

이 사건과 관련해 김수환 추기경이 피해 당사자인 권 양에게 편지 보낸 사실과 신민당 대변인의 집회 방해 비난 성명은 간략하게 보도할 것.

재야 5개 단체의 재수사 촉구 성명은 보도하지 않도록 할 것. (7월 20일)

* * *

이 성고문 고발장은 고 조영래 변호사가 작성한 것이다. 나는 그때 인천구치소의 변호사 접견실에 마주 앉아 있는 두 사람을 상상할 수 있다. 구치소는 언제나 사무적이고 무미건조하고 삭막하다.

조영래는 헝클어진 머리에 꾀죄죄한 흰 와이셔츠의 맨 위 단추를 푼 채 낡은 넥타이를 느슨하게 매고 앉아 그녀의 말을 메모하면서 가끔 그녀를 곁눈질로 흘끗 쳐다보았을 것이고, 그녀는 조영래의 무언의 독촉 때문에 어쩔 수 없이 그때의 치욕적인 상황을 얼굴은 붉게 상기되고 고개는 숙인 채 자주 머뭇거리며 겨우겨우 진술했을 것이다.

그녀는 의심의 여지를 남기지 않게 모든 것을 낱낱이 밝히기로 결심했다. 그래서 자제력을 잃지 않았고 솔직할 수 있었다.

그해 6월 말경 또는 7월 초순의 어느 여름날은 구름 한 점 없이 파랬는지 아니면 그날따라 여린 안개비가 내렸는지는 지금 확인할 수 없다.

조영래는 법률가로서 잔인하리만치 치밀하게 실체적 진실을 밝히기 위하여 그녀를 다그쳤음을 알 수 있다. 무거운 대화는 가끔가다 끊겼고 그럴 때면 두 사람은 침묵을 지켰다. 그는 뻔뻔하고 잔혹한 비현실적인 이야기를 고스란히 들었다. 그는 그때 귀를 의심하며 섬뜩한 이야기를 들었다. 온몸에 소름이 돋았고 걷잡을 수 없이 분노가 치밀어 올라왔다.

변호사는 의뢰인과 일정한 간격을 유지하고 인간적으로 거리를 두는 것이 필요하지만 그게 불가능하였다. 그는 강인한 인상이지만 자주 상대를 안심시키기 위해서 부드럽고 연민에 가득 찬 시선으로 가벼운 미소를 지었다.

그녀의 분노에 찬 격렬한 감정을 가라앉히고 균형 감각을 회복시켜야 했다.

변호사로서 직업윤리와 임무와 책임을 새삼스럽게 통감했다.

그들은 독재 정권의 압제에 더 이상 굴복할 수가 없었다. 양심의 가혹한 명령에 따라 결연한 의지로 맞서 싸웠다. 이들 오누이는 어느새 운명공동체가 되었다.

인간의 삶에서 아름답고 눈부시게 빛나는 순간.

나는 그들이 전지전능한 유일신을 믿고 있었고 그 신에게 의지하였는지, 아니면 무신론자 혹은 불가지론자여서 오로지 인간의 고귀한 영혼과 의지에만 매달렸는지는 알 수 없다. 하지만 그들은 고문이 없는 평화스러운 나라, 자유와 평등이 넘치는 세상을 상상했다.

그들은 이상주의자였으니까.

그녀의 이름은 **권인숙**이다.

그녀는 1985년 당시 서울대 의류학과 4학년에 재학 중 허명숙이라는 가명으로 경기도 부천시에 있던 가스배출기 제조업체인 ㈜성신에 위장취업을 했다.

이듬해 6월 4일 권인숙은 주민등록증을 위조한 공문서 변조 혐의로 부천경찰서로 연행된 뒤 조사실에서 문귀동 경장으로부터 조사를 받았다.

찌는 듯한 열기는 밤이 돼도 여전했다. 그녀는 사각형 창문을 쳐다보았고 어둠이 검은 벽처럼 둘러싸고 있었다.

온몸에서 신열이 나고 머리가 멍해지며 심장이 두근거리고 숨쉬기조차 점점 힘들어졌다. 귀에서는 웅웅거리는 소리가 들리고 조사실의 퀴퀴한 냄새가 코를 찌른다. 하루 종일 긴장이 계속되면서 근육이 경련을 일으키고 뼈 마디마디가 쿡쿡 쑤신다.

병적인 성적 취향을 가진 사디스트. 꿈틀거리는 동물적 본능과 욕망. 가장 길었던 밤의 공포와 불안.

구속 수감. 좌절과 절망. 폐쇄적이고 강압적인 분위기. 욕설과 고함소리. 피의자 심문과 자백의 강요. 정상적이고 합리적인 사고는 불가능했다.

증오와 분노.

자살 충동.

그녀는 한 세대가 훌쩍 흘러갔지만 지금도 가끔은 생생하거나 흐릿한 악몽 속에 그 순간이 나타날 것이다. 꿈은 속이고 악몽은 종이라고 했다. 악몽은 악마가 야기하는 꿈인 것이다.

그 악마는 늙고 나이 들어 어느새 온갖 고통과 죄책감, 모진 질병으로 일그러진 모습이었을 것이다.

나는 이 고발장을 제멋대로 요약 또는 축약할 수가 없었다. 가감 없이 고발장을 전재한다. 처음 읽었을 때 너무 생생해서 숨이 막히고 가슴이 먹먹했던 걸 기억한다.

그래도 여전히 의문이 남는다. 그건 어쩔 수 없는 남성의 관능적 욕망 때문이었을까 아니면 가혹한 고문 행위에 불과했을까. 그는 그런 절박한 상황에서 삽입이라는 마지막 순간까지 가지 않았으니 대단한 자제력의 소유자였는지도 모르겠다.

성고문 고발장

1. 우리는 공문서위조 피의사건으로 인천소년교도소에 수감 중인 권 양의 변호인들로서, 권 양을 접견한 후 풍문으로 전해 들은 성고문 행위가 사실이라는 것을 확인하고, 놀라움과 분노를 금할 길이 없었다.

저 나치즘 치하에서나 있었음직한 비인간적인 만행이 이 땅에서도 버젓이 자행되고 있다는 사실을 알게 되었을 때, 경악과 공분을 느낌과 아울러 인간에 대한 믿음마저 앗아가는 듯한 암담한 좌절감을 느끼게 되었다.

단순히 충동적인 음욕 때문에 일어난 것이 아니고, 성이 고문의 도구로 악용되어 계획적으로 자행되었다는 점에서, 이 사건은 우리에게 더 큰 충격을 불러일으켰다.

이제 우리는 사건의 실상을 확인하고서도 계속 침묵을 지킨다는 것은 변호인으로서의 최소한의 의무마저 포기하는 것이라고 결론짓고, 이 사건 관련자를 고발하여 처벌을 요구하기에 이르렀다.

2. 고발내용

6. 4. 밤 9시경 집에서 형사들에 의해 부천서로 연행되어 4층 공안 담당실(?)로 가서 그 다음 날인 6. 5. 새벽 3시경까지 조사를 받았다.

권 양의 혐의사실에 대한 조사 외에도 양승조 등 인천사태 수배자들 중 지면관계가 있거나 소재를 아는 사람이 있는지 여부에 관하여 집요하게 캐물었다.

6. 5. 아침 9시경 1층 수사계 수사실로 끌려갔다.

정오도 경사가 권 양에 대한 수사를 담당키로 되어 4층 420호실(421호실인지도 모른다)로 데려갔다.

이때부터 오후 6시경까지 공문서 (주민등록증) 위조 혐의와 수배자에 관한 조사를 받고 보호실로 가서 하룻밤을 잤다.

6. 6. 새벽 4시에 누군가가 데리러 와서 상황실로 데려갔다. 이때 부천경찰서에 무슨 비상이 걸린 모양으로 형사들이 다들 이미 출근해 있는 상태였다.

서장이 권 양을 보더니 "권 양이 수사에 너무 협조를 안 하는군"하고 화를 내며 밖으로 나갔다.

수사에 너무 협조를 안 한다는 것은 형사들이 권 양에게 인천사태 수배자들 (대부분 인천노동운동연합 관계자들)의 명단을 대면서 그 중에서 아는 사람이 있는지 여부를 묻고 특히 인천노동운동연합 양승조 위원장을 알고 있거나 또는 양승조를 아는 사람이라도 알고 있는지를 캐물었는데, 권 양이 이에 대하여 아는 사람이 있는데도 협조를 하지 않는다는 이야기였다.

서장이 밖으로 나간 후 상황실장 (눈이 크고 약간 튀어나온 듯한 인상, 당시 전투복을 입고 '상황실장'이라는 완장을 두르고 있었다)이 말하기를 권 양이 너무 말을 안 하는데 아무래도 지금까지 조사과정에서 나온 사람들 (인천사태 수배자들을 지칭하는 듯함)과 한 팀이 아니냐고 하면서 형사 문귀동 ('문기동'인지도 모른다. 형사들이 '문 반장'이라고 부르고 있었으며 얼굴은 검은 편, 입술이 두껍고 눈이 매서운 험악한 인상, 키는 보통, 나이는 35-36세 정도로 보이고 말씨는 서울말씨, 스스로 밝힌 바에 의하면 예전에 '부평'에 있었다고 함, 이하 일응 '문귀동'이라고 부른다)을 보고 "문귀동, 자네가 맡아서 해보게"하면서 수사를 지시했다.

이에 문귀동은 권 양을 1층 수사계 수사실 ('조사실'인지도 모른다)로 데리고 가서 새벽 4시 30분경까지 사이에 걸쳐 아래와 같이 추잡한 성고문 ('1차 성고문'이라 부른다)을 자행하였다.

(1) 우선 문귀동은 권 양에게 "네 죄는 정책변화로 풀려날 죄도 아니고 하니 수배자 중에서 아는 사람을 불어라, 불기만 하면 훈방하겠다"고 강요하였다.

권 양이 끝내 모른다고 하자 문귀동은, "이년 안 되겠군"하고 운을 떼면서 "나는 5. 3. 사태 때 여자만 다뤘다. 그때 들어온 년들도 모두 아랫도리를 발가벗겨서 책상에 올려놓으니까 다 불더라, 네 몸 (자궁)에 봉 (막대기를 지칭한 듯하나 정확히 무슨 의미인지는 모른다)이 들어가면 안 불겠느냐"고 협박하였다.

(2) 권 양이 겁에 질려서 벌벌 떨고 있으니까 문귀동은 권 양에게 옷을 벗으라고 강요하였다.

권 양이 상의 겉옷 (자켓)과 남방만을 벗고 티와 브래지어 및 바지를 입은 채로 있자 문귀동은 다른 형사 1명 (젊고 직급이 낮은 듯함)을 불러들여 옆에 서 있게 한 후 스스로 권양의 바지 단추와 지퍼를 풀어 밑으로 내리면서 "너 처녀냐? 자위행위 해 본 적 있느냐"고 묻고 브래지어를 들추어 밀어 올리면서 "젖가슴 생김으로 보니 처녀가슴 같지가 않다"고 하는 등 더러운 수작을 하면서 곧 이어 제발 살려 달라는 권 양의 애원을 뿌리치고 권 양의 바지를 벗겨 내렸다.

(3) 이에 권 양이 극도의 굴욕감과 수치심과 공포를 이기지 못하여 엉겁결에 한 친구 (노동현장 취업과정에서 사귀게 된 이모라는 여성으로 그 이름이 본명인지 여부도 모른다. 인천사태

와 관계없는 사람임)의 이름을 대자 문귀동은 권 양에게 그 친구의 인적사항을 자세히 적으라고 요구하였다.

권 양이 위 이 모양의 인적사항에 대하여 자세히 모른다고 하자 문귀동은 옆에 서 있던 형사에게 "고춧가루 물을 가져오라"고 지시한 후 권양에게 책상 위로 올라가라고 하면서 "기어이 자궁에 봉을 집어넣어야 말하겠느냐"고 협박하였다.

권 양이 위 이 모양이 자취하던 집이라는 곳의 위치를 적어넣자 문귀동은 그제서야 일단 수확을 거두었다는 듯 조사를 중단하고 권 양의 바지 지퍼를 올리게 했으나 그러면서도 다시 "진짜 처녀냐"고 물었다.

(4) 뒤이어 대공과 형사들이 권 양에게 수배자들의 사진을 보여주면서 위 이 모양이 수배자들 중의 하나가 아닌지를 확인하였다. 그 후 권양은 보호실로 끌려가서 그곳에서 하룻밤을 잤다.

6. 7. (토요일) 아침 7시경 문귀동이 다시 권 양을 데리고 가서 "너 양승조 안다고 그랬지?"라고 물어, 모른다고 대답하자 "더 아는 사람이 있으면 얘기하라"고 몇 번 다그치더니 돌려보냈다.

아침 9시경 누가 권 양을 데리러 와서 1층 수사과로 갔는데 가 보니 상황실에 상황실장, 정오도 경사, 문귀동 등 10여 명의 형사들이 모여있었다.

그들은 권 양이 일러준 대로 이 모양의 자취하던 집이라는 곳을 방문해 보니 그런 사람이 자취한 일이 없다고 하더라면서 집주인 여자를 권 양과 대질시켰다.

대질신문 결과 그들은 권 양이 이제까지 한 말이 거짓말이라고 판단, 경사 정오도가 권 양을 한 대 후려쳤고 상황실장은 권 양에게 "앞으로는 이제까지 대우한 것과는 달라질테니 이따가 오늘 저녁에 두고 보라"라고 협박하면서 옆에 있던 문귀동을 보고, "저녁 때 그런 방법으로 조사해"라고 지시하였다.

문귀동이 권 양을 다시 보호실로 데려가면서 "네가 이제까지 한 말은 전부 거짓말이니 그냥 안 두겠다"고 협박하였다.

그날 낮 내내 권 양은 보호실에서 대기하면서 불안과 초조에 떨었고 한시바삐 검찰청으로 송치되기만을 기다리는 심정이었다.

그러나 다른 수감자들에게 물어 본 결과 여기서 한 열흘쯤 있어야 검찰청으로 넘어간다는 절망적인 대답을 들었다.

밤 9시경 문귀동이 다시 권 양을 1층 수사과 조사실 (문귀동이 조사하는 방의 옆방)로 불러냈다.

당시는 수사과 직원들이 모두 퇴근하였고 청내는 모두 불이 꺼진 상태였으며 조사실 역시 불이 꺼져 있었는데 다만 건물 바깥에 있는 등에서 나오는 외광에 의해 방안의 물체를 어렴풋이 식별할 수 있는 정도였다.

문귀동은 토요일 밤에 퇴근도 못하고 "일"을 해야 된 데 무척 화가 난 듯 권양에게 "독한 년"이라고 하면서 "남들은 다 퇴근했는데 네 년 때문에 한밤중에 또 조사를 해야 된다. 위에서 그

241

년 되게 악질이니 족치라고 했다"라고 겁을 주고 나서 다른 (남자)형사 2명을 불러들여 권 양의 양 팔을 등 뒤로 돌려 놓은 상태로 양 손목에 수갑 (이른바 '뒷수갑')을 채우게 하고 그 자세로 무릎을 꿇려 앉힌 후 안쪽다리 사이로 각목을 끼워 넣고 넓적다리와 허리 부위 등을 계속 짓밟고 때리게 하면서 권 양에게 이 모양의 본명과 출신학교, 사는 집 등을 불도록 요구했다.

이로 인하여 권 양의 넓적다리는 시퍼렇게 멍이 들고 퉁퉁 부었다.

권 양이 고통과 공포를 참지 못하여 비명을 지르자 문귀동은 "이년이 어디서 소리를 꽥꽥 지르느냐, 소리 지르면 죽여 버리겠다. 너 같은 년 하나 죽이는 건 아무것도 아니다"라고 윽박질렀다.

뒤이어 문귀동은 권 양에게 수배자 중 아는 사람을 대라고 추궁하다가 계속 모른다고 하니까 옆에 있던 형사에게 고문기구를 가져오라고 소리쳤고, 그 형사가 검은색 가방을 가져오자 불을 켜더니 인천노동운동연합 소속 수배자 20명의 인적사항과 사진 등이 편철되어 있는 서류철을 꺼내어 한 장씩 넘기면서 아는 사람을 대라고 다그쳤다.

권 양이 모른다고 하자 문귀동은 "이년 안 되겠다"고 하면서 형사들을 내보내더니 권 양을 조사실 옆에 있는 자기 방 (양쪽이 창문으로 되어 있음)으로 데리고 갔다. 이때가 밤 9시 30분경으로, 이때부터 밤 11시경까지 약 1시간 반 동안에 걸쳐 문귀동은 인면수심의 실로 천인공노할 야만적 추행을 저지르면서 권 양을 고문하였다.

이 한 시간 반 동안, 방 안에는 계속 불이 꺼져 있었고 권 양은 계속 뒷수갑을 찬 채로 문귀동과 단 둘이 약 2평 정도의 방 안에 남아 있었으며 주위에서도 전혀 인기척을 느낄 수 없는 절망적인 상황에 처해 있었다.

문귀동이 저지른 추행의 내용은 다음과 같다.

(1) 먼저 권 양에게 아버지가 뭘 하느냐고 물어 권 양이 식당을 한다고 거짓 대답하자 (권 양의 아버지는 법원 서기관인데 권 양이 공무원 신분에 영향이 있을까봐 걱정이 되어 거짓 대답한 것임) 문귀동은 비시시 웃더니 "간첩도 고문하면 다 부는데 네 년이 독하면 얼마나 독하냐"는 취지의 말을 하면서 권 양에게 옷을 벗으라고 명령하였다.

권 양이 웃옷만을 벗자 문귀동은 권 양에게 다시 뒷수갑을 채운 후 브래지어를 위로 들어 올리고 바지를 풀어 지퍼를 내리더니 권 양의 국부에 손을 집어넣었다. 권 양이 비명을 지르자 소리 지르면 죽인다고 하면서 윽박 질렀다.

(2) 권 양의 팬티마저도 벗겨 내리고 의자 두 개를 서로 마주보는 상태로 놓고 권 양을 한쪽 의자 위에 수갑 찬 손을 의자 뒤로 돌린 상태에서 앉게 하고 문귀동 자신은 맞은 편 의자를 바짝 끌어당겨 그 위에 앉아 권 양의 몸과 밀착된 자세를 취한 다음 계속 수배자의 소재를 불 것을 강요하였다.

권 양이 제발 이러지 말라고 애원하였으나 문귀동은 들은 척도 않고 "너 같은 년 하나 여기서 죽어도 아무 일 없다"고 협박하였다.

이때부터 문귀동은 수시로 권 양의 젖가슴을 주무르고 국부를 만지며 권 양의 몸에 자신의 몸을 비벼대었다.

(3) 그 후 문귀동은 권 양을 일으켜 세워 바지를 완전히 발가 벗기고 윗도리 브래지어를 밀어 올려 젖가슴을 알몸으로 드러나게 해놓은 상태에서 뒷수갑을 찬 채로 앞에 놓인 책상 위에 엎드리게 한 후 자신도 아랫도리를 벗고 뒤쪽에 붙어서서 자신의 성기를 권 양의 국부에 갖다 대었다 떼었다 하기를 몇 차례에 걸쳐 반복하였다.

이때 권 양이 절망적인 공포와 경악과 굴욕감으로 인하여 거의 실신상태에 들어가자 문귀동은 권 양을 다시 의자 위에 앉히더니 담배에 불을 붙여 강제로 몇 모금을 빨게 하였다.

(4) 잠시 후 문귀동은 권 양을 의자 밑으로 난폭하게 끌어내려 바닥에 무릎을 꿇게 하고 앉힌 후 자신은 의자에 앉아 권양이 자신의 성기를 정면으로 보도록 하는 자세로 조사를 계속하였다.

그러던 중 문귀동은 권 양의 얼굴을 앞으로 잡아당겨 입이 자신의 성기에 닿도록 하면서 자신의 성기를 권 양의 입에 넣으려 하다가 권 양이 놀라서 고개를 돌리니까 난폭하게 권 양의 몸을 일으켜 세운 후 강제로 몇 차례 키스를 시도하였다.

권 양이 입을 벌리지 않고 고개를 돌리니까 문귀동은 입을 권 양의 왼쪽 젖가슴 쪽으로 가져가더니 유두를 세차게 빨기를 두어 차례에 걸쳐 하였다.

(5) 그 후 문귀동은 다시 권 양을 책상 위에 먼저번과 같은 자세로 엎드러지게 해 놓고 뒤쪽에서 자신의 성기를 권 양의 국부에 몇 차례 갖다 대었다 떼었다 하는 짐승과 같은 동작을 반복하던 끝에 크리넥스 휴지를 꺼내는 소리가 들리더니 그것으로 권 양의 국부를 닦아내고 옷을 입혔다.

이 때가 밤 12시경.

(6) 위와 같은 짐승과 같은 동작을 계속하는 동안에도 문귀동은 집요하게 권 양에게 아는 수배자의 이름을 대라고 강요하였고 권 양이 비명을 지르면 죽이겠다고 하면서 윽박 질렀다.

또 위와 같은 동작을 하는 중간 중간에 문귀동은 권 양을 서너 차례 정도 쉬게 하면서 억지로 불 붙인 담배를 입 속에 밀어 넣고 물을 마시게 하였으며, 그리고 나서는 다시 갖은 협박을 하면서 수배자에 관한 추궁을 계속하였다.

그 동안에 권 양은 고통을 이기지 못하여 자신의 집에 찾아 왔던 어느 여성 한 사람의 이름과 동인이 종전에 다니던 회사의 이름을 댔으며 문귀동은 권양이 말한 내용을 종이에 쓰게 하였다.

위와 같은 추악한 만행을 저지른 후 문귀동은 권양에게 호언하기를 "네가 당한 일을 검사 앞에 나가서 얘기해봤자 아무 소용없다. 검사나 우리나 다 한 통 속이다."라고 하였다.

밤 11시가 지나 문귀동은 기진맥진해 있는 권 양을 보호실로 데리고 가서 권 양의 소지품을 챙기더니 유치장으로 끌고갔다 (이때 권 양에 대한 구속영장이 발부된 상태였음).

일반적으로 유치장에 처음 입감될 때는 몸수색을 위하여 속옷을 벗게 하는 것이 상례인데, 이때 문귀동은 여교관을 부르더니, "내가 다 봤으니 몸 검사는 필요 없다. 독방을 주어라"고 지시하고는 돌아갔다.

그 후 권 양은 검찰에 송치되기까지 유치장에서 열흘 간을 보냈는데 한 동안은 아무 것도 먹지 못하였고 먹으면 계속 체했으며 밤에는 악몽에 시달리느라고 잠을 제대로 이루지 못했다.

몇 차례나 자살을 하고 싶은 충동이 엄습해왔으나, 점차로 자신의 여성으로서의 전도를 희생해서라도 이와 같은 끔찍한 일이 다시는 일어날 수 없도록 하기 위하여 끝까지 싸우겠다는 결의가 굳어지면서 가까스로 자살충동을 이겨내었다.

6. 16. 교도소로 옮겨온 후 지금에 이르기까지도 권 양은 계속 악몽에 시달리고 있다. 원주법원의 서기관으로 재직하던 권 양의 부친은 이 사건의 충격으로 사표를 제출하였다.

권 양의 소식이 인천교도소 내의 재소자들에게 알려지면서 교도소 내 양심수 약 70명이 문귀동의 구속 등을 요구하는 무기한 단식투쟁에 들어갔고 권 양 자신도 6. 28.부터 시작하여 7. 2. 현재까지 닷새째 단식을 계속하여 건강이 극도로 악화되었다.

3. 이상이 국가권력의 집행자인 경찰에 의하여 저질러진 저 전대미문의 추악한 성폭행고문에 관하여 피해 당사자인 권 양이 변호인들 앞에서 밝힌 내용의 개요이다.

우리는 권 양의 진술태도나 기타 모든 정황으로 보아 위 내용이 진실인 것으로 확신한다.

우리는 이 입에 담기에도 더러운 천인공노할 만행이 다른 곳도 아닌 경찰서 안에서 다른 사람도 아닌 경찰관에 의하여 저질러졌다는 사실에 대하여 실로 경악과 전율을 금치 못한다.

더욱이 이 같은 만행이 인권옹호 직무수행자라는 검찰에까지 상세히 알려졌음에도 불구하고 그 범인이 아직까지도 버젓이 경찰관 신분을 유지하면서 바깥 세상을 활보하고 있는 데에 이르러서는 이 나라에 과연 법질서라는 것이 형식적으로나마 존재하고 있는 것인지를 근본적으로 의심하지 않을 수 없다. 최고 학부까지 다닌 한 처녀가 입에 담기조차 수치스러울 저 끔찍한 강제추행을 당한 사실을 스스로 밝힌 이상 그밖에 또 무슨 "증거"가 필요해서 수사를 못한다는 말인가? 경찰서 안에서는 목격자만 없으면 어떤 일이 일어나도 좋다는 것인가? 검찰이 경찰의 인권유린 행위에 대하여 이와 같이 수수방관적인 태도를 취한다면, 무고한 시민들이 경찰권력의 횡포 아래 희생되는 것을 막을 길도 전혀 없게 된다.

이 사건의 진상이 철저히 규명되고 직접 범행을 저지른 자는 물론 관계 책임자들이 모두 엄중히 처단되지 않는 한, 이후 여성들은 경찰서 앞을 지날 때마다 공포에 질리게 될 것이다.

이에 우리는 필설로 이루 형언할 수 없는 분노에 치를 떨면서 먼저 저 인간의 탈을 쓰고서는 차마 상상도 할 수 없는 패륜을 저지른 문귀동을 고발한다. 피고발인 상황실장, 성명불상자와 경찰서장 옥봉환은 제반 정황으로 보아 문귀동의 범행에 공모, 가담하였거나 교사, 방조하였거나 또는 적어도 이를 알면서도 묵인, 방치하고 단속하지 아니하였음이 명백하다고 인정되므로 아울러 고발한다. 피고발인 형사 성명불상자 3명 역시 문귀동의 범행에 공모, 가담 또는 방조한 혐의로 고발한다.

이 사건을 그대로 두고서는 실로 인간의 존엄성이니 양심이니 인권이니 법질서니 민주주의니 하는 말들을 입에 올리기조차 낯 뜨겁다.

우리들 고발인 일동은 문귀동을 비롯한 피고발인들 전원이 지체 없이 의법처단되지 않는 한 이 사건에서 한치도 물러나지 않고 모든 합법적 수단을 동원하여 기어이 고발의 실효를 거두도록 총력을 기울일 결의임을 천명한다.

4. 우리는 귀청이 이 사건을 수사함에 있어서 다음 몇 가지 점에 유의하여 줄 것을 촉구한다.

첫째, 이 사건은 문귀동이라는 변태성욕에 사로잡힌 한 개인에 의하여 우발적인 충동으로 저질러진 단독범행이 아니고 경찰권력 조직 내부의 의도적인 성고문 계획에 따라 자행된 조직범죄임이 명백하다고 생각된다.

우리는 귀청이 이 끔찍한 조직범죄의 전모를 낱낱이 파헤쳐 이 범죄가 어느 선에서부터 계획되었는지를 밝히고 피고발인들 외에도 일체의 관련자들을 남김없이 의법처단하여 주기를 강력히 요청한다.

둘째, 피고발인들의 소행은 강간죄 내지는 강제추행죄로 의율될 수 있음은 물론이나 이 점은 친고죄이므로 이 고발에서는 제외하였고 다만 인신구속에 관한 직무를 행하는 자의 폭행 및 가혹행위에 해당하는 부분만을 들어 고발한다.

그러나 우리는 이 사건이 종래에 흔히 볼 수 있던 통상의 고문, 가혹행위 수법이 아니라 여성에 대한 인간적 파괴를 노리고 반인륜적인 성고문 수법을 사용한 범행이며 더욱이 피의사실에 관한 조사가 아닌 단순한 수배자의 검거를 위한 수단으로 이와 같이 끔찍한 범행이 자행되었다는 점을 중시한다.

우리는 1984. 9. 4. 에도 청량리경찰서에서 경희대 여학생들이 경찰서 전경들로부터 성폭력을 당한 사실을 기억하고 있다.

인천 5. 3. 사태로 구속된 피의자의 가족이 자기 딸도 부천경찰서에서 권 양과 비슷한 고문을 당했다고 주장한 것을 들은 바 있다.

이 사건으로 인해 우리는 위 주장도 사실이라는 심증을 굳히게 되었고, 특정서에서 성이 고문의 수단으로 제도화되어 악용되고 있음을 알게 되었다.

인간의 존엄성을 최고의 이념으로 삼고 있는 민주법치국가에서 위와 같이 야만적이고, 비인간적인 만행이 제도적으로 자행된다는 것은 더 이상 묵과될 수 없다.

이 사건을 최단시일 내에 철저히 수사하여 그 진상을 백일하에 드러냄으로써 검찰이 추호라도 이 사건을 은폐하거나 비호할 의도가 없음을 분명히 하여야 할 것이다.

* * *

5공화국 시절 검찰은 꼼짝없이 정권의 하수인으로 전락했다. 관계기관 대책회의는 언론에 대해서는 보도지침을 하달하여 언론을 통제했고 검찰은 법무부 장관과 검찰총장을 통해 직접 통제 압박하면서 이 사건을 철저히 축소 은폐하였다. 박종철 사건의 축소 은폐와는 비교할 수조차 없다.

검찰은 수사결과를 발표하면서 성고문을 날조이며 성을 혁명의 도구로 삼는다고 매도하였고 공안 당국으로부터 보도지침을 하달받은 제도 언론은 '성적 수치심까지 정치적으로 이용하고 있다'며 여론을 호도하려 들었다.

인천지검 보도자료

부천경찰서 수사시비사건 수사결과

1. 수사경위
● 인천지방검찰청은 타인의 주민등록증을 절취, 자신의 주민등록증으로 변조하여 부천시 소재 주식회사 성신에 위장취업한 사실과 관련하여 절도죄와 공문서 변조죄 등으로 인천소년교도소에 구속되어 있던 권○○으로부터 자신이 부천경찰서에

서 조사를 받을 당시 부천경찰서 수사과 근무 문귀동 경장으로 부터 폭행과 성적 모욕행위를 당했다고 주장하는 고소장을 86. 7. 3. 접수하고 문귀동으로부터도 86. 7. 3. 권○○이 허위사실을 유포하여 자신의 명예를 훼손하였다는 내용의 고소장과 7. 5. 허위고소로 무고하였다는 내용의 고소장을 각각 접수하여

• 86. 7. 3. ~ 7. 16.까지 동 고소사실들의 진상을 규명하기 위해 집중수사를 전개하였음.

• 인천지검은 그 동안

- 사건 당사자인 위 문귀동을 7회, 권○○을 8회 소환, 조사하였고

- 관련 참고인 43명을 소환, 진술을 들었으며

- 또한 사건현장에 대한 면밀한 실황조사를 실시하는 등 가능한 모든 조사를 실시하였음.

2. 수사결과

• 권○○의 고소사실 중 86. 6. 7. 21:00-23:00 사이 문귀동이 권○○을 조사하면서 성적 모욕행위를 가했다는 부분은

- 문귀동이 조사를 행한 조사실은 2면 벽이 유리창으로 되어 있어 안이 들여다보이고 조사실 뒷편에 있는 무기고의 전등불빛이 조사실 안으로 비치고 있었을 뿐 아니라 당시 바로 옆의 조사실에서도 다른 경찰관들이 날씨가 더워 모두 문을 열어 놓은 채 다른 피의자를 조사하면서 문귀동의 조사실 앞을 왔다갔

다한 사실이 있었으며

- 또한 권○○과 함께 부천경찰서 유치장에 수감되어 있던 최 모 여인(32세), 박 모 여인(30세) 등도 참고인 진술에서 조사받고 권○○이 폭행을 당했다는 말은 유치장에서 한 일이 있으나 성적 모욕을 당했다는 말은 한 사실이 없다고 진술하고 있고 옆 조사실에서 조사를 한 경찰관 김해성, 권오성, 박경천 등도 그와 같은 사실을 목격하거나 감지한 바 없다고 진술한 점 등에 비추어 사실로 인정할 수 없음.

- 그러나 권○○의 고소사실 중

- 86. 6. 6. 04:00~06:30. 문귀동이 제5조사실에서 권○○을 조사하는 과정에서 인천소요사건 관련수배자의 소재를 알아내기 위해 아는 사람의 이름과 주소를 대라고 거듭 요구했으나 권○○이 완강히 아는 사람이 없다고 말하자 권○○에게 자켓을 벗게한 후 티셔스를 입은 가슴부위를 손으로 3~4회 쥐어박아 폭행을 가한 사실과

- 89. 6. 7. 21:00~23:00. 문귀동이 부천경찰서 제2조사실에서 같은 내용을 조사하던 중 권○○이 전일과 마찬가지로 계속하여 아는 사람이 없다고 말하자 권○○에게 또 다시 가슴부위를 손으로 3~4회 쥐어박아 폭행을 가한 사실 등은

- 문귀동이 자백하고 있을 뿐 아니라 기타 증거에 의하여 사실로 인정됨.

3. 처리

- 이상과 같이 권○○의 고소사실 중 성적모욕행위 부분은 사실이 아닌 것으로 밝혀졌으나 폭언, 폭행 부분은 일부 사실이 인정됨.
- 폭언. 폭행 부분은 문이 조사에 집착한 나머지 저지른 우발적인 과오로서 이로 인해 이미 파면 처분을 받았으며
- 문귀동은 10년 이상 경찰에 봉직하면서 성실하게 근무하여 왔고,
- 현재 자신의 과오를 깊이 반성하고 있으므로 검찰은 이와 같은 정상을 참작 문귀동을 기소유예 처분할 방침임.

사건의 성격

- 급진좌경사상에 의한 노학연계투쟁을 전개해 왔던 권○○의 '성적모욕'의 허위사실 주장은 운동권 세력이 상습적으로 벌이고 있는 소위 의식화투쟁의 일환으로서
- 폭행사실을 성 모욕행위로 날조, 왜곡함으로써 자신의 구명과 아울러 일선 수사기관의 위신을 실추시키고 반체제 혁명 투쟁을 사회일반으로 확산시켜 정부의 공권력을 무력화시키려는 의도로 판단됨.
- 이러한 사실은 동 권○○이 학원 의식화투쟁을 벌이다가 성적불량으로 대학 4년 제적 후 (서울대 가정대 의류학과), 부

모의 권유도 뿌리치고 가출한 후 위장취업으로 노동현장으로 뛰어들어 반정부, 반체제 투쟁활동을 전개한 전력을 볼 때에도 뚜렷하게 나타나고 있음.

1986. 7. 16
인천지방검찰청

* * *

事必歸正

부천경찰서 권인숙 양 성고문 사건은 박종철 물고문 사건과 함께 1987년 6월 항쟁의 직접적인 기폭제가 되었다.

그녀는 부천경찰서에 연행된 뒤 자신에 대한 혐의와는 상관없는 5.3 인천사태 관련자의 소재를 추궁당하는 과정에서 담당 형사인 문귀동 경장에게 2차례에 걸쳐 성고문을 당했던 것이다.

그 당시 공문서 변조 및 동 행사 등의 혐의로 구속 기소되어 재판을 기다리고 있던 권인숙은 조영래 등 변호사의 도움을 얻어 1986년 7월 3일 문귀동을 강제추행 혐의로 고소하였고, 다음날 문귀동은 명예훼손 혐의로 권인숙을 맞고소하였다. 그러자 권인숙을 변호했던 인권변호사들은 문귀동과 부천경찰서장 등 관련 경찰관 6명을 독직·폭행·가혹행위 등의 혐의로 고발하였고, 문귀동은 다시 권인숙을 무고 혐의로 맞고소하였다.

그때 인천지검은 어처구니없게도 '성적 모욕이 없었다'는 수사결과를 발표하면서 문귀동을 기소유예 처분하였다. 이 무렵 관계기관 대책회의는 이 사건을 은폐하려고 혈안이 되었고 (이 때 검찰은 대책회의의 지시에 따라 사건을 처리하였다) 공안 당국은 권인숙이 '성을 혁명의 도구로 사용하고 있다'고 비난하기 시작했다.

1986년 9월 검찰의 문귀동에 대한 기소유예 처분에 대해 변호사들은 서울고등법원에 재정신청을 하고, 같은 해 10월에는 서울민사지방법원에 국가를 상대로 하여 성고문과 조작은폐 기도에 대한 정신적 위자료를 청구하는 소송을 제기하였다.

그러나 판사들은 허약했고 비겁했다.

성고문 피해자인 권인숙에게는 공문서를 변조했다는 이유로 징역 1년 6월의 실형을 선고하였으나 성고문 가해자인 문귀동에 대해 재수사를 요청하는 재정신청은 기각하였다.

1987년 6월 항쟁으로 5공화국 군사독재 정권이 막을 내렸다. 이제 6공화국이 시작된 것이다. 그제서야 대법원은 재항고를 받아들여 1988년 1월 29일 문귀동의 성고문사건을 인천지방법원이 재판토록 하는 결정을 내렸고, 문귀동은 결국 1988년 4월 9일 구속되어 같은 해 7월 23일 징역 5년을 선고받았다.

그 후 위자료 지급 청구소송에서는, '국가는 권인숙에게 성고문사건으로 인한 위자료로 금 4천만 원을 지급하라'는 승소판결을 내렸다.

그 당시 권인숙 양 관련 형사사건과 민사사건에서 끝까지 고군분

투했던 조영래(1947~1990년) 변호사는 폐암으로 일찍 죽었다. 권인숙 양은 홍성우 변호사의 주례로 결혼했고 미국 유학을 다녀왔으며 2017년 현재 명지대학교 방목기초교육대학 교수와 제15대 한국여성정책연구원 원장으로 있다.

우리는 처음으로 우리의 언어로는 이런 모욕, 이 같은 인간의 몰락을 표현할 수 없다는 것을 깨달았다.

— 프리모 레비

무진기행, 그 후

무진기행, 그 후

시간은 모든 것을 드러낸다.
— 에라스무스
소설가들의 창작력의 빈약함이여!
그녀는 아름다웠고, 그는 사랑에 빠졌다는 게 고작인가?
— R.W. 에머슨
사랑은 악마이며, 불이며, 천국이며, 지옥이다.
쾌락과 고통, 슬픔과 후회가 거기에 함께 살고 있다.
— 밴필드
노인이 되어 참을 수 없는 것은 육체나 정신의 쇠약함이 아니고
기억의 무게를 견뎌내는 일이다.
— W.S. 몸
참으로 위대한 철학의 문제는 하나밖에 없다. 그것은 자살이다.
인생을 괴로워하며 살 값어치가 있는지 없는지 판단을 하는 것
이것이 철학의 기본적인 질문에 답하는 것이다.
— A. 카뮈

1. 1980년 초엽 무렵이었으니까 벌써 30여 년이 훌쩍 지나갔
다. 이른 봄에 내려갔으니까 80년 5월보다 두 달 전의 일이다.
그때 나는 순천시 도사동 남쪽에서 얼마간 세월을 보냈다.

259

나는 그때처럼 순천역에서 대대동으로 가는 시내버스를 탔다. 고등학생으로 보이는 몇몇 남자애들은 셔츠를 검은 진바지 밖으로 빼 입었고 여자애들은 민망할 만큼 짧은 치마를 입었다. 그 시절에는 칙칙한 검정 교복에 교모를 썼었다. 그들은 누구나 할 것 없이 스마트 폰을 열심히 들여다보고 있었고 주름이 자글자글한 할머니 혼자서만 멍한 시선으로 차창 밖을 바라보고 있었다.

버스는 시내를 벗어나 목포-광양 간 고속국도 밑 다리를 지나면서 대대동의 국가정원 입구 쪽으로 들어섰다. 기억이 선명하지 않다. 한 세대가 훌쩍 지났으니. 나는 어리둥절했다. 나는 몰라보게 변해버린 천지개벽을 한 광경에 아연실색했다.

그때, 대대 마을은 순천만의 시작이며 순천만의 갈대밭과 뻘밭을 만날 수 있는 관문이었다. 이사천과 동천은 이곳에서 서로 뒤엉키면서 검고 넓은 갯벌을 형성하였고, 흑두루미와 수많은 철새들, 갯벌 물고기, 사람들이 살아가는 터전이 되었다.

순천으로 내려올 때부터 특별한 순서 없이 옛날 기억들이 감질나게 떠올랐다.

포구에 새벽이 오면 어슬어슬 어둠이 걷혀가도 아직 이슬을 털어내지 않은 채 흔들거리며 서 있는 갈대숲에는 멀리 남쪽 바다에서부터 밀려온 새벽 안개가 자욱이 내려앉아있다. 사방이 아직 분간이 안 되는데 여기저기 묘하게 안 어울리는 시나위 가락처럼 물새 소리가 들려온다.

겨울 날씨 포근한 것 괴상쩍더니
새벽 안개 이렇게 몹시 끼었네
머리 드니 갈 길이 통 안 보이고
눈을 드니 이웃집도 어디 있는지

대대 마을은 그때만 하더라도 정월 보름에 줄다리기를 하였다. 마을을 서편과 동편으로 나누어 볏짚을 배배 꼬아 27가락으로 만들어 엮은 굵은 줄을 당겼는데 그 때문에 마을을 동편과 서편으로 구별해 부른다. 서편은 암줄을, 동편은 수줄을 당겼고 줄을 메고 선소리꾼이 선소리를 하면 줄을 멘 사람들은 따라서 후렴을 하였다.

어얼싸 더리덜렁
어얼싸 더리덜렁

그 시절에는 갈대숲과 뻘밭을 이어주는 곧 무너질 것 같은 낡은 징검다리가 여기저기 있었다. 지금은 말쑥한 인도교로 연결되어 갈대숲과 뻘밭 일대를 돌아다닐 수 있는 둘레길이 잘 닦여 있다.

당숲도 생각난다.

그 시절 마을 주민들은 매년 정월 보름날 이 숲에서 당할머니 신에게 마을의 평안과 풍어를 기원하는 제사를 지냈었다. 지금은 당제의 맥이 끊긴 지 오래되었다고 한다.

그리고 그 해 가을이 생각난다.

가을엔 바다의 물고기도 살이 통통 쪄서 훨씬 맛있다. 그때는 인공양식 시설이 전혀 없었다. 그래서 백 퍼센트 자연산이었다. 어종은 계절마다 조금씩 달랐다. 우럭과 놀래미는 연중 언제든지 잡혔지만 말이다. 하지만 특히 가을에 더 맛있었다. 그건 겨울나기에 대비해서 먹이 활동을 활발히 하여 지방을 많이 축적하였기 때문이다. 풍미가 쫀득쫀득하여 그만이었다.

낙지는 더위가 가시고 바람이 서늘해지는 초가을부터 제대로 맛이 들기 시작해서 늦가을에 절정을 맞는다. 그것들은 늦봄이 산란기로 그때쯤 알에서 깨어나 가을쯤에는 먹을 만한 크기로 몸집이 불어나는 것이다.

낙지 고유의 담백한 감칠맛을 만끽하려면 양념이 거의 없거나 적을수록 좋다. 국내 낙지 생산량의 대부분을 차지하는 전남 해안 지역 사람들은 살아있는 낙지를 깨끗이 씻기만 한 다음 그대로 초고추장이나 된장에 찍어 먹는다. 젓가락 따위는 쓰지도 않는다. 한 손으로 낙지 몸통을 잡고 입안으로 빨아들이듯 삼킨다.

어부들은 긴 장대를 들고 바닷물 표면을 후려친다. 얕은 바다, 뻘밭에 들어온 물고기들이 도망치지 못하게 한 군데로 몰아간 뒤 그물로 포획하는 전통적인 어법이다. 숭어는 그렇게 갯치기로 잡는다. 썰물 때 물이 빠진 갯고랑 양쪽에 그물을 쳐 놓고 배를 타고 다니며 바닷물 표면을 긴 장대로 내려친다.

요새 숭어는 흔한 물고기라 별 대접을 못 받는 편이다. 철에 따라 맛에 차이가 나기 때문에 괄시를 받는 것이다. 하지만 참

숭어든 가숭어든 제철에는 다른 어느 생선 못지않게 맛이 뛰어나다.

이 고장에서는 눈자위가 노란 참숭어가 겨울이 제철인 것은 다른 지역과 같지만 눈자위가 까만 가숭어는 보리누름때가 아니라 가을에 제철 맛이 난다.

그때는 갯치기로 잡아온 보리 숭어를 구워 먹었다. 기름이 오를 대로 오른 보리 숭어의 등을 따서 물기를 빼 살짝 말린 뒤 숯불에 올리고 소금을 뿌려가며 굽는다. 그 맛이 일품이었다. 그래서 술을 많이 마시게 된다.

순천시에서는 박람회가 열렸던 정원 지역과 대대 갈대밭을 통틀어 순천만 국가정원이라 명명하고, 갈대밭을 순천만 자연 생태 공원이라고 하였다. 국가정원 안에 있는 순천 문학관에는 김승옥 문학관이 있다. 생태공원 안 순천만으로 흘러 들어가는 동천 지류에는 무지개다리인 무진교가 걸쳐있다.

현재 대대동 일원은 순천만이 생태 관광지로 급속히 부각되면서 2층이나 3층의 콘크리트 건물에는 음식점과 숙박업소가 빼곡히 들어차고 마을 앞 넓은 도로는 주말이면 자동차로 넘쳐난다. 유명한 관광지가 되면서 옛날 생활 정서는 파괴되고 소음과 교통문제 등으로 마찰을 빚고 있었다.

지금은 21세기이다.

세월은 물 같이 흐른다. 세월이 그렇게 흘렀으니 어디인들 안 변할 수 있겠는가. 변해도 너무 변했다. 난폭한 세월이 해치지 않는 것이 무엇이 있겠는가.

2. 내가 남들이 말하는 명문 법대를 진즉 졸업하였지만 나이는 어느새 30을 넘어섰고 사법시험은 계속 떨어지고 취직도 할 수 없어서 너무나 한심하던 시절이었다. 어느 날 갑자기 그녀는 냉정하게 절교를 선언했다. 일곱 번째인가 여덟 번째 떨어진 후였다.

그녀가 마지막으로 말했다. 「난 지금 혼자예요 혼자라구요 어머니와 싸우는 것도 지쳤다구요 내가 지금 뭘 할 수 있겠어요? 어머니에게 뭐라고 대꾸하죠? 말 좀 해보세요 도대체 합격할 수 있는 거예요? 뒤늦게 합격해서 뭘 할 건데요? 그래서 당신과 나의 인생이 무지개처럼 보장되는 거예요?」

내가 겨우 한마디 했다. 「그래, 그렇다고 치자고」

나는 아직 추위가 가시지 않은 이른 봄 남쪽으로 무작정 출발하였다. 도망이나 다를 바가 없었다. 사랑이 깨지고 나서 모든 것을 잃어버렸으니 도망치듯 도시를 떠난 것이다.

나는 그때 지리멸렬했다. 나의 미래에 대해 생각하면 너무 혼란스러워서 아무리 생각해봐도 지금 이후로 어떻게 될지 짐작조차 할 수 없었다. 무슨 일을 할 것인가. 자신이 어디에 있는지조차 알 수가 없었다. 자신은 살과 뼈가 있는 실체가 아닌 흐릿한 환영처럼 느껴졌다. 마음이 어수선하고 그래서 신선한 공기가 필요했고 마음을 비워버릴 공간이 필요했던가. 누구로부터 방해를 받고 싶지 않았고 모든 것으로부터 도망치고 싶었다. 어딘가에서? 낯선 곳에 가서 아무도 모르게 죽고 싶기도 했다.

청춘의 꿈은 사라졌고 삶은 권태와 염증으로 가득했으니.

*자 떠나자 동해 바다로 / 신화처럼 숨을 쉬는 고래 잡으러…
…*

나는 원대한 꿈이 아니라 절망과 좌절의 심연을 찾아서 남쪽
바다로 향한 것이다.

나는 순천역에서 기차를 내려서 시골 버스를 타고 방죽길을
따라 삼십 리를 더 들어왔다. 바람에 휘청거리는 누런 갈대밭이
끝없이 펼쳐진 염습지와 검은 갯벌, 회색빛 얕은 바다를 한참
지나자 비로소 수평선이 보이기 시작했다.

그날 남쪽에는 차가운 봄비가 내리면서 소금기를 머금은 강
한 해풍에 풍경이 흔들렸던 것을, 간조 시간이어서 갯벌은 깊은
속살을 드러냈고 갯벌에서 꼼지락거리며 놀던 수천 마리의 짱
뚱어 떼가 놀라서 일제히 갯벌 속으로 몸을 숨겼던 것을 기억
한다.

마을이 거기에 있었다.

내가 정을 붙이고 1여년을 살았던 그곳은 세상이 축약된 작
은 세계였다. 초등학교와 동사무소, 우체국, 파출소, 농협 지소
등 관공서와 술집과 (추운 겨울날에는 톱밥난로가 활활 타오르
고 어부들이 톱밥난로 주위에 둘러서서 불을 쬐던) 다방, 미장
원, 당구장, 약방, 사진관, 교회, 횟집이 모여 있었고, 마을 바깥
부둣가에는 고기잡이 어선이 입항할 때마다 부산스러운 간이
어판장, 아주머니들의 생선 좌판들이 줄지어 있었다.

3. 그는 1960년대 무렵 순천시를 제멋대로 무진읍으로 격하시키면서 묘사했다.

누군가 지적한 대로, **무진**은 지도상에는 존재하지 않는 상상의 공간에 불과할까? 무진은 사람들의 일상성의 배후, 안개에 휩싸인 채 도사리고 있는 음험한 상상의 공간일까? 일상에 빠져듦으로써 상처를 잊으려는 사람들에게 또다시 상처를 강요하는 이 지난한 삶이란 도대체 무엇인가를 끊임없이 묻고 있는 괴로운 도시일까?

그러나 작가는 그곳이 자신이 태어나고 자란 순천과 순천만에 연해 있는 대대포 앞바다와 그 갯벌이라고 이미 밝힌 바 있다.

"별 게 없지요. 그러면서도 그렇게 많은 사람들이 살고 있다는 건 좀 이상스럽거든요." "바다가 가까이 있으니 항구로 발전할 수도 있었을 텐데요?" "가보시면 아시겠지만 그럴 조건이 되어 있는 것도 아닙니다. 수심이 얕은 데다가 그런 얕은 바다를 몇백 리나 밖으로 나가야만 비로소 수평선이 보이는 진짜 바다다운 바다가 나오는 곳이니까요." "그럼 역시 농촌이군요." "그렇지만 이렇다 할 평야가 있는 것도 아닙니다." "그럼 그 오륙만이 되는 인구가 어떻게들 살아가나요?" "그러니까 그럭저럭이란 말이 있는 게 아닙니까!"

무진에 명산물이 없는 게 아니다. 나는 그것이 무엇인지 알고 있다. 그것은 안개다. 아침에 잠자리에서 일어나서 밖으로 나오면 밤사이에 진주해온 적군들처럼 안개가 무진을 뺑 둘러싸고 있는 것이었다. 무진을 둘러싸고 있던 산들도 안개에 의하여 보이지 않는 먼 곳

으로 유배당해버리고 없었다.

기와지붕들도 양철지붕들도 초가지붕들도 6월 하순의 강렬한 햇빛을 받고 모두 은빛으로 번쩍이고 있었다. 철공소에서 들리는 쇠망치 두드리는 소리가 잠깐 버스로 달려들었다가 물러났다. 어디선지 분뇨 냄새가 새어들어왔고 병원 앞을 지날 때는 크레졸 냄새가 났고 어느 상점의 스피커에서는 느려빠진 유행가가 흘러나왔다. 거리는 텅 비어 있었고 사람들은 처마 밑의 그늘에 쭈그리고 앉아 있었다. 어린아이들은 빨가벗고 기우뚱거리며 그늘 속을 걸어 다니고 있었다. 읍의 포장된 광장도 거의 텅 비어 있었다. 햇빛만이 눈부시게 그 광장 위에서 끓고 있었고 그 눈부신 햇살 속에서, 정적 속에서 개 두 마리가 혀를 빼물고 교미를 하고 있었다.

바다가 있는 부근에서 바람이 불어오고 있었다. 몇 시간 전에 버스에서 내릴 때보다 거리는 많이 번잡해졌다. 학생들이 학교에서 돌아오고 있었다. 그들은 책가방이 주체스러운 모양인지 그것을 뱅뱅 돌리기도 하며 어깨 너머로 넘겨 들기도 하며 두 손으로 껴안기도 하며 혀 끝에 침으로써 방울을 만들어서 그것을 입바람으로 훅 불어 날리곤 했다. 학교 선생들과 사무소의 직원들도 달그닥거리는 빈 도시락을 들고 축 늘어져서 지나가고 있었다.

순천은 현재 인구 오륙 만이 그럭저럭 살아가는 소읍이 아니다. 배후지에 광양만권 경제자유 구역과 거대한 광양제철 단지와 여천화학 단지를 거느린 인구 28만의 대도시로 변모하였다. 그러나 도시의 모습과 생활 환경은 완연하게 분리되어 있다. 도심 한가운데 조곡동을 중심으로 왼쪽에는 과거의 흔적이 여전히 남아있는 구시가이고 오른쪽은 대단위 아파트 단지와 새로운 상가와 음식점이 우후죽순처럼 들어서 있는 신시가지로 구분된다. 두 곳은 같은 도시라고 믿기 어려울 정도로 전혀 다른 광경을 보여주고 있다.

구시가지에서는 밤이 되면 교회의 첨탑에 매달린 빨간 네온으로 장식된 수많은 십자가들이 빛을 발한다. 그러나 신시가지에서는 그것을 조롱이라도 하듯이 화려한 빨간색으로 번쩍거리는 모텔과 유흥업소의 네온 불빛이 밤늦게까지 빛을 내뿜는다.

그래도 그때처럼 60년대 분위기가 아직도 남아있는 곳은 시장이다. 아랫시장, 윗시장, 중앙시장, 역전시장이 그곳인데 아랫시장과 윗시장은 5일장이고 중앙시장과 역전시장은 상설시장이어서 매일 장이 열린다. 옛 모습이 좀 더 드러나는 장은 아무래도 아랫시장과 윗시장이다. 장터에선 그 소설에서 묘사했듯이 지금도 철공소에서 쇠망치 두드리는 소리를 들을 수 있고 장터 후미진 뒷골목에 가면 김이 설설 피어오르는 솥단지 옆에 돼지머리 국밥집이 있고 그 옆으론 팥죽과 국수를 파는 노점들도 있다.

무진의 모습은 물론 구시가지 쪽이다.

4. 무슨 미련이 남아있었던가. 그러나 나는 돌아올 수밖에 없었다. 나는 눈물을 뿌리면서 그 길을 되돌아서 올라가야 했다. 달리 뾰족한 탈출구가 없었던 것이다. 나는 다시 제자리에서 맴도는 지겨운 생활로 돌아올 수밖에 없었다. 그녀에 대한 복수심

또는 실낱같은 희망이 내 등을 떠밀었기 때문이었을까. 끔찍할 만큼 지루하고 단조롭고 길고도 고독한 시시포스의 시간들이 기다리고 있었다. 그러나 밤이면 악몽을 꾸고, 그녀가 칼을 들고 덤벼들었다.

나는 혼잣말을 했다. 「너무 늦었어, 너무. 정말 너무 늦은 것일까? 그러나 막다른 골목이야. 다시 시작하는 거야. 지금 멈추면 안 되지. 조금만 더, 조금만. 바뀌겠지, 바뀔 거야.」

부둣가 해변에는 생선 썩은 냄새와 낡은 어선의 타르 냄새가 뒤섞여 있다. 바닷가에는 바람이 불어왔다. 바람이 심하게 부는 날엔 잔잔했던 바다가 거칠게 출렁이며 파도가 방파제를 거세게 때렸으므로 방파제와는 계류용 밧줄에 의하여 연결되어 있던 낡은 목선들이 격렬하게 서로 부딪치며 몸부림을 쳤다.

바닷가는 아름답고 쓸쓸하였다.

겨울이 끝날 무렵이면, 남쪽 바다는 생명의 몸짓으로 꿈틀거렸다.

저 멀리 검은 뻘밭이 끝나는 해안선에서부터 다시 바다가 열리고, 수평선은 바다와 하늘이 맞닿아 경계가 희미해지는 아득한 곳까지 물러 앉아있다. 그때쯤이면 바다 쪽에서 불어오는 차가운 바람은 한결 누그러졌다. 겨울 철새들은 벌써 귀향을 준비하고 있었다. 나 역시 신림동 고시원으로 귀향을 서둘렀다.

나는 그날 새벽 2시쯤 깨어서 다시 잠들지 못했다. 막상 올라가자니 마음이 뒤숭숭했던 것이다. 날이 밝아 왔다. 벌써 마을 뒤쪽 해장죽 숲에서 그곳 텃새인 동박새들이 지저귀는 소리가 들린다. 밤새 내려앉았던 밤안개가 흩어지기 시작했다. 내가 떠나오던 날 맑은 하늘에 샛바람이 거세게 불면서 바다는 흰 거품을 일으키며 으르렁거렸다.

내가 천신만고 끝에 1983년 제25회 사법시험에 합격하였을 때는 그 기수에서 두 번째로 나이가 많은 고령 합격자였다. 그리고 사법연수원 시절 뒤늦게 결혼하였지만 결혼생활은 순탄치 못했다. 겉으로 보이는 것보다도 속으로 곪아서 실패한 결혼이었다.

나는 악성 임질의 후유증 때문인지 자식을 가질 수 없었는데 그게 결혼생활이 삐걱대는 중대한 원인이 되었다. 그러나 나는 나를 닮은 못난 자식을 낳지 않은 게 차라리 그게 나았다고 생각한다.

나는 아내와 싸우고 나면 늘 그곳을 기억했다.

집집마다 얕은 담벼락에 철 이른 붉은 줄장미가 피어있는 골목길, 아카시아의 짙은 향기, 마을 뒤쪽 해장죽 숲에서 동박새들의 지저귐, 내가 살았던 넝쿨과 이끼가 낀 돌담 속 폐허 같은 슬레이트 집, 방죽길을 따라 길섶에 지천으로 피어있는 야생화들, 금창초, 현호색, 개별꽃, 쑥부쟁이, 자운영꽃, 복사꽃, 할미꽃, 개구리 발톱, 잎이 달려있을 때는 꽃이 피지 않고 꽃이 필 때는 잎이 피지 않아서 꽃말이 '도저히 이루어질 수 없는 사랑'인 상사화, 그 풀잎에 맺힌 이슬방울, 어스름한 여름밤 유령처럼 날아다니던 반딧불이, 바다에서 불어오는 소금기가 밴 찝찔한 바닷바람, 정오가 되면 어김없이 울려 퍼지는 교회의 종소리, 검은 석탄 연기를 내뿜으며 길게 기적소리를 울리고 내달리는 경전선 완행열차, 학교가 파할 무렵이면 재잘거리며 교문으로 우르르 몰려나오는 어린 아이들, 크고 검은 눈동자에 우수가 깃들여있어 수줍음을 잘 탈 거 같았던 여선생님, 지나가는 사람들 귀에 다 들리는 동네 여자들이 아웅다웅 싸우면서 내는 말다툼 소리, 골목길을 어슬렁거리는 비쩍 마른 고양이, 언제나 밤안개가 짙은 곳, 염습지의 갈대숲, 시베리아의 툰드라에서 날아온 겨울 철새들, 사리 물때가 되면 갯벌에서 웅덩이를 만들어 개불을 잡는 일, 또는 말뚝망둥어와 흰발농게를 잡는 일, 갯바위에서 굴을 따는 일, 흰발농게를 잡아먹으려고 호시탐탐 노리고 있는 봄의 철새인 도요새, 밤의 어두움이 찾아오기 직전 짧은 순간 황혼녘의 바다가 푸른빛으로 빛날 때 어둠을 뚫고 먼 바다에서 돌아오는 지친 어선들. 생선 횟집에서의 술판, 도수 높은 알코올 기운을 풍기는 술 취한 어부들. 갯바위에서 뛰어내려 자살한 젊은 여자의 부풀어 오른 시체. 그녀는 얇은 코트 주머니에 돌멩이를 넣은 채바다로 뛰어내렸다. 나는 그녀가 누구인지 몰랐다. 하지만 며칠 동안 갯바위를 찾아가 무슨 일이 일어났는지를 알아보려고 애썼다. 나는 그녀가 뛰어내린 장면을 수없이 머릿속으로 상상했다. 나는 그녀의 혼을 만나기 위해 그 바닷가를 배회하였는지 모르겠다.

그곳이 나의 유배지였던가. 그곳에서 나의 삶은 남루했지만 그러나 행복했다. 그때 내 얼굴은 햇볕에 그을렸고 내 육체는 바닷바람에 억세졌다. 나는 그 바닷바람을, 바닷가 마을을, 늙은 어부를 잊을 수가 없다. 그때 굳게 결심하고 올라오지 말았어야 했다고 다시 생각한다.

5. 2015년, 늦가을이었다. 안개가 자욱하게 끼지만 벌써 추운 날들이 찾아왔다. 회색빛이 감도는 짙은 안개가 땅 위를 낮게 기어다니며 관목 숲 나무들과 누런 풀잎들을 어루만졌다. 나무 둥치들 사이로 안개가 만들어내는 형상들은 무한정 변화하면서 지칠 줄 모르고 춤을 췄다.

그가 죽은 지 1년이 지났는데 그즈음 하여 그가 꿈속에 가끔 나타나기 시작했다. 그러나 꿈속은 안개처럼 몽롱해서 그의 얼굴과 모습이 명확하게 드러나지는 않았다. 어떤 날 밤에는 밤새 끔찍한 악몽 때문에 잠을 설쳤다.

처음 바닷가에서 그를 마주친 순간 어떤 섬뜩한, 정체모를 미지의 분위기를 느꼈지만 그걸 내색하지 않고 그저 무심한 표정으로 외면을 하고 지나쳤다.

엄숙함, 고독감, 공포, 경이로움.

(그와 나 사이에서 우리라는 단어는 복잡한 의미를 담고 있는 것이 아니라 어떤 상징적인 의미를 담고 있다고 볼 수 있지만) 우리가 두 번째 스쳐지나갈 때에도 우리 사이에 침묵이 무겁게 짓누르며 목을 조였다. 하지만 한 겨울에서 짧은 봄을 거쳐 긴 여름으로 계절이 바뀌면서 우리는 급속도로 가까워졌다. 둘 다 몹시 외로웠고 말 상대가 필요했던 것이다.

그가 말했었다.

「자네와는 갈수록 말이 통하고 호감을 느끼지. 우리가 좀 더 일찍 만났다면 좋았을걸.」

「전 퀴어는 질색이에요.」

「오해하지 말게나. 그건 나도 마찬가지야.」

「글쎄요? 이성애자 남성들이 한다는 브라더와 로맨스를 합친 브로맨스가 가능했을까요. 전 신경질적이고 까칠하니까 그것도 아니에요.」

「그렇단 말이지……」

나는 그와 대화를 하면서 낙서를 하는 것처럼 끄적였던 메모와 내 일기장을 뒤적이고 지난 1년간의 사건과 풍경들을 여전히 생생한 기억의 창고로부터 불러낸다.

밤이 깊어가고 있다.

나는 자신도 모르는 채 눈물을 흘리고 말았다.

* * *

그곳은 무인도처럼 외부와 절연된 고독한 공간이었다. 현실 세계의 시간과 공간으로부터 멀리 벗어나서 격리된 장소였던 것이다.

집 근처 공터에는 생강나무가 자랐는데 꽃은 물론이고 잎과 줄기에서도 좋은 향기가 묻어났다. 칡넝쿨은 나무를 칭칭 감고 올라가면서 향기로운 꽃을 피웠다. 칡넝쿨 속에서 구불구불 꿈틀거리며 초록색 뱀이 기어나와 풀섶에 몸을 숨기더니 홀연히 사라져 버린다.

초가을이면 코스모스들이 한들한들거리며 푸른 하늘과 어울렸고 구절초는 엷은 구름이 하늘 높이 떠 있는 맑은 하늘에 안겨 미소를 짓는다.

그는 채마밭에서 계절마다 남새를 심었다.

그 집은 울창한 소나무 숲이 있는 완만하게 경사진 언덕 아래쪽에 바다를 향해 남향으로 자리 잡고 있다. 그는 동네로부터 한참이나 외따로 떨어져 있는 허물어져가는 농가 집을 헐값에 매입해서 세심하게 공들여 스스로 집을 수리했다. 마을로부터 개 짖는 소리, 닭 우는 소리조차 들리지 않는다. 숲으로부터 이름 모를 새들의 지저귐 소리만 들릴 뿐이다.

그 집에는 주방을 겸한 식당, 거실과 침실이 있다. 헛간을 개조해서 작업실을 만들었다. 그 작업실 뒤쪽 처마 밑에는 벌들이 벌집을 짓고 더듬이질을 하며 안팎을 들락날락 날아다녔다.

전기가 들어왔고 난방 기기나 배관 시설 등은 제대로 작동했지만 상수도는 들어오지 않아 집 앞마당에 있는 우물물을 사용했다.

거실에는 스탠드가 놓여 있는 철제 책상과 의자 외에 가구가 없다. 거실 벽에는 그림이 든 가족사진이 든 액자는 걸려있지 않다. 텔레비전도 없고 인터넷을 하기 위한 컴퓨터도 없었고 스마트폰도 없다. 그러나 매우 낡았지만 5대의 스피커와 명품 고급 음향 장비가 설치되어 있고 벽에는 바닥에서 천장까지 닿을 정도로 많은 책들이 가득 쌓여있다. 그는 언젠가 고통을 잊기 위해서 가끔 음악을 진정제로 사용한다고 털어놓은 적 있었다.

그곳은 저장강박증을 가진 사람의 극도로 지저분한 거실이 아니라 깨끗하게 정돈된 창고 같은 곳이었다. 그는 자신의 집을 마치 어머니의 자궁 속처럼 편안하게 느끼고 있었다.

작업실에 붙어있는 작은 창고에는 역시 책들, 그림들, 목공예 작품들, 상자들, 무슨 물건들인지조차 알 수 없는 물건들이 질 서정연하게 차곡차곡 쌓여 있다. 그리고 바다를 그리다가 중단한 풍경화 캔버스가 세워져 있다.

그는 허리는 꼿꼿했지만 얼굴은 온통 주름투성이이고 강한 바닷바람에 그을려 까맣게 탔다. 회색 턱수염을 기르고 다녔다. 눈 아래로 축 늘어져있는 두꺼운 눈두덩이 때문에 눈은 반쯤 잠긴 것처럼 보인다. 렌즈가 두툼한 검은 테 안경을 쓰고 있다. 울퉁불퉁한 손마디와 길고 더러운 손톱에 잔뜩 낀 때가 눈에 들어온다. 그즈음 먼지가 많이 나는 목공일을 하고 있었기 때문이다.

그는 나름대로 집안을 정리하고 누구의 방해도 받지 않고 그만의 생활 리듬에 맞춰 살아가고 있었다. 그동안 누구도 만나지 않았고 어떤 방문객도 받아들이지 않았다. 실제 찾아오는 사람은 거의 없었지만 말이다. 동네 사람들은 그가 원래 대대 마을 출신인 것을 알기 때문에 외지인 취급을 하지는 않았다. 그래서 외지인에 대한 적대감이 없었고 전혀 이런 일 저런 일 간섭을 하지 않았다. 하지만 동네 늙은이들은 그를 만나면 경계심 때문인지 길을 비키고 피하면서 눈길조차 마주치지 않으려고 하였다.

그러나 그는 지금 힘없이 늙어가는 사람일 뿐이다.

그가 말했다.

「서울에서 오랫동안 변호사를 했단 말이지? 어떻게? 그렇게 귀하신 몸이 여기까지…… 변호사 생활이 지겨웠던 걸까?

흰 것을 검게 만들 수 있는 사람은 화가와 변호사뿐이라고 했고…… 변호사는 전부 지옥에 가 있다고 했으니까.」

「그러게 말입니다. 그렇지만 전 별 볼일 없는 무능한 변호사였어요.」

「스스로 그런 말을 할 필요는 없겠지.」

「벌써 여름이에요.」

「이곳 여름은 의외로 후덥지근하다네. 뜨거운 태양이 바닷물까지 데워놓은 것 같다니까.

이게 여기서 내가 밀가루와 소금과 물로 만든 과자라네. 전매특허품이지. 내놓을 수 있는 거라곤 이것뿐이네. 그리고 커피도 있고…… 독한 술도…… 만약 피우고 싶다면 그게 있지.」

「전 담배도 안 피워요. 마리화나 말고 더 독한 것은 안 해봤어요?」

「부산 시절에 몇 번인가 해봤지. 그러나 스스로 끊었다네. 부작용이 너무 심했거든. 이건 별거 아니니까 계속하는 거지.

마약 중독자들은 처음 할 때는 마약을 하더라도 끊을 때는 끊을 수 있다고 자신하거든. 그러고 나서 약물 중독자들은 죽어도 다시는 안 하기로 그런 다짐을 한다네. 하지만 결국 마음이 약해지고 예전 습관으로 돌아가고 말지. 자기 최면을 걸어도 소용없어. 유혹이 워낙 강하거든.

고백하건대…… 지독한 중독자들은 어찌나 교활한지 그걸 오랫동안 숨길 수 있다네.」

과자 하나를 집어 맛을 보았더니 약간 짜면서도 너무 부드러워서 입 안에서 살살 녹았다. 침묵이 흘렀다. 나는 창밖으로 바다와 섬들을 바라보았다.

그가 검은 커피 가루에 끓는 물을 붓자 블랙 커피의 진한 향이 모락모락 피어오르며 방 안에 가득 퍼졌다. 우리는 맥주 컵처럼 큰 잔에 든 뜨거운 커피를 식혀가며 조금씩 핥듯이 마셨다.

「자네에게 내가 살아온 험한 이야기를 내 입을 통해 그대로 전할 수 있을까? 나이가 들 만큼 들었으니까…… 80이 넘었다네. 내 얼굴에 새겨진 작은 주름들이야 생생하게 기억하고 있을지 모르겠네만. 그러나 늙은이의 기억은 믿을 게 못 되지.

게다가 오랫동안 혼자 살면서 고립된 생활을 한 것이 내 기억력에 심각한 영향을 주었을 거야. 그래서 더 이상 무엇이 진실이고 무엇이 환상인지 확실하게 구분할 수 없는 순간이 온다네.

자네는 늙는 것이 끔찍하거나 하찮은 것이라고 생각하나? 인생이 길다고 믿지 말게나. 지금 이 나이가 되면 하루하루를 마지막 날로 여기고 살아야 한다네.

그러니까 너무 혼란스러워서 무엇이 진실인지 무엇이 거짓인지 전혀 분간할 수 없게 되는 거지. 그러나 중증 치매에 걸린 것은 아니니까 안심하라고. 때로는 옛날 기억들이 엊그제 일처럼 생생하게 떠오르기도 하지. 어느 순간 수십 년 된 일이 고스란히 살아나서 몸서리를 칠 수도 있는 거야.

다시 말하지만…… 그렇다네.

인간의 기억은 누구나 점점 희미해지지. 그래서 절대로 못 잊을 일을 까맣게 잊어버리고 지내기도 한다네. 시간이 갈수록 더 잊어버린다네. 하나둘씩 기억을 잊어버리게 되는데 그건 알츠하이머 때문이 아니라 노화에 따른 자연스런 현상인 거지. 그러니까 우리가 잊어버리는 것은 늙고 죽는 것처럼 자연스러운 일이라고 할 수도 있을 거야.

그러나 잊혀지지 않는 것도 있다네. 내가 무얼 잊어버렸다면 그건 기억할 만한 가치가 전혀 없기 때문일 수도 있어.

내가 여기에 내려온 지가 벌써 15년이 지났지. 귀소본능이라고 할까. 고향이라고 찾아와서 그대로 주저앉은 거지.

내가 여길 내려올 때는 아주, 아주 오랫동안 하지 못했던 일을 하고 싶어서였네. 바로 아무것도 안 하고 빈둥거리는 것 말일세.

그러나 어쩔 수 없었네. 그러니 여기를 떠나고자 하는 욕망도 완전히 사그라져 버렸다네. 나에겐 도대체 욕망이란 것이 없다네. 여길 떠나고자 하는 욕망이건 새로운 삶에 대한 욕망이건 아무것도 없어. 나는 종마를 거세해 성욕을 없애버리듯이 나의 가슴 속에서 욕망을 제거해버렸네.

아무런 욕망이 없는데 무슨 이야기가 가능할까.

죽는 날까지 여기 남아있을 거야. 나는 이 세상이건 저 세상이건 간에 반드시 떠나야만 하는 그런 상황이 닥치기 전에는 떠나지 않을 걸세.

나는 여기서 무슨 비망록이나 일기 같은 걸 끄적이지는 않는다네. 모든 걸 망각하기를 바라거든. 나는 지금 자신을 잊는 연습을 하고 있지.

나는 문학 이론에 대해서는 잘 모르지만…… 개인의 삶이란 게 얼마나 하찮고 비루한데 그런 걸 굳이 글로 쓸 필요가 있을까? 그런데 흔해빠진 지극히 평범한 이야기가 일단 책으로 인쇄되어 나오면 그건 굉장한 것으로 둔갑을 하더군.

나는 이 세상에 아무것도 남기지 않을 거네. 오직 불에 타고 남은 재만 남길 거라네.」

「불은……? 불이란 훌륭한 정화제이긴 하죠

하지만 기억에 대해서는 그렇게 걱정할 필요가 없습니다. 망각은 무의식의 세계이면서 기억의 저장 창고라고 할 수 있습니다. 언제든지 문을 열고 뛰쳐나올 겁니다.」

그는 대마초를 꺼내 입에 물었다.

그는 머리를 꼿꼿하게 세우더니 인생 경험이 많은 연장자로서 조금 경멸에 찬 표정으로 연하인 나를 바라보았다. 나는 그때 그렇게 느꼈다.

「우린 몇 가지 공통점이 있는 거야. 첫째는 이쪽이 고향이고 남쪽 포구와 많은 연고가 있다는 것이고, 둘째는 둘 다 서울에서 인생에 실패하여 이혼하였고 귀소본능에 따라 여기로 내려온 것이야, 그러나 한편 생각하면 우리가 인생에서 실패했다고 단정을 할 수 없겠지, 누군들 별다른 인생을 살았겠는가, 셋째는 여기로 내려올 때 내 나이와 자네 나이가 60대 후반으로 비슷했어, 그리고 자네가 무슨 생각에서인지 뒤늦게 무명작가로 소설을 썼던 것, 나 역시 뒤늦게 소설이니 시를 쓰려고 아등바등했다가 결국 포기한 점 등이 말일세.

나는 일찍부터 작가가 되려고 생각했었지만 먹고 살아야 하니까 그게 여의치 않았다네.

또 하나가 있군. 이제 보니 자네도 술 꽤나 마시더군. 그러니 젊은 시절에는 두주불사하였겠지. 그래서인지 자넬 만나면 낯설지 않고 편안함을 느낀다네.

누구든지 내 집에 찾아오면 방해받았다는 느낌 또는 침입당했다는 느낌을 받았다네. 그 누구도 반갑지 않았어. 그런데 어쩐 일인지 자네만큼은 예외가 되었네. 자네와는 벌써 여러 번 만난 사이니까 어쩔 수가 없었지.

그런데 말일세…… 독한 술도 좋은 점이 있다네. 내가 말하는 독주란 40도를 넘는 빼갈이나 보드카를 말하는 걸세. 독주는 혀에서는 날카롭지만 목에서는 부드럽고 뱃속에 들어가서는 따뜻하게 덥혀주지.

그런데 독주 속에 들어있는 특이한 화학 성분이 있는데 그게 머리털이 빠지지 않도록 작용을 한다고 하더구먼. 그래서 자네나 나나 머리는 하얘도 대머리는 아닐세. 그러니까 알코올 중독자들 중에는 대머리가 없는 거야. 이왕지사 말이 나왔으니……나는 독주가 장점이 많다고 생각하지. 그걸 마시면 기분이 하늘 높이 올라가면서 생각을 더욱 맑게 해주거든. 슬픔이나 고통을 줄여 주기도 하고 또 하나 장점은 그걸 마시면 빨리 취하게 되지. 더 많이 마시면 만취할 수 있다는 거지. 만취 말일세……만취…… 그러면 마침내 울게 되지.」

「그렇군요. 불쌍한 침입자인 저를 받아주셔서 감사합니다. 그리고 술에 대한 찬사는 저도 동감입니다. 이의가 있을 수 없지요. 우린 아슬아슬하게 알코올중독 신세는 면했지만 알코올 의존증인 게 틀림없지요. 그래도 우린 어떤 경우에도 고래고래 악을 쓰면서 술주정은 안 하지요.

그런데 우린 똑같이 인생에서 실패했던 거 아닌가요? 얼마나 더 많은 좌절과 방황을 겪어야만 될까요? 실패가 아닐 수도 있다고요? 그건 치사한 자기기만이 아닐까요?

또 있어요. 우린 독실한 무신론자이거나 불가지론자 아닌가요? 저의 경우에는 틀림없어요.

좋습니다. 넘어갑시다. 논쟁을 할 만큼 자신이 없으니까요.

그러니까 인생 선배이고 고향 선배이고 형님인 거죠. 한 가지는 아니겠네요. 저는 바닷가 절벽으로 갔을 때 뛰어내리고 싶은 충동을 느꼈다는 거죠.」

「자살 충동이라…… 난들. 카뮈는 자살이야말로 단 하나의 진실한 문제라고 단언했어. 인간 조건에서 아주 근본적인 문제이기 때문에 결국 자살을 철학적인 문제로 본 거지.

이곳 생활이 항상 지루하고 기다리기만한 것은 아니었어. 자유가 지천으로 널려있지 않은가.」

「우리 모두의 가슴 속에는 자유롭게 살고 싶은 간절한 욕망이 있겠지요. 하지만 진정한 자유란 것이 무엇인지 누가 알 수 있을까요? 제가 법정에서 벗어나고…… 소송에서 벗어나고…… 아내한테서 벗어나고…… 서울에서 벗어나면…… 그러면 제가 진정한 자유란 것을 찾을 수 있을까요?」

「왜? 자유는 스스로 찾는 거야. 자유야말로 진정한 용기가 필요하지. 누가 공짜로 던져주는 게 아니란 말일세. 거기에 나오는 모든 것들을 반신반의하며 생각했다네. 그런 하찮은 일들이 이야기의 소재가 될 만큼 기이한 것들일까.

나에게 지금 가장 위험한 것은 깜박 잠드는 일이라네.

내가 불면증에 시달리면서 며칠째 잠을 자지 못하다가도 수면제를 한 움큼 먹고 한 번 잠이 들면 죽음처럼 깊은 잠에 빠져든다네.

잠이 든 상태로 계속 시간이 흘러 끝내 잠에서 깨어나지 않는다면 결국 죽게 되는 것이 아니겠는가. 그런 생각이 든다네. 아프리카에는 잠에서 깨어나지 않는 풍토병이 있다고 하지 않던가.

내 이야기를 어떻게 이해하든가 그건 자네 마음이라네.」

「모든 이야기에는 보이지 않는 장면과 입 밖에 내지 않은 침

묵이 있다고 하더군요. 말이건 글이건 표현을 하는 만큼 억압하
는 측면이 있다는 것입니다. 그러니까 표현을 하는 부분이 있다
면 의도적으로 숨기고 침묵을 해야 하는 부분이 있다는 것이죠
언어의 억압적 측면은 도대체 극복할 수 없는 태생적 한계로
여겨진다는 것입니다.

제가 철없는 어린애가 아닌데 말씀을 뺄 건 빼고 더할 건 더
하면서 알아듣겠습니다.」

「그러니까…… 1964년 여름이었을 거야. 내가 그때 순천에
내려갔다 와서 만났으니까. 을지로 쪽에서 그들을 만났던 것부
터 이야기를 시작해야겠구만.

공구상이며 조명가게가 들어서있는 허름한 단층 건물들이 다
닥다닥 붙어서 서있는 거리였지. 거기에 값싸고 푸짐한 식당들
이 엄청 많이 있었지. 그때도 을지로3가 큰길에는 해방 이후 서
울에서 처음 문을 연 중국집이 있었어. 2층 건물의 좁고 가파른
계단을 올라가면 다방 커피와 달걀을 띄운 쌍화차를 파는 옛날
다방들이 있었고……

우리는 토요일 오후 그런 다방에서 처음 만나 서로 인사를
교환했었지. 잠깐 동안 옛날 고향 이야기를 했고 그러고 나서
자리를 옮겼지.

을지로3가 안쪽으로 가면 노가리 골목이 나오는데 그곳엔 80
년대부터 많은 호프집이 모여 있었기 때문에 나도 회사 사람들
하고 가끔 갔었지. 그 시절에도 노가리 골목의 단골들은 대낮부

터 연신 생맥주를 들이켰어. 그래서 노가리 골목 가게들은 대부분 낮 12시면 문을 열었지. 그러나 60년대에는 아직 생맥주를 마시는 시절이 아니었으니까 그때 그 골목은 아직 생기지 않았었지.

그런데 말이야…… 을지로3가 뒷골목에는 양대창을 전문으로 하는 술집들이 늘어서 있는 골목길이 나오는데 대부분 60년대 이전에 문을 열었지. 그 시절 고기 맛이 그만이었어. 굶주린 시절이었으니까. 그때는 그 골목에 들어서면 여기저기서 고기 굽는 냄새가 진동을 하였다네.

그러니까 길가 탁자에 앉아서 암소 등심 등 고기를 구웠지. 그 골목에는 생태탕 맛집, 돼지갈비집, 곱창전문점, 소갈비집도 모여 있었지. 아마 거기 돼지갈비집에서…… 그때는 25도짜리 진로 소주가 있었으니까 그걸 엄청 마신 것 같네.

그 골목 끝에는 골뱅이 골목이 있었다네. 골뱅이무침은 새콤달콤한 맛이 흔한 맛이 아니지. 내가 참 좋아했다네. 통조림 골뱅이 하나를 통째로 따서 마늘과 고춧가루, 대구포, 파채를 함께 넣어서 버무리니까.

그날 골뱅이 집에서 입가심한다고 하면서 OB맥주를 또 엄청 마셨지. 그때 맥주는 아무나 못 마시는 고급 술이었네.

그날 그 작가는 고등학교 동창생 두 명과 함께 왔었지. 그렇게 기억한다네. 그는 나와는 나이 터울이 나지만 한때 도사동 이웃집에서 함께 자랐으니까 너무나 잘 아는 사이였다네.

자네도 알고 있겠지만…… 그때는 법정동으로는 도사동만 있었는데 대대, 교량, 안풍, 인월 등 바닷가 쪽 시골 동네들이 도 사동에 포함되어 있었던 거야. 아마 순천만 일대가 공원으로 개 발되면서부터일 거야…… 언제부터인가 이런 동네들이 행정동 으로 승격을 했더군. 그렇다고 하더라도 예전에는 도사동 전체 가 변두리 촌구석이었지.」

「버스를 타면서 대대 마을이 대대동으로 변한 것을 처음 알 았지요. 이렇게 많이 변한 줄은 까마득히 모르고 있었어요.」

「이야기를 계속하겠네. 두 사람은 초면이었지.

기억나는 게 얼굴이 희멀건하고 단정하게 생긴 친구는 그때 법대 4학년 학생이었는데 벌써 사법고시에 합격하고 사법연수 원 입소를 기다리고 있다고 하더군. 역시나 호감이 가더라고 나중에는 부장판사까지 하고 나서 대형 로펌의 대표 변호사까 지 지냈으니까 인품이 아주 훌륭하다고 순천에서는 그 명성이 자자했지.

다른 친구 역시 대학생이었던 것 같았는데…… 그들의 관심 사는 대학 졸업을 앞두고 군 입대 문제였어.

학교를 졸업했고…… 그 무렵에는 자신의 인생 목표와 목적 이 혼란스럽고 확신이 서지는 않는다 해도 어쨌거나 사회로 막 진출해서 꿈을 펼쳐야 할 시기였지만…… 그때나 지금이나 남 자들은 군대가 무슨 장벽처럼 가로막고 있었지.

내가 한 수 가르쳐주었지. 그 당시는 어수룩했으니까 돈과 빽 만 있으면 얼마든지 빠져나올 수 있었다고 특히 말단이긴 했지 만 병사계의 빽은 막강했어. 그자가 빠져나오는 모든 수단을 다 알고 있었거든. 돈만 주면 안 되는 게 없었어. 부정이 만연했지. 그 알량한 자리를 이용해서 허겁지겁 사리사욕을 잔뜩 취한 거야. 뇌물에 한 번 맛을 들이면 그럴수록 돈에 매달릴 수밖에 없는 거라네.

나도 꽤 큰 목돈을 쥐여주고 빠져나왔거든.

그들이 내가 알려준 대로 군대를 갔다 오지 않았는지는 알 수 없네만. 자네의 경우는 어땠나? 이곳 출신이니까 역시 병사계에 손을 썼겠지? 얼마쯤 주었겠지.」

「글쎄요. 기억이 잘 안 나는데요.」

「그날…… 우리는 이런저런 말들이 길어지면서 꽤나 마셨다네. 많이들 마셨지. 물론 나는 그때 회사에 다녔으니까 술값은 내가 부담했다네. 그렇지 않은가? 젊은 사람들이 술에 취하면 당연히 여자 이야기로 넘어가지 않겠는가? 그때 그 여자의 이야기가 나온 거야. 내가 이야기를 꺼낸 취지는…… 얌전한 여자가 어떻게 해서 주도권을 쥘 수 있느냐는 것하고…… 여자의 성불감증에 관한 거였어. 아무리 아름다운 여자도 그건 아니더란 이야기였지.

우리들은 그때 술이 엄청 취할 때까지 즐겁고 화기애애하게 수다를 떨었다네. 그리고 헤어질 때…… 그러니까 2차인가 3차인가 끝나고 헤어지면서 서로 말했네. 조만간 또 뵙죠, 조만간에요. 하지만 그 이후 다시는 보지 못했다네.

그런데 나중에 알고 보니 그걸 처음 발표한 후 영화를 만들면서 몇 번씩이나 고쳐 썼더구만. 그것도 제멋대로 말이야. 진

실한 이야기가 아니라는 거지. 나를 유부남이면서 아내 몰래 밀
회나 즐기는 탕아로 만들어버린 거지.」

6. 여름이 무르익어 가고 있었다. 하늘은 눈이 아플 만큼 파
랗고 구름은 하늘 높이 떠 있는 성긴 새털구름뿐이다. 뜨거운
태양에 염습지의 풀들이 누렇게 타들어가고 있었다. 냇물은 바
싹 말랐고 모기떼와 하루살이들만 들끓었다. 한동안 비가 내리
지 않아서 몹시 가물었던 것이다. 그때는 미풍마저 불지 않았고
바다로부터 진하게 풍겨오는 짠 염분 성분이 후덥지근한 날씨
만큼 사람들을 짜증나게 하였다.

우리는 얼마쯤 지나 다시 만났고 에어컨 바람이 시원한 대대
동의 다방으로 갔다.

내가 말했다.

「제가 약간 유치한 이야기를 해도…… 또는 약간 아는 채 거
들먹거려도 현명하신 선생님께서는 그러려니 해야 합니다.

대화가 빗나가면 바로 잡아주시고……

저도 문학청년 시절이 있었으니까…… 그 소설이라면 그 시
절 분명히 읽었었죠 하지만 영화를 본 기억은 없네요 그걸 읽
고 나서 감명을 받은 것은 아니지만 약간 충격을 받은 것은 사
실입니다. 왜 아니겠어요? 그때는 그랬어요. 반세기 전 일이니
까요.

현실세계에서도 어떤 사람의 정체성을 규정할 때는 이거다

저거다, 어느 하나로 말할 수 있는 사람은 거의 없다고 봐요. 흔히들 어떤 하나의 정체성으로 말하는 것을 좋아하지만 그건 제대로 관찰하지 못한 거예요. 다들 조금씩 복잡하고 복합적이에요.

그러므로 그가 지닌 전체…… 다시 말하면 모든 면모가 하나의 정체성이라고 봐야겠지요.

누가 작가의 모델이 되었든 간에 그 작중 인물에는 약간씩 여러 사람의 모습이 들어있게 되지요. 누군가…… 이름이 생각나지 않지요…… 작가는 그의 모델을 그대로 복사하진 않는다. 그는 그들에게서 그가 원하는 것만을 취하며 그의 주의를 끄는 몇몇 특징과 그의 상상력을 점화시킨 성격을 취하여 인물을 구상한다고 했습니다.

작가는 이야기를 진행시키기 위해서 어쩔 수 없이 현실을 왜곡하게 됩니다. 그러면 이야기가 오히려 현실을 만들어가게 되지요. 소설이란 게 그런 거 아니겠습니까.」

그가 정확하고 세심한 표현을 찾는 사람의 엄숙한 표정으로 말했다. 「나는 같은 이야기를 너무 많이 곱씹은 탓인지 헷갈려서 이제 뚜렷하게 기억나는 게 별로 없다네. 50년이 흘렀으니. 그 작가는 그때부터 유명인사가 되었고 그 이야기는 너무 잘 썼기 때문에 문단에서 전설이 되었네. 자네도 그 작자가 써놓은 이야기를 읽었다는 거 아닌가. 글재주가 약간 있었다고 해야겠지.

자네는 물론이고 수없이 많은 사람들이 그 소설을 읽은 것처럼 나도 그가 내 이야기를 어떻게 풀어놓는지 보고 싶어서 몇 번이고 읽어봤지. 그때마다 내가 그 유명한 소설의 진짜 주인공이라고 소리치고 싶었다네. 하지만 그런다고 누가 내 말을 믿어주겠어. 자네는 믿겠는가?

몇 년 전부터 난 자네 같은 사람을 기다리고 있었던 거야. 나는 지금까지 살아남았네. 마침내 내 이야기를 전할 수 있게 되었지.

내가 직접 책을 쓰지는 못한다고 해도 적어도 이야기를 들려줄 수는 있지 않겠나.」

「아무리 인생에서 교훈이 되는 좋은 이야기이거나 재미있는 이야기라도 그것은 기억에서 곧 사라져버리죠. 이야기는 글로 쓰여져야만 살아남아요. 어쨌거나 하나의 텍스트를 거쳐야 하는 거죠.

형님의 이야기는 충분히 근거가 있으니까 글로 남겨야 될 거예요. 회고록을 말하는 게 아닙니다. 그건 자기 변명만 늘어놓으니까 최악이에요. 문제는 예술성 혹은 예술 그 자체입니다. 형님의 굴곡진 인생은 예술 작품으로 승화시킬 수 있을 만큼 풍부한 의미가 담겨있다니까요.

그 소설의 내용을 잘 알고 있는 독자들은 형님의 이야기를 듣고 나서 몹시 당황스러워하겠지만 말입니다.

먼저…… 아버지…… 어머니 이야기를 해 보세요. 상당히 궁금했거든요. 거기에서는 너무 간단히 처리되었지요」

289

「내가 아버지를 본 건 딱 한 번뿐이었다네. 그것도 엄마와 함께 방죽길을 걷다가 우연히 보았지. 거동이 몹시 둔한 영감탱이가 오른쪽 다리가 불편한지 질질 끌고 다가왔어. 계속 기침을 하면서도 연신 담배를 피워대더군. 눈길에는 뭔가 악의에 차 있었지. 나중에 알고 보니 그 작자가 내 아버지였어. 우린 얼굴에 닮은 구석이 많이 있었다네.

아버지는 나를 외면했고 그렇기 때문에 그때는 긴가민가했어. 아버지란 작자는 엄마와는 한참을 속닥이다가 거친 말싸움으로 끝이 났어. 아마 돈 문제였을 거야. 엄마의 얼굴이 일그러지면서 생전 들어보지 못한 상스러운 전라도 욕설을 마구 내뱉었다네. 그래서 내가 당황해서 울어버렸지.

어머니는 평소 내가 뭘 물어보면 그럴수록 더욱 애매모호한 태도로 우물쭈물했거든.

어머니는, 어떻게 해서 그 집에 하인으로 들어가게 되었는지, 아버지란 작자와 어떻게 해서 처음 성교를 했는지 아니면 겁탈을 당했는지, 몇 번 만에 임신하게 되었는지, 왜 임신중절을 하지 않고 끝내 나를 낳게 되었는지, 아버지의 그 못된 성격이나 특징에 관해 얘기해준 게 하나도 없다네. 아주 작은 추억이라도 단 한 번도 이야기해준 적이 없었어.

쓸데없이 동네에서 흘러 다니는 밑도 끝도 없는 이야기만 주절주절 말했었지. 그런데 이야기라는 게 시간이 흐르면서 죽을 수도 있다는 것쯤은 자네도 알고 있겠지. 어머닌 고향이 경상도 하동이라는 거 외에 어머니의 어머니, 아버지, 형제, 어린 시절

등 외갓집 쪽 이야기를 해준 적이 없었다네. 혹시 고아원 출신이 아니었을까 의심도 많이 했지.

어쨌거나 나는 아버지에 관해서는 아는 바가 전혀 없어. 아버지가 내게 물려준 거라곤 '윤'이라는 성밖에 없거든. 그래도 어머닌 뼈대 있는 가문이라는 것을 자주 강조했어.

아버지가 죽었을 때 재산이 남아 있었다면 내가 소송을 제기했을 거야. 그거 있지 않은가? 사생아들이 흔히 하는 친부확인 소송 말이야. 그 집은 원래 양조장을 한 소문난 부잣집이었는데 이미 거덜이 나서 실속이 없었다네. 자네가 변호사이니까 잘 알겠지만 소송 자체는 어려울 게 없었지. DNA 검사만 하면 되니까. 그 소송이야말로 진정한 마지막 심판의 날이 되었을 텐데……」

그가 시니컬하게 웃으며 새로운 대마초를 꺼냈다. 말린 대마초를 종이에 접어서 만 다음 불을 붙였다.

「자네 한 번 피워보겠나? 어떤 것하고도 비교할 수 없다네. 대마초 꽃을 말린 거니까 효과가 강력하거든. 천국에 갔다 오는 기분을 잠깐 동안이나마 느끼게 되지. 이걸 피우면 뭐든 하고 싶어지고 뭐든 할 수 있다는 기분이 든다네.

그러니까 대마초를 피우는 것은 죄가 아니라네. 그게 범죄라면 범죄의 피해자가 누구란 말인가. 나쁜 악법 중의 악법 아니겠는가. 그리고 또 있지. 간통죄도 하루빨리 없어져야지. 국가가 오죽 할 일이 없으면 그 따위 법들을 만들었을까.」

그는 대마에 불을 붙였다. 그러고는 깊숙이 빨았다가 길게 내뿜었다. 나는 허공에 떠오르는 푸르스름한 연기를 지켜보았다.

「이것도 혹시 내가 꾸며낸 거짓말이 아닌가 모르겠네. 처음부터 끝까지. 너무 완벽하게 이야기가 맞아 떨어진다고 생각하지 않나?

자네는 법조인이니까 냉철하게 판단하게. 그러니까 날 비난하거나 원망하지는 말게나.

나도 작가가 되고 싶었다니까. 워낙 오랫동안 이야기의 뼈대를 만들기 위해 이것저것 궁리하면서 나 자신에게 거짓말을 해왔기 때문이지.

나는 모든 상황을 이야기에 맞춰서 몇 번씩이나 재구성해보았다네. 그런데 알고 보니까…… 작가의 관점은 도대체 공정하지 않더군. 너무 심하게 왜곡을 하고 과장을 하고 미화를 하지.」

「소설가는 창조주라고 할 수 있어요. 그가 성실하고 치열한 작가라면 소설 공간에서 사유할 줄 알아야 합니다. 그러므로 인물을 만들거나 작품의 형식이나 소재를 선택하는 데 있어서 자유재량권을 가지고 있다고 할 수 있지요. 이야기를 꾸미는데 실제 증거는 필요 없다는 거죠.

그래서 서사적 충동을 느끼면 자신이 선택하고 창조한 범위 안에서는 인간의 감정이나 인생의 단면을 자유롭게 표현할 수 있는 거죠. 그러면 글 속에서 뭔가가…… 절실한 감정이 살아서 꿈틀거리는 거예요.

소설의 캐릭터에 뼈와 살을 붙이고 감정을 불러일으켜야 하지요.

작가란 항상 사물을 예리하게 관찰하고 분석해야 하니까 틀림없이 호기심이 많을 거예요.」

「자넨…… 무명작가이면서 역시나 그럴듯한 이론을…… 설파하고 있구만. 그런데 작가에게 무한정한 자유재량권이 있다고? 그래도 한계가 있어야 하지 않을까? 어떻게 엄연한 사실을 마음대로 왜곡할 수 있어? 작가에게도 창작의 윤리라고 해야 하나…… 아니면 직업윤리라고 해야 하나…… 그게 있어야 할 것 아닌가?」

「그냥 넘어가죠. 어머니 이야기를 더 해주세요.」

「나는 요즈음 밤이면 위산 역류 때문에 자주 토한다네.」

「병원에 가서 처방받으시지 그래요.」

「약은 무슨…… 어머니는 그 집에서 무슨 일이건 닥치는 대로 하는 하녀였어. 난 어머니 나이를 몰라. 그때 어머니 역시 자신의 나이를 까먹었을 거라고.

어머니가 제일 좋아했던 것은 틈만 나면 멀리 걸어서 공중목욕탕에 가는 일이었네. 그때는 도사동 부근에 딱 한 곳밖에 없었지. 항상 완전히 녹초가 되어 돌아와서는 끙끙 앓기도 했지.

그리고 교회를 열심히 다녔어. 어머니는 낡은 성경책을 끼고 다녔지만 글을 읽지는 못했다네. 어머니는 일자무식이면서도 밤마다 밤늦도록 성경을 목청껏 낭송하였으니 그걸 하느님의 기적이라고 해야겠나? 아니면 뭐라고 말할 수 있을까?

자네도 잘 알겠지만…… 순천은 기독교가 한반도에 전파되던

시기에 선교 기지 역할을 했기 때문에 예전부터 교회가 많았다네. 어머니는 나를 동네 교회에 보내기로 마음먹었어. 내가 교회에 안 간다고 하면 사정없이 막 때렸어. 믿을 사람은 하느님밖에 없다고 하면서 말이야.

나는 맨날 하느님 운운하면서 거들먹거리는 그 목사가 뱀보다 더 싫었기 때문에 교회에 안 가려고 일부러 눈물을 쏟아내며 막 울었지. 실제 그 목사만 보면 울고 싶었다네. 그러니까 배가 아프다고 거짓말을 하면서 그럴듯한 연기를 한 거지. 그 순간 이후로 나는 더 음흉해졌고 어른으로 성장하기 시작했다네.

어머니는 방죽길을 걸으면서 내내 중얼중얼 욕설을 내뱉었지. 그게 쉴 새 없이 저주를 퍼부은 거였어. 그 대상은 틀림없이 하늘에 있는 하느님이었을 거야. 내가 어머니를 사랑했을까? 확신할 수가 없어. 그럴지도 모르지. 아닐지도 모르고 나는 지금까지도 나를 낳아준 어머니를 결코 용서한 적이 없었다네.

어머니와 내가 살았던 그 집은 지금은 흔적도 남아있지 않아. 자연생태 공원인가 만든다고 하면서 다 파헤쳐버렸으니까. 그놈의 공원 때문에 어머니 산소마저 찾을 길이 없다네. 내가 여기에 내려오자마자 어머니의 무덤을 찾아보았지만 끝내 발견할 수 없었어.

애기를 하자면 너무 길어. 옆길로 그만 새야겠네.

그리고 우리가 겪은 가난에 대해 미주알고주알 하소연을 늘어놓고 싶지는 않네. 그 시절은 60년대였으니까 지금하고는 다르지. 달라도 너무 다르지. 그 시절에는 모두 가난했으니까 누구인들 잘 살았겠는가. 거기서 거기였지.

그 집에는 방이 두 칸 있었고 벽에는 곰팡이가 피었지만 누런 벽지도 발라져 있었어. 마당에는 감나무 한 그루가 서 있었지.

그 시절에는 오랫동안 아무것도 바뀐 게 없었어. 마을은 여전했고 더욱더 지저분해졌다네. 길을 따라 늘어선 단층 건물들과 가게들. 사람들이 걸어가는 소리, 나이 먹은 사람들의 기침 소리, 자전거 소리, 바다로부터 불어오는 바람 소리, 가끔 자동차 경적 소리, 통금 해제 사이렌 소리, 온갖 소리들, 길거리에 서 있는 아주 사소한 가로수까지. 나는 그 주변을 샅샅이 알고 있었다네. 그러나 어딜 가나 갑갑한 무기력증만 느껴졌다네.

가끔 중년의 여자들이 무슨 일 때문인지 표독스럽게 욕을 하고 소리 지르고 팔을 휘두르며 싸웠지. 사람들이 모여들어 싸움을 말리다가 도로 물러났어. 좁은 거리에 사람들이 이리 몰리고 저리 몰리면서 싸움이 계속되었지.

적어도 내 어린 시절의 기억에 따르면 그렇다네.

고향에 다시 내려와서 세월이 많이 흘러갔음을 새삼스럽게 확인하였네. 공원 만든다고 온통 파헤치며 공사가 진행 중이더군. 지금 낡은 집들, 좁은 골목길, 가로수 길, 콘크리트 전봇대들은 모두 사라져버렸고 시멘트로 매끄럽게 포장한 긴 방죽길만 해안선 끝까지 뻗어있지.」

「그렇군요. 저쪽 산에 올라가면 대대로 내려오는 집안 산소

가 있어요. 거기에 아버지와 어머니의 묘가 있지요. 그러나 전
그 묘에 가본 적이 별로 없네요. 까마득해요.」

「내가 자신의 출생에 대해서 거짓말을 한 걸까? 그럴지도 모
르지. 그가 하인숙과의 그날 밤 관계를 그토록 세세하게 묘사한
걸 보면 단순히 기록하는 게 아니라 이야기를 지어내고자 하는
의도가 있었다고 해야겠지. 그는 심혈을 기울여 재구성을 한 거
야. 그러니까 내 이야기가 아니라 소설이란 이야기지.

지금 생각나는데…… 그가 그 무렵 내게 편지를 보냈다네.
필적은 그만의 뚜렷한 특징이 있었지만 글씨를 알아보기는 힘
들었지. 깨끗하게 정서해서 보낸 것이 아니었거든. 편지의 내용
은 그날 밤의 상황에 대해서 자세히 알려달라는 거였지. 그는
어떤 형식이든 이야기를 만들어 글을 쓰고 싶어 했네.

나는 그때 약간 당황했었네. 술자리에서 한 이야기를 갖
고…… 괜히 술기운 때문에 나 혼자서만 간직해야 할 이야기를
어설프게 한 거지.

그날 밤 상황은 그렇게 글을 쓸 만큼 흥미진진한 건 아니었
으니까 알려줄 만한 게 없다고, 냉정하게 답장을 보냈네. 그러
니까 다시 말하면 그가 작가로서 마음대로 지어낸 거지.」

「형님이 술자리에서 한 두서없는 이야기가 젊은 작가의 자유
분방한 상상력을 자극한 것이죠. 사실이 허구와 상상력을 유발
한 것입니다. 실재가 재료가 되고 상상력이 발휘되어 가공하지
않으면 소설이 탄생할 수 없다는 거 아닙니까. 그것들이 공모하
고 작당을 해서 한 편의 소설이 만들어지는 것이죠.」

「자네를 보고 있자니 내가 정말 자네를 믿어도 될지 모르겠어. 작가라고 주장하니까 말이야. 내가 지금까지 아무한테도 하지 않았던 또 다른 이야기를 하자면 자네는 믿어 줄 텐가?

이건 말일세…… 자신의 가장 은밀한 비밀을 가장 가까운 친구에게는 털어놓지 않으면서 그저 지나치면서 우연히 알게 된 사람에게 털어놓는 그런 경우라고 할 수 있네.

내가 지금 횡설수설을 하고 있는 거야. 자네도 무명작가이긴 하지만 무슨 소설인가를 썼다고 했으니 궁금하긴 할 거야. 변호사가 돼가지고 오죽 돈을 못 벌었으면 소설을 쓴다고 했겠나. 너무 아픈 데를 찔렀나?」

「맞는 말씀이긴 합니다. 돈 때문은 아니지요 배고픈 변호사는 굶주린 사자보다 무섭다고 했습니다만…… 저도 무언가 쓰고 싶었답니다. 무슨 일인지 한이 맺혀 있었거든요 인생에 곡절이 많거나 심한 심리적 외상을 입게 되면 그걸 치유하기 위해서 글을 쓰기도 하지요」

「그런 건…… 나에게 해당되는 일이지. 그러니까 당신은 변호사를 하며 돈을 많이 벌어서 잘 먹고 잘 살고 남은 시간에는 소설을 썼다는 거 아닌가? 아주 이상적이었을 것 같네만……

그런데 말일세…… 당신은 20년을 훨씬 넘게 많은 소설을 썼다면서…… 왜 여지껏 무명작가이고 그 흔해빠진 문학상 하나 못 받았지……? 그게 의문이라네.」

「그렇게 남의 약점을 가지고 물고 늘어지면…… 늦었다고 생각했을 때가 가장 빠른 때라고 했습니다……. 인간에게 완벽한 것은 없어요 그러니까 완벽한 삶도, 완벽한 예술도 없는 거예요 더욱이 둘 다…… 예술과 삶은 간극이 있고 서로 충돌하니까 둘 다 동시에 가질 수가 없어요 반드시 선택을 해야 합니다.

더 늦기 전에 예술과 삶 중에서 선택했어야 하는데 차일피일한 거예요. 속물근성 때문이기도 하고…… 제가 어리석어서 우유부단했기 때문이기도 합니다.

그리고…… 대중을 싫어하고 두려워합니다. 그들을 위해서…… 그들의 비위를 맞춰가며 글을 써야 하는데 그게 불가능해요

저는 예술의 독립성과 자율성을 신봉하지요 하지만 도덕주의자는 아니에요 교훈적이거나 설교를 늘어놓는 것은 질색이죠

그러니까 오직 자아를 위해서, 자신을 입증하고, 자신이 설정한 기준에 맞는 만족할 만한 작품을 쓰는 거예요 누구도 신경 쓰지 않습니다. 그래서 출판사에 원고를 보내면 죄다 퇴짜를 맞아요. 팔릴 수 없는 책이라는 거죠

그렇게 되면 저는 소외되고 결국 소멸되거나 파멸을 맞을 것입니다. 그게 제 운명이라면 일찌감치 체념해야겠지요」

7. 바다야말로 우리의 영원한 안식처였다. 푸른 하늘 아래 멀리 드넓은 바다가 펼쳐져 있었다. 바다는 유혹이고 함정이고 마약이었다. 짭짤한 소금기. 짙은 회색 안개. 바다는 우리에게 아무 말도 하지 않았다. 그 짙은 회색 안개가 자욱한 방파제에서

멀리 바다를 바라보며 자신의 과거를 반추하려는 인간에게 그 바다는 과거에 대한 상실과 그 상실의 자각을 일깨워주었을 뿐이다.

깊이를 알 수 없는 검은 바다의 고요……
밀려와라 그대 깊고 검푸른 바다여
바다는 그 거대한 배를 달을 향해 기울였고
우리 사랑의 굴절에 미소를 보냈다.

물수제비뜨기를 한다. 수면을 차며 날아오르면서 날개를 치는 갈매기. 돌이 하늘 높이 날 수만 있다면. 한 마리 호랑나비로 변할 수 있다면. 돌을 허공으로 날게 하는 꿈은 나를 너무 황홀하게 만들었다.

그가 말했다.

「가끔씩 나는 더 깊은 망상에 빠져들어 엉뚱한 상상을 하기도 한다네. 어쩌면 나야말로 그 작가일지도 모른다고 말이야. 다시 말하면 나야말로 그 작가란 말이지.

그리고 말이야. 가령 내가 그걸 썼다면 내 자신의 이야기니까 얼마나 구구절절 잘 썼겠어. 왜 내가 그 소설 때문에 쓸데없는 죄책감을 느껴야 하냐고 내가 그걸 쓰지도 않았는데 말이야.

그는 그걸 쓰고 나서 후일담으로라도 어떤 실존 인물에게서 영감을 받았다는 사실에 관해 여지껏 함구하고 있다네. 그는 윤희중이라는 작중 인물을 만들기 위해 그 모델인 나라는 인물을 아주 어설프게 축소시키기도 하고 확장하기도 했네.

그를 어렸을 적부터 너무 잘 아는데 똑똑하고 공부도 잘했지. 그런데 그가 작가라면 나라고 못 할 것도 없다는 생각이 들더라고. 오기 문제는 아니었네. 그런 문제는 아니었다고.

글을 쓴다는 게 필기구와 종이만 있으면 되는 거 아닌가. 이왕지사 이렇게 된 거…… 나도 내 굴곡진 인생에 대해서 스스로 구구절절 쓰고 싶었다네. 나는 나 자신의 천일야화를 쓰고 싶었지. 그러니까…… 그 소설이 끝나는 시점에서부터 시작하는 거지.

나는 분명히 잘 쓸 수 있었네. 그럴 마음의 자세를 갖추고 있었고 쓰고 싶은 의욕과 갈망이 있었으니까. 내가 글을 쓴다면 그의 스타일을 벗어나 완전히 내 나름의 시각에서 창조적인 것을 쓸 작정이었지. 다시 말하자면 새로운 것을, 완전하게 변용한 것을 쓰고 싶었다네.

그게 소설이 될지, 자서전이 될지, 에세이집이 될지는 알 수가 없었네만…… 사람들이 1964년 이후 내 모습을 몹시 궁금해할 것 같았거든. 내 이야기는 독자들의 중추신경을 건드리고 뼛속까지 파고드는 진실을 밝히게 될 터이니까.

그런데 말이지…… 막상 글을 쓰려고 하니까 많이 부족하다는 걸 깨달았어. 그래서 이런저런 책들을 무작정 닥치는 대로 읽었던 거야. 그때는 밤새도록 많이 읽었다네. 눈이 짓무르도록 하루에도 100쪽이나 200쪽을 읽었다니까.

그래도 결국 글이 써지지 않더구먼. 원고지를 단 한 장도 채울 수가 없었지. 울고 싶도록 막막하더군. 세련된 솜씨로 깊은 내용과 재치와 기지가 넘치는 것을 쓰고 싶었는데…… 아무나 쓰는 게 아니란 걸 깨달았지. 도저히 쓸 수 없더군. 절망적으로 포기할 수밖에 없었다네. 나는 그때 자신에게 몹시 실망했어. 자네 지금 날 비웃고 있나!」

「ㅎㅎㅎㅎㅎ…… 웃음이 나오죠 그것도 헛웃음이…… 내가 만나 본 몇몇 사람들 역시 자신도 글을 써서 책을 낼 수 있다고 큰 소리쳤지요 그러나 한 줄도 못 써요 얼치기들이니까요 형님도 그랬겠네요」

* * *

그래서 그는 그때부터 그림을 그렸다. 그렸다 지우기를 반복하면서. 습작 유화를. 예비 스케치와 밑그림은 거의 희미한 백지나 다름없었고 처음에는 색을 너무 엷게 칠했다. 그러나 마지막 그림은 완성된 이미지를 향해 매우 두꺼운 붓으로 진하고 빨리 마르는 유화 물감을 썼다. 그것은 거듭해서 재빠르게 덧칠을 하기 위해서였다.

왜 그렇게 많이 덧칠을 하였을까? 그것은 그림의 표면에 드러나 있는 빛깔에 현혹된 나머지 그 깊은 속에 감춰져 있는 속살을 볼 수 없게 하기 위해서였다. 그의 설명에 의하면 그랬다.

그는 무엇을 그렸는가? 바다와 하늘을 그렸다. 흰색, 검은색, 파란색, 회색, 때로는 붉은색이었다. 악마와 같은 바다의 에너지가 물결친다. 그림 속에서 폭풍이 울부짖고 파도가 넘실거렸다. 바다가 유혹을 하였다. 그림은 힘이 넘쳐났다.

그러나 그의 그림들에는 대부분 아직까지 제목이 없었다. 그렇다고 '무제'라고 제목이 붙은 것도 아니었다. 그림이란 항상 이야기를 들려주는 것인데 그 이야기는 제목에서부터 출발한다는 것이다. 그런데 어차피 태워버릴 그림이니까 제목이 생각나지 않는다고 했다.

그는 여러 차례 자화상을 그렸는데 그것은 매번 자신의 눈이었다. 그림 속에서 자신을 어떻게 재현해야 할지 치열하게 고민했다. 자아의 본질을 스스로 포착하기 위해서는 얼굴 전체보다는 마음의 창인 눈을 그려야겠다고 생각한 것이다.

그러므로 눈의 묘사가 정확하고 정밀했다. 종이 위에 그려져 있는 것은 단지 눈 하나뿐이었지만 그의 나머지 얼굴은 그림 밖에 그려져 있었다. 눈 하나만 가지고도 그의 얼굴 전체가 보였다. 그는 거울을 보고 스케치한 그림에 스프레이를 해서 건조시켜 놓았다. 그래야만 그림이 번지지 않는다는 것이다.

* * *

「어때? 어제 마셨던 그 시큼한 막걸리 말이야. 떫으면서도 상큼한 맛이 괜찮지 않던가. 모처럼 그런 걸 마셨지. 진한 것하고 연한 것을 비교할 줄 알아야 한다네. 한 가지 맛이 다른 맛을 더 강하게 느끼게 해주거든.

그래서 가끔 대대동의 해묵은 다방으로 간다네. 몇 달씩 걸려서 여행을 다녀올 때마다 들리기도 하고 나는 옛날에 자주 여행을 떠났지. 목적지도 없이 부유하는 노마드를 꿈꾸지도 않았고 발길이 닿는 대로 정처 없이 흘러 다니다가 마음에 드는 어딘가에 멈춰 정착하기를 바라지도 않았다네. 그 여행은 다시 이곳 바닷가로 회귀하는 것을 전제로 한 그런 여행이었어. 이곳으로 돌아와야 할 필연적인 이유도 없고 이곳을 사랑하지도 않고 애착도 없지만 말일세.

거기에 설탕을 듬뿍 친 연한 다방커피를 마시려고 갔단 말일세. 그러면 독한 커피 향이 더욱 생각나거든. 거기 오래 앉아서 오고가는 사람들과 풍경을 바라보면서 이런저런 잡념에 빠져들지……

특히 젊고 예쁜 여자를 보면 그녀를 눈으로 좇고 마음속으로 그녀의 옷을 전부 벗겨버렸지.」

「그건 심각한 관음증이죠.」

「단지 상상한 걸 가지고…… 그런데 그 작가는 이름을 붙이지 않았어. 왜? 세무서장 조와 국어 선생 박 선생이라고만 하였을까? 자네가 설명해보게.」

「그들은 단역에 불과해요 이야기의 전개 과정에서 단역으로서의 임무를 마치고 곧장 사라지지요. 그러니까 초점은 **윤희중**과 **하인숙**에 맞춰 있어요 그래서 모두 두 사람 이야기만 하지요

만약 이름을 붙여졌다가는 소설 속에서 인물의 정체성이 확

립돼버려요. 작가인들 이름을 가진 자는 쉽게 처리할 수 없는 거거든요.

그런데 박 선생이 중학교 후배인 것은 사실인가요?」

「그건 틀림없는 사실이네. 우리 모두는 같은 중학교를 졸업했지. 그런데 조와 내가 그 작가보다는 훨씬 선배이고 박 선생은 2년인가 후배가 된다네. 나는 그때 가정형편 상 상고로 갔네만 그들 모두는 인문계 고등학교로 진학했어.

그나마 우리 중에서 번듯하게 대학을 나온 것은 그 작가뿐이지. 내가 야간 대학 영문과를 나온 것은 훨씬 후 일이야.

우리들은 그 학교의 선후배로 연결되어 있지. 하지만 그 시절 학창 생활에 대해선 기억하고 싶지 않다네. 그러니까 그립다거나 하는 일은 없지. 결손가정 출신이고 버스를 탈 차비가 없어서 매일 20리길을 걸어서 통학했으니까.

지금…… 뭐 그들의 이름을 밝힐 수 있다네. 지금 다들 늙었는데 뭐가 문제되겠나. 조는 **조성식**이고 박은 **박치순**이었네.」

「그들은…… 지금 어떻게 되었나요?」

「궁금할 만도 하구만. 조성식은 광주로 올라가서 국장까지 승진했다지. 그런데 업체를 세무조사 하면서 돈을 받고 약간의 편의를 봐준 게 정기 감사에서 발각되었다네. 그걸 무마하려고 지역 국회의원을 통해서 여기저기 손을 썼지만 결국 파면을 당했다고 하더군. 지금 무얼 하고 지내는지는 알 수 없지. 뭐? 세무사나 세무법인의 대표쯤 하고 있지 않겠나?

그리고 박치순은 후배이긴 하지만 그때부터 늘 존경하였다네. 인간이 되먹었거든. 그래서 훌륭한 선생님이 된 거야. 그는 정식으로 사범대학을 나온 여 선생님과 결혼했는데 그 여선생님은 교장선생님으로 정년 퇴직했고 박치순은 평교사로 끝났다고 하더군. 자식들도 너무 잘 키웠다고 하더라고 그들 부부야 말로 모범부부라고 할 수 있겠지.」

「그것이 전부인가요?」

「내가 오랫동안 이곳을 떠나있었으니까 더 자세한 걸 알 턱이 없지 않겠나.」

「소설에 창녀 이야기가 나오는데요.」

「그건 내가 전혀 모르는 일일세. 창녀가 있었나? 난 그녀에 관해선 절대로 이야기하지 않았어. 그녀 얘기는 그가 꾸며낸 거야. 하지만 이게 진짜 진실인 걸 어떡하겠나. 나머지는 다 작가가 제멋대로 덧붙인 장식이라니까.」

「그게 그렇지요. 소설에 나오는 그 해변은 지금 남아있지도 않지요. 간척지가 되었으니까요. 어떤 흔적도 없다니까요. 상전벽해가 우스울 지경입니다. 예전에는 해변이 끝나는 지점에 섬과 연결하는 길이 있었지만 말입니다.」

「은폐된 장면이 있을 거야. 내가 작가인 것처럼 머릿속에 이런저런 장면들이 떠올라서 몹시 혼란스럽군. 우리가 보드카를 너무 급하게 마셨는가보네. 늙으면 술도 점점 약해지지.」

그의 얼굴에서 땀방울이 떨어졌고 눈에선 불이 났다. 그가 담배를 길게 빨아들인 후 입안에 연기를 가두었다가 아주 천천히 뱉어내자 가늘게 피어오르는 담배연기가 소용돌이로 꼬이며 허공으로 올라갔다.

「옛날 제가 여기 있었을 때 말입니다. 그때 절벽 바위에 뛰어내린 여자가 있었어요. 제가 여기에 내려오자마자 그날 밤늦게 거길 갔었거든요. 왠지 가고 싶었어요」

나는 시원한 바람을 맞으며 몸을 아래로 굽혀서 절벽 아래 허공을 바라보았다. 가랑비가 내렸고 우산을 뒤집어 놓을 만큼 약간 강한 바람이 불었다. 높은 절벽은 음산한 매력을 발산하면서 나를 자석처럼 끌어당겼다. 이곳에서라면 아주 쉽게 세상에서 사라져버릴 수 있을 것 같았다. 그런데 바다를 뚫어져라 내려다보니까 내가 수영을 못 한다는 것과 바닷물이 너무 차갑겠구나 생각이 들었고 그 순간 뛰어내릴 생각이 사라졌다.

그날 방파제에는 갈매기들이 줄지어 앉아 구구거리고 똥을 갈기고 부리로 깃털을 다듬느라 여념이 없었다.

우리는 이야기가 중단된 곳에서 다시 시작했다.

그가 말했다.

「……그걸 다시 생각하면 창녀를 등장시켜서 의도적으로 모호한 역할들을 담당하게 한 작가의 뒤틀린 정신을 엿보게 되지. 하필 하고 많은 여자를 놔두고 창녀를 생각하며 성욕을 느껴야 했을까? 그리고 말이야…… 도대체 왜 그는 그날 그 해변에 갔던 걸까.」

「해변의 어느 집 방에서 대낮에 그 짓을 했다는 거 아닙니까. 그 집 주인 부부가 밖에서 어슬렁거리고 있었는데 말입니다. 우리의 정서상 아주 부자연스러워요.

아무리 소설이라고 해도 섹스 이야기는 언제나 진지해야 합니다. 그래서 로마인들은 '모든 동물은 성교 후에 우울하다'고 했지 않습니까.」

「그게…… 밤이 아니고 대낮이었다고? 밤이어야 되는데. 그러면 말이야…… 초여름이었고…… 그쪽 방죽은 밤이면 사람이 안 다니는 으슥한 곳인데…… 차라리 방죽의 자운영 풀밭에서…… 그 무렵 시골에서 젊은 청춘 남녀들은 그렇게들 했거든. 그게 자연스러운데……」

「형님도 그런 경험이……?」

「옛날 옛날, 아주 옛날 일이라네. 그건 그렇고 말일세.

내가 이 이야기를 하는 건 내 죄를 미주알고주알 털어놓음으로써 용서를 받는다거나 양심의 가책 같은 거에서 벗어나고 싶어서가 아니야. 그렇고말고 난 지금도 나를 낳은 어머니를 원망해.

나는 언제나 여자들에 대해 강렬한 의심을 키워왔다네. 근본적으로 여자들을 의심했는데 그게 어머니 탓이 아닐까?」

「어머니에 대한 증오가 너무 심한 거 아닌가요?」

「그래서는 안 되는데…… 아버지가 없었으니까 원망의 대상이 어머니가 될 수밖에 없는 거지.

그때나 지금이나 나는 육체적인 면에서 매우 건강하기는 하지만 그렇다고 별로 내세울 만한 게 없지 않은가. 내 몸 자체를 말하는 게 아닐세. 여자가 이성으로서 남자에게 기대하거나 욕망하는 걸 말하는 거야. 현명한 여자들은 육감에 의해서 직관적으로 미완성품인 풋내기를 알아본다네. 그래서 그런 젖비린내 나는 애송이들을 기피하는 법이거든.

하인숙도 그랬지 않겠나. 그때 그쪽에서 먼저 만나자고 했거든. 내가 잠시 내려왔지만 곧 올라갈 거고 기혼남이었으니까. 아무런 미련 없이 금방 떨쳐낼 수 있다고 생각했겠지. 그녀는 그때 여러 가지로 계산을 하였을 거야.

그러나 그날 밤 나는 그녀의 눈빛에서 빛나고 순수하고 섬세한 것을 발견하였다네. 그때부터 가슴 속에서 나의 뮤즈가 되어버린 거지.

그녀와 나는 그 해 가을 무렵까지 몇 번 만났어.

안 만나는 동안엔 편지를 주고받았는데 몇 달 동안 그러고 난 뒤엔 편지가 끊기면서 모든 게 사라졌지.

나도 어떻게 해볼 도리가 없었기 때문에 분노를 느꼈다네. 온다 간다 말없이 도망친 여인. 나는 그녀의 뒤를 쫓았지만 계속해서 빠져나갔지. 무슨 수를 써서라도 그녀를 다시 찾고 싶어했다네. 불행하게도 그녀가 동성애자일지도 모른다고 의심은 했지만 말일세.

내가 하인숙을 갈망했던 것은 사람 자체 때문이 아니었네. 그녀가 사라지고 나서 멀리 떨어져 있는 경이롭고 도저히 이해하기 힘든 존재로 상상하였기 때문이었을 거야. 그러니까 나로 하여금 그녀를 탐나게 만든 것은 나의 상상력이었을 거야.

그러면 나는 실제로 그녀에게서 무엇을 상상했겠는가? 지금 그녀는 어디에 있을까? 거기서 무엇을 하고 있을까? 누구와 함께 있을까? 어떻게 하고 있을까? 이렇듯 질투하는 사람은 그 모든 것을 상상한다네. 그러므로 모든 사랑의 시작에는 일종의 환상과 착각 혹은 상상과 오해가 존재하지 않겠나.

그리고 늘 울고 싶기도 했고 늙은이가 되면 기억의 무게를 견뎌내야 하니까. 인간의 감정도 역시 서서히 늙어간다네. 끝까지 살다 죽는다 해도 죽는 순간에 느껴지는 건 아마도 분노일 거야.

하지만 나는 지금 솔직해지고 싶네. 그 시절에…… 나도 다른 사람들처럼 분명히 남성 우월주의자였다네. 남성이 자식과 여성을 소유하고 지배하는 거지. 내가 하인숙을 온전히 소유하겠다는 욕망이 있었고, 지극한 이성애적 사랑으로 그녀의 동성애적 성향을 상쇄시킬 수 있다고 허황된 계산을 한 거지.」

「그러나 그녀는 훨씬 강했지요. 자신의 독립성을 지키려는 자기 보존 본능이 강했기 때문에 소유의 욕망을 무력화시켜버렸어요. 그렇지 않습니까?」

「내가 생각해도…… 내가 한심하더라고……」

「다시 소설로…… 넘어가죠」

「훨씬 후의 일이지만…… 어느 날 저녁, 나는 그 망할 놈의 소설을 또 다시 펴들었네. 천천히 읽어갔지만 다시 읽으니 역시 짧고 얄팍하더군. 너무 자주 읽으니까 마침내 친숙한 글이 되었지만. 그러니까 작가의 생각의 흐름이나 문장의 구성에 있어서 독특한 습성이 눈에 들어오니까 글의 흐름을 알게 되더군.

어쨌거나 내 이야기가 나오니까. 그러나 모욕당하는 느낌과 동시에 그 안에 내 모습이 왜곡돼서 드러나 있다는 느낌도 받았지.

내 이름은 딱 한 번 나오는 거야.

무언가 불편한 심정이었고 억울하기도 했지.

그 작가는 내게서 너무 많은 걸 훔쳐갔어.

나는 밤을 거의 꼬박 새며 한 단어 한 단어 한 문장 한 문장씩 몇 번이나 꼼꼼하게 읽어나갔지. 그건 완벽한 헛소리였어. 특히 하인숙과의 관계는…… 내가 그 소설에서 찾으려 한 건 내 청춘 시절 내 삶의 흔적이었는데 정작 발견한 건 그 작가의 자기 반영적인 헛소리였어. 그때 그는 고작 23살밖에 안 되었는데……

나는 그 작가가 쓴 또 다른 소설들을 모두 읽었는데 나는 그것들을 통해 점점 그가 세상을 어떻게 보고 있는지 이해하게 되었다네. 그 작가의 의도와 그 많은 독특한 부끄러움의 이미지를 이해할 수 있었지.

물론 그 이야기에서 흡입력은 많이 부족했어. 턱없이 부족했다고 해야겠지. 섬세한 감수성이 절제되어 있지도 않고…… 아주 속물적이었어.

그러나 그가 그 소설로 성공하려고 어떤 책략이나 전략을 세우려고 한 것으로는 볼 수 없네. 20대 초반에 썼으니까 말이야.

그때만큼은 순수했겠지.」

「그것은 옳으신 지적입니다. 흠이 없는 텍스트가 어디 있겠습니까만. 작가 자신도 처음부터 그걸 알고 있었지요. 지금 다시 읽어보면…… 이제서야 알게 되었는데요…… 쓸데없이 우울한 감정이 전체를 지배하고 있어요. 간결하지가 않습니다. 그렇다고 불가해성을 지닌 것도 아닌…… 아주 지겨운 멜로드라마이지요.

그러니까 50년이 지났지 않습니까? 그 작가도 이제 말년이 되어 죽음을 향해 천천히 걷고 있지요. 그러니 그 작품은 작가 자신의 마음속에서 뿐만 아니라 독자들의 마음 속에서도 그 생명력을 완전히 잃어버린 것입니다.」

「우리들의 견해가 일치하고 있군.」

「다시 말씀드리지만…… 하인숙을 사랑하긴 했던가요?」

「나는 그녀를 깊이 사랑했거든. 사랑이란 얼마나 이상한 감정인가. 그녀가 영영 떠나갔다는 걸 마침내 깨닫게 되었네. 그녀가 내 삶 속에 머물러있으란 희망은 도저히 가질 수 없었어. 혼란스러웠지. 그때 분노의 기억 속에 어머니의 모습이 떠올랐다네. 산다는 게 얼마나 역겨운 일인가.」

「알고 보니까 말입니다…… 하인숙은 페미니즘의 선구자였네요. 그렇지 않습니까? 그녀의 성적 정체성이……?」

「당신이 잘 지적했네. 하인숙은 확실히 여자이긴 하지만 양성애자이고 동성애자였다네. 내가 나중에서야 그녀의 비밀을 간파하게 되었지.

그러면 그녀가 왜 날 몇 번씩이나 만나주었다고 생각하는가? 그건 성 정체성에 관한 탐색의 과정이었네. 남자를 사랑할 수 있는지? 남자와 섹스를 해도 괜찮은지? 어머니의 성화처럼 남자와 결혼할 수 있는지? 자기는 호모로서 여자만 사랑할 수 있는지? 남성을 너무 싫어하는지? 그런 걸 확인하고 싶었던 거지.

그때 그녀는 길 잃은 영혼이었어.

그녀는 어떻게 해서든지 남몰래 자기만의 삶을 유지하려고 발버둥 치는 여자였네.

그러나 마지막까지 그녀는 알 수 없는 인물이었네. 그녀에 대한 진실을 결코 알 수 없어서 극심한 고통을 받게 되었지.

나는 우리가 전적으로 남성적이거나 전적으로 여성적인 것은 아니라고 생각하네.」

「그녀는 외면적으로는 극도의 여성성을 지닌 여성이지만 내면적으로는 확실하게 남성이었군요. 원래 인간 본질의 탐구에 사로잡혀 있는 소설가에게 이러한 이중성을 묘사하는 것은 흥미진진한 일이지요.

그러나 그는 그걸 몰랐던 거죠. 진지한 작가가 아니었으니까요.

그 후…… 그러니까 이혼하고 나서겠지요. 다시 여자를 만난 일이 있었던가요?」

「…… 내가 그 회사를 그만둔 후 10여 년 동안 몇 군데 회사에서 재무 담당이나 감사 같은 직책을 맡았었지만. 완전히 직장 일에서 손을 뗐고 그런 후 여기로 내려온 거지.

그동안 여자를 사귀어볼까 생각한 적이 몇 번 있었지만 피곤하기만 했어. 그렇다고 내가 숙맥은 아니었으니까 몇몇 여자들을 만나긴 했었지. 그러나 절대로 진지한 관계는 아니었네. 부담스러울 정도로 진지해지면 안 되니까. 철저하게 자기 방어적인 거지. 아무 일도 일어나지 않았어.」

* * *

나는 여기에서 프랑스 누보로망 작가 로브그리예의 견해를 소개하고자 한다.

친한 자매처럼 늘 같이 붙어 다니는 레즈비언들로부터 안절부절못하는 범죄자들을 거쳐 탐정들, 강도들에 이르기까지, 창녀들로부터 순결한 사람에 이르기까지, 양심에 얽매인 정의의 사람들로부터 불의의 사람들에 이르기까지, 사랑에 가학적인 사람들, 논리적으로 미친 사람들, 소설의 그 훌륭한 작중 인물은 무엇보다 먼저 이중적이어야 한다. 줄거리가 인간적이면 인간적일수록 그 줄거리는 두 가지 뜻으로 해석될 것이다. 결국 책 전체가 보다 많은 진실을 가지고 있으면 있을수록 더 많은 모순을 내포할 것이다.

8. 우리는 그 해 여름 내내 그 이야기에 골몰했다. 우리들은 어느 덧 친밀한 사이가 되었고 결코 피상적인 대화 때문에 시

간을 낭비하지 않았다. 그가 없었더라면 바닷가에 대한 오랜 향수가 차갑게 식으면서 무료한 시골 생활 때문에 금방 싫증이 나버렸을 것이다.

그가 말했다.

「이야기가 뒤죽박죽이 되었네. 순서대로 나가지 못하고 나는 상고를 겨우 나와서 그 당시 내 처지에 대학은 언감생심……아버지라는 작자가 죽고 나니까 그나마 우리를 먹여 살려주던 쥐꼬리만한 생활비가 뚝 끊겨버렸어. 사내아이에게 아버지가 없다면 그건 고아나 다름없는 거야. 아버지가 없으면 더욱 분명하게 아버지를 의식하게 되지. 나는 어쩔 수 없이 고등학교를 졸업하자마자 순천을 떠나 서울로 올라왔다네. 어떻게 해서든 취직해서 입에 풀칠이나 하려고 말이야.

어쨌거나 내가 그 회사에 입사해서 7년쯤 지나니까 경리부장이 되었다네. 그때 마누라의 남편이 죽었는데…… 그가 어떻게 죽었는지 그 내막은 모른다네. 그들이 입을 닫아걸고 이야기를 해준 적이 없으니까.

나는 그때 완전히 회사 인간이었어. 귀를 찢는 자명종 소리가 나를 새벽잠에서 깨웠지. 나는 아직 온기가 남아있는 베개에서 머리를 들고 눈곱이 달라붙은 눈을 억지로 떠서 곁눈질로 시간을 확인하였네. 그때는 10분만이라도 더 자면 좋겠다는 마음뿐이었지.

내가 아침에 출근할 때는 마누라는 깨어나지도 않았다네. 단한 번도 아침이면 '잘 다녀오라'는 말을 들어본 적이 없다네.

그리하여 오전 8시에 회사에 출근해서는 매일 야근을 하였지. 내가 매일같이 하는 일이란 전표, 분개장, 원장, 영수증 등 회계 장부, 월말 결산서류, 분기 보고서, 연말 결산서류, 재무제표를 처리하는 것이었고, 더 중요한 일은 가끔 비밀장부, 비자금, 분식회계를 처리하는 일이었고 그리고 매일처럼 거래 은행에 들락거렸다네.

내가 그렇게 해서 시골 상고 출신인데도 그나마 장인의 빽 때문이었는지 경리부장에서 상무로 승진하였고, 10년 동안이나 만년 상무를 했고 그 후에는 또 10년 동안이나 만년 전무를 하였다네.

이건 나중에 알게 된 사실이지만…… 처가 쪽에서는 내가 반드시 필요했던 거야. 나는 상고 출신에 시골 촌놈인데 재혼이든 아니든 어떻든 부잣집 오너가의 딸과 결혼하는 게 싫지 않았네. 세속적인 속물근성에 따른 생존 본능이거나 자기보존 본능이 작용된 것이지. 내 앞길이 훤히 뚫리는 기분이었거든.」

「그 결혼으로 횡재를 한 셈이네요. 그런데 정략 결혼이라고 말씀하시는 거죠?」

「그 회사의 진짜 대주주는 형님이었다네. 그러나 지병이 있어서 회사의 경영을 잠시 동생에게 맡겨놨는데…… 그 동생이 바로 내 장인이었지.

내 장인은 대표이사가 되었지만 회사 지분은 형님의 반의 반에 불과했어. 그런데 형님의 병이 깊어지면서 욕심이 생긴 거

315

야. 황금에 대한 욕망은 인간에게 자연스러운 거고 그걸 탓할 수는 없다네. 그러니까 돈 앞에서는 형님도 없고 동생도 없는 거야.

그래서 장인은 회계 장부를 조작해서 비자금을 조성하기 시작한 거지. 아무도 눈치채지 못하게 주로 매입 단가를 높이고 매출 단가를 낮추어서 그 차액을 챙기는 거지. 그리고 회사가 커 가니까 자본금을 늘려야 한다면서 증자를 하고 그 과정에서 자기 지분을 늘리는 거지. 내가 만년 전무로 퇴직할 때쯤에는 자본금도 많이 늘었고 회사 매출도 500억대를 넘어서게 되었지.

그런 은밀한 과정에서 경리를 담당하고 있는 나의 재무회계에 대한 지식과 도움이 절대적으로 필요했어. 그랬으니까 그쪽에서 먼저 나에게 은근슬쩍 접근해서 결혼을 부추긴 거지. 나는 멍청하게도 넘어갔고. 그랬으니 결혼생활이 평탄할 리 없었지. 하지만 나와 마누라는 사이가 그렇게 나쁘지도 않았다네.

전 남편과 사이에 아들이 하나 있었는데…… 심한 자폐아였던 거야. 혼자서 독립해서는 살아갈 수 없는 병이었던 거지. 내가 결혼했을 때는 어떤 특수 보호시설에 맡겨놓고 있었던 거야. 물론 훨씬 나중에야 안 사실이지만. 아내는 그 아들 때문에 육체적이건 정신적이건 마음고생이 너무 심했다네. 그 때문에 우리 결혼생활이 많은 지장을 받았던 거고…… 마누라는 그 충격 때문에 다시는 자식을 낳을 생각을 하지 않았다네.

그런데, 50년 전에 말일세, 그 제약회사가 무슨 대 제약회사였겠나. 내가 고향에 내려가서 폼 좀 잡으려고 '대'자를 붙인 거야. 내가 국내 굴지의 대 제약회사에 다니고 있다고 뻥을 친 거지. 그리고 곧 전무로 승진할 거라고 또다시 심한 뻥을 친 거지. 그게 시골 촌놈들의 흔해빠진 자기 과시인 거지.

그 회사 오너는 말이야, 50년대 초에 종로 5가의 5평 남짓한 약국을 열었다네. 이익을 많이 남기려고 위장약과 성병약을 조제해서 팔았는데 그걸로 유명하게 되면서 큰돈을 벌었지. 그 돈으로 제약회사를 창업해서 일본 제약회사의 국내 독점 총판을 따내서 수입 약품으로 돈을 벌고 상처에서 고름을 빼주는 고약으로 대히트를 쳤고 그리고 생약제제로 만든 위장약을 만들었지.

그러나 그때 1960년대 초 말일세. 그래봐야 본사와 성수동에 있던 공장 직원 전부 해서 고작 100명 남짓이었어. 그러니 대 회사하고는 거리가 한참 멀었지.

그런데 반전이 일어났다네. 세상일이 뜻대로 순조로울 수만은 없는 거지. 미국에 유학을 갔던 형님의 큰 아들이 마침내 5년 만에 귀국을 했다네. 회계학을 전공하고 미국 회계사 자격도 따서 귀국해서는 회사의 경리장부를 샅샅이 뒤진 거야.

그걸 대표이사인들 막을 도리가 없었네. 대주주의 권한으로 상법상 인정되는 회계장부 열람권에 관해 법원에 소를 제기해서 승소한 거지. 그전에는 장부와 서류의 보전을 위해 가처분 신청을 했었고 자넨 고참 변호사이니까 이런 걸 잘 알고 있겠구만.」

「형제간 치사한 싸움이 볼 만 했겠군요?」

「결국 임시 주주총회에서 동생은 패배하고 물러났지. 사필귀정이라고 해야겠지. 그런데 그게 끝이 아니었다네. 노발대발한 형님이 동생을 횡령 배임죄로 검찰청에 고소해버린 거야.」

「믿었던 도끼에 발등 찍힌다고…… 형님 입장에서는 동생이…… 배신을 했으니까 그럴 만 하겠네요.」

「형님은 용서가 없었네. 동생이 잘못했다고 그렇게 빌어도 고소 취하도 해주지 않고 합의서도 써주지 않았지. 경제 사범에는 합의가 그렇게 중요하다고 하더군.」

「그렇지요. 대게 합의하면 집행유예로 풀려나오죠.」

「그런데 그 사건에서 내가 아주 중요한 역할을 담당했다네. 그동안 그렇게 냉랭하던 처가 쪽에서 나에게 매달리고…… 읍소하고…… 회유를 하였다네.」

「그럴 만하네요. 그 사건의 가장 중요한 하수인이었으니까요. 공범으로 함께 처벌받지 않았나요?」

「말도 말게. 검찰 쪽과 타협을 본 거지. 검찰이란 게 두 번 다시 갈 곳은 아니더구먼. 그놈의 검사가 당장 구속시켜버리겠다고 으름장을 놓는 거야. 그래서 엄청나게 압박을 받았지. 그때 내가 너무 연약하고 쉽게 상처받는 존재라는 걸 깨달았다네.

처음에는 죽을 만큼 두려웠지만 나는 침을 꿀꺽 삼키고 나서 침착하게 생각을 가다듬었지. 진실을 밝히기로 결심한 거야. 그랬더니 마음이 평온해지더라고

내가 이실직고하면 뭐…… 실체적 진실을 밝히고 비밀 장부를 제출한다면 나는 관대하게 처벌하기로……. 그러니까 상부

의 지시에 따라 시키니까 그렇게 뒤처리를 한 것으로…… 그렇게 정리가 된 거지.

무엇보다도 나는 그 일과 관련해서 단 한 푼도 받은 사실이 없었다네. 그것은 돈 때문에 지저분한 짓은 하지 않겠다는 내 원칙을 지켰기 때문이야. 그러니까 담당 검사도 깜짝 놀라더구만. 검사는 내가 당연히 떡고물이라도 챙긴 것으로 알고 있었거든.

그래서 나는 구속되지도 않고 기소에서 빠지게 되었네. 그 대신 법정에서 또다시 증언을 서게 되었지.」

「그러니까 선서하고 증언하였다는 거죠?」

「그렇다네. 난 처음부터 내가 구속되는 한이 있더라도 밝힐 건 다 밝히겠다고 결심했어. 그래서 불태워버리라고 종용했던 비밀 장부도 검찰에 제출했던 것이고. 어쩐지 그래야만 된다고…… 이왕지사 이렇게 된 거…… 거짓말을 할 수는 없었거든. 난 검사 앞에서건 판사 앞에서건 떳떳하게 진실을 다 밝혔어.」

「장인은…… 몇 년 형을?」

「판사도 괘씸하게 생각했던 모양이야. 끝까지 부인하고. 이 핑계 저 핑계를 대고…… 그랬으니 중형을 선고받았지.」

「그 후 일이 궁금하네요?」

「이번에는 내가 배신자가 되었다네. 뭐라고 하더라…… 그렇지…… 기껏 키워주었더니 배신했다고 그러더라고. 배신과 변절은 내가 제일 증오하는데 말일세. 배신이라는 단어가 정말 고통스러웠네. 그때는 그 고통을 도저히 숨길 수가 없었지. 그 충격 때문에 한동안 광장공포증 환자가 되었다네.

그리고 마누라가 아니라 처가 쪽에서 먼저 이혼을 요구했어. 난리법석을 피운 거야. 나는 구차하게 변명하지 않고 그쪽에서 원하는 대로 도장을 찍어주었지. 중간에서 이러지도 저러지도 못하는 마누라가 가여웠거든.

그 무렵 새로 선임된 대표이사가 간곡히 만류했었네만⋯⋯ 그 지경이 됐는데⋯⋯ 회사에 사표를 냈다네. 본래 집은 마누라 앞으로 되어있었으니까 내가 짐을 싸서 나오면 되었지.

나는 이삿짐센터에 부탁해서 은밀하게 야반도주를 하였다네. 이웃들의 눈도 있고 회사 사람들이 알게 되면 이러저러한 말들이 나오게 될 테니까. 눈 깜짝할 사이에 이사를 한 거지.

그러고 나니까⋯⋯ 갑자기 외로워져서 눈물을 흘렸다네.

나를 되돌아보게 되더라고. 나는 인생을 헛산 것이 아닌지 회의감이 들면서 막막해지더라니까. 삶이란 게 무엇인지, 악과 선은 왜 항상 함께 있는지, 어머니가 의지했던 하느님은 지금도 하늘에 살아 계시는지, 영혼은 불멸인지, 죽음으로 끝나는지, 윤회설을 믿어도 되는 건지 등등 근본적인 물음이 마음 속에서 제기되더라고

평생을 책상에서 일했으니까 이제부터 남들처럼 트럭 운전을 하거나 공사 현장에서 육체노동을 해야겠다는 간절한 생각이 들었지.

그러나 그 나이에 불가능한 일이었어.

그리고 그들 큰 물음에 대해 대답 자체가 가능한지⋯⋯ 설령

대답이 있다고 하더라도 그 대답에 무슨 의미가 있겠는가 하는 의문이 들더란 말일세. 역사적으로 많은 인물들이 똑같은 질문을 제기하였지만 누구 하나 제대로 된 답을 제시한 사람은 없었다는 결론에 도달하게 되었네.

그 후, 그럭저럭 보낸 10년을 빼고 나면 여기로 내려오면서부터 내 인생은 밑바닥까지 내려갔지. 그래서 주민등록이 소멸되면서 사회보장 혜택도 모두 말소되었다네. 여기 살면서 그런 건 필요 없었으니까.」

「혹시…… 세상이 종말에 다다랐다는 종말론적 환상 때문이 아니었을까요? 그래서 아주 단순하고 마음 편하게 살고 싶었겠지요. 여기까지…… 더 내려가면 고흥 쪽 바닷가가 있는데요.」

「글쎄 말일세. 고흥에도 몇 번 가봤지. 그래도 고향은 익숙한 곳이니까. 도사동은 개발한답시고 그 모양이 되었지만 이쪽은 그런대로 남아있지 않은가. 옛날처럼 말이야.

그렇지만 여기에 처음 자리를 잡았을 때는 정체를 알 수 없었지만 몹시 두려웠다네. 고립에 대한 공포심 때문이었어. 아무도 없고 아무것도 없는 외딴 세상에 홀로 갇혀 있다고 느꼈거든.

그런데 제가 있는 여기는 어디인가요?

그래서 내가 여기까지 내려온 게 자신이 선택하였기 때문인지 아니면 신의 저주를 받았기 때문인지 판단할 수가 없었네. 마음이 평온할 때는 선택한 것으로…… 마음이 몹시 심란할 때는 저주 받았다고 믿었으니까.

하지만 돌이켜보면 내가 버림받았다고는 생각하지 않네. 나를 구속했던 저쪽 세상과의 모든 질긴 밧줄을 끊어버리고 그 무엇에도 의지하지 않고 지금까지 홀로 살아왔으니까.」

9. 여름이 지나가고 있었다. 빗방울이 후두둑 떨어지며 창문을 때리더니 그것을 신호로 해서 뒤늦게 장맛비가 내리기 시작했다. 바다로부터 세찬 비바람이 불어왔다. 마지막 장마는 열흘쯤 지나서야 끝났다. 그리고 티끌 한 점 없는 청명한 초가을 하늘이 수평선까지 아득히 펼쳐졌다.

경전선 기차 소리가 밤의 적막을 뚫고 지나갔다.

그날, 우리는 날씨가 선선해졌으므로 모처럼 신시가지로 나가 광양 불고기 집에서 몇 병의 소주를 반주로 해서 점심식사를 했고 근처 카페로 옮겼다. 평일 오후 카페는 한산했다. 우리는 에스프레소 커피를 마셨다.

순전히 가벼운 술기운 때문에 의기투합해서 택시를 잡아타고 구시가지 쪽으로 갔고 가곡동에서부터 시작해서 아래쪽으로 옛날 거리 여기저기를 느긋하게 산책하는 것처럼 몇 시간을 걸었다. 순천대학교를 지났고, 순천남초교, 순천여고를 지나쳐 마침내 순천고 정문에 이르렀다. 그가 순천중을 다닌 것은 65년 전 일이었다. 우리는 학교 안으로 들어가지 않았다. 그는 옛날 추억에 잠기지도 않았고 더 이상 아무 말도 하지 않았다. 우리는 대대동의 옛날 다방으로 돌아왔다.

이야기는 다시 시작되었다.

그가 말했다.

「다시, 소설 속으로 들어가서 좀 더 구체적으로 살펴보세.

왜 광주역에서 기차를 내렸을까? 그 당시 순천역이라면 기차
역을 중심지로 서울에서 내려오는 기차가 광주보다 오히려 많
았을 텐데. 다시 말하면, 서울에서 순천으로 바로 내려오면 되
는데 구태여 빙 돌아서 광주를 거쳐 내려오느냐 그 말일세.」

「그게 우스워요. 실제와 다르고 부자연스럽거든요. 그렇지만
소설의 도입부인 '무진으로 가는 버스'부분을 쓰기 위해서는 광
주역으로 설정하는 것이 불가피했을 것입니다. 그런 정도는 눈
감고 넘어가야겠지요.」

「안개도 말일세…… 밤새 멀리 남쪽 바다에서부터 밀려오는
순천만 일대의 아침 안개는 너무나 유명해서 나도 잘 알고 있
지. 손에 잡힐 듯하면서도 잡히지 않는 안개 말일세. 그런데 그
는 그 아름답고 신비한 안개를 *밤 사이에 진주해온 적군들처럼*
라고 비유했단 말일세. 또 *매일 밤 찾아오는 여귀가 뿜어 놓은
입김* 과도 같다고 했는데 그 장엄한 안개를 여귀의 입김에 비
유하다니……」

「그게 어린 작가의 어설픈 치기가 아니었겠어요?

안개는 안개 속이에요. 그 소설처럼 말입니다. 안개는 혼돈이
거나 혼동일 거예요. 현실과 허구를, 진실과 거짓을, 꿈과 현실
을 혼동시키는 거지요.」

「그리고 말이야…… 순천이야말로 전남 동남부 지역의 중심

도시로서 아주 옛날부터 역사와 전통이 있었는데…… 제멋대로 인구 오륙만의 읍으로 격하시키는 게 옳은 일이라고 할 수 있겠나? 아무리 작가가 제멋대로 쓴다고 하더라도……」

「그러게 말입니다. 아무리 소설이라고 하더라도 그건 옳지 않다고 봅니다. 소설인 경우에도 정확할 것은 정확해야겠지요. 그게 작가의 직업윤리 아니겠어요.

헤밍웨이든가 누군가 인물이건 장소이건 모델을 묘사할 때는 그 모델을 아주 정확히 묘사해야만 된다고 했습니다. 그게 독자를 기만하지 않는 거지요.

작가 스스로 무진읍은 자신이 태어나고 자란 순천시를 모델로 하였다고 밝혔다는데요. 읍이라고 한 것은…… 결국 독자를 기만한 것 아니겠습니까? 저는 무명작가이긴 합니다만 소설을 쓰는 입장에서 그렇게 생각합니다.

그리고 말입니다. 우리나라에서 읍이라고 하면 인구 1만이나 2만 정도를 기준으로 하거든요. 그 당시, 그러니까 50년 전 일이네요. 인구 5,6만의 읍이 전국 어디에 있었겠습니까.

백 번 양보해서 그렇다고 칩시다. 작가가 자신만의 상상의 도시를 창조했다면 말입니다, 그 후 그 도시를 배경으로 한 후속 작품이 여러 편 나와야 하지 않겠습니까? 그래야만 그 가상의 공간이 문학적 배경으로 정착되지 않겠습니까. 그렇지 않습니까? 그런데 그 후 뭐가 나왔어요? 아무것도 없어요. 그런데도 무진, 무진 하지 않습니까.」

「그러면…… 당신은 그들 비평가들을 어떻게 생각하나?」

「뭐…… 그렇지요. 우리나라에는 지금까지 비평다운 비평이 없었어요. 여러 가지 원인이 있지요. 우선 문단의 패거리들이 얼마 되지 않고 바닥이 좁아요. 작가들, 소위 평론가들, 대학에서 문학을 전공하는 교수들, 출판사의 편집 책임자들 등등 해봤자 뻔하지요. 그러니 모두가 지연이나 학연, 기타 등등으로 이리저리 연결되어 있어요.

학연은 고등학교와 대학이 중심이지요. 선배가 후배를 이끌어주어야 하는데 어떻게 날카롭게 후배를 비평할 수 있고 후배는 하늘같은 선배를 어떻게 비평해요. 그랬다가는 싸가지없는 놈이라고 바가지로 욕을 얻어먹고 매장되겠지요.

지연도 그래요. 한 다리만 건너면 다 아는 사이예요. 그러니 좋은 게 좋다고 비평다운 비평을 못하고 주례사 비평만 하는 거예요. 그게 누이 좋고 매부 좋은 일이죠.」

「참으로…… 인정이 철철 넘쳐흘러서 좋구먼.」

「그런데 아닌 구석이 있어요. 그러니까 지연이나 학연으로 얽혀 있지 않고…… 게다가 자폐아가 중얼거리는 듯한 그 흔해빠진 1인칭 사소설만 보다가 새로운 소재와 지식, 배경으로 무장한 깊이 있는 소설이 어쩌다 등장하면 그 낯선 세계에 대해 놀라움과 지적 호기심을 느끼는 것이 아니라 공포심을 느껴요.

평론가는 지식이 엷으니까 그런 걸 제대로 이해하지 못해요. 그러면 자신의 무식이 탄로 날까 봐 전전긍긍하지요. 그래서 비평한답시고 그럴듯한 언사로 마구 깔아뭉개는 거죠. 비평이란 제멋대로 하는 게 가능하니까요. 그때는 무척 잔인해지지요.

평론가는 검열관도 아니고 심판자도 아닌데 말입니다. 그들의 역할은 독자들의 이해를 돕는 가이드일 뿐이에요.

그거 알고 계신가요? 신경숙 작가의 표절 사건 말이에요. 그게 가령 표절이라고 가정하는 경우에도 20년 전 일이란 말입니다. 그러니까 20년 동안 가만히 있다가 갑자기 표절 운운한 거예요. 왜 그랬을까요? 요즘 신경숙 작가가 한창 뜨면서 잘 나가니까 배가 아픈 거예요.

그런데 어이없는 일이 일어나지요. 어떤 원로 작가는 그 작가더러 공개적으로 표절했으니 절필하라고 요구했어요. 자기가 무슨 자격으로 절필을 운운하는 거죠? 자기가 작가에게 사형선고를 내릴 수 있는 입법가인가요. 판사인가요?

전업 작가에게는 글을 쓰는 게 밥줄이고 생명줄인데…… 그건 밥을 굶고 죽으라는 이야기와 똑같죠. 작가에게 글쓰기는 어떤 것에서도 얻을 수 없는 생의 강렬함을 선사한다고 하지 않습니까. 그래서 작가는 글을 쓸 때 살아있음을 생생하게 느낍니다. 글이 잘 써지지 않는 순간조차도요 라고 말하지 않겠습니까.」

「나 역시 그가 작가로서 완전히 실패했다는 걸 알고 있다네. 그는 1964년 무진기행 이후 이를 영화로 만들기 위해 시나리오 세 편을 직접 썼으니 무진기행을 총 네 번 우려먹은 셈이라네.

영화에서 제목은 '안개'…… '황홀'…… '무진 흐린 뒤 안개' …… 등으로 매번 바뀌었네. 특히 마지막 영화는 무진의 하인숙이 서울로 올라와서 윤희중과 밀회를 즐기지만 결국 그 사랑의 한계를 깨닫고 허무하게 헤어지게 된다는 마무리로 끝났지.

그는 시나리오 작가로 그렇게 활동을 하여 대종상 각본상까지 받기도 하였네. 그러니 무슨 소설을 더 이상 쓸 수 있었겠나.

무엇이 그의 글쓰기를 억압했고 상상력을 갉아먹었는지 도대체 짐작도 할 수 없다네. 위대한 작가라면 꾸준히 계속 많이 써야 하거든. 작가로서 게을러터졌고 불성실했어.

도저히 실체가 있는 작가…… 심각하거나 진지한 작가로 성장할 수 없었네. 너무 일찍 겉멋이 든 거지.

그랬으니 후배 작가들에게 모범은커녕…… 그럼에도 불구하고 이구동성으로 칭찬 일색이니…… 뭐가 잘못돼도 크게 잘못된 거지.

그 알팍한 짧은 소설이 처음부터 요란스럽게 성공하니까 그게 독이 된 거야. 그게 처음이자 마지막이더라고 그의 몇몇 작품을 나도 어쩔 수 없이 자세히 읽어보았다네. 왜 아니겠는가.」

「옳으신 말씀입니다. 과대포장이 된 거죠

짧은 단편 소설 하나로 대표작을 삼을 수는 없다구요. 우리 문학 풍토가 저변이 빈약하고 아무리 단편소설 위주라고 하더라도 말이죠. 안톤 체홉처럼 단편소설을 600여 편 넘게 썼다면 모를까…….

그를 대표할 만한 장편소설은 없어요. 뭐니뭐니 해도 소설은 장편소설이지요. 그것은 복합적인 주제를 가지고 반복, 변주하면서 깊이 있게 다뤄야 하니까 마라톤처럼 긴 호흡이 필요하지요. 그래서 작가의 문학성과 진면목이 그대로 반영되는 거예요.

그 국어 선생님은 그 무렵 독서를 많이 하고 피츠제럴드를 좋아 한다고 했지 않았습니까? 그러나 피츠제럴드의 팬답지 않게 아주 얌전하고 매사에 엄숙했고 그리고 가난했다 고 했습니다.」

「박치순 말이군.」

「스콧의 '위대한 개츠비' 말입니다. 1920년대 재즈 시대를 배경으로 한 뉴욕 이야기이죠. 180쪽밖에 안 되는 작은 장편이지만 무궁무진하게 해석이 가능해요. 신이 더 이상 존재하지 않는지, 유복한 상류 사회와 하류층의 계급 문제, 사회적 신분의 상승과 몰락, 세속적 욕망, 사회적 자아와 심리적 자아의 분열이라는 이중의식, 사라진 꿈을 되찾으려는 시도, 백인 남성 우월주의, 그 소설은 결국 잃어버린 환상에 관한 작품이다. 소설의 힘이 플롯이나 캐릭터가 아니라 언어에 의존한다. 플롯과 타당성이 가장 큰 약점이다. 신파적인 별난 책, 싸구려 소설, 수단과 방법을 가리지 않고 엄청난 부자가 된다는 너무나 미국적인 이야기, 작가는 사상가는 아니고 그저 감수성이 예민한 사람, 하드보일드이고 누와르적이다.

물론 미국 쪽 비평가의 견해입니다.

이에 대해 작가는 불평을 합니다. 이 책이 무엇에 관한 내용인지 알아차린 비평가는 없다고 말이죠.

그러면 그 소설은 지고지순한 위대한 사랑 이야기라고 할 수 있을까요? 그게 가장 기본적인 해석이지요. 그렇지만 제 생각으로는 그건 블랙 유머에 불과해요. 엄청나게 허세를 부리는 사람의 이야기일 뿐이죠.

어쨌거나 장편소설이어야 해요. 그 단편은 유치한 하룻밤 풋사랑 이야기일 뿐이지요. 그 작가는 일찍부터 장편에 코를 박고 정진했어야 했는데…… 장편을 제대로 쓸 능력이 없었던 거죠.」

「자네의 말에 충분히 공감할 수 있네.

우리는 지금 이심전심으로 공모를 하고 있으니까.

내가 그 소설의 주인공이었는데. 전문가는 아니지만 그의 소설들을 읽어보면 아주 감각적이더라고. 그러니까 깊이가 없지. 깊이가 없고 지극히 피상적인 거지. 그런 속물로 옛날 어수룩한 시절에 반짝한 거야.」

「형님의 말씀에는 정당한 비평이 아니라 멸시와 조롱의 느낌이 들어있네요. 무슨 억하심정이라도……. 편집병적 피해의식을 느끼고 있는 게 아닐까요? 그럴 필요는 없습니다. 진정하십시오. 그저 얄팍한 짧은 소설일 뿐이에요.

아시다시피…… 그 작가가 명문 대학을 나오지 않았습니까. 그 패거리들이 이구동성으로 한껏 치켜세웠어요. 누가 감히 반기를 들 수 있겠습니까. 그들은 앞서 나온 글들을 교묘하게 짜깁기하고 말을 빙빙 돌려서 논지를 펼치지요. 아무도 비평하지 않아요. 이제껏 오직 환호와 찬양만 있었습니다. 그러니까 전설이 되어버렸지요.

그래서 한심한 화가도 작가도 대대 마을에 잠깐 갔다 와서는 제2, 제3의 무진기행을 썼지요.

그들이 정말로 그 작가를 연구한다면 그가 누구이고, 무엇에 몰두했으며, 무슨 책을 읽었고, 취미가 무엇이며, 그에게 중요했던 사람이 누구인지, 형제들이 있었는지, 어린 시절이나 학창 시절은 어떠하였는지, 대한민국 남자라면 누구나 갔다 오는 군대를 갔다 왔는지, 생계는 어떻게 유지하였는지, 수입과 지출 내역서, 헌신적인 사랑을 한 적이 있고 실패했었는지, 그의 내면의 의식과 감정, 사유를 반추할 수 있는 것은 무엇인지, 그의 숭고한(?) 삶을 추적하는데 필요한 단서라면 연인과 교환한 짤막한 편지 하나, 메모, 낙서, 일기장 등 아무리 사소한 것이라도 수집해서 분석하고 평가를 했어야죠. 그런데 아무도 그런 중요한 일은 하지 않고 있죠.

물론 그렇게 수집한 것들이 그 작가의 삶의 궤적을 복원할 수 있는 것인지, 그의 삶의 진실을 보여주고 그것이 작품에 미친 지대한 영향을 분석하게 해줄지는 의문이긴 합니다. 더욱이 그 작품들이 그렇게 치밀하고 정교한 지적 탐구의 대상이 될 만큼 가치가 있는지도 여전히 의심이 가지요.

다시 말씀드리면…… 이런 건 보통 유명 작가의 사후에 하는 일이지만 만약 작가가 어떤 사정으로 더 이상 쓸 수 없어서 살아생전에 완전히 절필하여 작가로서의 생명이 끝났다면…… 그의 영혼의 비밀을 찾아내기 위해서…… 반드시 해야 할 일이죠」

「내가 거기까지는 잘 모르겠네……」

「그렇다면…… 다시 본론으로 들어가서…… 도대체 윤희중은 누구인가요?」

「나는 그를 잘 모른다네. 그가 제멋대로 썼으니까. 내가 나라고 자신할 수 없게 되었네. 물론 그게 내 본명은 아니라네. 그러나 나는 내 이름 석 자를 잊어버린 지가 오래되었지.

나중에 보니까 영화에서는 윤희중이 **윤기준**으로 바뀌어버렸더라고 왜 멀쩡한 이름을 바꿔 버렸는지 도대체 그 속사정을 알 길이 없었다네. 그 이름이 도무지 마음에 들지 않았거나 영화를 만들면서 그 이름에 무슨 징크스가 있다고 생각했던 것인지도 모르겠네.」

「왜? 이름을 바꿨을까요? 이름은 자존감과 인격의 가장 기본적인 요소가 되는 겁니다. 이름은 그 사람의 정체성을 나타내는 것이기 때문에 특별한 사정없이 함부로 바꾸는 게 아니지요. 그러니까 이름을 바꾼다는 것은 그의 운명이 확 바뀌는 것을 의미합니다.」

「…… 자네 말대로라면. 이름은 바뀌었지만 영화 속에서 운명이 크게 바뀐 건 없었다네. 아! 그렇지! 우리를 완전히 섹스에 미친 사람으로 만들었더군.」

「어쨌거나 소설에서 공간적 배경 이야기를 빼놓을 수가 없지요

윌리엄 포크너는 미국 남부 태생으로 독특한 역사적, 문화적 특징을 지닌 남부를 배경으로 한 많은 소설들을 썼지요. 그의 작품들은 포크너 소설의 주요 무대인 가상의 공간 요크나파토

바에서 펼쳐지지요.

그리고 현대 미국 여류작가인 애니 프루의 이야기를 빼놓을
수가 없네요. 유명한 영화로 나온 '브로크백 마운틴'을 썼단 말
입니다. 그녀는 와이오밍을 배경으로 너무나 아름다운 많은 소
설들을 썼었죠. 그러니까 Wyoming Stories라는 부제를 단 단편
집을 세 권이나 발표했지요.」

「나는 전문가가 아니니까 거기까지는 잘 모르겠네만…… 그
후 무진을 배경으로 한 소설이 나오지 않는 것만은 틀림없다네.」

「소설에 보면 제약회사의 직급에 간사가 나오고 그 간사가
전무로 승진한다고 나오는데…… 어떻게 된 거예요? 그게 말이
되나요? 회사 직급에 간사가……?」

「내가 1964년 여름에 을지로 술집에서 만났을 때 분명히 경
리부장이라고 찍힌 명함을 그들 일행에 나누어주었지. 나는 그
때 틀림없이 경리부장이었지. 도대체가 우리나라 회사에서 간
사란 직급은 없지 않은가? 자네도 변호사니까 잘 알고 있겠지.

거의 예외 없이 사원, 계장, 대리, 과장, 차장, 부장, 상무, 전
무 등의 순서로 올라가게 되어있지. 거기서 왜 간사가 나오는지
아연실색했다네.

그리고 말일세…… 간사가 있다고 치더라도 거기서 어떻게
하여 곧바로 전무로 치고 올라갈 수 있단 말인가? 제멋대로 중
간 단계를 생략할 수 있는 것인가?

가령, 간사가 전무로 올라갈 수 있다고 치더라도 말일세……
왜, 쓸데없이 주주총회까지 열어야 하지? 그건 도대체 주주총회

의 안건이 될 수 없어.

영화를 만들면서 그제서야 깨달은 거지. 주위에서 그걸 심각
하게 지적했겠지. 그래서 영화에서는 내가 상무로 나오더라고.
주주총회 이야기는 쏙 빼고 말이야.」

「소설 속에서 보면 6·25 사변이 났을 때 말입니다. 그때 형
님은 서울에서 대학에 다닌 걸로 되어 있는데요.

*서울을 떠나는 마지막 기차를 놓친 나는 서울에서 무진까지
의 천여 리 길을 발가락이 몇 번이고 불어터지도록 걸어서 내
려왔고 어머니에 의해서 골방에 처박혀졌다.* 라고 되어 있거든
요.」

「입에 풀칠하기도 바빴는데 대학은 무슨…… 그건 작가가 마
음대로 쓴 것이라네.」

「그때, 1964년 6월인가, 왜 순천에 내려오셨지요? 어머니 산
소에 가기 위해서……? 어머닌 언제 돌아가셨어요?」

「그게 완전히 사실을 왜곡한 거라네. 그때 어머니는 멀쩡하
게 살아 계셨거든. 어머니는 죽을 나이가 아니었어. 나는 모처
럼 짬을 내서 산소가 아니라 어머닐 뵈려고 내려온 거라네. 어
머니가 돌아가신 건 그 후 10년쯤 지나서였어.」

「서울에서 동거했던 희라는 여자가 있었던가요? 소설에서 그
여자 이야기가 잠깐 나오죠.」

「그날 술자리가 문제였던 거야. 내가 술이 몹시 취하니까 혀
가 풀리면서 별 걸 다 까발리고 나불거렸다네. 채신머리도 없이

선배가 후배들 앞에서 말이야. 내가 회사 초년병 시절에 잠깐 만났던 여자야. 그때 여상을 나와서 거래 은행 창구에서 입출금 업무를 보고 있었으니까 서로 업무상 알게 된 거지. 그날 내가 그 여자와 몇 번 관계한 이야기를 하였을 거야. 그게 전부일 거야. 그런데 그걸 가지고 동거 운운한 거지.」

「그러면 중학교 출신 중에서 형님이 출세했다는 것은 무슨 말씀인가요? 조가 고등고시에 합격해서 세무서장이 된 것은 그렇다고 치고 말이지요」

「부끄러운 일이네. 그 당시가…… 전쟁에 후유증이 남아 있었고 지금부터 50년 전 일이니까 어수룩할 때가 아닌가. 내가 고향에 내려가서 말하자면 뻥을 친 거라네. 물론 전혀 터무니없는 말은 아니었다네. 곧 대 제약회사의 전무로 승진할 거라고 떠벌리고 다녔지. 그렇게 된 거라네. 사실은 몇 년쯤 지나야 겨우 상무가 될까 말까 했는데 말일세.」

「지금부터 하인숙이라는 여자 주인공에 대해 말해보죠」

「미리 밝혀두자면…… 당연히 하인숙은 그 여자 이름이 아니야. 작가인들 무슨 배짱으로 본명을 밝힐 수 있었겠나. 그런데 나 역시 그 이름을 밝힐 수는 없다네. 내가 무덤 속까지 안고 가야 할 이름이야. 혹은 말일세, 내가 그 이름을 진즉 까먹었는지 모르겠네.」

「그럼 할 수 없죠. 그런데 소설에는 이런 대목이 나오지요 *"참, 엊그제 하선생이란 여자는 네 색싯감이냐?"* 내가 물었다. "색싯감?" 그는 높은 소리로 웃었다. "내 색싯감이 그 정도로밖에 안 보이냐?" 그가 말했다. "그 정도가 뭐 어때서?" "야, 이 약아빠진 놈아. 넌 빽 좋고 돈 많은 과부를 물어놓고 기껏 내가 어디서 굴러온 줄도 모르는 말라빠진 음악선생이나 차지하고 있으면 맘이 시원하겠다는 거냐?" 말하고 나서 그는 유쾌해 죽겠다는 듯이 웃어대었다.

그러니까 하인숙의 정체가 무엇인가요? 집안 배경을 말한 것입니다.」

「그 여자는 대학에서 성악을 전공했고 졸업하자마자 서울의 여고에서 음악 선생으로 있었지. 어떻게 그게 가능했겠나. 그 여자 집안은 명문가였고 아주 부자였다네. 그러니까 영등포에서 사립 중, 고교를 가지고 있었고 아버지는 그 재단의 이사장이었어. 아버지의 동생들은 어떻고 그러니까 작은아버지 중에 한 사람은 법원장을 지낸 법원 고위직 출신이었고 그 당시 잘나가는 현직 부장검사도 있었어. 어머니 쪽은 그저 평범한 가문이었다고 하더구만.」

「아주 대단했군요. 그런데 조는 왜 '퍽 똑똑한 여자일 것 같던데.' '똑똑하기야 하지. 그렇지만 뒷조사를 해보았더니 집안이 너무 허술해. 그 여자가 여기서 죽는다고 해도 고향에서 그 여자를 데리러 올 사람 하나 변변하게 없거든.' 라고 말했을까요?」

「그게…… 그런 말을 한 건 사실이네. 소설에 보면 조가 '그래도 그게 아닙니다. 내 편에 나를 끌어줄 사람이 없으면 처가

*편에서라도 누가 있어야 하는 거야.'*라고 말했는데. 그러니까 조의 입장에서는 집안 배경이 탄탄한 하인숙이 절실했겠지.

그렇지만 조에게도 고시를 합격했다는 자존심은 있으니까…… 나에게는 그 여자에게 관심이 없는 척 위장하기 위해서 해 본 쓸데없는 소리였다네.」

「그렇긴 합니다만…… 도대체 궁금증이 풀리지 않는데요? 그런 하인숙이 왜 그 좋은 서울에서 시골 구석으로 내려오게 되었냐는 거죠?」

「나도 그 점이 궁금하였다네. 자네는 '보스턴 식 결혼'이라는 걸 알고 있나?」

「처음 들어보는데요」

「그런 결혼은 인류 역사상 아주 오래 전부터 존재했다네. 헨리 제임스라는 소설가가 쓴 소설 '보스턴 사람들' 속에 처음으로 사용한 용어라고 알고 있네만.

그러니까 독신인 두 여성이 결혼한 남녀와 다름없이 한 집에서 정신적인 의지를 하며 사는 것을 말하지.

깊고 널찍한 안락의자에 두 팔을 걸친 채 남성처럼 편안히 앉아 있는 그 여자와 그냥 맨바닥에 두 손을 다소곳이 무릎 위에 모아서 앉아 있는 그 여자의 여자를 보았다네…… 그때 어쩔 수 없이 목격하고 말았지.」

「형님 지금 울고 있는가요? 제가 남자의 눈물을 본 게 얼마만인지 모르겠습니다만……」

「글쎄…… 나도 모르는 사이에 그때를 생각하니 잠깐 울컥한 거라네.」

그녀는 윤희중를 끌어당겼고 마치 빨아들일 듯했다. 하인숙이 입술을 너무 격렬하게 물어뜯어 그는 소리를 지르며 벗어날 수밖에 없었다. 그를 침대로 끌어당겼고 바지를 벗겼다. 그를 애무하기 시작했다. 그녀의 입술과 커다란 검은 눈동자는 무언가를 묻고 싶어 했다. 그녀가 몹시 당황한 윤희중을 진정시켰다. 그리고 속삭였다.

「이건 제가 생각한 건데요…… 미안하지만…… 당신과 저와의 첫날밤의 특권이 여자에게 있지 않을까요? 저는 그 특권을 누리고 싶어요.

왜?! 여자들은 남자들처럼 행동할 수 없는 거죠? 도대체 이유를 모르겠어요. 시대가 변하겠지요. 그들은 세상으로 고개를 쳐들고 나올 겁니다. 다만 시간이 필요하지요.」

그녀는 윤희중이 그녀 아래쪽에 눕도록 했다. 그리고 속옷을 벗어던지고 그를 올라탔다. 침대가 부스럭대다가 삐걱거렸다. 그는 그날 저녁의 기억이 가물가물하다. 그녀가 가볍게 코를 골았던가…… 그때 그는 창문을 통해 별빛이 내리는 밤하늘을 바라보면서 어느 순간 잠이 들었다.

그날 밤 모든 걸 그녀가 주도했고 그는 완전히 수동적이었다는 것만은 확실했다.

「양성애자이면서 동성애자라는 말씀이군요. 그래도 그만하면 다행이네요. 하인숙이 사디스트이거나 사도 마조히즘적 취향은 아니었으니까요.」

「그렇다네. 날 유린한 건 아니었어. 그러니까 완전히 가학적
이거나 피학적이지는 않았지. 다시 말하면…… 그런 변태는 아
니었다네. 날 침대에 묶어놓고 채찍을 휘두르거나 칼로 몸 여기
저기를 긁어서 피를 흘리게 하지는 않았어. 자신을 그렇게 해달
라고 애원하지도 않았고

그러나 순천으로 내려온 절박한 이유가 있었다네.

순전히 내 추측이네만…… 자기의 여자를 찾아서 스스로 가
족의 간섭이 없는 곳으로 도피를 한 거겠지. 아니면 가족들로부
터 집안 망신이라고 파문을 당하고 쫓겨났을 수도 있어.

그리고 다시 순천에서 진주나 마산, 부산 쪽으로 계속 이동을
했을 것이네. 그 여자는 낭만적인 면이 있고 바다를 좋아했으니
까. 살아있건 죽어있건 간에 부산이 마지막 피난처이었을 거야.」

「역시 지금도 못 잊고 계시군요」

「그렇지. 그러나 연락이 끊긴 지는 오래되었어. 그때 만나고
나서 몇 년 후부터는.」

「소설에서는, 그 여자는 개성 있는 얼굴을 가지고 있었다. 윤
곽은 갸름했고 눈이 컸고 얼굴색은 노리끼리했다. 전체로 보아
서 병약한 느낌을 주고 있었지만 그러나 좀 높은 콧날과 두터
운 입술이 병약하다는 인상을 버리도록 요구하고 있었다. 라고
했거든요」

「그건 작가가 제대로 묘사했다고 할 수 없네. 그때 술을 마시
면서 그 여자의 인상에 대해서는 상세하게 이야기했었거든. 그
러니까 묘사하는 과정에서 그가 알고 있던 다른 여자 혹은 영

화나 드라마에서 본 어떤 배우의 이미지가 끼어들어서 뒤섞여 버린 거지. 아무튼 그건 아닐세.

눈이 크고 높은 콧날은 맞는데 병약하다는 느낌은 전혀 없었네. 예쁘지는 않지만 매력적인 여자였지. 오히려 당당하고 자신감에 차 있었네. 우리 촌놈들을 약간 멸시하고 조롱하는 눈치였지.」

「그때 방바닥 비단 방석에 화투짝이 흩어져 있었나요?」

「그날 밤에 하인숙이 거길 무슨 이유로 오게 되었는지는 잘 생각나지 않는다네. 그러나 화투를 치거나 술을 마실 만큼 화기애애한 분위기는 아니었네. 그건 분명하지. 왜냐하면 그 여자가 그 자릴 어색해하는 눈치가 역력했고 계속 무슨 할 일이 있어서 빨리 돌아가야 한다고 말했거든.」

「그러면 손가락으로 술상을 두드리고 하인숙이 '목포의 눈물'을 부른 것은 아니군요.」

「그렇지. 그가 재주껏 지어낸 거지. 그게 신파조 멜로드라마를 쓰는 작가의 작업 방식 아닌가. 내가 나중에 비평가들의 글들을 모아서 다 읽어보았지. 그런데 그렇게 그런 말을 했던 사람들이 이제는 태도를 돌변하여 온갖 찬양의 소리를 늘어놓았다네. 근거가 없는데 찬양 일색이야. 역겨워서 토할 것만 같았네.

그가 뭘 대단한 걸 썼다고……

다 나와 있더라고 어떤 잡지사로부터 청탁을 받는데 마감에 맞추지 못해서 쩔쩔매었다고 하더군. 그래서 급하게 쓴 게 그 소설이었는데 거우 완성하고 나서도 자신이 없어서…… 그 무렵 글깨나 쓴다는 동인들에게 보여주었더니 '이게 무슨 소설이냐, 차라리 찢어버려라' 라고 하면서 한결같이 지나치게 신파 같다고 혹평하였다네.

그래서 자신을 잃은 작가는 쓰레기통에 던져 넣을까지 생각했는데 작품이 좋지 않으면 싣지 말라며 다음에 더 좋은 작품을 보내겠다는 추신을 덧붙여 편집장에게 보냈다는 거지.

그런데 무슨 조화인지 그 잡지에 게재 후 작가는 문단의 주목을 받기 시작했다고 하더군. 너무 심하게 많이 받았어.」

10. 여러분은 이미 잘 알고 있을 것이다.

끼리끼리 주고받은 민망할 정도로 구태의연한 찬양 일색을. 그러니 단 한 마디 날카로운 비평의 말은 어디에서도 발견할 수 없다. 멜로드라마 같으니 찢어 던져버리라고 했었는데 말이다.

일찍이 헤밍웨이가 지적했다. 칭찬이 가득한 서평은 작가의 정신에 좋지 않은 영향을 끼친다. 그렇게 찬사를 받으면 앞으로 글쓰기에 대한 기대가 너무 높아진다고

60년대를 대표하는 작가로 한국문학사에 자리매김한 김승옥은 기존의 작가들과는 뚜렷하게 다른 변별점을 가지고 있었다. 4·19 혁명 세대의 새로운 의식구조, 식민통치 시대의 교육과는 구별되는 완전한

한글세대의 출현, 문학에 있어서의 감각과 감수성 있는 문체의 구사 등의 특징을 내세우며 그는 한국소설사에 뚜렷한 위치를 차지했다.

김승옥은 새로운 문학의 지평이 뚜렷하게 예견되지 않는 시점에서, 아무도 시도해보지 않았고 또 성공의 보장도 없는 미지의 영역 속으로 헤쳐들어간 당돌한 모험가였다.

그는 우리의 모국어에 새로운 활기와 가능성의 신화를 불어넣었다. 그는 우리의 모국어에 대한 흑종의 미신 - 근거가 있기는 하나 너무 과장된 - 을 구호로써가 아니라 실천으로써 타파하였다.

김승옥은 감수성의 혁명을 우리의 황량한 문학 풍토 속에서 일으켰으며 우리는 그의 눈을 통해 모든 사물을 기성 세대와 다른 감각과 의미로 바라보는 법을 배우게 되었다. 그의 창작은 내적 자아의 형성 또는 개인주의 문학에 새로운 지평을 연 것이며 우리 정신사에서 처음으로 의식의 주체화에 전망을 비춰 준 것이다.

비평가들이 한 술 더 떠서…… 무진이라는 공간은 서울과 대비된다는 등, 그곳은 질서보다는 무질서, 인공성보다는 자연성으로 상징되는 곳이라는 등, 무진은 질서와 체계가 잡히기 전의 혼란과 퇴폐를 보여주지만 그 자체가 삶의 원형과도 같이 어떤 구체성을 띠기 전의 모습이라고 하는 등 별의별 소리를 다 했다.

순천은 역사와 전통이 있는 전남 동남부 지방의 중심을 이루는 도시인데 그게 말이 되냐구요. 퇴폐는 무슨…… 서울이야말로 온갖 퇴폐의 중심지이지.

하인숙이라는 인물의 성격, 그리고 그녀와 나의 관계에 집중되어 있다. 하인숙이라는 인물을 내가 사랑하게 되는 이유는 무엇인가? 그녀는 그저그런 평범한 여인 중 한 사람인가, 아니면 모든 남성들의 환상을 구성하는 이상적 타자로서의 바로 '그 여인'인가? 하인숙 뿐만 아니라 이 소설의 주인공인 윤희중 역시 섬세한 감수성을 지닌 문학청년으로서의 면모와 닮고 닮은 방식으로 자신의 출세를 위해 노력하는 중년의 노회한 속물로서의 면모를 동시에 갖추고 있는 것처럼 보이는데, 그렇다면 과연 '나의 분신'으로 간주되는 그녀는 순수하고 솔직하게 고뇌했던 '과거의 나'의 분신인 것인가, 아니면 사회적 지위를 보장해주는 배경을 손에 넣거나 유지하기 위해 비열한 타협안을 작성하는 '현재의 나'의 분신인 것인가?

영화의 각색자는 원작을 쓴 소설가 자신이었다. 원작자인 만큼 그 작가는 소설을 고스란히 영상화하기 위해 애를 썼던 것인가.

원작의 각색 과정에서 주목해야 할 것은 어떤 점을 충실히 옮겼느냐가 아니라 어떤 부분이 필연적으로 변모할 수밖에 없는가, 그리고 어떤 부분이 어떤 방식으로 변이되었느냐에 대한 추적이다.

* * *

결국 작품이란 유동적인 텍스트라는 것을 인정할 수밖에 없다. 예술 작품은 결코 완성되지 않기 때문이다. 그래서 폴 세잔은 '그림은 절대로 완성되지 않으며 어느 순간 그리기를 멈출 뿐이다.'라고 말했던 것이다. 그러므로 좋은 작품일수록 스테레오 타입의 고정된 또는 한정된 의미에 갇히는 것보다는 유동적이고 역동적이어야 한다. 그러나 그게 내 생각이라고 할 수는 없다. 문학 작품이 해석과 재해석, 재생의 과정에서 가변적이라는 관점은 이미 오래 전부터 널리 인정된 해석 이론이기 때문이다.

소설의 경우 자주 다른 나라의 언어로 번역되기도 하고 각색을 거쳐서 연극, 영화나 TV 드라마로, 만화로, 뮤지컬이나 오페라 등 새로운 버전으로 전환한다. (트랜스 미디어 스토리텔링 시대에 컴퓨터 게임, 소셜웹, 가상현실 게임, 테마파크 같은 엔터테인먼트 분야로의 전환은 제외하고서도 말이다.)

그 과정에서 각색자는 원천 작품을 재해석하여 시간과 공간을 변화시키고 캐릭터를 다른 관점에서 정체성을 변형하고 플롯을 변경해서 디테일을 생략하고 주제를 변주하면서 개작하고 재조합한다. 그래서 그들 각각의 버전은 상호 텍스트가 되는 것이다.

그러므로 이야기에는 옹기 그릇에 도공의 손자국이 남아있듯이 이야기꾼의 흔적이 남아있는 것이다. 이제 각색자는 창작자가 되어 그 작품을 자신의 것으로 만든다.

그러므로 고정된 텍스트는 없다. 항상 유동적이다. 이야기는 숙명처럼 끊임없이 조금씩 일탈하면서 또는 증보되면서 반복된다.

그렇기 때문에 그 소설이 영화로 각색되는 과정에서 필연적으로 변용되는 것은 어쩔 수 없다. 그걸 탓해서는 안 될 것이다.

작가와 독자는 독립된 개인이지만 작품 때문에 연결은 불가피하다. 작가와 작품을 매개로 한 독자의 관계는 어떠한가? 이 소설에서 말이다. 작가가 죽으면 또는 죽어야만 독자가 탄생한다고 해야 할 것인가.

독자가 왜 이 소설의 의미와 관련해서 작가의 원래 의도 혹은 작품의 (숨은) 배경, 인물의 모델 등등에 관하여 신경을 써야만 하는가. 작가와 독자는 더 이상 비대칭적인 관계가 아니다.

작가의 내면 세계와 그의 어두운 영혼이 작품에 미친 영향과 상호 관련성을 파악하고 싶다면 왜 그의 삶과 생애에 관한 모든 사항들에 대한 진지한 연구가 그렇게 소홀할 수 있는가. 작품이 작가를 아는 하나의 계기이고 반대로 작가의 삶이 작품을 깊이 이해하는 계기라면 말이다. 그런데 고작 피상적인 관찰만 있을 뿐이다.

문학의 지고한 가치란 독자들이 작가의 영혼에 내밀하게 접근하게 해 주는 데 있다고 하는 주장을 부정해야만 할 것인가? 작품은 작가의 손을 이미 떠나버렸기 때문이다. 그러므로 어떤 논자들의 견해에 의하면 오직 텍스트에만 집중해야 한다. 그들은 작가의 의도를 당해 예술 작품의 의미와 가치를 평가하는데 유일한 척도로 간주하는 것을 거부하였다.

독자는 더 이상 텍스트의 내용과 의미의 수동적인 수신인이 아니라 작품을 자기 나름대로 해체해서 해독하고 의미를 재창조하는 것이라고 할 수 있다. 독자는 이제부터 능동적으로 텍스트의 새로운 의미 형성에 참여하게 된다. 독자는 텍스트의 일부인 서사의 틈새를 메우는 것이다. 이 소설에서처럼 말이다. 결국 독자는 작가와 더불어 하나의 세계를 만들어 간다.

그런데 독자들은 제각기 독자적으로 해석하고 의미를 재창조할 뿐만 아니라 같은 독자의 경우에도 나이 들어감에 따라, 시대적, 공간적, 문화적, 개인적 등등 환경의 변화에 따라 해석과 재해석이 유동적이 되면서 작품에 대한 태도가 변화할 수 있다.

내가 60년대 그 무렵에 그걸 읽었었다. 반세기가 지나서, 나도 60대 후반으로 세상을 알 만큼 알고 있는데 어떻게 그때처럼 읽을 수 있겠는가. 세상이 변했고 나도 변했다.

그때도 그 소설은 지나친 감상주의 때문에 신파조 멜로드라마 같았는데 50년이 지난 지금에서야. (성경을 제외한다면) 정전 취급을 받는 어떤 고전인들 지금 그때만큼 읽을 수 있겠는가. 생각보다 훨씬 재미없고 정말 지루할 뿐이다. 두서없이 긴 문장에는 쓸데없는 상투적 사설과 훈계가 그렇게도 많다.

그는 진지한 작가는 아니다. 여기서 진지하다는 것은 진지한 주제로 소설을 쓴다는 걸 말한다. 나는 그걸 산산조각을 내서 해체하고 다시 이어 붙였다.

11. 김규현의 고향 마을은 벌교읍에서 여자만 바다 쪽으로 30리쯤 내려가 천마산 아래 바다가 초승달처럼 휘어져 육지와 맞닿은 만에 자리 잡은 작은 어촌이었다. 그 산이 넌지시 마을을 굽어보고 있었고, 마을은 바다를 향하여 가슴을 열고 있었다. 초승달처럼 휘어진 긴 해안이 바다를 꼭 끌어안고 있었다. 그 마을에는 옛날 임경업 장군의 신위를 모시고 있는 사당이

있었으나 그 사당은 사라진 지 오래되었고 마을에서 지금 사당 내력을 아는 사람은 아무도 없었다.

그 옛날에는 마을의 50여 호 남짓한 가구들은 대부분 바다에 삶을 의지하고 살았다. (지금은 반 이상이 비어있지만 말이다.)

언제나 밤안개가 짙은 곳이다. 아침이면 해안가를 뒤덮고 있던 옅어진 안개가 여전히 뭉그적거리다 햇빛에 쫓겨 사라졌다. 이따금 바다 쪽에서 강한 바람이 불어왔고 파도는 으르렁거리며 밀려와 해변의 모래톱에서 부서지며 사라졌다.

그때 경전선 완행열차는 바다에 대한 향수를 안고 검은 석탄 연기를 내뿜으며 길게 기적 소릴 울리고 산기슭을 돌아 남쪽으로 달려갔다.

그들은 뻘배를 타고 참꼬막을 잡았다. ('나백이'나 '썹써구' 같은 조개들은 이미 오래전에 종적을 감췄다.) 채취 작업 중에 숨이 턱밑까지 차오르면 연신 신세타령과 장탄식을 늘어놓았다.

평생을 갯벌에 기대어 살아온 갯사람들은 자신들의 삶 전부를 빠짐없이 깊은 뻘 속에 켜켜이 쌓아놓았다.

행정구역상으로는 순천시 별량면 마산리 順天市 別良面 馬山里

장편소설 **사하라**에 나오는 유명한 건축가 김규현은 이 마을에서 태어나 벌교중학교를 졸업했고, 그 해 아버지와 쌍둥이 동생이 바다에서 죽자 어머니와 함께 외삼촌이 있는 부산으로 이사를 갔다. 그 후 부산공업고등학교, 서울공대 건축과를 나와서 주식회사 공간에 들어갔고 대표이사의 주선으로 프랑스에 유학까지 다녀왔다. 그러나 그는 사하라 사막 남쪽에서 이른 나이에 죽었다.

* * *

나는 지난 해 (2013년) 가을쯤에 내려왔다. 도사동 일대가 많이 변했을 거라고 짐작은 했지만 이렇게 많이 변할 줄은 까마득하게 모르고 있었다. 30년 전 서울로 올라간 후 처음으로 다시 왔기 때문이다. 그래서 도사동 남쪽으로 한참이나 내려올 수밖에 없었다.

나는 별량면 마산리 거차 방조제가 보이는 근처의 비어있는 농가를 임시 거처로 삼았고 그 할아버지는 건너편 황룡사가 있는 구룡리에 15년 넘게 자리를 잡고 혼자 외롭게 살고 있었다. 그의 집 근처 해안가에는 호동 방조제가 있고 지금은 폐교가 되어 흉물스럽게 텅 비어있는 별교초등학교가 있다.

내가 내려와서 (제가 순천 출신이고 우리 산소가 여기 별량면에 있어요라고 말하면서) 동네 사람들과 의식적으로 어울리며 자리를 잡고 난 후, 한겨울 바닷가에서 자주 긴 산책을 하며 많은 시간을 보냈다. 그때 몇 번 마주쳤는데 그러고 나서 처음에는 가벼운 눈인사를 나누게 되었고 점점 자주 만나게 되니까 인사말이 길어지면서 이러저러한 이야기를 하게 되었던 것이다. 그건 인간들의 관계에서 흔히 있는 어쩔 수 없는 과정이라고 할 수 있다.

하지만 그는 자신만의 미스터리를 간직한 사람으로 보였고 처음부터 먼저 마음을 열고 자신의 이야기를 해주지는 않았다. 그가 훨씬 연장자였으므로 먼저 자신의 이야기를 털어놓는 것이 순서라고 할 수 있지 않은가.

그는 몇 개월이 지나고 나서야 처음으로 자신이 그 소설에 나오는 실제 윤희중이라고 소개했다.

그때는 4월이었다.

달콤한 4월! 숱한 상념이 그대와 결합했구나, 마음이 합친 것처럼.

옅은 자주색 라일락꽃이 벌써 피었다.

죽은 땅에서 라일락은 자라나고 기억과 욕망은 뒤섞인다.

그러나 우리가 본격적으로 그 이야기를 시작한 것은 여름이 시작되면서부터였다.

「엉뚱한 소리가 아닐세…… 믿거나 말거나 상관없다네. 내가 현실 속에서 실제로 존재하지 않는 허구적인 인물에 불과하다고 생각하는가? 다시 말하면 허구적으로만 느낄 뿐이고 실제적으로 느끼지 않는다는 건가?

사실이 허구일 수 있고 허구가 사실일 수 있지 않겠나. 나는 그렇게 생각하지.

나는 진정한 불가지론자는 아닐세. 나는 그 작가가 진실한지 아닌지, 그 작가가 그걸 주장할 자격이 있는지 아닌지, 그 소설의 내용의 진실성을 보장할 만한 위치에 있지 않네. 다만 뼈와 살과 피로 만들어진 살아있는 피조물로서 그 소설에 대해 여러 가지 의문을 제기할 뿐이라네.」

12. 그날, 거차 방조제에서 바라본 하늘은 잿빛이었고 파도가 거센 물결을 일으켜 조수의 방향을 가늠조차 할 수 없었다. 내 흰 머리카락이 바다에서 불어 닥친 바람에 휘날리며 얼굴을 가렸다. 늦은 오후가 되면서 깊은 정적 속에 하늘이 칠흑같이 변했고 잠시 후 천둥이 쳤다. 마을의 똥개들이 미친 듯이 짖어댔다. 비가 내리기 시작한다. 바다 갈매기들은 비가 오지 않는다는 듯 꼼짝하지 않고 방조제 바닥에 옹기종기 모여 있다.

그녀가 첫사랑이었을까? 왜 사랑의 감정에 첫 번째가 있고 마지막이 있어야 되는가? 그렇다면 중간도 있어야 하고 아니면 아라비아 숫자로 번호를 매겨야 할 것이 아닌가?

오스카 와일드는 **남자는 항상 여자의 첫사랑이 되려고 한다. 여자는 남자의 마지막 사랑이 되려고 한다. 라고 말했지만, 파스칼은 사랑에는 연령이 없다. 그것은 어느 때든지 생길 수 있다.** 고 하였다. 폼페이 유적지의 낙서, **많은 여성과 사랑을 나누었다** multas puellas futuisse. 희대의 바람둥이 돈 후안은 한 여자를 두 번 다시 보지 않았다. 그러므로 우리들에게 첫사랑이 무슨 대단한 의미가 있을 것인가.

지금…… 30년이 지났는데…… 그 잊혀져가는 상처를 새삼스럽게 들춰내야만 할까? 옛 기억들이 순서대로 부드럽게 풀려나올 수 있을까? 나는 인생에서 실패했다고, 겸허하게 인정해야만 할까? 나는 행복했던 적이 한 번이라도 있었던가? 내가 지금 알고 있는 것들을 그때 알았더라면 얼마나 좋았을까 하고, 후회하고 있을까?

어쨌거나 내 생애에는 오직 두 사람만이 있다. 첫사랑 여자하고 결혼을 해서 살았던 아내하고

그녀의 이름이? 가물가물하다. 그럴 수밖에 없을까. 아무리 30년 전 일이라고 하더라도 그건 자기보존의 본능에 따라 그녀를 잊기 위해서 노력했기 때문에 그 노력이 결실을 맺은 결과일지도 모른다. 그녀에 관한 일이라면 눈을 감고 귀를 막고 입을 막고 살았던 것이다. 그래서 내 마음속에서 그녀를 깔끔하게 몰아냈는가?

그녀와 미련 없이 완전히 헤어진 것은 80년 막바지 겨울이었고 그녀를 처음 만난 것은 그보다 훨씬 빠른 70년대 중반 무렵이었다. 그러니까 유신정권이 한창 맹위를 떨치던 시절에 만나 그 정권이 붕괴되고 나서 다시 신군부가 득세하고 80년 5월이 일어나기 직전에 끝난 것이다.

그 모든 게 불확실했던 엄혹한 시절에 우리는 아무런 충격도 받지 않고 시대 상황과는 무관하게 사랑에 빠졌던 것이다. 그 시절에 사랑놀이는 특별한 사치품이 아니었겠는가.

나를 먼저 사로잡은 것은 그녀의 내적 영혼이 아니라 아름다운 외모였다. 뚜렷한 이목구비의 얼굴, 우윳빛의 깨끗한 피부, 여자로서 아담한 체격, 말을 할 때마다 드러나는 고른 치아, 그

녀의 아름답고 미묘한 미소

그녀는, 그 시절에는 인조 속눈썹은 대유행이었지만 색조 화
장품이나 부분 화장품이 유행하기 전이었기 때문에 얼굴에 파
운데이션을 아주 얇게 발랐고 단정하게 깎은 손톱에는 복숭아
색 매니큐어를 칠했다. 그녀에게서는 늘 옅은 라벤더 향수 냄새
가 났다.

그때는 호경기 시절이었고 시대가 변하고 있었기 때문에 옷
이나 헤어스타일도 금기가 풀리면서 점점 야해지기 시작했다.
그렇다고 찬바람이 쌩쌩 부는 겨울공화국에서 퇴폐적이기까지
가지는 않았다. 정권은 거기까지 허용하지 않았다.

그녀는 나를 자극하기 위해서였는지 자주 아주 짧은 미니스
커트를 입고 나타났고 구두는 당시 유행했던 앞바닥에 두꺼운
창이 달린 굽이 아주 높은 하이힐을 신었었다.

우리가 처음 어떻게 만났더라? 내가 고시 공부한다고 미팅을
해본 일이 없었기 때문에 미팅에서 만난 건 아니었고 친구들
중에서 누군가 소개를 했을 것이다.

내가 몇 달 후 그녀의 어머니를 처음 만났을 때 고시 합격을
눈앞에 둔 명문 법대 출신을 아주 노골적으로 얼마나 흡족하게
반겨주었던가.

그때 어머니가 말했다.

「내가 곧 판검사 사위를 보게 되었다네. 집안의 경사이지. 그
렇고말고」

김민정은 그러고 보니 어머니를 쏙 빼다 닮았다. 어머니가 그렇게 아름다우니 딸 역시 아름다웠던 것이다. 우리는 만나자마자 너무 쉽게 재빨리 연인이 되었다. 나는 횡재를 하였으나 전혀 실감이 나지 않았다.

나는 지금 내 인생이 저물어가고 있음을 알고 있고 바닷가 시골에서 혼자 살고 있으니 자주 자기연민과 망상에 시달린다. 그녀 역시 지금 살아있다면 정신적으로 불안정하여 자기 방어적 입장에서 자신을 속이고 여전히 날 원망하고 있을 것이다. 왜 아니겠는가.

지금 이렇게 세월이 흘렀으니 가슴 속에 채 꺼지지 않은 불꽃이 남아있을 리 없다. 늦가을이었던가, 초겨울쯤이었던가. 그날 하루 종일 비가 오락가락하였다. 그날 동숭동 다방은 날씨 탓인지 한산했고 분위기는 죽은 듯 가라앉아 있었다.

그녀는 나와 헤어지기 위해서, 결별을 선언하기 위해서 그렇게 입을 꼭 다물고 결연한 표정을 짓고 있었던가. 왜 얼굴 표정이 의젓하고 의기양양했었는가. 희미한 미소가 그녀의 차가운 얼굴을 스쳐지나가지 않았던가. 그녀는 아무런 고통도 내비치지 않고 그렇게 천연덕스럽게 선언할 수 있었던가. 나는 왜 얼굴이 하얗게 질려서 심장이 망치질을 하고 격렬하게 고동을 쳤던 것인가. 왜 나는 굵은 눈물방울을 하염없이 흘렸던 것인가.

나는 지금도 그 싸늘한 눈초리를 떠올리면 등에서 소름이 끼친다. 그 순간을 어찌 잊어버릴 수 있겠는가. 한때는 친구들이 우리를 두고 그림처럼 매우 어울리는 한 쌍이라고들 이구동성으로 말했다. 분명히 우리는 결코 떨어질 수 없는 한 쌍이었다.

나는 그때 한창 사랑에 미쳐있었으니까 그녀의 환심을 사려는 본능적인 욕구에 따라 행동했다. 변덕이 심한 여자의 비위를 맞추려고 말과 행동을 조심스럽게 조절했으니 나는 그때 꼭두각시나 다름없었다.

내가 그녀에 대해 뭐든지 다 알고 있었던가. 다 안다고 생각했는데 하나도 모르고 있었던 것인가. 무언가 오해하고 착각했던 것인가. 기억은 질서정연하지 않다. 까마득한 세월이 흘렀다. 하지만 세월이 그렇게 많이 흘렀다고 해도 어찌 잊어버릴 수 있겠는가. 세월도 무용지물로 만드는 것이어서 마치 어제 일처럼 생생하다.

그때는 아직 풋내기 젊은 시절이었으니 민감했고 그만큼 상처도 많이 받았다. 그때 나는 자존심에 심한 상처를 받았음에도 노발대발하지 않고 그대로 받아들였다. 언제나 그 모양이었다. 철딱서니 없고 비현실적이었다. 자기연민은 없었고 오직 자기혐오의 감정만 있었다. 삶의 본질을 직시하고 꿰뚫어 볼 수 있는 능력이 없었으니. 그리고 그 후에는 삶이 닥쳐오는 대로 받아들이며 더욱 삶의 현실에 안주하였고 운명의 불가항력에 항복하였다.

나는 중고등학교 시절 도맡아 놓고 전체 수석이었으니 수재니 천재 소리를 들었고, 아버지의 간절한 소망대로 법대로 진학했고, 법대에 갔으니까 당연히 고시 공부를 시작했다. 다음 순서는 금방 고시에 합격하고 나서 권위주의 체제를 앞장서서 수호해야 하는 판검사를 할 차례였다. 그것이 내 젊은 시절 충분히 예측 가능한 인생 항로였다. 그러므로 거창하게 사회 정의를 구현하기 위해서 고시 공부를 한 것이 아니었다. 그렇게 말하는 녀석들을 가끔 보게 되지만 그건 치사한 자기기만이었고 그들은 위선자임에 틀림없었다.

나는 지금 돌이켜보면 공부하는 동안 매너리즘에 빠져있었던 게 틀림없다. 나는 왜 시험을 칠 때마다 그렇게 허둥대고 노심초사했던가. 나는 시험을 볼 때면 어김없이 논점을 벗어나는 해묵은 실수를 저질렀고 너무 서두르는 나머지 새로운 실수를 했다.

그 여자의 입술, 가슴, 허벅지, 다리는 어떻게 생겨 먹었던가. 지금 도저히 기억할 수가 없다. 나는 지금 그녀의 몸 위에서 헐떡거리며 환희에 찼던 밤들을 떠올릴 수 있을 것인가. 그때는 아직 진한 페팅을 할 줄 몰랐지만 섹스가 끝나면 기분 좋은 피로감을 느끼며 가벼운 잠에 빠져들었다. 그 전에 우리는 그때 한창 유행했던 냉 막걸리를 꽤 많이 마셨다. 그녀는 술을 잘 마셨지만 가끔 담배를 피웠는지는 기억나지 않는다. 그러나 야간 통행금지가 있던 시절이었으니 서둘러 여관을 빠져나와야 했다. 그때는 늘 임신에 대한 두려움이 있었다.

(지금 젊은 독자들은 야간 통행금지를 잘 모를 것이다. 밤 12시만 되면 인적이 완전히 끊긴 거리 모습은 마치 유령의 도시 같았다.)

그녀가 나를 위해서 아니면 우리를 위해서 언제 눈물을 흘렸던 일이 있었던가. 목이 메일 정도로 눈물을 쏟는 정도가 아니라 그냥 쬐끔 흘러내리는 정도라도 말이다. 그녀는 말싸움을 할 때 처음에는 입을 꽉 다물고 아무 말도 하지 않았지만 끝날 때쯤에는 강한 자기만의 목소리로 할 말을 모두 내뱉었다.

나는 그때부터 그녀의 강한 일면을, 다시 말하면 고집 센 독한 일면을 눈치챘어야 했다. 그녀는 끝판이 다가오자 내 쪽에서 연락을 하지 않으면 먼저 연락을 하지도 않았고 겨우 만나면 합격이나 결혼 같은 어떤 기대도 할 수 없었기 때문인지 어떤 열의도 보여주지 않았다.

* * *

나는 지금 30년 전에 헤어진 첫사랑 애인과 정식 이혼을 한 것은 아니지만 서울에 내팽겨쳐 둔 아내에게 동시에 어설픈 죄책감을 느끼고 있다. 내가 받은 모욕과 상처는 놔두고 말이다.

우리는 오랫동안 같은 집에 살면서도 서로 사생활에 간섭하지 않기로 하여 다른 방을 쓰고, 밥을 각자 알아서 먹었다. 아내는 무엇 때문에 나를 의심한 것일까? 내가 그녀를 속인 적이 있었던가? 그럴 거야. 무수히 속였을 거야. 지금도 속이고 있고 여자들은 그렇게 생각한다니까. 아내는, 「30년 가까이 매일 밥을 차려줬는데 이젠 그만하고 싶다」고 말했다. 우리는 사실상 이혼 상태 혹은 별거 상태였다. 그렇지만 사회적 이목과 체면 때문에 가정법원에 이혼 조정을 신청하거나 이혼 소송을 제기하지 않기로 암묵적으로 합의를 하고 지냈다.

나는 서울에서 사라질 준비를 하고 있었다. 나는 오랫동안 가출을 꿈꿔왔다. 아내에게 어떻게든 양해를 구하고 아니면 쪽지라도 남겨야 하는데 그럴 수가 없었다. 그래서 아주 필요한 것만 챙기고 나머지는 버렸다.

어느 날 아침 출근하는 것처럼 하면서 집을 나섰다. 아내와는 그게 마지막이었다.

은행에 있는 잔고를 전부 인출한 다음 은행계좌를 폐쇄했다. 그러고 나서 정처 없이 여기저기를 여행했다. 어차피 아내는 내가 집을 나가도 찾을 생각이 없었겠지만…… 그래도 아니다 싶어서 나는 집을 완전히 나왔으니까 찾을 생각을 하지 말라고 문자를 보냈다.

그러므로 서울에서 가져온 게 거의 없었다. 서울에서 보낸 내 삶을 떠올리게 하는 어떤 것도 가져오고 싶지 않았던 것이다.

짐은 여행가방 한 개에 다 꾸려 넣었다. 그것이 전부였다.

그날 망년회에는 왜 쓸데없이 참석했던가. 도중에 적당한 핑계를 대고 빠져나올 순 없었던가. 그 자식은 술이 많이 취했고 그녀의 자살 소식을 전했다. 나는 그때부터 정신없이 연거푸 폭탄주를 목구멍 속으로 털어 넣었다. 내가 그때 느낀 감정은 무엇이었던가. 그녀에 대한 슬픈, 애틋한 감정이었던가. 사필귀정의 감정이었던가.

우리는 그때 인내심이 바닥이 났던 것인가. 긴 연애 기간이 우리를 지치게 하였는지도 모른다. 그러나 무려 5년이나 넘게 기다리지 않았는가. 그리고 2년인가 3년 후에는 천신만고 끝에 결국 합격하지 않았는가.

우리는 결혼하여 분명 행복하게 잘 살 수 있었다. 지금 우리가 처한 불행한 현실은 일어나지 않았을 것이다. 김민정! 너는 인생에서 불행하지 않았을 것이다. 그렇지만 첫사랑은 깨지기 십상이라고 했다.

나는 오늘 밤 도저히 잠을 이룰 수가 없다. 그때 일어났던 사건들이 온갖 억울한 감정, 분노, 불안을 야기하였던 것이다. 나는 이해할 수 없었고 용서할 수 없었다.

13. 그는 손에 나무토막 한 조각과 칼날이 예리한 접이칼을 들고 있었다. 손바닥과 손가락 마디에는 찢어진 흉터와 작은 흉터들이 나 있다. 요즘 손에 상처를 입으면서까지 소목장 목공일을 열심히 하고 있다.

목공방에는 나무 냄새가 났다. 작업을 위해 쌓아둔 건조된 목재들, 작업하는 과정에서 잘려나간 나무토막들, 수북이 쌓인 대팻밥, 톱밥 먼지가 널려있다. 그러나 작업대 뒤 연장 선반에는 공구 수백 개가 가지런히 놓여있다.

그리고 가끔 낚시를 하며 계절에 따라 고기를 잡았다.

거실에 달린 달력에는 밀물과 썰물 시간이 상세하게 기록되어 있는데 그것은 낚시를 하러 나갈 수 있는 날을 알기 위해서였다.

그가 말했다.

「목이 좋은 곳에 가면 고기들이 많이 달려든다네. 내가 잘 잡지는 못하지만 녀석들이 딱 물고 늘어지는 것을 느낄 수 있지. 그런데 그것들이 영리해서 낚시의 갈고리가 느껴지면 바로 뱉어버리지. 아주 영리하다니까.」

「낙지 잡는 기술을 저에게 전수해줄 수 없나요? 낚시보다는 그게 재미있을 것 같은데요.」

「아직 초가을이니까 낙지가 제대로 클 때가 아니라네. 얼둥이라고 하는 중낙지 정도가 많을 거야. 곧 11월이니 알이 굵어지겠지만.

큰 놈은 4~5자 정도 될 거야. 그것들은 진흙탕 구멍 속에 들어가 겨울에는 틀어박혀 있으면서 구멍 속에 새끼를 낳지. 그런데 새끼가 어미를 잡아먹는다네.

낙지는 고작 1년생이야. 부화한 새끼들은 어미를 먹으면서 대를 잇는 거지. 어차피 죽을 목숨, 새끼에게 주는 셈이라네.

그런데 암낙지는 교미 후에 수컷 낙지를 먹기도 한다네. 혹은 교미에 실패해도 힘이 센 놈 쪽에서 약한 놈을 잡아먹지. 특이한 종족 보존 본능을 가진 녀석들이라고 할 수 있겠네. 그러니 낙지 맛의 엄숙함을 다시 생각해보게나.」

「70~80년대에는 낙지가 지천이었다고 하더군요. 그러니까…… 지금도 낙지가 많이…… 낙지 잡는 기술을 말씀해주세요.」

「낙지잡이 선수들은 우선 부럿이라고 부르는 숨구멍을 찾지. 부럿을 찾으면 발로 슬슬 주변의 뻘을 밟아 주는 거야. 낙지가 숨을 죽이고 있는 자리는 공간이 생겨서 물이 차게 되거든. 그러면 낙지의 은신처를 파악한 후 삽질을 하기 시작하지. 낙지잡이 전용 삽도 있고 보통 삽과 비슷한데 날이 훨씬 작아. 빠르게 찐득찐득한 뻘을 파기에 적합하다네.」

「그렇군요?」

「낙지가 욕심이 많고 힘이 세지. 그렇게 힘이 좋으니까 게와 새우, 조개를 잡아먹는다고. 그리고 낙지는 물고기치고는 머리가 좋고 꾀가 아주 많아.

백문이 불여일견이라고 빠른 시일 내에 직접 시범을 보여주겠네. 장도리에 한 번 가자고. 그곳 뻘밭은 여전하니까.」

「괜찮으시겠어요? 무릎과 허리 말입니다. 깊은 뻘밭에 들어가시기에는……」

「책상물림 샌님보다는 내가……」

낙지는 봄가을 두 번 부화한다. 봄에 낳은 녀석들이 더위를 피해 바다에 나갔다가 가을에 갯벌로 돌아온다. 엄청나게 먹어서 몸을 불린다. 그리고 짝짓기를 하고 새끼를 낳는다. 보통 세발낙지란 것도 이른 봄과 이른 가을에 있다.

그런데 잔 낙지가 세발낙지이고, 그게 중낙지가 되었다가 가을이 더욱 깊어지면 대낙지가 된다.

「나에게 갈망이라든가 절박감은 없다 해도 시간을 허비한다는 생각은 전혀 안 든다네. 그러니 소일거리라고 생각하지 말게.

내가 원하는 물건을 내 손으로 만들어내면서 희열을 느꼈다네. 그러나 꼭 생활필수품을 만드는 게 아니라네. 오브제로서 소품을 직접 만드는 것이지. 그렇게 만든 게 수천 점이나 되지. 그걸 내다 팔 생각은 없어. 그걸 누가 사겠나? 그냥 손에 상처를 입어가면서까지 정성껏 만드는 거야.

그래서 작업실에서 그림을 그리는 대신 목공일을 하고 있는데. 손으로 그림을 그리는 것보다는 힘들고 거친 목공일을 하는게 훨씬 좋다네. 정신적으로 편안하거든.」

「왜, 하필 나무여야만 할까요?」

「요즘 매일 작업실에서 나무를 만지고 있지.

돌이나 흙보다는 나무 촉감이 좋거든. 나무가 가진 오묘한 멋을 자연스럽게 담아야 한다네. 나는 느티나무나 오동나무, 돌배나무, 은행나무를 주로 많이 쓰지.

원하는 크기로 나무를 잘라 두껍고 거친 나무판에 대패로 몇차례 밀어붙이면 예상치 못한 나무의 고운 속살이 드러나지. 유일한 작업 원칙은 나무의 질감을 최대한 살리는 것이라네. 그 순간부터 나무의 세상에 빠져버리지.」

「수공업은 처음부터 끝까지 혼자 다 해야 하니까 너무 힘들지 않겠어요?」

「그거야말로 독특한 매력이라고 할 수 있다네.」

「연장이 너무 많더군요. 언제 그렇게 장만하셨어요?」

「목공일에는 연장이 필수 아니겠나. 작업도구로는 여러 가지 종류의 대패, 강철 톱, 망치와 끌 등 수많은 공구가 있지.

솜씨 없는 놈이 연장 욕심만 많다고 했다네.」

「그렇게 열심히 만들었는데…… 전승공예대전 같은 데 출품해서 평가를 받아보지 그랬어요?」

「그럴 필요는 없었네…… 그런 정도는 아니니까.」

「요즘에는 목공일에 빠져 있으니까 소설 같은 건 전혀 읽지 않겠네요?」

「지금 형편에 글을 읽기에는 눈이 너무 침침하지. 그 소설은…… 처음 들어본다네. 당연히 읽지 못했다네. 앞으로도 내가 읽을 거라고는 기대하지 말게.」

「그렇습니다. 다들 재미없다고 하더군요. 그런 소리를 들을 때마다 맥이 풀리긴 합니다만……」

우리는 마당에 쌓여있는 오래된 톱밥과 폐목재를 모아서 불을 지폈다. 불이 바싹 마른 목재를 먹어치우면서 눈부시게 타올랐다. 불길이 뱀의 혀처럼 날름거렸다.

그가 말했다.

「불길을 단순하게 화학작용으로만 설명할 수는 없다네. 그 속에는 우리가 이해하지 못하는 무언가가 감춰져 있단 말일세.」

「무슨……」

「불은 신비한 거지. 정화제 이상인 거야. 모든 걸 사라지게 하고 모든 걸 새로 탄생시키니까. 미안하네만…… 나는 자네의 첫사랑과 이별에 대해 관심이 많다네.」

「형님께서…… 첫사랑 이야기를 다했으니까 이제는 제 차례라는 말씀이군요.」

「그렇다고 해두지. 나는 여자와 남자의 이별의 순간에 대해 특히 관심이 많다네. 여자들의 속성이 그 순간 잘 나타나지 않겠나. 그리고 그때 남자들이 느끼는 감정에 대해서 말이야.

그래서인지 누군가 말했지 않은가. '많은 사람들이 너무 희미한 불빛 아래서 여자를 보고 사랑에 빠졌다. 좀 더 밝은 곳에서는 그렇게 하지 않았을 것이다'라고 말했다네.」

「그 순간을 잊어버리지 않고 있죠.

…… 여자는 헤어질 때 냉정하더라구요. 남자보다는 훨씬 독하지요. 제가 그때 느꼈던 분노…… 상실감…… 나를 압도했던 배신감만은 어떻게 잊어버릴 수 있겠습니까?

부질없는 이야기입니다. 부끄럽네요. 그 여자는 이미 죽었는데……」

그가 말했다.

「벌써…… 죽었다고?」

「그렇답니다. 하인숙은 어떻게 되었을까요?」

「그 사람이 갑자기 그리워지는군. 너무 자주 들먹여서 그런지 어느 순간 불쑥 나타날 것만 같다니까. 때로는 일어날 것 같지 않은 일도 일어나는 법이라네.」

「여태 미련을 버리지 못하셨군요. 잊어버릴 때도 됐지 않습니까? 지금 살아있다면 쭈글쭈글한 할머니가 되어 있겠죠 젖가

슴은 늘어지고 허연 머리숱은 얼마 남지 않았겠지요

  늙은 할머니가 지금 할 수 있는 일은 없어요. 늙는다는 것은 특히 여자에게는 지옥이나 다름없지요」

  「그러게 말이야…… 남자는 그런대로 늙어갈 수 있지만…… 여자는 늙으면 너무 추해지지. 그러나 하인숙은 아닐 거야.」

  「형님이 잘못한 게 있을까요? 혹시 그때 남자로서 잘했다면 그녀의 성향을 바꿀 수 있었을 거라고…… 자책하고 계신 건 아니겠죠」

  「그럴 수도……」

  「마지막으로…… 하인숙에 대해서는 이렇게 정리할 수도 있겠네요. 만약 말입니다만…… 하인숙이 지금 그때 나이라면 어땠을까요? 아마 화장기 없는 맨 얼굴에다 양쪽 귓불과 배꼽에는 피어싱을 했고 헐렁한 셔츠에 찢어진 청바지를 입고 강남 거리를 활보하며 걸어 다니겠죠. 그러나 실용적이어서 10센티미터가 넘는 킬힐을 신었을 리는 만무하고 당연히 싸구려 운동화를 신었겠군요.

  혹시 몸에 동물 문신을 했을 수도 있어요. 네일 케어를 받으면서 매일 손톱에 영양제를 바르고 외출할 때마다 손톱에 각기 다른 형형색색의 매니큐어를 칠하겠지요. 가끔 트랜스젠더 바에 가서 위스키를 마시고 성적으로는 펠라티오를 즐겼을 거예요.

  참 불쌍하지요. 그때 혼자서 사회적 위선을 뚫고 나올 순 없었다구요. 시대가 한참 변한 지금쯤 20대 후반이거나 30대 초반이어야 하는데요. 그러면 레인보우의 기수가 되어 성 소수자

단체나 페미니스트 단체에서 맹활약을 하고 있겠지요. 그렇게 밖에 상상할 수 없어요.」

「그래, 그렇다고 여자는 정말 알 수 없는 거야.

그렇지만 말일세…… 지금이라고 해도 레인보우의 기수가 될 만큼은 아닐 거야. 여성다운 면도 있었거든. 노골적으로 커밍아웃은 못 하고 꼭꼭 숨어서 했을 거라고 집안 체면 때문에 말이야.」

「그건 어쩔 수 없어요. 선천적으로 타고났다고 할 수 있겠지요. 동성애자 말입니다. 그런데 성 소수자들은 심한 차별을 받으니까 분노했고…… 사회적 편견에 맞서기 위해서 페미니스트가 됐을 거라고요. 시대가 한참 변했어요. 지금은 21세기에요.」

「그렇다면……시대가 그렇게 변했다면……

이제 얼추 1년이 다 된 것 같은데…… 자네가 여길 온 게 말이야. 벌써 가을이라네…… 또 그때처럼 서울로 올라갈 텐가? 그럴 수밖에 없겠지?」

「그때…… 할아버지처럼 말씀하시는군요.

오랫동안 바다에서 노련한 낚시꾼으로 살아온 늙은 어부가 말했지요. 서울로 하루빨리 올라가야만 된다고 했어요. 사람의 새끼는 서울로 보내고 마소 새끼는 촌구석으로 보내라는 속담을 맨날 들먹였어요. 바다 사람이 될 팔자는 아니니까 여기서 괜히 시간을 죽이지 말라고 했지요.」

「그래서, 어쩌겠다는 거야?」

「서울로 다시 올라가지는 않을 겁니다. 그건 불가능해요. 지금 생각해보면 무슨 할 일은 있어야겠지요. 구시가지 쪽에 집을 얻어 살면서 계속해서 무언가를 써야겠지요. 쓰는 게 전부라고 할 수 있습니다. 지금…… 여기…… 우리에 대해서 쓰고 싶습니다. 언제나 글을 쓰기 전에 작은 의식을 치러야 합니다. 쓰디쓴 커피를 끓여서 마시고 나서 시작하지요. 제가 쓴 글 속에 뜨거운 피가 흘러야 할 겁니다.」

「왜? 바닷가를 떠날려고?」

「바다가 늘 유혹을 하지요. 그래서 바다가 안 보이는 구시가지 쪽으로 가려고 합니다.」

「그런데 소설을 쓰겠다고?」

「소설은 쓰기도 어렵고 출판하기도 어렵죠. 어떤 면에서는 출판이 더 어려워요. 자비 출판을 할 돈도 없지만…… 그건 자존심이 상해서 하고 싶지 않네요. 그러나 끝까지 쓸 거예요.」

「누가 알아봐주지도 않고…… 팔리지도 않을 글을 계속 쓰겠단 말이지? 그게 어쩔 수 없는 무명작가의 운명이겠지. 그러나 자포자기해서 그걸 태워 없애지는 말게. 카프카를 보더라도 유언대로 그의 작품을 모두 소각해버렸다면 그는 진즉 땅속으로 묻혀버렸겠지.

누가 믿거나 말거나 스스로 글재주가 있다고 생각하는 모양이니까…… 혹시 자네가 죽은 후에라도 빛을 보지 않겠나?

그런데 소설의 마지막 부분 말일세……」

「'당신은 무진을 떠나고 있습니다', 그 부분 말씀인가요?」

「그렇다네. 거기에 '27일 회의 참석 필요 급상경 바람 영.' 이라는 아내가 친 전보가 나오지 않는가. 그러니까 윤희중이는 휴가를 얻어서 어머니 산소에 간다는 핑계로 대대동으로 내려왔지 않은가. 그 일주일 사이에 주주총회가 개최될 거고 그렇다면 말일세…… 왜 구태여 전보를 칠 필요가 있었냐는 거지. 일이 진행될 순서가 뻔하게 정해져 있었는데. 왜 급상경이 필요했을까?

그리고 자네도 회사법 전문 변호사였다니까…… 주주총회에 왜 윤희중이 참석할 필요가 있었을까? 주주도 아니고 회의 진행을 맡은 대표이사도 아닌데……. 도대체 말이 안 되는 거야.」

「형님도…… 지나치게 꼼꼼히 따지는 거 아닌가요? 소설이란 게 대충…… 그럴 필요가 없지요. 아마…… 그게…… 제 생각에는…… 이야기를 계속 이어서 쓰려면 다음에 무슨 일이 일어날지 생각해야 되지요 그런데 그게 쉽지 않아요 글은 어떻게 해서든지 마무리를 해야 했습니다. 그것도 멋지게 마무리하고자 하는데 어떤 계기가 필요했을 것입니다. 그때 필요한 것이 **데우스 엑스 마키나** 아니겠습니까?」

「나는 그런 어려운 말은 모른다네. 라틴어 같기도 하네만……」

「저도 딱히 설명할 자신은 없어요.」

「조만간 망령이 날 거야. 그 전에 준비를 해야겠지.」

14. 그날, 아침 안개가 중의 까까머리를 깬다는 속담이 들어맞을 듯한 한 치 앞도 내다볼 수 없는 짙은 농무가 해안가를 휘감고 있었다. 나는 오후 2시경 경찰서에 출두했다. 어제 파출소 순경이 뜻밖에 집으로 찾아왔고 본서에서 연락이 왔는데 날 찾아내서 강력계로 출두시키라고 했다는 것이다. 그 역시 이유는 모르고 있었다.

나는 몹시 당황했다. 강력계라고? 무슨 일일까? 아무리 생각해도 강력계에 출두할 만큼 무슨 짓을 저지른 것 같지는 않은데. 혹시 그 일 때문에? 아내가 마음이 변해서 가출 신고라도 한 것일까?

내가 경찰서에 가면 하지 말아야 할 말은 한 마디도 해서는 안 된다고 다짐했다. 나는 수사기관에 출두하는 피의자들에게 매번 강조했던 대로 내가 그렇게 해야 한다. 즉각 대답하지 않고 머릿속으로 다섯까지 세고 나서 대답하는 것이다. 그래야만 불리하게 작용하는 성급한 답변을 제지할 수 있다.

정년을 코앞에 둔 것처럼 보이는 늙은 형사가 느릿느릿 말했다.

「이렇게 나오시게 해서…… 윤희중씨 잘 아시지요…… 그쪽 동네에서는 그렇게 부르더라구요.」

「잘 안다고 할 수는 없습니다.」

「주민등록은 진즉 말소됐습니다. 도사동 출신이고 1934년생이더라구요. 그러면 금년에 나이가 만 80세가 되지요. 실제는 한두 살 위일 겁니다. 본명은 윤기준이구요.

함께 술도 마시고 늘 어울렸다고 합디다만…… 동네 사람들한테 그렇게 들었어요.」

「한두 달간 만나지 못했습니다만…… 무슨 일이……?」

「자살했습니다. 틀림없습니다.」

「틀림없다고요……?」

「그렇지요. 유서도 있고, 통화내역도 있고, 단서도 있습니다. 부검을 하였는데 수면제 과용인 것 같습디다.」

나는 그의 자살 소식을 처음 들었지만 그 순간 어떤 격한 감정도 느껴지지 않았다. 그가 죽어서 안 됐다는 느낌, 어차피 잘 됐다는 느낌도 들지 않았다. 우리가 가까운 사이 혹은 특별한 관계였을까?

그는 수면제를 한 움큼 먹고 깊이 잠이 들어서 자신이 죽어가고 있는 줄조차 모르고 죽었을 것이다.

「무슨 통화내역인가요?」

「윤희중씨가 죽기 전에 이분하고 통화를 했습니다. 자살은 범죄는 아니니까 무슨 조사를 하고자 하는 것은 아닙니다.」

「기독교 교인들을 제외하면…… 그렇겠지요」

「…… 이렇게 말씀드려서 죄송합니다만, 그렇게 함께 지내면서 어떤 낌새를 느끼지 않으셨나요?」

그때 그가 했던 말이 생각났다.

몇 년 전인가, 아주 옛날 어머니가 다녔던 교회의 목사가 나를 찾아와서 하느님에 관한 얘기를 좀 해보자고 하더라고 나정도로 늙었으면 죽을 날이 얼마 남지 않았으니 이제라도 늦지 않았으니 하느님을 믿고 하느님께 귀의해서 기도해야 하지 않느냐는 것이었어. 목사가 힘주어 말했어. 어르신이 누구신지 하느님 말고 누가 기억하겠습니까. 목사님도 아시다시피 내겐 남은 시간이 별로 없습니다. 그러니 하느님 때문에 시간을 허비하고 싶진 않다고 말해주었어. 그런데 그 젊은 목사는 뻔뻔하게도 계속 물고 늘어지면서 끈질겼다네.

아닙니다. 할아버지. 저는 당신 편입니다. 그런데 당신이 귀신에 씌어서 앞을 내다보지 못하기 때문에 그것을 알 수가 없는 거지요. 제가 할아버지를 위해서 기도하겠습니다. 하느님이 지옥이 아니라 천당으로 인도하시게 말입니다.

그리고 교회에서 자원 봉사를 하는 사람들이 도와줄 수도 있어요. 불편한 점이 계시면 언제든지 연락을 해주세요. 돌아가시면 끝까지 다 정리해드릴 것입니다. 재산이나 법적인 문제까지도 모두 말입니다.

그러니까 그 순간 왜 그런지 몰라도 내 안에서 마침내 분노가 마구 폭발하더군. 그래서 내가 말했어. 당신들의 신 그리스도는 오직 믿음 말고는 아무것도 필요없다는 거 아닙니까. 믿음보다는 진실이 우선이지요. 목사가 말했다네. 요즈음 인간들은 신을 믿기에는 너무 영리하지요. 그래도 진실은 신만이 알고 있겠지요.

무슨 수작인지? 하느님은 어머니의 지극 정성스러운 기도도 들은 체 만 체 했었는데…… 그 생각이 문득 들더라고. 그리고 무슨 법적…… 재산…… 운운하는 바람에 분통이 터졌다네.

그때 무심결에 목이 터져라 소리를 지르기 시작했다네. 목사에게 어머니처럼 상소리로 욕을 퍼붓고 나를 위해 기도하는 것은 쓸데없는 짓이라고 몇 번씩이나 말했지.

나는 지금 죽은 사람처럼 살고 있으니 숨을 쉬고 살고 있다는 것조차도 확신할 수 없네. 그러나 나 자신에 대한 확신이 있다네. 그러니까 곧 닥쳐올 죽음에 대한 확신이지.

내가 말했다.

「글쎄요. 혹시 자살이라면 제가 먼저였겠지요. 그런데…… 저는 자살할 생각을 접었습니다.」

「잘 생각하셨습니다. 자살하면…… 경찰만 뒤치다꺼리하면서 고생한다는 것을 알아주십시오」

일반적으로 유물정리업이라고 하는 특수청소업체의 대표가 설명했다. 그는 이미 참고인 조사를 받았다.

「저는 불행하게 죽은 사람들의 삶의 마지막 흔적을 정리하는 사람입니다. 특히 고독사나 자살한 현장에서 유물과 유품을 정리하는 거지요. 쉽게 말해서 옛날에는 폐품 수집상 또는 고물상이 했던 일입니다.

열흘 전쯤이었어요. 어떤 할아버지가 전화를 했습니다. 희미한 목소리를 들으니 분명히 할아버지였어요. 사망 현장을 깨끗이 정리하는데 드는 비용이 얼마인지 묻더라고요. 그러고 나서 주소와 위치를 자세히 가르쳐주더군요. 바로 약속 날짜를 잡았습니다.

현장에 내려와서…… 알고 보니까…… 그 할아버지가 혼자

살면서 전화를 했고 제가 도착했을 때는 침대에서 자는 것처럼 죽어있었어요 이미 시체가 굳어있더라고요 그래서 경찰에 먼저 신고부터 했습니다.

그런데 집안을 살펴보니 그림이라든가 목공예품 같은 것이 수천 점이나 있었던 거 같은데 전부 불에 태워버려서 재만 남아있었지요. 그리고 나머지 살림살이는 너무나 깨끗이 정리되어 있어서 치우는 데 별 문제가 없을 것입니다. 경찰조사가 끝났으니까 곧 처리해야겠죠. 비용은 두 배로 계산해서 탁자 위에 놓아두었습니다.」

형사가 말했다.

「그쪽은 가셔도 좋습니다. 조사에 협조해주셔서 감사합니다.」

그때 그 형사가 자판기 커피를 꺼내서 들고 왔다. 나는 종이컵에 담긴 뜨거운 커피를 조심조심 마시기 시작했다. 커피가 금방 미적지근하게 식었고 종이컵 밑바닥에 설탕 찌꺼기만 남았을 때 종이컵을 구겨서 쓰레기통으로 던졌다.

내가 말했다.

「저는요?」

「전해줄 게 있습니다. 조금만 기다리십시오」

「뭘 말씀인가요?」

「뭐…… 별것은 아니지요. 그저 이야기나 더 나누고 싶습니다. 다시 말씀드리지만 이건 조사하는 게 아닙니다. 그러니 안심하십시오. 마을 이장한테서 원래 순천 출신이라고 들었습니다만…… 이장은 그 이상 자세한 것은 모릅디다. 혹시 순천중고를 졸업했습니까?」

「저는 순천이 고향이긴 합니다. 몇 대 선조 때부터 대대로 살았지요. 지금은 산소만 남아있어요. 이곳에서 초등학교까지 다녔습니다.」

「요즘은 귀농과 귀촌이 유행하고 있지요. 그러니까 직장을 은퇴하고 나서…… 고향으로 내려오신 거겠군요. 자녀분들은 다 결혼을 하고 나서 말이지요. 혼자 오신 거 보니까 혹시 부인이 돌아가신 거 아닌가요?」

「그렇다고 할 수 있습니다.」

「자살한…… 그 할아버지 말입니다. 그렇게 자주 어울렸다면…… 뭘 잘 알고 계실 것 같은데요? 그렇지 않습니까?」

「자주 어울린 건 아닙니다. 사람 만나는 걸 좋아하지 않습니다. 결벽증이 있으니까 사적인 부분은 원체 말씀이 없으셔서……」

「제가 처음 시체를 봤을 때 아주 깔끔하고 품위 있게 죽었단 말입니다. 시체의 얼굴을 자세히 살펴보았지만 이곳 농부나 어부 같지도 않고 많이 배운 지식인처럼 보였어요. 지금 농촌에선 가끔 자살 사건이 일어납니다만 대부분 농약을 먹고 비참한 모습으로 죽으니까 수면제 자살은 아주 드문 일이거든요. 이제까지 한 번도 없었습니다. 그래서 아주 특이했습니다.

제가 순천 출신이고 순천중고를 나왔습니다. 그분이 까마득한 선배가 되지요. 여기저기 수소문해서 좀 알아봤지요. 이건 수사와는 관계없이 순전히 호기심 때문이었습니다. 그렇다고 전혀 쓸데없는 일은 아니었습니다. 어쨌거나 사람이 죽었지 않았습니까.

순중 동창생 몇 분을 만나서 자세히 들었지요. 그 할아버지는 본명이 분명히 윤기준이었습니다. 학교 다닐 때 키가 크고 잘생겼고 공부도 잘했다고 하더군요. 항상 전체 수석이었고 책은 닥치는 대로 얼마나 많이 읽었던지 글도 아주 잘 썼답니다. 자기는 장차 유명한 작가가 되겠다고 장담했답니다. 그래서 친구들의 연애 편지는 도맡아서 대신 써주었다고 하더군요. 그런데 홀어머니 밑에서 가정 형편이 안 좋았습니다. 그 시절에도 순중에서 공부를 잘하고 집안 형편이 웬만하면 서울이나 광주로 가는데. 그래도 대부분 순고로 진학했거든요. 그분은 도저히 형편이 어려워서 3년 장학금을 받기로 하고 벌교상고로 갔다고 하더군요. 벌교상고를 졸업하고 나서 한국은행에 들어갔답니다. 한국은행은 수재가 아니면 못 들어가지요. 그때나 지금이나 하늘의 별따기지요. 그러고 나서 스카웃되어 제약회사로 옮겨갔다고 했습니다.

동창생들의 말을 들어보면…… 윤기준 할아버지는 40대 초반 무렵까지 가끔 만났다고 하더라구요. 어머니가 살아계실 때는 순천에 자주 내려오셨답니다. 아주 효자였답니다. 어머니가 돌아가시고 나서부터 발길이 뜸하다가 아주 끊겼다고 했습니다. 어머니 장례식 때는 동창생들이 아주 많이 모였다고 합니다.」

「그런데 더 조사해놓은 게 있으신가요? 가령 전과 기록 같은 거 말입니다.」

「말씀드려도 상관없을 것 같습니다. 간통으로 한 번 고소되었다가 합의가 되어 취소된 사건이 있었고 마약으로 집행유예를 받은 게 있습니다. 그런데 이상한 게 전부 부산에서 있었던 사건입니다. 혹시 부산에서 살았을까요?」

「저는 잘 모르지요. 그런데 시체는 어떻게 처리할 겁니까?」

「그게 약간 골치 아파요. 무연고자 처리를 해야겠지요. 보통 시청 복지과로 넘깁니다.」

「제게 넘겨주시면 화장을 해서 바다에 재를 뿌리겠습니다. 그분의 희망사항이 아닐까요?」

「그렇게 해도 되는지 검토를 해보고 연락드리겠습니다.

그러면 본론으로 들어가겠습니다. 탁자 위에 노란 봉투가 있었는데 그 속에 두툼한 노트 몇 권과 메모지와 두 통의 유서가 있었어요.

하나는 친절하게도 경찰에게 남긴 거고…… 또 하나는 선생님에게 남긴 거였습니다.」

윤희중은 경찰에 대해서는 번거롭게 해서 미안하다고 양해를 구하면서 자신은 틀림없이 수면제를 먹고 자살한 것이라고 했고, 가족이나 연고자가 아무도 없다고 했으며, 집과 기타 재산은 옛날 어머니가 다녔던 교회에 기증하겠다고 하였다. 은행에는 상당히 큰 금액의 예금 잔고가 남아있었다.

* * *

나는 더 늦기 전에 결정을 내렸다네. 자유로운 한 개인의 권리에 근거해서 내 생명을 처분한 거라고는 생각하지 말게. 자살에 이를 만큼 절망적이지도 않았고 죽음만이 유일한 해결책이라는 그런 상황도 아니었네. 다만 자살을 감행할 만큼 정신적으로 강한 의지와 용기는 가지고 있었다네. 죽을 마음의 준비가 된 거지.

내가 깊은 밤 어느 순간 발작을 하고 충동적으로 이런 결정을 내렸고 그 결정을 정당화할 충분한 논거를 내세우고 있는 것은 아닐세.

나는 충분히 오래 살아남았네. 어쨌거나 일찍 죽는 것보다는 오래 사는 것이 더 좋은 거지. 그 이후 일어난 내 이야기를 두서없이 자네에게 모두 털어놓았고 더욱 자세한 것은 내가 일기장이나 메모, 비망록을 남겨놓았으니 그걸 참고하게나. 그 일기장에는 金惠淑의 사진이 여러 장 들어있다네. 그러나 몇 가지 비밀은 비밀로 그냥 남겨두었지.

내가 당신에게 두서없이 이야기했던 그 후…… 내 인생에 관한 이야기를 써서 발표하는 것에 동의한다네. 당신이 그럴 생각이 있다면 말일세. 쓸데없는 간섭을 하는 것 같아서 미안하네만 가급적 또는 꼭 정확히 사실 그대로 쓰는 게 어떨까. 더 이상 내 이야기가 가감하고 윤색되어 과장되거나 미화되는 것을 피하고 싶다네.

어쨌거나 책을 출판하게. '모든 책은 제각기 자신의 운명을 가지고 있다'고 했어. 안개처럼 깔려있는 어둠을 헤쳐 나가게. 자네도 잘 알다시피 안개는 결국 햇빛에 사라지게 돼있어. '어둠이 깔려야 비로소 미네르바의 부엉이는 비상을 시작한다'고 했다네.

무진기행, 그 후

초판 1쇄 인쇄 2018년 6월 12일
초판 1쇄 발행 2018년 6월 20일

지 은 이 유중원
펴 낸 이 최종숙
펴 낸 곳 글누림출판사

책임편집 이태곤
편   집 문선희 권분옥 박윤정 홍혜정
디 자 인 안혜진 홍성권
마 케 팅 박태훈 안현진 이승혜

주 소 서울시 서초구 동광로46길 6-6(반포4동 577-25) 문창빌딩 2층(우 06589)
전 화 02-3409-2055(대표), 2058(영업), 2060(편집)
팩 스 02-3409-2059
전자메일 nurim3888@hanmail.net
홈페이지 www.geulnurim.co.kr
블로그 blog.naver.com/geulnurim
북트레블러 post.naver.com/geulnurim

등록번호 제303-2005-000038호(2005.10.5)

정 가 15,000원
ISBN 978-89-6327-517-8 03810

* 이 도서의 국립중앙도서관 출판예정도서목록(CIP)은 서지정보유통지원시스템 홈페이지(http://seoji.nl.go.kr)와
국가자료공동목록시스템(http://www.nl.go.kr/kolisnet)에서 이용하실 수 있습니다.(CIP제어번호: CIP2018016929)